开屏

安徽省作协2021年新入会会员作品选

李 云 主编

经济日报出版社

图书在版编目（CIP）数据

开屏：安徽省作协 2021 年新入会会员作品选 / 李云
主编. -- 北京：经济日报出版社，2022.8
ISBN 978-7-5196-1126-2

Ⅰ. ①开… Ⅱ. ①李… Ⅲ. ①中国文学–当代文学–
作品综合集–安徽②散文集–中国–当代③诗集–中国–
当代 Ⅳ. ①I218.54

中国版本图书馆 CIP 数据核字(2022)第 145577 号

开屏：安徽省作协 2021 年新入会会员作品选

主　　编	李　云
责任编辑	孙　榥
责任校对	蒋　佳
出版发行	经济日报出版社
地　　址	北京市西城区白纸坊东街 2 号（邮政编码:100054）
电　　话	010-63567684（总编室）
	010-63584556　63567691（财经编辑部）
	010-63567687（企业与企业家史编辑部）
	010-63567683（经济与管理学术编辑部）
	010-63538621　63567692（发行部）
网　　址	www.edpbook.com.cn
E - mail	edpbook@126.com
经　　销	全国新华书店
印　　刷	成都兴怡包装装潢有限公司
开　　本	710mm×1000mm　1/16
印　　张	22.00
字　　数	350 千字
版　　次	2022 年 8 月第 1 版
印　　次	2022 年 8 月第 1 次印刷
书　　号	ISBN 978-7-5196-1126-2
定　　价	88.00 元

目录
CONTENTS

落羽杉

◎ 鲍冬莲

宁国有湖，其名青龙。湖边有树，名叫落羽杉。

春天的青龙湖水还带着清冽的寒冷，环湖灌木的枝头已开始泛出绿意，点点碎碎，若有若无，将林立在这一片水域中的落羽杉衬托得尤其素净。这个时候，无论是"红杉仙境"，还是"如梦幻境"，都显得格外安宁，它们静静地听着湖水拍打着两岸堤石，听着春风与翠岚的昵哝，它们在等待着自己的时光，等待季节把春风交与。

夏天的落羽杉已成气候，它们褪去了稚气，与一湖两岸披垂而下的绿竹结成伴侣，和着湖面此起彼伏的白鹭清鸣，苍霭葱茏，曲曲折折地环绕在方圆2000余亩面积的青龙湖水域之外，绿意淋漓喷薄。坐在车中，难知其美，等你爬上那高高的景观台，放眼望去，入目皆绿，回旋弯曲，正如那九曲黄河。九曲黄河万里沙，而这里是九曲青龙万株杉啊。

夏天赏红杉林最佳处是"绿野奇境"。如果读过梁羽生先生的《萍踪侠影》，应该都熟悉文中张丹枫与仇家之女云蕾之间"盈盈一笑，尽把恩仇了"的恩怨情仇。想那一袭白衣、清朗俊秀，看那风华绝代、目含楚楚，飞身在绿意蔓延的落羽杉梢尖，举手投足间，羽杉潇潇，行云流水，该是何等韵蕴豪放。时光打马而过，今天的绿野奇境中，我们有的是彩艇轻摇，有的是物宝天华。选个周末，邀几个知己，摇一竹小排，把几盏红酒清茶，袖几管清风，畅人生之恣意，到底比张丹枫和云蕾多了几分自在闲逸。

11月上旬到12月上旬初之间，是红杉林最热闹最繁华的时候，最引人入胜的去处是"红杉仙境"。此时的青龙湖面像落进了无数的珍宝，层林尽染，五色斑斓。晨曦下的红杉林，云烟萦绕，薄羽轻衫，万顷碧波中，红杉遥迢如梦。若临船而游，熠熠红杉映衬溶溶晨阳，大片的红扑入眼帘。船缓缓驶出林间，水面渐渐开阔，浩渺的湖水，在秋阳下云蒸霞蔚，那水天长色的壮阔，那烟波弥漫的朦胧，不由得让人生出或引吭高歌、或负手吟哦的豪迈之意。夕阳落而未落之时，余晖投影其间，霞光万道，湖面绚烂多彩，如入宝殿天池，金碧辉煌。倘若在雨天，又别有一番风味，烟雨朦胧间，碧水长天，红杉云立，轻雾四起，似有神女拨弦吹箫，幽幽情绵。

落羽无声，时光流转，过了 12 月下旬，清碧的青龙湖里，深红色的杉羽随波飘漾，如鲜花漂浮在 4 月的流水。删繁就简的落羽杉，让出了长空一碧，等着鸿雁长唳，飞过清凌凌的青龙湖。

冬天的红杉林水墨清雅，此时的最佳路线是从青龙湾码头坐游艇溯回而上，一路上，水面开阔，水天渺渺。两岸层林尽染，只有竹依然苍翠。间有白鹭、鸬鹚掠水而起，惊起波波白浪。运气好的时候，会遇到一对对鸳鸯，它们在这长天一色的水波上自在戏水，双宿双栖。如果你不畏寒，在冬天八九点的时候上船，船行到青龙地段，便能欣赏到气势华美的雾帘，银珠璀璨，幅幅精美，如九天王母出游的仪驾。如果你想品味青龙鲜美的鱼头，别急，中午在方塘尝过农家小菜，下午原路返回，你会看到渔民在忙着收网，看着那些跃然于网中的肥头鲜鳞，不用吃，你已唇齿生香了。

雪落的时候，落羽杉更是"杉"水中的秘境，玉树琼枝的它站立在一片银烟轻锁的湖水里，与喧嚣隔离，与俗世暂避，不与人亲近。沿岸，车水马龙，人声鼎沸；湖中，玉干琼枝晶莹静默，无我无世。

一年四季，岁月轮回，不论是喧嚣的火热，还是寂然的清冷，青龙湖中的落羽杉都保持着一种超然和坦然的心境，伴云涌云落，循自然法则，净一片水土，守一方家园。

作者简介：

鲍冬莲，宁国人，安徽省作家协会、安徽省散文随笔学会、宣城市散文协会会员，中国散文家协会会员，作品多散见于报刊。

草药香气满山坡

◎ 毕　璀

历经冬、春两个季节，到了六七月份，大山又像变魔术似的，悬下一张无边无尽的绿色帐幔。此时的山林、土坡、沟壑，处处弥漫着清清淡淡的草药香。站在我家门口，半山就在眼前，草药的香气阵阵袭来。

草药的香气弥漫开来时，地面升腾起层层热浪，踩田打草的叔伯们披星戴月，在田间忙碌。父亲则像赶仪式一样，隔几日便在大瓷盆里用开水泡上一扎晒干了的香薷，看着我们姐弟仨轮流喝下肚；我们喝青菜汤时，会发现汤里多了几根鱼腥草；平素味道寡淡的白米粥，突然多了股甜中带涩的玉竹味；有时，我们还要啃一根蒸熟后特像剥了皮的红芋、握在手里黏糊糊的天冬……父亲常常捧着一本边角起毛的红壳医学书，那些玩意都是他"照葫芦画瓢"的解暑养气秘方。

那些年，别人家的小孩子时常有中暑发高烧的，但我们姐弟仨任凭在太阳底下怎么暴晒，都没中过招。

我们的胆子越来越肥。酷热的中午，我们偷偷钻进后山，砍柴刀划拉几下，几根和我们胳膊一般粗细的翠竹就被拖到了稻场上，劈去竹枝丫，再将竹节处削磨得光溜，一柄修长而秀气的竹剑就做好了。甚或，直接将父亲砍回家准备窖种茯苓天麻用的树杈修成长刀，顶着烈日在稻场上"哈哈——嚯嚯——"，开战一般。每次，酣畅淋漓一番"大战"之后，便是满身泥水、哭哭啼啼。母亲嫌我们太聒噪、烦人，但又没有好法子，便喊来父亲修理我们。

父亲也不说话，午饭后，让我们仨站成一排，一人发一个包裹，包裹上捆扎着一个卷好的蛇皮袋，边上还吊了个洋瓷碗，接着又让我们换了一身粗布衫。"跟我到长岭岗上去。"父亲说。

长岭岗是个很远的地方，和我们村中隔了一个村、两座山。我们仨害怕极了，不知道父亲唱的是哪出戏，一路上便开始了各种揣测。难道要我们去那里捡松子？可那是冬季的活儿。难道如母亲所说，早晚将我们仨卖掉一个？会卖掉谁？小弟突然大哭起来，"我听话我听话，不要卖我……"母亲见状，扑哧笑了，"带你们去长岭岗采摘野荆芥。"

"那是什么？"

"一种草药。"

虽然我们的肚子里也装了不少父亲熬制的草药汤，但实地采药还是头一回。我们兴奋得哇哇直叫。父亲则大步走在前面，头也不回。

父亲回头的时候，长岭岗到了。"哇！这就是野荆芥吗？"眼前茫茫一片野草，跟我们仨差不多高，兀自开着粉红的小碎花，我急忙跑向父亲，希望得到父亲的确认。"嗯。尽量采没开花的，你们抓住杆子中间扯，把泥土抖干净，一扎扎摆齐。"父亲背对烈阳，歪着腰做示范。

我开始"扫荡式"圈采，从脚下的开始，直到把身边所有粗杆采完为止。小弟则挤在一旁，照着我的样子，从杂草中辨出野荆芥，两手抓紧，后倾着腰身，扯一棵，放一棵，再扯一棵，再放一棵，用力过猛时会一屁股坐塌一方草。大弟弟则一个劲地往前赶，身子没在花草中，只露出半个头。父亲和母亲各自拿着一把洋剪子，从根部"咔嚓"一声剪断，一会儿的工夫就各采了一大捆。母亲总是不停歇地扯着嗓子喊："小心脚下石子，小心茅草刺，别滚到坡下去了……"

"妈——妈——"不知是被母亲的声音吓到了还是刚好踩空，大弟弟真的滚下了坡。父亲朝坡下大步飞奔，我们撵在身后，大弟弟的哭声在前方的草丛里呜呜地响。父亲很快将他抱到了涧水边，大弟弟的膝盖上细长的口子正流着血。父亲赶紧拿出毛巾在清水里洗了洗，擦净血迹，又奔向坡沟边，不一会儿，他又回来了，手上抓了一把"青草"。父亲将青草在水中快速摆了摆,又放在水边的一块光滑石头上,从水中抓起另一块石头将青草捶成泥团状,轻轻敷在大弟弟的膝盖上。一会儿,弟弟的膝盖就不流血了。

"这是什么呀?"我好奇地问。"破细耙,药名断血流,伤口出血时,敷上这个可以止血。"母亲抢着说,几年前她在骆驼尖山上采药时刀子划破了手,过路的父亲就是用这个止血的,那是他们初次相遇。

从那年开始,我们姐弟仨就开始痴迷于那些花花草草,能辨认出很多种药材,开着紫色喇叭花的桔梗、长着心形叶片的马蹄香、阳坡上疯长的草衣家族马齿苋、隐在石缝阴凉之处的灵芝菇,还有父亲常说的苍巴菀(学名"石菖蒲",根茎入药,可醒神、理气、活血、散风、利湿),我们都采过。我们的手上、衣服上,甚至发梢间,常常沾染着一股很好闻的香气,似是山坡上的香气也跟着我们回了家。

村里的其他孩子也开始采药材,大人们的身影一群群地出现在山坡上、沟洼里。我们采来一批批草药,换来冰棒、西瓜、水晶糖、幸运方便面,还有我的蝴蝶发卡。弟弟的那双红边白球鞋也是我们用草药换来的,他穿着白得耀眼的鞋子在山坡上奔跑,远远看去,像极了一棵青涩、蓬勃生长的植物。

作者简介:

毕璀,安庆人,安徽省作协会员,作品散见于《宝安文学》《中国文化报》《安徽日报》《经典美文》《安庆晚报》等报刊。

屯溪的早晨

◎ 查　旭

　　屯溪的早晨是舒缓宁静安逸的，江水清清穿城而过，两岸景色淡墨相宜，如诗如画。白墙黛瓦的徽派建筑，或成片或单独静静伫立。是新安江成就了屯溪，还是屯溪绘就了新安江？或者说，有了新安江，屯溪这座城市就显得曼妙灵动起来了？

　　当晨光渐渐亮了起来的时候，我一头扎进屯溪的早晨。太阳还懒懒地躲在某一座山后，努力着一点点向上攀升。新安江晨雾便在江面弥散开来，屯溪新的一天就开始了。勤劳朴实的屯溪人，或行色匆匆赶赴在上班的途中，或在乡间菜地采摘带有露珠的瓜果，或在公园打着太极溜着鸟儿，或在屯溪某个巷弄的小店感受人间烟火，品味可口的早点，闲聊着当下的蔬菜和大米……

　　时间定格在早晨的 7 点，我正好去三江口的路上，听到屯溪地标性的建筑百大顶层钟楼浑厚钟声，我停止了骑行，闭上眼睛，聆听钟声。在"当"的一声响起后，紧接着奏起悦耳的《排钟》乐曲，随后敲响 7 声浑厚的咚咚的钟声，我听得如痴如醉，这么悦耳动听的声音，怎么长期忽视了它的存在，没有入耳入心，它可是伴随着屯溪人的成长，写进屯溪人记忆里的。

　　我来到三江口（横江、率水、新安江），立于黎阳码头，向东眺望，江水清清，水波不兴。忽而鱼儿跃出江面，发出"噼啪"的声音，又有小鱼嗳喋，泛出点点水花。几十只水鸟排三角阵势向我游来，在水面尽情玩耍，或游或泳，或翔或集，嬉戏打闹，荡起层层碎金。

　　三江口南对岸是网红打卡地，夜泊屯溪的雕塑在晨雾中挺立。

三江口西望，烟雾包裹着的文峰桥，犹如海市蜃楼。当烟雾弥散开去，一轮朝阳冉冉升起，照在江面上，散发着耀眼的光芒。

顺江而下，来到江心洲公园，芙蓉花开得正旺，十几棵老樟树郁郁葱葱。江心洲广场，一派生气勃勃的景象，有稚气未脱的少年、有朝气蓬勃的青年、有满头华发的老年。他们或成群，或结队，或方阵数百人，和着节拍，跳着欢快的舞蹈，给江心洲公园的早晨增添了一抹靓丽的风景。门球场这边，十几位老人在聚精会神地打门球。平坦悠长的跑道上，青少年疾步如飞，中老年三三两两健步快走。江心洲对岸的湿地公园的一簇簇枫杨、河柳，被秋风熏染得金黄，倒映在碧绿的江水中。

屯溪的早晨，美的不仅仅是自然景观，还有美好的舌尖体验。早先时候，邻近荷花池小区那条小吃一条街，早晨7点过后，人头攒动，饺子、挞粿、包子、豆浆、油条，你能想到的早点，这里几乎都有。附近的居民、远方的游客，或偶遇，或慕名而来，在醉人的烟火气中掀开一天最美好的序幕。

随着城市建设的发展，这条伴随了我20年的小吃店消失了，他们就像汉宫传出的蜡烛，伴着时代的轻烟，散入更加宽敞、明亮、洁净的街市里。或许哪一天，不经意间，我在屯溪的某个巷弄或街道遇见曾经的店主，品尝到熟悉的味道，拉拉家常，说说泛黄的往事。

屯溪老街的小吃，有着古徽州悠远的韵致。徽州挞果、徽州毛豆腐、徽州烧饼、徽州馄饨，各有其形，各有其味。从老街巷弄里飘来的烧饼的酥香，沁人心脾，一直飘溢在我的梦里。对我来说，守着一个古旧的摊铺，等着一只烧饼的出炉，是我仪式感满满的屯溪之晨。

作者简介：

查旭，安徽休宁人，笔名木丁。曾在机关工作，现供职于中国联通黄山市分公司。1990年开始诗歌、散文创作。作品散见于国家级、省级、市级报纸杂志。

姥山岛：巢湖嵌落的一颗珍珠

◎ 陈　璨

台风过境后，才是巢湖的主场秀。

姥山岛水域，清凌凌的湖水此刻并不平静。清风徐来，势浪如帚，沿黛绿色的纱面横扫而过，随之，浪花嘶鸣，追逐着，次第朝岸边礁石猛烈推击。这个时候，浪高之下，中庙寺更显肃穆，它俨然一位静默不语的高僧，远观，体阔若磐石，屹立水上，镇挡着来势汹涌的潮水，护佑一方太平。

作为土生土长的安徽人，关于中庙寺的传说，曾于课堂听闻老师讲述。位居巢湖北岸凤凰矶上的中庙寺，建于元大德初年。矗立船头，仰头遥望，中庙寺所在半岛突兀临湖，形如飞凤，盘卧礁头。据传，三国时期，黎民百姓陷于洪水浩劫，巢州太姥预知天机，登上凤凰矶拯救溺水者，后建中庙寺以纪念。

与中庙寺隔水相望的那片郁郁葱葱的岛洲，是姥山岛。清晨的姥山岛，披着透明的面纱，宛如娉婷含羞的少女，轻舞婆娑的影姿。一场台风过后，平阔的水面，将散未散的水汽，似乎暗藏着湖水的私语。水汽与天际浑然交织，共谱以湖天一色为主题的鸿篇巨制。白昼划破长空，一声汽笛鸣响，姥山岛水域迎来鼎沸的人声。两股拧住的波涛中，船头与逐波深情长吻，一抹绿黛挽留住深深的吻痕。这吻痕静若碎琼，白碧雅洁，动若马鬃，势如奔腾，随波逐流，一直伸向视线的尽头。此时，船体两侧的天空，一半霞光万丈，一半乌云罩头，光打向水面，水面做出感性的回复。一侧，粼粼波光如碎珍珠，嵌在巢湖妖娆的裙翼上，迎风起舞；另一侧，水面仿如披上了薄薄的纱衣，那纱衣伴着乌云的变幻脚步，晦明晦暗，俨然一位多情优柔的江南女子，一时欢喜一时忧。

在姥山岛上，几排临湖搭建的农家瓦舍，错落有致，勾连着鱼米人家的人情世故。村口探出一条幽径，几株彼岸花开在其中，尤其惹眼。彼岸花外观呈鸡血色，茎如尖细的指甲，秋风中更显妖媚。深入湖岛中心，彼岸花的影踪愈来愈繁复，斑驳呈现，在湖岛的连接处，镶嵌起一抹红色的袖带，潮水扑打，柔润着红石，滋润着彼岸花的骨朵，年年岁岁，不停不歇。常年身居平原，与砂土作伴，不曾领略枕水人家的生活，此趟一览，从前影像中灵动的画面走出荧屏，成为真实而鲜活的存在。在听涛岸空手徘徊，此一处，细浪划动着桨，作回摆的姿态，从远处以逐渐放大的姿势打着圈儿涌向岸边，它涓涓地来，又以豪迈的神情退场，水浪摩挲过红石，击起咕咚的噬响，叮叮咚咚，演奏出动听的自然之音。

巢湖给予这块土地的福祉，远不止这一山一水。下船入岛，沿环形岛洲，各种主营湖鲜产品的特色小铺鳞次栉比，烟气袅袅中，传来鱼虾的鲜香。身旁，有游客一口气吃了 5 个虾饼，赞不绝口。不止虾饼，还有巢湖银鱼，以轻快之势投入滚滚金浪的怀抱。

取一瓢水，临屋架设起店铺，在苍山黛水一角，这里自然而然地升起了人间的烟火气。渔民们靠着致富的双手，在这弹丸小岛经营着自己的生活，这生活不同于市镇，简单而质朴。诗词有曰："一山一水度浮生。"描述亦如此景。借山水自然之境，渔民们手握生活的寸管，在其上泼墨作画，书画惬意人生。

临近正午，人群逐渐向着岛洲最高点文峰塔蜂拥而去。清风拂面，巢湖水连水，山连山，那抹黛绿的尽头，是繁华的城市之滨。俯瞰脚下这一寸山河，这镶嵌其中的一抹绿黛，恰似一颗珍贵的玛瑙，而姥山岛则是其上最动人的波纹。

巢水涌动连风浪，此去星河近无数。回程的船只依然与势浪争斗，潮水虽震天，但有中庙寺福佑此地，这里会永远保留着巢州人间最淳朴的烟火气。潮水声声，沉默无言，扑向堤岸又回首，似是在向经由此地的游客做盛情的挽留。

作者简介：

陈璨，笔名浮海沉鱼，作品散见于《读者》《青年文摘》《意林》《知识窗》等杂志。

三上洄溜集

◎ 陈利萍

爱上洄溜集，缘于那次为小姑子相家。

20 世纪 90 年代初，堂妹燕子和洄溜集的同学李伟一见钟情。伯父不同意，不愿意女儿嫁到一个小集镇，但燕子死活不从，无奈之下，两家定于"五一"相亲。

那时农村姑娘相亲，七大姑、八大姨必须到场。我这个"有点知识"的教书匠堂嫂，被伯父作为特邀评委请去充当门面了。

2000 年的路况，跟现在比差远了，一路上面包车七拐八颠的，差点把心给崩出去。大娘不停地唠叨着燕子，说看路就不行，我也加入劝阻的行列，燕子却说："嫂子，你不也是嫁给爱情的吗?"我还能说什么呢? 但亲戚们却不死心，你一言我一语地劝，但燕子就是吃了秤砣铁了心，她说："他人品好，心细体贴。穷怕啥? 富裕是奋斗得来的，凭着我们肚子里有点墨水，还能吃不上饭?"

车子大概行了 2 小时，临近中午时分，燕子指着河坝下的一个镇子说："到了。"

顺着河坝下去，走在一条青石板铺就的街道上，我看到油亮的青石发着幽幽的蓝光，仿佛诉说着洄溜集的烟云过往。这里濒临颍河，水运发达的年代，码头上泊船密集，这些南来北往的大船小舟把颍州郡的粮、油、棉、麻从此处运出，又将沿海所产的蔗糖、食盐、桐油、铁器以及竹木等山货从此处运入。洄溜集便因河道拐弯处得名。河道拐弯处形成的一处小港口，曾是兴盛数百年的通商古埠，白天黑夜，车水马龙，商贾云集，先后建起东西走向、青石板铺就的 3 条大街，各种商埠鳞次栉比，这里一度还被称为"小香港"呢!

燕子跟我说起这些时眉飞色舞,俨然已经是这儿的主人。说笑中,车子在一座起脊的砖瓦房门前停下。我看到邻家的几位老人在门前闲聊,麻雀在柿子树上叽叽喳喳地唠嗑,人与自然相处和谐。抬眼看,李伟爸妈已早早地等在门前了。

进到堂屋,看见家里摆设虽然简陋,但是也窗明几净。一副"积善之家必有余庆,和睦之户必有倡兴"对联,让我感受到李伟家是一个勤劳、善良的和睦之家,由此让我对这个未来的姑爷好感立增。

待我们茶水入手后,亲家公又介绍起洄溜集来。他说洄溜集是老集,在阜阳城东南,东南与颍上接壤,西南与阜南颍州区三县交界。百年前的洄溜集,3个石条大街的两边店面就有30余家百年老店,这里先前富过,谁敢说现在就不能呢?现在政策好,只要人不懒,有学问,日子怎么会过不好呢?

一顿午饭的交流,大伯应允了这门亲事。定下日子,讲好彩礼后,我们一行人准备离开李伟家时,热情的亲家公又给我们拿出洄溜集的四宝来——绿豆饼、绿色缸芽、地锅豆皮和"咸黄牛肉",然后目送我们走远。

亲事就这样定下了,转眼又到秋天,国庆节这天,燕子坐上李伟家的花车,嫁到了洄溜集。在"姨不接,姑不送,嫂嫂送姑子有发头"的风俗下,我成了送嫁的人。这是我二上洄溜集。

时间过得飞快,时隔18年后,燕子的儿子考上了大学,大伯再次组织我们前去贺喜。当我们的私家车沿着328国道行进洄溜集时,一路绿树成荫,鲜花夹道,路宽道净,真如轻舟顺流而下,人在画中游。那种轻快,可以用"两岸猿声啼不住,轻舟已过万重山"来形容。

洄溜集的巨变令人震撼。18年前,街道两旁还有不少参差不齐的矮房,如今高楼林立。部分古民居得到了修缮和保护,散发悠远自在的气息。街道宽敞,人烟辐辏,人们微笑看客,从容大方。

燕子的院里扎起的大灶台上,一溜烟地摆满了几大盆菜肴。那些耳朵上夹着烟,端着托盘的年轻人,一边说笑,一边排在沸腾的大锅前，等待大厨出菜。

记得送燕子结婚时，燕子家住的是起脊瓦房，如今却变成了三层高的楼房。墙头边一个六角形的大花池内，五颜六色的月季、玫瑰争奇斗艳，竞相开放。屋内更是窗明几净，现代化的家具一应俱全。

亲家公看到大伯一脚门里一脚门外后，忙大步迎上前，一把抓住大伯的胳膊连连摇晃。他虽然白发丛生，但精神依然矍铄。他忙着给每一个亲戚打招呼，忙着酒宴的大小事务，脚不沾地，精神焕发。

这个秋日，侄儿的升学喜宴极有象征性，它是国家脱贫攻坚胜利的象征，是燕子选择正确的象征，是春耕秋收的象征。这场喜宴让洄溜集的一个农家小院漾满了欢乐，它也是中国千千万万户家庭的幸福象征。

饭后，我漫步在洄溜集古街道上，一条条青石路蜿蜒通幽，两厢翠竹、白墙、黛瓦显得古朴素雅，而一栋栋富丽堂皇的高楼内，不时地传来居民们的欢声笑语，更让我对燕子当初的坚守发出由衷的钦佩之情。

回程再次经过颍水旁时，我的神思飞到了过去。我仿佛听到了千百年前，店小二的叫卖和船工的号子声；看到了千百个贩夫走卒在青石街上踽踽而行；更闻到了飘荡在古镇上空美食的幽香。

三上洄溜集，我看到了洄溜集时代徐徐展开的画卷，听到了时代的脚步，闻到了远古的文明气息。我相信，跟着时代的步伐，洄溜集会有再一次美丽的蜕变。不久的将来，我还会一次次来到洄溜集，它一定不吝呈上它所能提供的美好。

作者简介：

陈利萍，供职于安徽省阜南县田集镇中心学校，同时兼任阜南县家教讲师团成员，系安徽省作协会员。

岁月不藏横山美

◎ 陈　联

横山位于安徽马鞍山市的东南方，毗邻江苏省，方圆数百里。又名"横望山"，因四望皆横而得名。横山既是风景秀丽的风水宝地，也是兵家必争之地。古吴国也曾建都于此。

横山西南麓有澄心寺，是六朝古刹。山中宰相陶弘景曾读书于此。北宋嘉祐八年，澄心寺被改成"澄心院"。绍定元年重建，明初改回原名，还叫"澄心寺"。

20世纪70年代的澄心寺徒有寺名，不见庙宇，更无僧人，残破的院落里居住着林场职工和家属们。正门前的两个石鼓，成了孩童们的滑滑梯。寺前有水，小伙伴们在溪石中翻找螃蟹。溪旁树木荫翳蔽日，中有小鸟翔集，它们探头探脑，喈喈有声。

偌大的院落中，有一月牙形的小池，站在池上的小桥上望着被岁月洇染成黑幽幽的池水，朽叶浮面，乌龟沉底，令人唏嘘叹息。石院墙已经破了，风从豁口处吹来，送来各季花香。

现在的澄心寺是民间人士募资重建的，于2009年竣工。亭台座座，楼阁层层，梵音缭绕里，游人和香客络绎不绝。

西侧白虎山上的抗日英雄纪念碑是2007年7月竣工的，以纪念为国赴死的英烈。高大的纪念碑像一把利剑指向苍穹，它是一本教科书，也是一道闪电。

"石门"在广场的北下角。"石门"是唐代摩崖石刻，两个朱红大字道劲有力，传说是李白手书。李白酷爱横山山水，多次到此，或览胜，或隐居，或访友，每有题咏，留下有《赠丹阳横山周处士惟长》《下途归石门旧居》等诗篇。

"石门"下方有一条羸弱的小溪。阳光洒在一洼洼清澈润凉的水上，粼粼闪光。水来自横山深处，涓涓汇成，泠泠有声。雨季时，溪水就丰盈了，就欢腾了。

石门一侧山势险峻，地势陡峭，行人极难攀登。神仙洞就在接近山顶处，据说是古人修仙炼丹之所。洞可容三五人，小时候我进过一次。洞有传闻，据说它是神仙封魔之地。

横山是人文荟萃之地，葛洪、陶渊明、陶弘景、李白、吴筠都在此留下过遗迹。登临横山主峰"太阳宫"，下视群山，但见35峰依次环立，山势巍峨，峰峦叠起，可开人胸襟，消人块垒。

来过的人往往都会故地重游。草绿了又黄，黄了又绿，人来了又去，去了又来，一年又一年。青山依旧在，几度夕阳红。

岁月藏不住横山的美好。沉寂多年的横山，如今已成旅游风景区，它以一种最美的容颜和姿态，给世人拥抱，让世人亲近。

作者简介：

陈联，2014年起创作小说、散文，作品散见于杂志。

月亮花开

◎ 陈世会

这几天住在老家，夜里躺在老屋的木板床上，记忆就像一大滴墨水滴在了白纸上，越润越大，曾经朦胧、模糊的画面，渐渐地清晰起来，如在目前。

孩提时的村庄，是一个依山散叠的自然村落。村庄的中心部位是个山包，茂盛着一大片翠绿的竹林，围绕四周的，则是一家家高高低低的房屋。有一回，我和表妹放学归来，天色已晚，月亮正在升起，村庄已燃起了点点灯火。站在一座山岗上，表妹用手一指，说："你看，我们的家，多么像月亮下盛开的一朵花。"我放眼望去，可不是吗？可真像！真的太像太美了！

自那之后，我放学回家，时常故意拖得很晚，为了看到那月亮下的花朵。我坐在山岗上，静静地等着，看月亮慢慢升起来，看灯火一盏一盏地亮起来，直到花儿盛开，我才背上书包，在如梦如幻的心境中幸福地钻进花朵里。

表妹姓俞，是一个清纯美丽的女孩子，家住我家的北上角。那时，我和表妹同读初中，他的父亲在合肥一家邮政图书馆工作。我喜欢看书，表妹说，你到我家来看吧，我爸也爱看书，有许多书都放在家里。我每晚写完作业，几乎就上表妹家去看书，有时吃过晚饭就去那里写字，有时候就在她家吃饭。

那时，表妹家的书是真的多，还有许多期刊，像《十月》《收获》《电影》《安徽文学》等，也都是在那个时候知道的。一本本书，一份份期刊，成了我如饥似渴的精神食粮，经年累月，使我深深地爱上了文学。表妹常常笑话我，说看书比吃饭还重要呢。

夜深回家，要经过那片墨黑的竹林子。那时候，毛竹不值钱，砍伐的也很少，竹子长得特别茂密。白天走在林间小路上，清风习习，竹叶沙沙，竹影摇摇晃晃，日光星星点点，别有一番兴味。夜晚却是令人惊悚的，即使有月光。我胆子小，打手电筒也会胆战心惊。表妹说："我送你回家吧？"我说："那你怎么回来呢？"表妹笑说忘了这点，就拉着她妈妈一道送我。表妹妈妈是个温婉的女子，勤劳、善良、美丽。我永远记得我们一起穿过那片月夜竹林的情景：月色如水，影影绰绰，风吹竹叶的声音，沙沙，簌簌。

时光过得可真快。我上高一的时候，表妹全家人搬去了合肥，让我心空如山谷。还是一样的月亮，还是一样的村庄，站在山岗上再看的时候，月亮下的花瓣瓣，已少却了几盏灯火。再后来，邻人们相继迁徙，月亮下的花朵慢慢凋残。

如今，我再也看不到月亮下盛开的花朵了。很多老屋已在风雨中颓圮了，曾经40多户200多人口的村庄，只剩下十多户人家零星地守护着故土。而那片美好的竹林，也已消失殆尽。但故园一直在我的内心深处，那月亮花开的情景也一直呈现在我的梦境里。

作者简介：

陈世会，笔名陈世慧，安徽舒城人。曾在《中国国土资源报》《中国青年报》《心灵世界》《安徽日报》等50多家报刊发表诗歌、散文、小说500多首（篇）。

开屏
KAI PING

穿越书房观巨变

◎ 程　锦

一间宽敞舒适的大书房，是每个读书人的梦想吧。这样的梦做过很多次，醒来常常怅惘良久。

少时家贫。3间土坯小瓦房，除去一间由一张八仙桌、几把破椅子组成的客厅，一间被几块旧木板隔成了厨房和储藏室，再就是一间堆满了杂物的黑魆魆的卧室，卧室的窗户上蒙着塑料皮，风一吹就哗哗作响。卫生间是没有的，像样的家具就更别说了——遑论书房？书当然也少得可怜。昏黄的灯光，翻得卷了边的书籍，陪伴我度过了无数个漫漫长夜，温暖了我的少年时光，成为人生中最温馨的记忆。

随着生活条件的改善，家里买了台14英寸的黑白台式机，给农家单调生活带来了无限的快乐。我见识了大山外面的世界，那里有宽阔笔直的柏油马路、耸立的高楼大厦，当然还有雅洁别致的书房。从此，拥有一间属于自己的书房，成为一个山村少年多年来魂牵梦萦的愿望。

再后来考到县城上高中。有一次去班主任家里拿成绩单，顺便参观了老师的书房，这是我第一次接触现实中的书房。依墙壁立的书架、琳琅满目的书籍、高档大气的书桌，令我艳羡不已。假期回家，我便缠着父亲要买个书架，父亲禁不住我整天的软磨硬泡，砍来两棵碗口粗的杉树，又请来木匠堂叔，给我钉了个无门无柜、三层四格的小书架。书架虽然简陋，但我却为此兴奋了许久，忙不迭地将家中所有的书都搬到书架上，码得整整齐齐，心里美极了。

上大学时，家里盖了新房，专门给我装修一间房子做卧室，原来的小书架和新房已很不协调，于是父母便到镇上的家具店买了张双门立柜的书橱，那些陪伴我成长、多年来一直藏身于床下屋角的书们终于也过上了"小康生活"。

工作后，单位提供了一间单身宿舍，面积虽不大，但功能俱全，卫生间、厨房一应俱全。我便将宿舍当成了书房，买来两个大书柜，又添置了一张书桌和一台电脑，再摆上两盆绿植，宿舍即书房，书房寄我身。每天在房里读书、备课，偶尔写点长长短短的文字自娱，倒也十分惬意。

结婚成家时，买了一套三室两厅的房子，我的书房梦终于触手可及。我满怀激动的心情，用了整整一周的时间设计好书房图纸，又端茶敬烟千叮咛万嘱咐，让装修师傅一定按图索骥。很快房子装修完毕，我终于住进了梦中的"天堂"。拉开窗帘，高大豁亮的落地窗将房间映衬得通明宽敞，左右依墙各是一排顶天立地的大书柜，里面挤满了我多年来从各地淘来的宝贝书籍，正中摆放了一套仿古式桌椅，暇日边读书边品茗，自是别有一番趣味。打开窗户，习习清风迎面扑来，夕阳的余晖爬过窗棂跳跃到房中，洒下一地碎金，空气中洋溢着醉人的书香。

每次坐拥书城，展卷畅读，细品世间百态，静观云卷云舒，我总会心生无限感慨，感慨自己有幸遇上了一个好时代。书房的变迁何尝不是社会巨变的一个小小缩影呢？它不仅见证了我们普通百姓家庭生活水平的日益提高，更从一个侧面反映了改革开放以来祖国的日新月异，繁荣富强。

作者简介：

程锦，安徽舒城县人，六安市毛坦厂中学语文教师，校刊《山花》主编。有作品散见于《新安晚报》《文明风》等报刊。曾与徐航老师合著《文乡教苑》。

皖北绞瓜

◎ 丁建设

皖北瓜果多，单单瓜的品种就有黄瓜、甜瓜、苦瓜、丝瓜以及冬瓜、西瓜、南瓜、北瓜等等。倘若到了宿州埇桥，你还会惊奇地发现以汴河为界，汴河南北是两道画风迥异的独特风景。汴北，尤其是山清水秀的符离、夹沟、曹村一带，有一种结在树上的木瓜，每到秋后便一树金黄，四处飘香。汴南，尤其是一马平川的朱仙庄、大店、芦岭一带，则有一种长相和个头儿酷似甜瓜、却只能作为蔬菜食用的瓜——绞瓜，秋收一毕它便像成熟的南瓜一样，摆满农舍的窗台檐下，俯首即拾，得来全不费工夫。

绞瓜外壳略硬，貌似金玉其外，实则表里如一，尤其是其金黄色的瓜瓤状如海蜇，形同面条，味似鱼翅的缕缕金丝，是一种绝无仅有的纯天然绿色食品，一种味道鲜美的农家土菜。而且它不像木瓜那样张扬，那样高高在上，而是低调地匍匐在田边地头，或是攀缘在低矮的栅栏上，心甘情愿地为城乡食客们奉献舌尖上的享受。

对于绞瓜，我虽然生在农村长在农村，但知之甚少，它压根儿就没有引起我的注意，我甚至不知道我的家乡宿州也是"绞瓜之乡"。1985 年，我到宿灵固三县接壤的一个边远小乡"支边"，在村支书家吃到了绞瓜。看着桌子上的怪物，我的筷子有些迟疑。书记夫人故弄玄虚，说是城里都很难吃到的"海鲜"，我将信将疑，望着盘中既像海蜇，又像鱼翅的"天然粉丝"，拿起了筷子。待我吃到嘴里，才知这种长在地里的"海鲜"真是别有一番滋味，那种清洁爽脆的味觉，平生仅见，不由大呼快哉。

书记说起绞瓜，真是一脸的骄傲。他说绞瓜又叫搅瓜、金丝瓜、海蜇瓜、鱼翅瓜、面条瓜等等，都是根据形状来的，它不仅营养丰富，还能清热解毒，降压减肥，抗癌防癌。做的时候，先把它洗净，敲碎外壳，放到水盆里用手使劲地搅，搅成一盆金丝，再把它捞出来，拌上油、盐、葱花、姜末等佐料，就成了现在这个样子了。

真是既大饱口福又大开眼界了。书记说，绞瓜还是贡品呢，吃法也多着呢，要不是咱饭后还有工作，就让你嫂子再做几样绞瓜菜，比如油炸绞瓜、清炒绞瓜、绞瓜汤和绞瓜包子，等你啥时得闲了，我就请你吃"绞瓜宴"。我不由盼望着闲下来，好好品尝一番。

前几日老友聚会，不知怎么就聊到了绞瓜。朋友的朋友原是学农的，前些年因身体原因办了病退，在老家流转了几亩土地，不仅种了不施化肥、农药的小麦，而还搞了个三分多地的小菜园，种了些绞瓜和苦瓜。每当收了小麦，他就磨成面粉，收了绞瓜、苦瓜，他就存放起来，然后打电话让城里的儿子、女儿开车来带。他自己这些年的主食就是这些乡下"土食"，几年下来，他原来的"三高"没有了，"将军肚"也消失了。这当然与其长期食用无公害的农产品有关，但绞瓜和苦瓜的药用保健功能却也不容小觑。

回归自然是人性的回归。虽然像绞瓜这类"土到家"的天然保健品，在西风日渐中退到了边缘，但"四个自信"已经深入人心，乡村振兴的征程已经开启，作为皖北的土著，作为乡村一景的绞瓜，一定有大放异彩的那一天！

作者简介：

丁建设，安徽宿州人。安徽省作家协会会员、安徽省散文家协会会员、安徽省散文随笔学会会员、安徽省民俗学会会员、宿州市散文家协会副秘书长。在各类报刊和网络平台发表散文、诗歌、小说等文艺作品百余篇，著有散文集《那一缕炊烟》。

盼　年

◎ 丁文新

　　红开始在整条街蔓延，红的灯笼、红的烟花、红的鞭炮，映着满大街红通通的笑脸。寒冷的空气因了这片红，而暖热起来。

　　年是盼来的。

　　小时候，对年的盼望，像一场蓄谋已久的逃脱，是一场渴盼已久的期待，逃脱作业，逃脱锄草喂猪，期待美食，向往无拘无束的轻松自由。一到腊月，埋怨是不被允许的，打骂就更别说了，因此我可以纵横策马，横行无忌。一年里最值得期待的盛大节日，在盼望中慢慢走来。

　　迎年的程序是很繁复的，除了涤尘洗扫之外，更多的是做美食。炸圆子了，滚烫烫的糯米饭倒在泼满了面粉的簸箕里，撒上星星点点绿意盎然的葱花、金光闪闪的姜末，腾腾热气中，母亲出手果断，揉搓叠放，舒卷自如。不一会儿，圆滚滚的蛇状面柱被母亲切成均匀的小圆柱，众手伺机已久，揉啊搓啊，再丢入香气扑鼻的油锅。在滋滋有声的煎炸中，圆溜溜黄灿灿的金元宝，不一会儿便在金黄的油锅里载浮载沉了。

　　牛高马大的爷爷上场了。一大锅红薯芋头挤在铁锅内，煮上大半天，待揭开锅盖，伴随着弥漫的烟雾，香甜之气鼓荡而出，吞卷一室。老人家舀起糖稀，拉之如布，将其缠绕在一根木柱子周围。尖叫声一片，爷爷毫不惊慌，将它抛到簸箕内，与早已烤干的芝麻、玉米花、花生米黏合在一起。爷爷执槌敲打，执刀力切，吱嘎声里，糕点已成。

　　年夜饭是相对丰盛的，那是一场生猛的饕餮事件。初一之后，哥俩开始走亲戚。报纸包的粽子样的红糖、几瓶罐头，或者一两袋麦乳精，排在竹篮里，披上一块红布，哥俩便挎着它们雄赳赳地走了。斩获回来，便是炫耀战功，睥睨四顾，展示战利品：瓜子塞满兜，花生满口袋，更何况还有罕见的花花绿绿的水果糖，甚至还有5元、10元的红包和新袜子、新手帕——简直想翻无数个跟头！

高中毕业后去了部队，每到春节的深夜，遥看万家灯火，耳闻爆竹声声，乡思翻滚。儿时的场景如在目前：小河里，母亲清洗一篮青菜的涟漪；八仙桌上，父亲一杯烧酒倒映出的红灯笼的烛光；蜿蜒的小道上，拜年的欢笑响彻村庄；雪花纷飞的窗棂前，母亲一针一线缝补着我那条磨破了膝盖的蓝咔叽裤子；此时此刻，母亲正捧着我一身军装的照片仔细端详，和我同时落下了一串串思念的泪珠……

人生翻至中年，对年的期待渐趋平淡。愿望不再那么容易满足，梦想不再那么容易实现。换车，换房，孩子功成名就，自己官运亨通，父母长命百岁，但依然会有期待。这时候的年是一种思考，一种暂停，是时间的驿站，休整好，再重走四季。

年是中国的传统，年是团聚，是圆满，是乡愁的慰藉，是亲情的凝聚，是陪伴，是承欢膝下的嘘寒问暖。生活渐渐好了，此时的年，不再是美食的吸引；可视频通话了，年不再是思念的煎熬，而是能够触摸的真实。

小时候，曾想过如果天天是年多好，现在知道，年终究只是个驿站，休憩是为了更好地打拼和奋斗，团聚是为了分开后亲情依然饱满。我们在年里充足电、养好精神、撒开四蹄，向着下一个更美好的年前进。

作者简介：

丁文新，六安市舒城县晓天镇文化站干部，作品散见于《检察日报》《中国人口报》《中国妇女报》《法制日报》《安徽日报》等。

方梦富做寿

◎ 方再能

　　7月1日这天，画屏乡弯月村，偌大文化广场上的乡村大舞台被布置一新。舞台前方大红横幅上是"方梦富百岁寿辰庆典"9个鎏金大字，舞台两侧台柱上贴着大红楹联。舞台幕壁正中放着一个披红沙发，舞台前方的右侧放有扩音话筒，舞台前方两侧放有音响，"今天是个好日子"的甜美歌声飘荡在拥有百多户人家的弯月村上空。

　　出生于1921年的方梦富，所以在一个多月前，老人所在的弯月村两委就决定，在7月1日为老寿星方梦富举办百岁寿庆。因此才有了本文开头的一幕。

　　方梦富是办理居民身份证时才改名如此的，他希望自己能富裕起来，让全家人过上衣食无忧的生活。2021春节过后，他突然逢人便说："我，方梦富，做梦都没想到，竟然还能活到100岁！这全托共产党的福呀！"现如今，他已是五世同堂之家了。

　　上午9点9分，方梦富老人的百岁寿辰庆典，在热烈的鞭炮声中拉开了序幕。主持人宣布寿庆开始，热烈的掌声后，身躯硬朗的方梦富，身着棕红色中山装，肩披红彩带，稳步走上台来，随之是儿子、孙子、重孙、玄孙共60多人，按年龄大小依次排列上台。见此场面，顿时掌声雷动。

　　老寿星的子孙们，集体向老人行拜寿之礼，按照主持人的提示，一鞠躬，感谢父母养育之恩；二鞠躬，感谢父母教诲情深；三鞠躬，不忘兄弟姐妹之情。礼毕，众子孙众星捧月地簇拥在老寿星周围，照下了全家福。

接下来是方梦富的讲话，老人不听主持人劝告，执意站了起来，向台下观众深施一礼，然后落座，他以洪亮的嗓音说道："各位领导，各位乡亲，大家好！首先我要感谢共产党！没有共产党，我方梦富也活不到今朝，没有新中国，也没有我方梦富今天的幸福生活！然后我要感谢弯月村两委会，特意为老朽举办这么隆重体面的庆寿典礼！同时我还要感谢全体父老乡亲，以及各位亲朋好友的到来与真诚美好的祝福！"说着又站了起来，面对鲜红的党旗、国旗，庄严地鞠了一躬！然后向台下观众拱手致谢。落座后，继续说道：

"常言道：'山中只有千年树，世上难逢百岁人。'人活 100 岁世间少有，我方梦富，身世坎坷，7 岁 8 岁两年，先后痛失父母，成了孤儿，是同族一位盲人先生可怜我，将我收养。长大成人后，好心的盲人先生，又为我娶了亲成了家，还将坐落在弯月村一亩半薄田和一栋闲置的旧房子，无偿地给了我，希望我能在弯月村能安生过日子。"说到这，老寿星顿了片刻，接着又说道：

"在旧社会近 30 年里，我几乎没有过过一天不焦不急的日子，也没有吃过一顿像样的饭菜，随着子女们一个个来到世上，那一亩半薄田，越来越维持不了一家几张嘴了，日子过得朝不保夕，遇上灾年，不得已，也常拿糠腌菜、野葛根、树叶、野果、观音土充饥度日。"听得此言，台下 300 多号人鸦雀无声。

"新中国成立那年，我才 29 岁，旧社会苦水里泡大的我，翻身做了主人，光荣地加入了中国共产党，上了夜校识了字，当了大队干部，还几次安排我到乡里、县里学文化，让我这个泥腿子也能识文断字。再后来喜逢改革开放，国家逐渐繁荣昌盛，我等老百姓的日子越过越好，我的孙辈们，享受到改革开放的成果，不愁吃喝穿戴，还都上了正规学堂念书，从小学一直念到大学，看着子孙们，个个都被国家培养成才，成为对国家有用的人，我方梦富做梦都笑醒了。"说到这，老人顿了片刻，掉转话头说，"还有我这把老骨头，也跟着享受到当今这么高超优越的医疗服务，要不是先进的医疗技术让我重新站了起来，我这把老骨头早就作古了。"说到这里，老人声调再次哽咽起来。"不好意思，我失态了，我的发言完了，谢谢大家！"

群众都被老人的这一席讲话打动了，台下响起了一波高过一波的掌声。

主持人笑容满面地再次走到台前，祝愿老人福如东海寿比南山！上午 11 点 19 分，方梦平老人百岁寿辰庆典，在阵阵热烈掌声与鞭炮声中落下帷幕。

作者简介：

方再能，池州贵池人，先后在《安徽日报》《新安晚报》等副刊发表过小小说、散文、对联故事、游记 100 余篇。

爱比路长

◎ 房积忠

老人怎么说不行就不行了呢？

岳父去年才过的 80 大寿，因为养老院的工作太忙，只让妻子到桐城乡下去祝贺了。算起来我已有 8 年没有去看望岳父岳母大人了。

岳父岳母只生了两个女儿，我的妻子是小女儿，中学毕业就来到安庆工作，然后嫁给了我。妻姐在家招亲，照顾着两位老人。刚才妻姐打电话说，岳父快不行了，让赶快转到大医院医治。我匆匆去桐城将岳父接来了安庆市立医院，一个月后岳父好转，能下地走路了，但脑部梗塞，竟不认识家人了。医生说，老爹只有两年活头了。

关于岳父过去的点点滴滴，一下子从我脑海浮现出来——

20 世纪 90 年代初，妻子没工作，一直在家带孩子。我一人工资既要缴房租又要养活全家，日子过得紧巴巴的，甚至有些月份连一间房子 50 元房租都缴不起了，妻子经常回娘家向借钱。春节回娘家，妻子也只带点水果。记得第一年去的时候是大年初三，岳母家的七姑八舅纷纷前来拜年，大人小孩围了一大桌。临上桌吃饭前，岳丈将我拉进他的房间，关上门，从抽屉里取出一叠钱递给我说："等会上桌吃饭，别人怎么做，你就怎么做。"我迟疑了一下，岳父已将钞票强行塞进找的口袋里。

开席了，众亲戚纷纷掏钱包红包，我也跟着一一分发。年毕，我们回城时，岳父母吩咐姐和姐夫将去年腊月腌制的鱼肉鸡鸭鹅用蛇皮袋装好，让我们带回城去吃，能省很多钱。临行前，岳父又一次将我叫到他房间，语重心长道："现在都什么时代了，你这么聪明的人，怎么还抱着死工资不放呢？你要下海干番事业。"岳父的这番话语，对我今后乃至终生的影响都很大。

想起20多年前，我下海干事业，先后买了6辆货车，每换一辆车都要去桐城乡下找岳父借钱，每次都亏了，有借无还。干了许多行都失败了，每干一行就去借一次钱，仍都是有借无还。每次借款，他对我这个不争气的女婿还是客客气气，一进门泡茶递烟，煎鸡蛋割肉喝酒，从没埋怨过，只盼着这次肯定能成功。他说："干事业哪有一帆风顺的，你们正年轻仍要继续努力……"最后一次开办养老院荻得成功，岳父却已患上了老年痴呆症，无法分享我们的喜悦了。

岳父出院了，理所当然地来到我办的养老院居住。

第二天，老岳父坐在客厅里和我们交谈起来。说是交谈，他也是有一句无一句杂乱无章地说着。事实上，他连自己的小女儿都不认识了。

我凑近岳父，大声在他耳朵说："我是房积忠，是您的小女婿，您可认识我？"他下意识地用手遮到耳朵边，啊啊地似乎听明白了。

"你是房积忠啊？"他坐在椅子上，蓦然怔了一下，搜寻着往日的记忆，似乎知道是我了。

"是的，"我点点头，"我叫房积忠。"

"房积忠？……房积忠你是什么时候回来的？你好多年没有回家来了。"他猛一醒悟凑近我，大声惊叫起来。老爹将这安庆养老院当作桐城乡下自己的家了。

我说："这是安庆。这家养老院是我和您小女儿开办的，是您借款帮助我们开的。"

他似乎没听见我说什么，突然喘着粗气伤心地大哭起来，一边哭一边说："房积忠，我老了，我搞不到钱了……我没有钱借给你了，呜呜……"

他忍不住哭了起来，泪水不禁夺眶而出……

突然，他扶椅站身走动起来，急急地在柜台边桌子旁寻找着什么。

"茶叶呢？柜子上的水瓶呢？老奶奶——快烧开水！房积忠来了，快烧开水泡茶！"

"人哪里去了？德发啊！房积忠来了，快去买两包烟拿瓶酒来！再到村口肉店称两斤排骨来……人都哪里去了呢？家里来人了，怎么都见不着了呢？"

老爹老年痴呆，但这时还算清醒，知道我是他的女婿，但不知道现在是在安庆。

"房积忠你坐，老奶奶和德发他们在地里做事。你坐车来的？肚子饿了吧？我出去喊他们回家弄饭。"说着，进了厨房，见不能通向外面又转回到了客厅。

我凑近他说："爸，我刚才吃过了，吃饱了。妈妈和哥哥既然在菜地做事就让他们多忙一会儿嘛！"

"忙，就知道忙。你大老远地从安庆回家起码要喝茶吧……"

这样的场景得有多少次，才能在他病重的时候自然呈现？他的心得有多仁善，才能在混沌里依然温暖？我为了事业8年没有回家看望他，他的心里该有多么不放心！他的心一直徘徊在去我那儿的路上，担心却又不敢打搅。我的耳边响起妈妈平时说的一句话：人的眼泪水总是向下流的，儿女疼父母只有扁担长，父母疼儿女有路那么长。

作者简介：

房积忠，安徽安庆人，安徽省作家协会会员，作品散见于各级报刊与网络平台，出版中短篇小说集《人生临界点》。

西藏三日

◎ 葛继红

2021.7.19 格尔木到拉萨

2021 年 7 月 19 日早晨 7 点，从格尔木出发。

格尔木，这座远离内陆的边陲小城，几年前我已来过，再见它，很亲切。从格尔木往南，火车在茫茫无际的荒原上行驶。

过了三岔河大桥，便是昆仑山口，突然出现的雪山，引起了人们的惊呼。冰川并不遥远，仿佛伸手可触。有雪山，就有潺潺的溪流。那么多的小溪流，在车窗外一路欢歌，一路陪伴。草原辽阔，一朵一朵小紫花，星星一样洒在草丛里。

车到可可西里，不敢大意了，眼睛盯着车窗外，期待有成群的藏羚羊在草原上奔驰。正出神间，突然有人大喊："快看，藏羚羊！"果然看到一群藏羚羊。黄褐色的毛发，长长的犄角，修长的身材，这大自然中的精灵们，正悠闲自在地啃食草皮，毛发上似乎还有昨夜的星辰，蹄子上还残留着草地上的霜花。接着，藏野驴、野牦牛都来了，一头、两头……一车人兴奋得又喊又叫。如果不是亲眼所见，你怎么会相信，这荒无人烟的青藏高原上，有这么多可爱的精灵！想起电影《可可西里》的一句话："在可可西里，你踩下的每一个脚印，有可能是地球诞生以来人类留下的第一个脚印。"

想着这句话的时候，火车已到那曲。火车在那曲小站停留了十几分钟，人们纷纷跳下车，涌在站牌下拍照留影。高原强劲的风裹挟着雪的冷，从远处呼啸而来，把风衣吹得呼呼响。还没来得及拍照，那边列车员喊话，赶紧上车，车要开了。那曲，这座藏北小城，很快被甩在身后。

晚上9点半，列车抵达拉萨火车站，望着远处闪烁的灯光，那一刻，有点恍惚，这就是我梦想中的拉萨？接我们的导游带我们去宾馆。洗漱完毕，本想好好睡一觉，明天好好玩，可躺在床上，一点睡意也没有，头脑特别清醒，越睡越清醒，翻来覆去睡不着，直到凌晨4点，才迷迷糊糊睡去。

2021.7.20 大渡卡古堡遗址

7月的林芝，丝毫不逊色于江南。夜里刚下过一场小雨，雨水把天空洗得干干净净，也把老柳树洗得清清爽爽。空气里弥漫着草木清香的气息，深深吸口气，整个肺叶都被过滤了，特别舒爽。

有人家，傍着江边住。一栋一栋红墙绿瓦的小别墅特别醒目，院子里一丛一丛的蜀葵和波斯菊开得惊心又惊艳。村外是一大片青稞，老核桃树长在田埂上，菜花开在青稞边，像给青稞镶了一道花边。心里忽生羡慕，这是神仙住的地方啊！司机阿布说，这些房子都是国家援建的，现在藏族老百姓的日子，过得很滋润。

在游客中心用过午餐，前往大渡卡古堡遗址。公元1200年，林芝王工布和波密王率领各自的军队，在雅鲁藏布江大峡谷入口处集结，此处是工布王的战略要地，对波密王而言，占领此地就意味着扩疆拓土，成就霸业；对工布王而言，一旦领土沦陷，波密军队就会长驱直入，直逼工布王城下，工布王朝将岌岌可危。因此，两军在此安营扎寨，练兵对峙，形成剑拔弩张的局面。最后，波密王打败了工布王，占领了此地，并一把大火烧了工布王的城堡。

古堡遗址位于雅鲁藏布江边悬崖绝壁上，墙是土墙，夯筑，上面长满了青草。我伸手摸了摸那来自先民手中的泥土，感到天地间轰然，信息瞬间接通。废墟和遗址，总能触动人内心最柔软的地方，也最容易在人的内心产生时间和空间上的共振。

古堡遗址不远处，有棵树龄1400多年的古桑树。古桑苍黑的树干，繁密的枝叶，分明像一个学养深厚的人。人站在古树下，不自觉地谦卑起来。万里迢迢赶来，哪怕就为了看一眼这千年的古树，也是值得了。

古桑旁边，一块巨石巍然耸立。在裂开的石缝里，一棵上百年的野桃树破石而生。在这里，所有的花草树木都能激起我旺盛的好奇心——这峡谷里充沛的雨水、适宜的温度，让每一棵树都成了精。站在这些古树下，人都失去了语言表达的欲望，怕一张嘴，心底的那些小阴谋会被大树识破。

2021.7.21 羊卓雍措

从拉萨出发，过曲水大桥，沿拉萨河西行，经过达嘎小镇，进入岗巴拉山区。山路越来越窄，越来越陡，一颗心提溜到嗓子眼，咚咚直跳。

翻过海拔 5030 米的岗巴拉山，远远就看见一枚蓝，像块蓝宝石镶嵌在喜马拉雅群山之中，又像一条蓝色的绸带在山腰上轻松绾结。一车人兴奋得手舞足蹈，大叫着往湖边跑。

跟着人群往湖边跑，眼睛和心立即被它的美震撼得一愣一愣的。那么一汪碧蓝的湖水，纯洁晶莹地卧在群山之中，让你找不到合适的词语来形容。羊卓雍措的美丽和宁静，终于把一个在俗世中挣扎了很久的人，还原成一个单纯天然的稚子。人类于精神层面上，永远是一个孤儿，需要自然山水时不时来扶你一把。

湖边，有一些石块垒起的小石塔，有的七八块，有的三四块，大的放下面，小的放上面，藏民叫玛尼堆。我问阿布，这些小石塔有什么用途。阿布说，每个灵魂都要有个房子，这些石塔就是安放灵魂的屋子。

我捡起几块石头，也给自己垒了一个小石塔，等我离开这里，我的灵魂还可以寄宿在里面。都说人需要一个精神家园，这个家园可以很小，就如同这小小的玛尼堆，足可以盛得下一个人的灵魂。

湖边很冷，不宜久留，匆匆踏上归途。再次回头看一眼碧蓝的湖水，这可能是我一生中最后一次回眸羊卓雍措。很多地方，一生只能去一次，开始就是结束，初见就是永别……

作者简介：

葛继红，安徽省作家协会会员，阜南县作家协会副主席。作品散见于《奔流》《西部散文选刊》《安徽日报》等。有多篇文章在征文比赛中获奖，出版散文集《草木时光》。

春兰花开

◎ 关　民

　　我喜欢兰，"君子如兰"。我的文学导师裴章传先生，我常譬之以春兰。

　　2019年大年初六，我驱车去杭州接裴章传老师夫妇回合肥。导航到达后，我却费了不少周折才找到裴老师。原来他独自一人在楼下院子里，躬身来回搬着石头，敲敲打打地正铺设一条鹅卵石景观小道。我诧异问道："老师，大过年的，您咋在这里铺路呢?"他起身拍了拍手上的泥土，笑道："反正没事，每天散步从江边上背来这些石头，总算派上了用场。"我不解道："这楼道不是有石板路吗?您干吗下这么大的功夫，另辟蹊径呢?"他笑了笑，说："这里是拐弯处，人们总喜欢走捷径，把草坪踩出一条小道，我干脆因势利导用石头为他们铺设一条小路，这样既保护了草坪，也保护了那些宝贝。"我顺着他手指的地方看去，原来，在楼道口不远处的细竹绿草之间，正盎然开放着几株娇小可人、质朴文静的兰花!我情不自禁地扑上去想闻一闻它，裴老师伸手拉住我："别碰!到我家去，我跟你细说。"

　　果然，在裴老师的书房里，我除了看到无数的藏书外，还有一盆摆放在书案最显著位置的兰花。这花栽培在一个十分讲究且古色古香的方斗型花盆里，上面刻着草书诗文，我凑上去想品读一下，却被释放着淡淡幽香的春兰给吸引住了，抬头仔细观赏着，它茎叶细长，葱绿泛光，柔中带刚，像一群舞者的水袖飘逸而有力道，错落有致，层次分明，并开着几朵花葶，像是从假鳞茎基部外侧叶腋中飞出的"彩蝶"。这些"彩蝶"的花瓣呈绿色，淡褐黄色纹脉，唇瓣似卵，透明欲滴，香气袭人。

裴老师告诉我，这就是春兰，是兰科兰属地生植物，又叫朵兰、幽兰、草兰、扑地兰，是世界十大名贵兰花之一。它的花期较短，一般在中国农历"立春"前后开花，是名副其实的"报春花"。

春兰在我国栽培历史悠久，兰文化因此滋生。人们认为春兰将"香""花""叶"三美聚于一体，并独具"四清"。人们从欣赏到喜爱，由形美而到文化审美，以诗写之，以墨绘之，以琴歌之，以舞拟之。

孔子自卫反鲁，隐谷之中，见幽兰独茂，蔚然叹曰："兰当为王者香。"孔子还说："芝兰生于深林，不以无人而不芳。"子曰："与善人居，如入芝兰之室，久而不闻其香，即与之化矣。"王者香是淡远的，如王道；兰花是宁静的，如君子慎独；人是环境的产物，为人当沐兰香。孔子赋予了兰花以人文精神。

屈原爱兰。他佩兰，咏兰。"余以兰为可恃兮，羌无实而容长。""览椒兰其若兹兮，又况揭车与江离。""扈江离与辟芷兮，纫秋兰以为佩。"屈原的兰是士大夫贞洁精神的喻体。

后世的文人墨客咏兰，大抵在孔子、屈原框定的范围之内。"孤兰生幽园，众草共芜没。"兰孤傲。"饮德醉醇酎，袭馨佩春兰。"兰芳馨。"食饮屑白玉，沐浴春兰芳。"兰高洁。郑思肖画兰无土，以示大宋不再，投国无门。孔子作《幽兰操》，以示情怀高洁，不染芜秽。兰被人格化了，成为人们的审美风向，成了汉字语汇中独有的审美形象。

古人远矣，唯有神交，所庆幸的是，我的老师裴章传先生，便有兰之品格、兰之情怀，而把我与他之间的亦师亦友的关系冠以"金兰之交"，算是恰如其分了。

我与裴老师相识多年，由于双方从事的职业不同，退休之前彼此相聚甚少，但并不影响我对他的了解和仰慕。闲暇之余经常拜读他的作品，他还让我在他编剧拍摄的电视连续剧《坝上街》中客串了建委主任贺家忠这一角色。

2016年10月，我退休了，开始从零开始学习写作，为的是圆小时候的文学梦。裴老师给了我耐心的指导和巨大的鼓励，并给我的新书做策划和宣传，事无巨细，无微不至，令我十分感怀。不仅如此，他还为我提供写作机会，邀请我参加由他主编的《史话朱巷》的创作班子；他还为我拓宽写作路子，让我尝试诗歌写作。他打开了我的写作之路，使我得以写作出版了《凡人俗语——关民诗歌散文集》和《在下一个路口等你》两部精装本诗集。

裴老师真如同春兰，处身之地，不择高下，探谷底而不掩芳茂；容身之所，不择华陋，倚岩石而自有姿态。作为中国一级作家、安徽省文史馆馆员、安徽省政府参事，平时各种事务极其繁忙，创作任务又十分繁重，但他在笔耕不辍之余，始终没有忘记我这样的文学晚辈，帮扶有余，不吝其心其力。伊人如兰，导引以高洁，熏陶以芬芳，让我情不自禁地想起，他为那些走"捷径"的人而不惜躬身铺鹅卵石路的身影。我想：在文学创作之路上，我不正是走在他铺设的"捷径"之路上吗？

君子如兰，其谓先生乎？

作者简介：

关民，在《中国文艺家》《文学世界》等刊物发表诗歌作品，出版诗集《凡人俗语》系列、《在下一个路口等你》等。

一位老兵的战争与和平

◎ 郭玉平

　　今天是岳父的生日，我专门赶到岳父家吃顿午餐。天公作美，单位食堂刚刚出炉的烧鸡惹人生馋，烧鸡正是岳父的最爱。岳父为何最爱？得从他经历的战争说起。

　　解放战争中，攻克太原和兰州是两场恶战。岳父参加了这两次战斗，负了轻伤，在休整和办理牺牲战友的后续工作中，迎来了新中国的成立。

　　1950年秋，岳父所在部队接到命令，日夜兼程，横跨北国两千公里，从银川奔赴丹东待命，一切都在保密状态下进行。直到有一天，部队坐船过江后，传来解密命令，岳父所在的这支部队要去抗美援朝。

　　这一天是1951年1月17日。在朝鲜战场，岳父经历的最触目惊心的战斗是与美国士兵从两侧抢占山头。我军在山根底下被一条河道挡住，团长下达命令："脱光衣服，涉水过河！"一声令下，果断执行，战士们冒着刺骨的严寒，全部蹚过了河。

　　来不及休息，来不及穿衣，战士们光着身子扛枪向山头疾跑，奋力抢占。我军刚刚占领山头，敌军已到山脚，我军居高临下，数次粉碎敌军反抢的企图。敌军丢下若干尸体，仓皇逃去。战后，出现了令西方羞耻的一幕：全副武装的美国士兵，被赤身裸体的志愿军部队押解着，乖乖地走在朝鲜初春的路上。

　　新中国成立后，党中央要建立一支强大的人民空军。1952年初春，岳父在鸭绿江彼岸抗美援朝战场上接到"从陆军战斗英雄中选飞"的通知，那一夜岳父彻夜难眠。高兴的是今后可能成为一名展翅飞翔的蓝天骄子，愁人的是除了自己名字外认不得几个字。

第二天一大早，岳父奉命从朝鲜前线撤回丹东，中午时分，岳父摸了摸衣兜，所剩无几。从1947年当兵开始，所有津贴都寄到了家乡母亲那里。饥肠辘辘的岳父走进丹东一家小饭店，掏尽所有盘缠，要了一只烧鸡，这是岳父当兵以来最香的一顿饭。

2011年，我重回长春空军母校（空军牡丹江老航校、空军预科总队、空军预校、空军航空大学）。在校史馆电子档案中查找到了岳父的名字——"潘作祥，空军4期飞行员。"

岳父潘作祥，一个日本制造的"潘家峪惨案"幸存的11岁男孩，一个17岁参军入党的陆军战士，一个21岁的志愿军副排长，一个22岁的空军飞行员，一个91岁的老人，他对生命与生日一定有着他非同一般的理解，他对战争与和平一定有着他非同一般的理解。

午餐快要结束，整只烧鸡全部消灭。我有意识地试探着91岁老人的记忆，提问了一组咱爷两曾经共同的飞行工作："爸，强五飞机的离地速度是多少？"

"330。"

"爸，强五飞机的接地速度是多少？"

"280。"

"爸，强五飞机开加力的最大转速是多少？"

"11000。"

干脆利落的回答惹得全家人哈哈大笑，老人一推碗筷，骑着自行车去体育场了。

或许有人产生疑问：一个91岁的老人为何对大半个世纪前发生的事件、人物、时间、地点那么记忆犹新呢？

潘作祥一定会告诉你："那是用生命和鲜血在大脑中刻下的累累伤痕，怎能忘记呢！"

作者简介：

郭玉平，笔名郭小平，国家公务员，曾任空军战斗机飞行员、海军队长指导员等职，发表散文诗歌百余篇。

二 姑 爷

◎ 何承熙

二姑爷长相丑陋，沉默寡言，30来岁就佝偻着身体，是个可怜的人。这样的人，注定是要打一辈子光棍的，但是从称呼就能看出来，他娶了我的二姑。莫非是我二姑跟他差不多？错了，我二姑身材高挑，貌美如花，手脚麻利，干活亦是一把好手。

是我爷爷家缺钱吗？不是。他是我爷爷亲自选中的。当爷爷宣布这个决定时，遭到了全家人的反对，大家都认为爷爷疯了，一定是被对方灌了迷魂药。这样的人儿嫁给那个又丑又穷又笨的山里佬？这老头子唱的是哪一出戏？我爸和小叔提出了强烈的抗议。

事情的发展出乎大家的意料。二姑爷上门之后，爷爷带着二姑偷偷上了一趟山里。回来后，二姑鬼使神差地竟然答应了这门亲事，这让全家炸了锅。大家义愤填膺地认为，爷爷和二姑都受到了那个民国伪乡长的蛊惑。那个民国伪乡长，就是二姑爷的父亲。

然而不管我们怎么反对，爷爷和二姑铁了心，坚决应了这门亲事。过礼的时候我还很小，跟着奶奶妈妈等一干女眷，走丘陵，过田畈，爬高山，爬过悬崖，又七拐八抹地走过几个梯田，上了堤坝，穿过翠竹林，竹林后面是一幢三进四水归堂老宅。烟囱里袅袅炊烟，慢慢晕散在背后巍峨的大青山上。众人终于长舒一口气，转身看看走过的路，眼前一望无际的平原，路在山脚下，我那时视力很好，还能看见家乡背后公山的古战场。

老宅是石雕的大门，门槛很高。当我们跨过门槛，穿过天井，来到后堂，看见里面摆了4张桌子，桌子上满是瓜子糖果。墙壁上的方形佛龛里，点着一对红蜡烛，里面供着祖宗牌位。横梁上的铜钩子上，点着一对盘香，从上面垂下来，足有一米多长。等我们坐定，立即就有人过来端着托盘，托盘里放着红糖水，一人一碗。那时糖水是稀罕物，喝完糖水，大家明显心情好多了，脸上透着笑。

有人笑着走来，带我们去厢房。里面一张雕花大床甚是精巧。在床上边的柜子上，是一台黑胶片机。我们出大门后，看见一个清瘦的老头，在门口训斥一个呆滞的人，虽然言语轻微，但眼里透着杀气。后来听人议论，才知道那个老头就是二姑爷父亲，而被训的人是二姑爷的哥哥，据说脑袋也不灵光。再后来的事，就不记得了。

过礼回来后，大家将情况说给我父亲听，父亲很是生气，坚决不认这门亲事，但二姑还是嫁了。听说出嫁那天，我父亲没去送嫁。这件事影响了我们家很多年。二姑嫁过去不久，公婆相继去世，再后来，二姑爷的老大也去世了。再往后，二姑生下表弟表妹，二姑爷也能凭苦力砍树赚钱，收入慢慢增多，生活逐渐稳定，家里人也就接纳了二姑爷。

后来，二姑爷在后山盖了新居，我们才和他家有了交往。我惊讶地发现他是个好人，什么事都明白，什么人情世故都懂，只是不愿意去说，不愿意与人交流，每天低眉顺眼，佝偻着腰，艰难地讨生活。等我长大了些，才懂得像二姑父那样的家庭，能活下来，所能做的，就只能装傻，与世无争。我们都不懂，唯有爷爷懂得其中的况味。

后来二姑家的老宅倒了。我清楚记得，爷爷每说起此事，都是唉声叹气。再后来，二姑在镇上买了一处别人老宅，全家搬了过去，我就再也没去过二姑山里面的家了。这之后，爷爷也去世了。最后一次见到二姑爷，是在爷爷去世的那年腊月二十九。我一个人跑到爷爷坟头，边烧纸边哭。我不知道哭了多久，只听见二姑爷在后面说："承熙，别哭了，你爷爷知道你在想他，知道你孝顺，你爷爷会保佑你的。"一年以后，二姑爷出车祸走了。

多少年后的今天，在吃饭的时候，我突然又想起了我的爷爷，想起了爷爷当年的那个决定，我觉得自己理解了爷爷当年的想法。

当他第一眼看到那个老宅，看到了老宅的布局，看到了老宅的郁郁文气，以及老宅里的各式古董，爷爷动心了。他知道二姑爷不傻，知道他是在文化熏陶中长大的，不管怎样，他究竟是与众不同的，所以才会把自己漂亮的女儿，许给当年那个众人眼里既笨又丑的山里佬。爷爷是唯一懂二姑爷的人，但他却没有得到善终，令人叹息。爷爷也是不凡的人，当我还是很小的时候，常常拿出他走南闯北行医换来的老骨器，教我年代，教我鉴别。正是这种启蒙，使我在很小的时候就对古玩产生了浓厚的兴趣。

两位都已仙去，作此文，记录之，缅怀之。

作者简介：

何承熙，在今日头条等发表散文随笔，长篇小说《老邪》正在中国作家网和今日头条连载。

大姨夫

◎ 洪　云

多灾多难的庚子年岁末，大雪节气后的第一天，我正在办公室处理手头杂事，意外地接到江西省爱民表哥的电话，我诧异鲜少联系的表哥打电话要做什么呢？带着这份狐疑，我接通了电话。原来是大姨夫走了。虽然知道这是迟早的事，可那一刻，心却像被什么抓了，猛地痛了一下。

表哥让我转告我爸。我爸已近 80 了，生活中变故太多，他身体一直不好，我不敢跟他说，但又必须说。电话那头很平静，只是淡淡地回了句："哦，走了，他有 88 了……"

第一次见到大姨夫时，我 5 岁，他 49 岁。

那时父母迫于生计，无法照料我和我弟，将我俩送到千里之外江西省。我在大姨家过了一年，我弟则一直待到小学三年级才回安徽。

我们风尘仆仆到了大姨家后，见到了笑呵呵地迎接我们的大姨夫。大姨夫白皮肤，脸的一侧有一片暗红色的斑，却不让我们害怕。他高大健壮，抱起我，用他的脸轻轻贴了贴我的小脸蛋，我永远记得那一刻的温暖。

大姨家有 4 个子女，两个表姐一个表哥都比我大十多岁，最小的表姐爱华也比我大 6 岁。虽然是这样的大家庭，但那段时光依然是愉快而难忘的。

大姨早年逃荒来到江西，幸运地遇到了大姨夫。大姨夫不仅有一份稳定的工作，而且性格开朗脾气温和，从不打骂子女。对我们两个外来的淘气娃，也当自己的孩子一样对待，我们丝毫没有寄人篱下的感觉，不然我弟也不会一直待了六七年。

大姨夫永远都是笑呵呵的一张脸，我印象最深的是他江西老表的腔调，每到吃饭时，他就会提高嗓门拉长声音喊道："洪云洪光哩，掐饭啦！掐饭啦！"我和我弟有时应声而来，有时还藏猫猫故意让大姨夫来找我们。不见我们出来的大姨夫，为配合我们，便心领神会假模假样地找我们。

唯一一次对大姨夫有意见，是因为那条黄狗。大姨夫抱回家一条小黄狗，几个孩子很快和它有了深厚的感情。那个寒冷的冬天，我们在屋里玩儿，忽然听见阿黄凄厉的叫声，跑出来一看，阿黄已经被大姨夫吊在树上了，鲜血从它的嘴里流出来。我和我弟号啕大哭着，发誓再也不理大姨夫了。大姨夫也像是犯了错，在我们面前，总显得畏畏缩缩的，试图逗我们开心。

一年后，我跟着我妈回去了，之后我也陆续去过几次江西，大姨夫也来过安徽几次。大姨夫是革命老区兵工厂的工人，听说他羽毛球打得好。我颇为不服气，和他较量了几回，果然不是他的对手，得胜的他得意地哈哈大笑。

2011年夏天，大姨夫得了中风，我和爸妈带着5岁的儿子去江西新余看望他。在儿子身上，我看到了当年的自己。这年大姨夫79岁，距离我们的第一次相见已经过去了整整30年。

大姨大姨夫都住在小表姐新装修好的大房子里。小表姐日子不错，在上海一家外企当中层领导，孝顺，周到。由于被子女照顾得好，加上大姨夫体质不错，身体状况一直良好。虽然不能像以前那样运动，但行走起来依然矫健。我们在新余待了一周时间，大姨大热心地陪着我们四处转转，还到了著名的抱石公园。

前年，大表姐陪大姨回来扫墓时，我们听说大姨夫状况不太好了，离不开人的陪伴和照顾，大姨待了几日放心不下就回去了。去年国庆，我爸提出要去江西看望大姨夫，因为听说大姨夫已经不能说话，生活不能自理，他怕以后见不到大姨夫了。他们这对连襟感情很深。

那时我爸摔断了胯骨，在床上躺了几个月，还没有恢复好，出门要挂着拐杖，离不开子女照顾。但是爸坚持要去，我就先陪爸去了，弟弟一家也跟着去了。

见到大姨夫的那一刻是心酸的。大姨夫无力地躺在床上，脸色苍白，嘴角不时流出口水，喉咙里偶尔发出不清楚的声响。他对他的身体已失去了控制，意识还算清醒。看到我们到来，黯淡的眼神好像亮了一点，也似乎挣扎着想打招呼。衰老、疾病、伤痛，把曾经健壮的大姨夫折磨成了这副模样……

都说好人好报，大姨夫又是幸福的。几个儿女都孝顺。大表哥住在附近，他时常来看望。大表姐二表姐离得远，探望少些，就在经济上多尽份心。小表姐为了照顾老父，把工作都辞了，在这套老旧的小房子里，几乎是足不出户地照顾着大姨夫。每天面对单调的吃喝拉撒，和没有希望好转的结果，依然耐心地做着很多儿女都做不到的事情。谁说"久病床前无孝子"？

之后我就没有再去了，只是通过电话的交流，得知大姨、大姨夫的近况。我安慰他们，其实也知道大姨夫日子不多了，但得知他去世的消息，心里还是猛地一痛。他还是走了。

父亲沉陷在静默之中，他想着什么呢？我的眼前浮现出大姨夫的笑脸和爽朗的江西腔，以及初见时，他贴脸时那温暖，那爱怜。

作者简介：

洪云，在省市级纸媒发表散文、报告文学、小说、诗歌近10万字。

皖为观止

◎ 侯明亮

皖居华东之地，宛如中国之树的一片叶子。作为中部省份，其南北差异如此明显，尤为少见。皖南崇文，皖北尚武，皖中则兼收南北，包容东西。皖北主要受黄河文化和中原文化影响，催生出以亳州地区为代表的"亳文化"，皖南主要受长江文化影响，孕育了以徽州地区为代表的"徽文化"。皖北人文历史厚重，仅亳州一地，就涌现出老子、庄子、张良、曹操、华佗等一大批先哲名流。皖南自然风光举世无双，黄山作为世界文化与自然遗产，因徐霞客一句"五岳归来不看山，黄山归来不看岳"而独领风骚。皖中则以巢湖为中心，地处黄河文化与长江文化的接壤地带，以合肥为代表的江淮文化，成为连接中国南北文化的走廊和桥梁。

宏观八皖，在神州之东的腹地上，南北交接的版图中，这一片14万平方公里的神奇土壤——黄山、九华山、天柱山，山山巍峨，卓尔不群，仿佛是她堂下承欢的弱冠儿郎；皖江、淮河以及新安江，川流不息，婀娜多姿，好像是她膝下环绕的碧玉千金；而老庄文化、徽州文化、桐城文化，光芒璀璨，正是她千古传承的灵魂啊！

置身其中，安徽是一架穿越千年栈道的古老战车，当你搭乘这辆战车时，你将会观澜千古风云，凭吊历史古迹。楚汉决战的垓下故地，惊天地、泣鬼神的曹操地下运兵道，以少胜多的淝水战场，婴孩不敢夜啼的逍遥津，无不令人热血沸腾；大禹治水的淮河、涂山，明朝开国皇帝的故乡凤阳，明清时代的古老民居，西递宏村的古祠堂、古宅院、古牌坊，这一切无不令人抚古思今，万千惆怅！

心随身动，安徽是一辆承东接西、通江达海的缆车，当你坐上这个缆车时，你将会览胜绝代风华，折服天地造化。登临黄山，置身于中国东部最高的旅游名山，你将会强烈感受到"登黄山，天下无山"的真正内涵；登上中国四大佛教名山之一的九华山，不仅能够充分领略"九华一千寺，撒在云雾中"的意境，更能亲身感受"香火甲天下"的盛况；中国四大道教名山之一的齐云山，被称为"皖南阳朔，水中黄山"的太平湖，素有"山水画廊"美誉的新安江，八百里巢湖水碧映天，琅琊山的"醉翁之意不在酒"，天柱山的中天一柱，大别山的红色风云，移步换景，景景不同，你才会真正发现"天地有大美"！

微观安徽，如同在叶脉上追溯历史的根系。在这片人杰地灵的土地上，曾经涌现出无数杰出的名人，他们仿佛一颗颗流星，划破历史苍穹，留给后人智慧的光芒。5300年前的凌家滩，用无声的玉石呈现了文明的曙光；闻名于世的徽墨宣纸，成就了韵味悠长的中国书画；四大徽班进京，给世人留下了国之瑰宝的京剧，至今还余音绕梁。在淮涡河岸，老子的"道德五千言"言犹在耳，庄周梦蝶逍遥游，扶摇而上者九万里，思想的痕迹刻在广袤的皖北大地，给岁月留下无边的风霜；横槊赋诗，对酒当歌的曹操，亲率青州子弟兵，在三国的舞台上演绎着烈士暮年的梦想；合肥的包公铁面无私，色正寒芒；桐城两代为相的父子张英张廷玉，"千里修书只为墙，让他三尺又何妨"，从此留下了令人敬仰的"六尺巷"；还有太多名扬青史的人物……

安徽之美，叹为观止。这里群山叠翠，山川秀美，林海苍茫，四季景色异彩纷呈，《唐诗三百首》中的诗意山水寄托了多少文人墨客的情怀啊！泡在庐江汤池的温泉水中，漂流在清澈见底的秋浦河面，垂钓在波光粼粼的太平湖畔，将所有的郁闷一扫而光。在这里思接千载，在这里神游八荒，除了人与山水之间灵性的互动，就再也无法感受到外界的一丝喧嚣。

至皖一观，观止矣！

作者简介：

侯明亮，笔名吴论，安徽省亳文化研究会副秘书长，安徽省作家协会会员。诗歌《散文流年》荣获全国东方杯诗歌大赛铜奖，入选《中国诗典》；诗歌《在大地入梦的时刻》荣获第六届"中华情"全国诗歌散文联赛金奖。

阳台上的菜园

◎ 黄良顺

一

我并不认为花盆里种一棵绿油油的青菜不比那些细枝蔓条、瓣红叶绿的花卉耐看。

尤其这万物凋敝的冬季，大部分木本植物已枯裸如柴，草本的也已搬进室内避寒，空荡荡的阳台上有一畦葱茏的"菜园"，哪怕是几个旧花盆、泡沫盒组成的，也能给人以舒心和暖意。

这种舒暖既是视觉的，也是味觉的。

"欢言酌春酒，摘我园中蔬。"窗外雪花飘飘，去阳台上割几棵油冬青，切几片徽州油豆腐，点上"红泥小火炉"。青菜滚豆腐，或是这个冬日里，徽州人最暖心的菜肴。尽管这些自己种的蔬菜，不像菜场里买来的那样"富态"，但吃在嘴里，味蕾间溢满青蔬味，自然心里踏实，且还伴有收获的满足。

十多年前，我搬进这处"江景房"，就是看中这顶层"复式楼"的前后两个大阳台，坐北朝南，临江面水，足有五六十平方米。每天站在高阔的阳台上，东边太阳西边月，俯瞰青山碧水，闲时栽花弄草，也算是身居"风水"宝地了。

刚搬来时，这两个阳台是有功能规划的。前阳台暖阳绵绵，视野阔达，种花休闲为主。后阳台半日光照，荫静少尘，不湿不燥，适合种菜。于是运来泥土，砌成菜园，面积也有两三平方米。那两年，春种茄子辣椒，夏吃黄瓜南瓜，冬栽白菜青菜，一年四季都有自种的蔬菜。尽管其供给量占家庭所需比例微乎其微，但看着一粒粒蔬菜的种子，心平气和地从发芽、长苗，到蔓藤、开花，直至挂果、采摘，其乐趣亦不亚于口腹之欲。只是后来发现菜叶上莫名其妙地长了虫子，有大青虫，有背着壳的蜗牛和小铁壳虫，还有长在嫩叶芽头上的小黑虫，密密麻麻的，靠双手捉虫已无能为力了。

面对这样的"虫景"，我不禁疑惑，那些所谓的"有机菜"真的是不打农药的吗？

在书上常看到有人自制有机"农药"的。林清玄的那篇《屋顶上的田园》里，也和我一样，备受虫害侵扰，他按友人提供的配方，用辣椒和大蒜泡水数日，然后喷在花盆四周和菜叶上。美食作家古清生用中草药制成"农药"除虫，效果颇佳。我按他们的配方照葫芦画瓢，施用后却收效甚微，不知是"药水"配置不当，还是现在的虫子适应了这种"香辣"口味。

这样几番折腾后，我的种菜热情自然锐减，后来干脆在这小菜园里种上韭菜、小葱、魔芋等虫儿不屑的植物，一劳永逸，再也无须天天去打理了。

二

我和诸多阳台种菜者一样，种的是一份闲逸的生活，对那些前来抢食的"害虫"也并无多大仇恨，充其量是不喜欢这些不讲"食德"的"吃客"而已。有时，我甚至觉得人类按照自己的利害或喜好来划分"益虫"和"害虫"，实在有点自私。

我找"虫"无果后，也就不了了之，顺其自然了。

某日清晨，一阵鸟鸣催我早醒，去阳台时，看见"菜园"边散落了几点新土，是刚从种菜的泡沫盒里被扒出来的，菜叶上又有新的"天窗"，还滴着菜汁，新鲜浓绿，仿若躯体创口上滴下的鲜红血液。

那一刻，我才恍然大悟，这段时间抢食我菜的"罪魁祸首"，竟是这些冒着凛冽寒风出来觅食的鸟儿。

在这个冰冷的冬日里，该飞走的鸟儿都飞走了，留下的都是这些不离不弃的徽州"土著"鸟，和我一样，都是这片土地上的主人。我种菜，它吃菜，似乎有些理所当然了。它们或是肉食性的

开屏
KAI PING

"益鸟"，想在泥土中扒出一两条虫来，不得已才啄几口菜叶聊以果腹；也有可能是植食性的"害鸟"，就是奔着这些青菜来的；或是一只问禅修道的鸟，已改荤为素，路过我家时，顺便吃了份"素斋"。

此后，我连续两天早起，均未见这"不速之鸟"。

后来我也就心软了，这一大早就飞到阳台这个弹丸之地来觅食的，大抵也是一只余粮耗尽、"揭不开锅"的"穷鸟"。我干脆将家里的剩饭剩菜及菜皮装在一个盆里，放在"菜园"边，让鸟儿自由取食。

施鸟一食，也算日行一善吧？在这钢筋水泥堆砌而成的"城市森林"里，或许只有这些鸟儿，才能真正体会到土地对于生命的意义，才不至于忘记这股土腥气，这股让一切生灵都能安神静气的味道。

那一刻，我突然想起徽州农村的一个古老传统，每年秋冬季采摘果子时，都会在树杪上留下一些，作为鸟儿过冬的食物。

作者简介：

黄良顺，安徽歙县人，安徽省作家协会会员，现供职于黄山景区某单位。有散文、游记等散见于报刊。

母亲的手工茶

◎ 黄明珠

父母墓地四周都栽种着茶树，这对他们尤其是母亲来说，一定是欢喜的吧。母亲爱茶，每到春天，母亲都会来到山里去采茶。家里茶叶，都是她亲手炒制的。

老家在皖南的大山里，茶树自然生长在山坡上，矮的见尺，高的丈余。沟沟坎坎里，茶树长势不成规模，布满屋前屋后村前村后。

每年的谷雨前清明后，都是采茶最忙的时间。父亲忙着要种田，采茶炒茶自然而然地成了母亲的活。清明前的茶，芽尖如雀舌，母亲每天弓着腰或仰着头扑在茶树地，一粒一粒地采摘着，一天也摘不了多少，采回的活茶不能过夜，当天必须要炒制出来。

吃过夜饭，母亲开始炒茶。她把锅洗得很干净，灶里烧了火，叫我们在灶下守着添柴退火，母亲在锅里快速地翻着活茶。茶叶不能粘锅，随着锅里热气升高，翻茶的速度也更快。茶叶冒着热气"吱吱"地响着，母亲的手不停地翻动着，嘴里不停地指挥着烧大火或小火。待茶叶均匀受热断生后，母亲快速地捞起，在干净的桌上轻轻地揉着。待揉出了汁，母亲又将茶叶洒进锅里，叮嘱烧小火。她伸开五指轻轻地翻着，直到茶叶变成了小青玉色的颗粒，灶里的火越来越小，也不需要再添柴。母亲就着锅里的余热轻轻地翻着，直到茶叶干透了，便用一张表心纸隔着锅，再把茶叶均匀地铺在上面烘着。炒好的茶叶，不能直接铺在锅里，否则，泡出来的茶汁浑而口感差。此时，灶里不能有明火，否则，茶叶就焦糊了。炒好茶，往往是夜很深了，人也非常疲倦了。

清明前的茶很稀罕。炒干后，青玉色的小颗粒，不规则的圆，上面似乎覆有淡淡的霜粉，闻着香气沁人心脾，用白瓷杯泡上一杯，小茶尖慢慢舒展开，惹人舌尖生津。山里人不会茶道，只会大口大口地品味出自制的山茶。每年春天，除了耕田劳作，品味新茶便是山里人难得的闲适。我家靠山面水，坐落在农田间，农耕时节，大家爱聚在我的门前，母亲会给每人泡杯茶，边喝便开始了聊茶。他们说的是自己制茶的经验，比如翻炒的手法、揉搓的劲道、调制火力的大小，甚至怎样的柴炒出的茶好。他们还品评谁的茶好，谁的不好，路过他们家都闻到煳味了。

明前茶，必须是清明那天采摘，说是有很好的治病功效。母亲每年炒制的明前茶，用表心纸包好，注上记号，搁置在装有石灰的瓦坛或铁皮筒里密封着，宝贝一样收藏好，只有家里来了贵客才泡上一杯，平时是不拿出来的。如果父亲做活累了，或者我们不舒服生病了，母亲也会泡杯明前茶，说是喝了解乏祛寒。不知是心理作用，还是实有功效，几杯热茶下去，人真的舒服多了。

曾记得姑母到我家来玩，喘得拉风箱一样，母亲每天给她泡杯明前茶。几天后姑母的咳嗽果真好多了，喘也平息点。而后每到冬天，姑母就要念叨着母亲的明前茶，母亲也会给她留着或捎带点去。可惜，姑母说，茶叶到了她那里，喝着就没有家里的香甜润口。尽管茶还是原来的茶，水已经不是了。山泉泡山茶，也许它们更容易融合，更容易共鸣吧。

过了清明就撵上了谷雨，阳光很暖，茶叶长得快。早上才是小芽尖，下午就是偌大的叶片，要紧赶着采摘。母亲一直在茶地里忙着采茶，一篮一篮的活茶采回家，一锅一锅地炒。晚上，昏暗的灯光下，茶叶在锅里"吱吱"地冒着热气，母亲的五指转动得像飞轮，一夜一夜就这么过去了，一年一年就这么过去了。很多年后，我依然记得母亲遥控火温的指挥若定，记得给母亲打扇揩汗时，她对我的温柔一笑。

谷雨的活茶，比清明的大了很多，揉搓工序要多一道或两道。待到茶叶成了不规则的圆颗粒时，翻炒的手劲不可太用力，否则碎的多。这时候的火，只能靠余温，怕煳了。这样，几锅茶炒下来，常常是时过午夜了。

做茶的那些日子，每天早上，母亲把锅里的干茶端出来时，总要一遍一遍地闻着，然后泡上一杯。看着青玉色覆着霜粉的茶颗粒，闻着满腹的山野气息，母亲的笑很安恬。这种愉悦，一直要持续到谷雨后，茶叶老得没有了品相，田地里的活也多起来了，母亲就不再采茶了。

作者简介：

黄明珠，广德市人，安徽省作家协会会员，中华诗词学会会员，安徽省散文随笔学会会员，广德市作协副秘书长。曾经在《中华文学》《作家天地》《中国散文家》等期刊发表过散文、诗歌、诗词、小说及报告文学等文学作品。

父亲的书柜

◎ 黄　锐

　　父亲今天心情好，递给我一串钥匙让我帮忙收拾他的书柜，书柜里珍藏的是他读过的医学书籍，已经泛黄。一直以来，抽屉都是上锁的，我很好奇，父亲从双门到张李，从上海到寿县，辗转几次搬家，会把什么宝贝锁在抽屉里？

　　打开抽屉，映入眼帘的是一叠红红绿绿的证书，有毕业证书、主治医师证书、流动党员活动证等。其中一个小红本本，居然是父亲退休那年在县医院中心血库的献血证书。一本紫红色的中等专业学校的毕业证书上写有"敬祝毛主席万寿无疆"的字迹，那是一个时代的印迹。

　　父亲20岁毕业于安徽省石集卫校，1968年12月参加工作，分别到淮南、六安、合肥实习进修过。在我的记忆中，父亲总是背着他的小药箱走街串巷，送医送药下乡。给病人治病的原则：能口服药物绝不肌肉注射，能肌肉注射绝不输液治疗。万例手术无一失败是他最引以为豪的事情，为了减轻患者的疼痛，他给病人做结扎手术时不用冷冰冰的钩子，就用两个手指头，一摸一勾就成功。

　　一边给父亲整理他的"宝贝"，一边听母亲的碎碎念。这时，电话铃响了，是父亲曾经工作过的党组织打来的。他们说："值此中国共产党成立100周年，代表组织给老党员颁发一枚光荣在党50年的纪念章，一会安排朱院长亲自送达。"接到电话，父亲很开心，退休18年国家还没忘记他，我们决定将这神圣的时刻记录留念。

　　为庆祝党的百年华诞，寿县南门广场用鲜花垒成巨幅党徽，前来拍照的人很多。朱院长已经在此等候，当他打开红红的盒子把一枚金红的奖章佩戴在父亲的胸前与父亲的手握在一起时，父亲眼睛里闪烁着泪花，一种油然而生的荣誉感、归属感、使命感，让他举起右手对着党徽很虔诚地敬了一个军礼。那一刻，所有在场的人都笑了。有人问："老爷子是军人吗？"母亲笑眯眯地说："他不是军人，他是我们家的大学生！"父亲羞涩地低下了头，一直以来，父亲总是鼓励我们坚定理想信念，牢记为党育人、为国育才的使命。

心中有信仰，脚下有力量。在父亲的感召下，我们立足平凡的岗位，兢兢业业，踏实奋斗，收获着美满幸福的生活。感谢我们的党和国家对老党员的关怀关爱，红色飘带上雕饰的"光荣在党50年"字样，是对一路拼搏奋进的我的父亲，一位基层共产党员的充分肯定，这寓意着父亲的不忘初心。那是父亲走过的光辉岁月，留有他医者仁心的光荣美名。

忆往昔风雨兼程，岁月如歌；看今朝百年华诞，风华正茂。"十四五"规划，2035年远景正磅礴着力量，希望我的父亲健康长寿，喜迎下一个50年。到了那时，他就可以看见他的子孙已经接过了他的接力棒，牢记中国特色社会主义共同理想，一步一个脚印向着美好未来和最高理想前进。

父亲一辈子守公德，严私德，清清白白做人，干干净净做事。这枚纪念章鼓舞着我们保持谦虚谨慎、不骄不躁的作风，服务群众、奉献社会、淡泊名利、默默为党的高尚品质。我们也要像父亲一样，在平凡的岗位干出不平凡的成绩，让父亲的这枚奖章一代代传承，让父亲的这种信仰发扬光大。

盛夏的阳光普照神州大地，优良的党风家风代代传承。回家的路上，我试探着问父亲："这枚珍贵的纪念章您准备送给谁？"父亲在沉思，母亲说："送给外孙女大梦收藏吧？她可是孙子辈中最早入党的一个孩子！"父亲停下了脚步，歪着头问我："送给大孙子，大龙？借此鼓励、激励他？"我笑着说："老爸，您有一个孙女，两个孙子，一个外孙，一个外孙女。为公平公正，最好的办法是谁先入了党，此纪念章就送给谁代为保管。今后，谁先成长为先锋楷模，纪念章就归谁收藏传承。"父亲母亲听了我的建议，满意地点了点头。

父母走得很慢，回家的路很长。小巷子转眼间就黑得伸手不见五指，我左手挽着妈妈右手挽扶着爸爸，深一脚浅一脚，好不容易到了家门口，却打不开门，借着路过车灯的一丝光亮，把门锁打开了。进门时父亲对母亲说："门外巷口的路灯每天晚上都要点亮，给路过的人送一丝光明。"听到这，我和母亲会心一笑，是啊！父亲这辈子行事做人就是在诠释他的名字——黄光明，有一分热，发一分光。在我的记忆中，他几乎没有节假日，博览医学典籍，努力把知识应用到实践中去，并在实践中积累了丰富经验，把所有的热情投入到救死扶伤的工作中，关爱着每一颗跳动的心，给许多的人送去光明。他退休后，找他看病问诊的人还会追着他到上海、寿县寻医问药。这就是我的父亲，一场病后，话语不多，却在用实际行动践行一个共产党员的初心使命，向党和人民交出一份满意的答卷。

　　回到家里，我把父亲的这枚纪念章放在书柜最显眼的地方，等孩子们放假回来，我要和他们诉说纪念章背后的故事。

作者简介：

　　黄锐，安徽省作协会员，寿县作协理事、副秘书长，寿县政协委员。在《渤海风》《西部散文选刊》《淮南日报》等报刊及网络平台发表散文 200 余篇。

爱上"蓝精灵"

◎ 黄　伟

我永远记得那一天：2018 年 11 月 9 日。那天，我卸掉了中校警衔，脱掉了穿了 13 年的军装，军人的身份离我远去。我不舍，不甘，茫然，不适应，前途未卜，我恐慌。但我是军人，必须服从。

我把自己关在屋子里。对家人的劝慰不理不睬，对孩子的哭喊不闻不问，觉得自己被遗弃了，被边缘了。消防员的新制服就在手边，它是蓝色的，火焰蓝，大家叫它"蓝精灵"。但我不爱它，我还依恋着橄榄绿。

我就这样带着复杂的情绪走进了新岗位。在我的预设里，新的工作是单调的、无趣的，它是拉响的消防警笛，是水枪，是火红的消防车，它是冷的、硬的，与军营警营的热烈奔放、可歌可泣无法比较。

很快，"蓝精灵"给了我一记狠狠的撞击，撞得我心疼不已，撞得我翻江倒海，撞得我泪流满面。那天，急促的铃声响起——一个高层住宅小区失火了。

接到报警后，我所在的消防大队迅速出动，不到 5 分钟就赶到了火灾现场。浓烟滚滚，哭声震天，楼梯间漆黑一片，着火的楼层烟火相杂，火焰伸着长长的舌头，狰狞地吞噬着一切。视觉之外，听觉之外，还有刺鼻的气味席卷而来，危险，危急，危难！

电梯停用，被困居民情况不明，疏散逃生能力参差不齐。呼救声令人心颤，他们绝望、无助，充满了对生的渴望。一个孩子的声音在混乱中亮起："妈妈！妈妈！快来救我，快来救我！"是个小男孩，稚嫩，带着彻骨的恐慌。它揪紧了我的心，我想到了我的女儿，他们差不多大。

一个年轻的妈妈哭得声嘶力竭，她不顾一切要穿过浓烟去救孩子，但被我们拦住了。她瘫坐在地上，大声喊着："宝宝！宝宝！"火势越来越猛，绝望的呼救声此起彼伏。阳台上的人们嗓子已经嘶哑了，他们挥舞着鲜艳的衣物，无声地发出渴望生命的呐喊。

着火楼层较高，火势发展猛烈，此时的逆行意味着一场极为危险有死无生的冒险。眼泪顺着我的脸颊流下来，我这才知道，消防，绝对不是冷的、硬的，它一样是血与火，一样是忠肝义胆，一样是全心为民舍生忘死。小朱，95后，他无声的眼神告诉我："放心吧，一定可以成功！"

他们行动了！迎着滚滚浓烟，冲进熊熊火海，他们无惧无畏，他们是血肉之躯，他们铁血战士！几分钟后，小朱抱着一个孩子从楼梯间冲下来，他的空气呼吸机戴在孩子的面部，孩子在他的怀里很安静。年轻的妈妈扑过来，抱着又哭又笑，她扑通一声跪在小朱的面前。满脸黢黑的小朱急忙去扶，但却趔趄着差点摔倒。他直不起腰，说不出话，手捂着脖子，蹲在地上，咳嗽不止，他吸入大量有毒气体，他就要昏迷了。小朱被救护车接走了，我的同事们还在战斗。一个个被困者陆续被救了出来……

"报告指挥员同志，被困人员全部被疏散，无人员伤亡！"

一排整齐的军礼！围观的人群在短暂的静默之后不约而同地鼓掌，那是发自内心的敬意，那是那个春天最美好的声音，胜过莺啼，胜过花开，胜过冰河融化的欣喜。当某一日，消防队院子里传来了一阵锣鼓声，门卫报告说群众送来锦旗时，我内心的坚冰瞬间融化，眼泪如河，滚滚而下。我的内心在重构，我的精神在嬗变，我骄傲，我是一名消防队员，我是英勇的蓝精灵。

我开始理解，开始拥抱，开始深入这个岗位的精神内核。为了调查火灾原因，我不止一次地来到火灾现场。我见过数亩的农作物被烧，见过家禽养殖大棚失火，见过只留下漆黑残骸的房子，见过火灾中的死者。我听过哭天抢地，听过声嘶力竭，听过欢呼，听过警笛拉响时我们磅礴的心跳、坚定的信念。我要提高我的专业能力，我要忠于我的职守，每次调查，我都争取用最短的时间、最准确的结果，减轻受灾群众的损失。为了杜绝火灾发生，我会到各类场所排查火灾隐患。烈日下，寒风中，春秋代序，我奔赴在构建安全的路上。我愿意做"恶人"，愿意钻牛角尖，因为我知道，我的"顽固"就像一把锁，锁住了安全和生命。我必须对得起这个光荣的称号，必须对得起我的"蓝精灵"。

作者简介：

黄伟，"80后"，消防队干部，安徽省作家协会会员。有作品发表于《安徽文学》《山东文学》《诗歌月刊》等期刊以及国家级报刊。著有文集《一朵花开》。

鲻鱼头

◎ 黄　燕

下午 2 点 30 分左右，我和女儿坐了一辆出租车赶到沙宣印象理发店。我的小女孩长大了，她想剪一款时尚的鲻鱼头。

开始她跟我说的时候，我笑问她："你和妈妈一样，长着一张娃娃脸，剪这么酷的发型，会不会和你的形象有冲突？再说中考生也不适合太过时尚。"她一听，显得有些失望。见此情景，我说我们可以保留鲻鱼头的时尚元素，然后做一些改变，我们可以设计一个弧形的齐刘海。她听后很期待。我说："马上面临中考，时间这么紧促，剪这个发型起码得两三个小时，我们暑假的时候再去尝试好不好？"她很爽快地答应了。

一个星期以后，她放学回家已经快 7 点了，放下书包就气喘吁吁地说："妈妈，去剪头发吧，我头发长了。"我们一家三口很高兴地来到店里，她洗好头发坐到椅子上时，发型师问怎么剪，我说还照以前那样剪。话音未落，她那边哭起来了。发型师手足无措，我顶着一头湿漉漉的头发走过去说："就这么剪，别管她。"

等我的头发洗好吹干，她仍哭哭啼啼。我压抑着怒火弯下腰在她耳边说："宝宝，你能告诉我为什么要在这里闹情绪吗？"她委屈地说："不是说好了剪鲻鱼头嘛，怎么到这里就不剪啦？"我莫名其妙地说："我什么时候答应过你今天晚上就剪鲻鱼头？"她嚷起来了，硬是狡辩说："你就说过！"她爸爸是个急躁的人，站在一边看她那样，立即火冒三丈，当即训斥道："别剪了，就这样回家！"女儿听到她爸爸发火，本来就觉得委屈现在更是受不了了，哇哇哭起来。

发型师一手拿着剪刀，一手拿着梳子不知所措地站在椅子后面，无奈地看着那个耍脾气哭闹的小姑娘。我将她爸爸推到门外说："你去抽根烟！"我对女儿把先前说过的话再说了一遍，最后申明，今晚暂且就这样剪，清明放假时带她来剪。她不哭了，我看了看发型师，他又拿着剪刀开始操动起来。

回到家以后，她虽然仍旧噘着嘴，但是没有哭，可是她爸爸咽不下这团火，两人吵了起来。我的情绪也失控了，捂着胸口对他们吼了一声："别吵了！"他们俩都被震住了。他们不再说话，我缓了缓然后坐到女儿床边，小声地问她："宝宝，你告诉妈妈，为什么今天突然袭击要去剪鲻鱼头，而且还这么委屈？是不是和同学说过了，他们都等着看你的新发型，你很期待看到他们惊喜的样子？"她点点头，泪水顺着她的小鼻子哗哗地流下来。

我说："我知道你很喜欢你的这些小朋友，但是如果因为过分在意他们对你的看法而左右自己的立场，那么你的一切都会变得很被动。妈妈也是女孩子，也渴望变漂亮，但是妈妈小时候家里穷，穿的衣服都是爷爷从外地一口袋一口袋背回来的，都是别人捐赠的衣服，这些衣服不分男女款，不分老少款，只要能穿上就行。我穿着这些不合身的旧衣服，常常会遭到同学们的嘲笑，但我回到家什么也没有说。后来爷爷的工资涨了许多，生活条件也改善了一些，偶尔爷爷会带我到镇上做一件裙子，但我从来舍不得穿，等到想穿的时候，已经小了。我有了你之后，发誓要把你打扮得漂漂亮亮，不让人笑话，但是如果因此而让你开始滋生攀比和虚荣的心理，那么这是妈妈的错。不过，从今以后，我们要一起改正这个错误！作为一个女孩子，我们要通过不断增长才华达到人格上的完善，这才应该是我们最需要追求的东西。"

她抬起头来看着我，脸上的泪水不知在何时已经干了。我伸出手去抚摸了一下她的脸颊，她似乎有话要说，但说不出来。我笑了笑说："妈妈都知道。妈妈理解发生在你身上的一切，因为妈妈爱你，信任你，妈妈期待和你一起去战胜困难。"

她充满愧疚地看着我说："妈妈，你累了吧，你去休息吧，我想写会作业。"我说"好"。我轻轻地把门关上。当我回到客厅的时候，他爸爸的火气似乎还没下去，我冲他摆摆手，他默默地忍了。

三天后，第一次摸底考试成绩出来了。她的老师甚至还没等公布就第一时间把考试结果发给了我。我看了一下，虽然相距之前的成绩还有一定差距，但是已经有了相当大的突破。他爸爸高兴地说："晚上去餐馆吃，庆祝一下。"我白了他一眼说："瞧那没出息样!"女儿扑哧一声笑出来。

清明放假第一天，因为妹妹第二天才能从上海赶回来，所以我们要滞留在城里等她。女儿很早就起床，自己做了早餐，吃过以后就去写作业，也没有提之前答应她剪发的事。不过，下午的时候我主动提出来，她很害羞地笑了笑，然后兴奋地点点头。

我们出发的时候，雨还很小，细细的雨丝被风吹着飘到脸上。然而到了4点多钟，雨突然大起来，我向窗外看了看，然后走到玻璃门外。马路上已经一片汪洋，不时被疾驰的车轮溅起一片雨花。这时候我回过头去，看到那个长得和我十分相像的小女孩正坐在银光灯下，其实我比任何人都更加好奇她有所改变的样子。

作者简介：

黄燕，笔名思之青，主要从事小说、散文诗、散文体裁创作，发表作品见于《清明》《安徽文学》《散文诗》等刊物。

小城春暖我先知

◎ 江文林

一场春雪，小城春寒。

出门闲走。信步就到了县行政服务中心南广场的城市书房。推开玻璃门，一股暖风扑面而来。空调开放，里面坐满了读者，一室书香。这间书房是全椒县新建成开放的第三座城市书房，借阅方便，办证方便。坐下来，一册在手，心里暖意顿生。

微雨中，一位老人坐在小区左侧的人行道上卖菜。一位骑着电动车的女士经过，掏出两张百元钞票，递给老人，说："大爷，菜我都要了。"提着两兜菜，叠放在车座前空档上，缓缓骑去。老人喃喃念道："姑娘，我的菜哪里值这么多钱啊！"看到这一幕，内心坚冰融化，河水潺潺。

2022年新年刚过，城市新划设了一批无障碍停车位，它们在政务中心，在县文化馆、图书馆，在县火车站、汽车站，在各公园景点。它们紧邻通道出入口，标志鲜明。我分明感受到一个城市的柔软和温度。

全椒中学，全椒第六中学门口，新建的自助过马路的红绿灯信号系统已经启用。川流不息的车流，井然有序的人流，和谐而从容。城市的风景里，有了融融的春的气息。

春寒料峭，中国好人许朝垠身着热烈的红马甲，与同行的全椒县道德模范"星火燎原"志愿服务队一起，卡口值守，入户排查，科普疫情，消毒保洁，心理辅导，爱心捐助，足迹遍布全椒的大街小巷。他们像细密的花草，绣成小城的春意。

在漫天的风雪中，高铁站前积雪过踝。志愿者来了，他们挥舞扫帚和铁锹,在风雪中清扫着。雪越下越大,大片大片的雪花落在他们的头上、身上,衣服湿了,鞋袜湿了,但他们全然不顾,不停地扫着积雪,这头扫完,那头又被大雪覆盖。他们不停地挥动扫帚,扫出安全,扫出舒适,当近4000名旅客踩在柔软的地毯,踏实地从全椒站出行时,他们一定感受到了暖暖的春意。

2月6日下午3时43分,从上海开往合肥南的G7429准时进站,志愿者周军和王恩付两人轮换背着以为残疾青年,穿地道,上楼梯,过安检,将一家三口送上出租车。开门进入的那一刻,暖气湿了一家三口的眼睛。

2月10日早上,乘坐G7258的旅客排起了4条长队。快要检票了,一位年轻的妈妈抱着一个婴儿,手里提着两个包裹,火急火燎地过安检。她又要护着孩子,又要照料两个大包,手忙脚乱,十分紧张。志愿者来了,他一边安慰她不要着急,一边帮她提着包裹,送她进站。这位年轻的妈妈十分感动:"太好了!谢谢您!"

在春节假期的7天里,150人次志愿者参与火车站的服务,他们是流动的暖房,他们是一块块春天,他们行走着,他们芬芳着,他们用爱,用暖,用微笑,连缀起小城春晓,散发出浓浓的春之气息。

在全椒小城,虽然春寒料峭,但仍觉春风拂面。我要放飞自我,到小城去"采暖"。用眼睛去发现美,用耳朵去聆听善良,用心灵去感知城市的温暖。

孰云初霁手尚冷?小城春暖我先知。

作者简介:

江文林,安徽全椒人。安徽省作家协会会员。先后在《人民教育》《安徽教育》《文学月报》《中国教育报》发表散文、报告文学、小说300多篇。

我见青山多妩媚

◎ 蒋传云

数不尽青山几处，满眼青山，满目奇洞，满耳潺潺水声。霍山号曰九峰十三洞，然而，奇峰岂止九座，奇洞岂止十三？

九峰十三洞位于观音岩村，方圆十余公里，数座山峰林立，几条山谷纵横，几十个天然岩洞星罗棋布。奇峰秀水，云雾缥缈，既有"华山之险"，又有"黄山之姿"，朝暮异景，四时不同，而春初最美。

初春的早晨，我与好友在当地向导的陪同下，沿着蜿蜒狭窄的山道，向山谷前行。一路披荆斩棘，行约一小时后，到达韭菜沟。"清香入骨飘然醉，已似神仙无所求。"传说在很久以前，有一对神仙眷侣下凡游历，见此处景色优美宛如仙境，便落户于此，过起了世外桃源的生活。起先他们用野果饱腹，后来发现山上有草（韭菜）葱绿，味道奇异，易种植，便长年食用。天庭神仙们得知，便纷纷下凡讨要品尝，于是神仙夫妇就种满了山峰幽谷，因名韭菜沟。

沿沟谷而上，峡沟越来越窄，沟底是曲折蜿蜒的溪流，两边的崖壁陡峭峻险，最陡峭处近乎笔直，只有借着采药人搭的简易木梯，手脚并用，下面的人托着上面人的脚，上面的人拉着下面人的手，大家相互帮忙，才可爬上。尤为惊险的是，最窄处仅有 30 厘米左右，体胖根本无法通行，只能望山兴叹了。

费了九牛二虎之力，终于爬到山顶。屹立峰顶，白云来顾，极目远眺，张开双臂，满山斑斓尽入我怀，山景、水景、林景交相辉映，相互衬托，相互成就。

板塬沟、一线天，位于韭菜沟东北方，四面群山环绕，竹木丛生，沟壑相连，长约两公里。战争年代，这里曾是一个重要的军事要塞，依稀可见古炮台、壕沟等遗迹。山路多崎，盘环而上，移步换景，行三五步，停二三分，纵腰酸腿疼，心生怯意，但又不舍这山水的奇异。

"何年鬼斧劈层崖，鸟翼飞来一线开。"千丈岩壁，斧劈刀削，无欲则刚立巍峨；青岩白石，碧藓滋生，有心而秀成迤逦。说笑间，我们来到久负盛名、风景奇特的峡谷"一线天"。一线天长约数百米，沟两边平行相峙，山壁陡峭，直插云天，沟深达两百余米，宽仅八米左右，沟里云飘雾绕，从沟底仰望天空，好像蓝绳悬空，幽眇奇异，令人欲展翅凌空，飘然飞去。

出了一线天，大家直奔观音洞。它位于观音岩水库上游尾部，偌大的山洞正如雄狮张口。石洞内开阔敞亮，足有五百平方米。向导介绍，这里原有一尊观世音塑像，在观音塑像边依次排列着各路小仙塑像，前面设有香案、烛台。在 20 世纪二三十年代，是舒传贤烈士革命的秘密场所。站在石洞大门外，向东北方举目远望，只见两座山峰之间，遽然奔出一道银白色的宽大珠帘，从峰顶倾泻而下，在阳光的照射下，晶莹璀璨，气势煊赫。

一路风景一路歌。我们来到观音岩水库，水库在九峰十三洞之西。水面辽阔，极目水天一色。水蓝纯净，水碧深湛，静得温柔恬雅。平静的湖水宛若一面天镜，四周连绵不断的群山倒映水中，如海市蜃楼，如群仙揽境。阳光一照，跳动起无数耀眼的光斑。水光山色，回清倒影，令我心旷神怡。

路上千般景，最美是心情。离开九峰十三洞时，我脑海里陡然跳出辛弃疾的两句词："我见青山多妩媚，料青山，见我应如是。"今日青山，必定也如我一般欢喜吧。

作者简介：

蒋传云，安徽省霍山县人，曾在国家和省市级报纸杂志发表作品若干。

父亲，你是我的灯笼鱼

◎ 蒋　玲

嗨！××，你是我的骄傲，我知道这一份骄傲下有太多的压力太多的付出，我愿做你的灯笼鱼，哪怕燃烧自己的生命，也要照亮你的人生。

这是某台综艺节目中，一位女艺人的姐姐透过大屏幕对她念的信。不知怎么，那甜美的女声渐渐空幻消失。仿佛在山谷中的呼唤，渐渐远逝，又在渺远处遇山折回，且变幻成父亲的声音：孩子，劫难曾让你一度沉陷在人生苦难的深海中，我是你的灯笼鱼，哪怕燃烧自己的生命，也要为你照一片光亮。

泪在一瞬间涌出。父亲的坟在深深的草中，20来年，一抔黄土，冷寂无语。多少个暗夜梦回，即使相见，也是梦里音容依稀，并无只言片语。但我的心我的耳都分明听到了呀！是父亲在对我说。他说，孩子，我是你的灯笼鱼……

父亲在世时，也很少深情表达的情感。父爱是沉默的。

物资匮乏的年代，想拥有一支钢笔，这对于一个小学生来说，比现在的孩子想拥有几百元的无人飞机还要难。二年级，我们还用铅笔写字，而我特想要一支钢笔。因为父亲有一支钢笔，父亲用它写材料或替人写信。那支笔在父亲手中潇洒自如，写出的宋楷俊逸不凡。那时我还不能领会字好是练出来的，总以为是钢笔神奇，字才会那么好，便一心想拥有它。不过，我知道父亲就那一支钢笔，而他又有许多东西要写，也不敢开口要。不知父亲是怎样知道我的小心思的，忽一天，父亲把笔送给我。他说，要好好读书，更要好好做人。我对好好做人还不理解，拥有一支钢笔的喜悦胀满小胸腔，高兴地大声应着，嗯！我迫不及待地用这钢笔写字，写出的字比铅笔写的还难看，心情有些沮丧，父亲却爽朗地笑了，说，好好练练，也不错嘛。我已记不起那支笔我用了多久，又弃在何处。

好好做人，父亲只偶尔轻描淡写地提过，但是真关乎品行的事，他处理起来是很认真的。

记得，大妹5岁那年，春暖花开的季节，炕小鸡的人用单车驮着一筐筐鸡娃到村庄叫卖。总会有许多人围拢过来，卖小鸡的就把筐子一层层拆下来，依次摆在地上。毛茸茸的小鸡娃，乌溜溜的眼睛，尖尖的小嘴，再迈着急而灵活的步子，很让我们这些小孩子喜爱。小鸡娃被人十几、几十地挑选着，买小鸡娃人家的小孩子总会喜悦而又骄傲地把着篮筐。那天，母亲没在家，我和大妹只能羡慕地看着。一只胖胖而又极活跃的小鸡在筐里跑来跑去，并时而闪一下小小的翅，似乎要飞出竹筐。它浑身鹅黄，没一丝杂色，乌溜溜的眼分明在逗引人。大妹喜爱地伸出手逗弄它，它竟跳入她的手心，大妹高兴地用双手一捧，然后忘乎所以地转身钻出人群。我也跟着跑出来。我们两个很快就跑回家，父亲恰好也刚到家，他一见我们捧回一只小鸡娃，浓眉立刻皱起来。父亲有着鲁迅式的硬发和发型，脸型也是刚毅瘦削的，不怒自威，我和大妹惶惶起来。父亲克制着自己，尽量平静地说："是很好的小鸡娃子，可是好就可以随便拿回来吗？这叫偷，小偷。快送回去，要不然我天天喊你小偷，别人也会叫你小偷。"大妹快哭了，又把小鸡娃送了回去。回来时，我看到父亲眼里的笑。从此铭记有些事是不可以做的。

如果没有1994年那场火灾，在我的记忆中大概都是这样温暖的平凡小事吧？那是我生命的劫，我不想回忆却永远忘不了，我希望它是一场梦但它是坚硬的现实。那是旧历的小年夜，夜色浓黑，北风打着哨音在村庄里乱旋狂吼。父亲永远不会知道，月黑风高，杀人越货会发生在我们的现实里。我手握《简·爱》，睡梦中还为主人公的磨难而流泪，我想不到燃烧的桑菲尔德庄园被另样的"疯子"搬到现实来。

灼浪、浓烟、火舌，把我从梦中惊醒，大脑一片空白。求生的奔能驱使我跳下床向外冲。父亲本在安全的西屋，却顶着被子冲过来。脚下的蓝色火苗半尺来高。此时的我们怎想到脚下是要命的汽油火？风势带动，火片刻漫延上长，父亲和我相继倒下。

再次为人，所有的一切都面目全非，父亲去世，家成废墟……这种痛非亲历者难描一二。这种痛也成了我绕不过去的深渊，临之悲伤欲绝。

冥冥之中，父亲一定知道我的痛苦，每到我痛到只想到自己解脱时，父亲给予我的坚强、善良，便化成爱的力量拉我向生的方向。

火劫确实曾让我一度深陷在苦难的深海里。托尔斯泰说过，人改变不了生死，人可以拥有爱，人靠爱活着。为此我要感谢父母，在我被灾难的黑色包围时仍拥有爱和被爱的能力，而不是恨和扭曲。

嗨！父亲，你是我的灯笼鱼，在苦难幽暗的深海，已为我照亮人生。

作者简介：

蒋玲，文曾发《百花园》《小小说选刊》《微型小说选刊》《小小说大世界》《新安晚报》等。小小说大赛多次获奖。郑州小小说传媒签约作家，安徽省作家协会会员。

春 天 里

◎ 况永夫

小林死了，抑郁症，自杀。

接到昔日同学的电话，我赶在这春天明媚的路上，风从四面八方涌进车窗，轻柔地拂在脸上，我所享受的春天和春风，此刻只能是我的了。

"寄语天涯客，轻寒底用愁，春风来不远，只在屋东头。"

如果时光能倒回去前天，甚至昨天，我会让他看到我手指的方向，像从前一样，拍着他的肩膀，用他熟悉的诗一般的语言说：嗨！哥们，你看，春天已经到那儿了。

小林是我的大学同学，20世纪80年代的校园，诗歌盛行，舒婷、北岛、顾城，以他们的诗歌为马，我们春风得意，一日看尽长安花。小林文采斐然，诗写得比所有人都好，校园里，走到哪里，光就被他带到哪里，骄傲，自信，意气风发。我和他是上下铺，吃睡坐卧，几乎形影不离。

足球场上，和一群臭小子愣头青血拼；课堂上，把迂腐的老教授气得吹胡子瞪眼。我们赞颂农民的勤劳，歌颂海子笔下的土地、麦田和亚洲铜，我们穿牛仔裤，我们理郭富城发型。我们会因为高仓健有没有爱人，愤怒地从被窝里跳出来，光着身子，争论得面红耳赤。我们也会因为高加林刘巧珍的爱情，写一些慷慨激昂的言辞，向报社投去。我们心上的世界，如蓝天那样清澈，连做梦也像百花盛开的旷野般清新，五千个人有五千个倩影，五千朵花有五千种风韵……

那一届毕业的师范同学，我以为我们会有着相同的轨迹和人生道路：教书育人，结婚生子。然而不是，小林那被诗歌点燃的胸腔，容不下中规中矩的俗世生活，他坚持南下，从此我们散落在风尘。

再见面已是30年之后，我不知道这30年他都经历了什么，当初那个意气风发的青年，此刻躺在这浩瀚的春光里。

他的父亲早逝，他没有结婚，也没有孩子，唯一的亲人就是那个坐在他床前依然还攥着他手的母亲，老人头发灰白如杂草，像忘了季节依然停留在她头上的冬天，她没有眼泪，就那样静静地坐着，一瞬不瞬地看着他的儿子。

"已经都熬过了50个春天，为什么不再试着熬过这第51个呢？"老人仿佛在问他，也仿佛自言自语，又仿佛想从我们这些昔日的同学嘴里得到答案。

为什么呢？我们各自在心里追问，各自沉默。

为什么要死呢，而且还是死在春天里？

抑郁症，我一直觉得它是一种很高贵的病，适合城里人在吃饱喝足之后，面对着生活，无病呻吟，像少年为赋新词强说愁，如果这样理解，那么它是适合小林的，一个比诗人更像诗人的人，没有谁比小林有着更抑郁的灵魂了，所以，抑郁症找到了他。

我曾在一本书里看到一个抑郁症患者对疾病的描述：它不动声色但却诱发各种情绪、心理、精神乃至躯体方面的反应的迅疾和诡异性，让人一下坠入极端的痛苦之中；脑壳晕眩，四肢发软，强烈的猝倒和濒死感如潮满卷，它们是最凶残的魔鬼，用冰冷的指爪，喷着腥味的獠牙和巨口，时刻威胁，吞噬着我；在漫长的煎熬之中，内心和肌肤都能明确地感觉到那一种强大的力量，就像四面紧逼的刀锋，步步推进，生命倥偬，一切都是眨眼间的事情。

我怀疑世界，怀疑最亲的亲人，怀疑成了我最根本的人生态度——作者如是说，那么小林也是这样的吧。

床头的桌子上，放着一本雪莱的诗集，被书签隔断的一页是那句经典的《秋》："该得到的尚未得到，该丧失的早已丧失。"

没人知道这30年他得到过什么，又丧失了什么，我想他的母亲也不知道，不，他的母亲是知道的，不然她不会如此安静地解脱般地握着他的手。

窗台的盆栽叶片枯萎，有鸟飞过来，停留在上面寻找种子，它可能也误会了，这不是在秋天里圆满的果实种子，而是死在春天里，对生活绝望的一颗心。

门外不远处是一望无际的麦田，麦苗已经长出很多叶片，互相簇拥，绿油油的，对天地昭示，对日月昭示，都不能让他心生希望。

吊唁结束，同学们相继离去，我也准备走了，我想拿走一本诗集作为留念。里面掉下一张便签，便签上是他生前用钢笔写作的一首诗，看到这首诗，我放下了拿走诗集的想法，心里生出可怜，可惜，甚至是愤怒。我不能想象他的母亲以后何以为继，无论是精神上还是在生活上，他的死让人无法原谅，最起码让世俗无法原谅。

车子重新行驶在来时的路上，路过的风已经不是先前的风，但同样轻柔，同样带着春的气息。

小林，你看，真正的春天已经来了，草从黑暗的土里钻出来，嫩芽从僵硬的树木里长出来，接下来花朵会纷纷着色，世界将再次耳目一新，换个季节，如同换了一个新天新地，这些统统都不能让你留恋和向往，让你向死而生吗？

不能！他在便签上这样写道：

12 月 21 日

天气阴沉

这一天是冬至

作为祭礼

季节献出了它的寒冷

日子纷纷，兵临城下

我在暗夜里躺着

溃不成军

抑郁症是诗的嬗变吗？我问春风，春风不语，汪峰的歌曲环绕在车室里："如果有一天，我突然离去，请把我埋在春天里。"

作者简介：

况永夫，中学语文高级教师，安徽省作家协会会员，淮北市作家协会会员，作品散见于《散文选刊》《新安晚报》《安徽青年报》等。

年去岁来海花行

◎ 黎晓东

一

去海南过年。登上飞机的一刹那，远没有了3年前带母亲一起去海南过年时的那种兴奋和喜悦了。

通往春天的路上皆是年客。机场大厅里，男女老幼，皆手握登机牌和核酸报告，保持距离地排队、议论、询问、接受一轮又一轮的扫码、检查，过安检。都是行色匆匆，看得出内心都在担忧哪一个环节被卡，通过不了检查，影响这奔赴的行程。

我最早去海南是20世纪90年代初，当时海南建省没多久，一把"开放之火"，数十万热血青年不顾一切地奔赴海南。一夜之间，海南热了。

第一次去海南是应同学之邀去的。一下飞机，就被蓝得让人心醉的天空和大海所陶醉。接待方很热情，住的地方在海边，每天除了可以泡天然温泉之外，还可以随时下海游泳，绵长松软的白沙滩也让我惊喜。我算是第一次真正地开了眼界，想不到世界上竟会有这么舒适的地方，竟会有这么奢侈的海边。

这之后，去海南避寒，享受温暖，沐浴阳光，呼吸清新空气，行走松软沙滩，举目夕阳椰林，醉心海天一色，已成为一种生活向往。我也跟风，在海南的海边买了房。2018年冬天举家加入了"候鸟"大军，全家人第一次在海南过春节。

"哐"的一声，机身着地猛烈地抖动了一下，滑行后缓缓停住，海口美兰机场到了。提前做了攻略，出机场不用乘高铁，机场停车场有海花岛接送业主的大巴，一个半小时的车程，二号岛站下车，一脚踏实，家门口到了。

二

推开 3 年未进的家门，不禁为家里的干净整洁而惊叹。物业管家的提前保洁，让匆匆归家的我们顿时倍感温馨，一扫旅途的疲劳。我们开始整理行李，将它们摆放好，迎接新的生活。

海南的天气确实很热，忙了一会，便是大汗淋漓，想起了早上从合肥的家中出门时，还穿厚厚的羽绒服，便觉得是另一番天地。好在一阵忙碌之后，红红的中国结、红红的窗花、红红的福字让屋子里顿时有了节日的气氛。海边不时传来噼里啪啦的鞭炮声，锅里咕嘟咕嘟炖着的排骨香，溢出来的更是满满的年味。

第一次在海南见蓝色的海水涌起浪花时，就曾有过梦想——未来一定要在这没有冬天的海边有处小屋，屋边种上一株凤梨树，沙滩上支起一方帐篷，傍晚数渔船点点，看浪花斜阳。如今想来，只要有梦想，内心世界的和谐与美好就一定会实现，此刻在这面朝大海的阳台之中，坐望大海，细品佳茗，读本闲书，便是人间逍遥客了。

三

我居住的地方位于海南岛西部，一个有 40 公里海岸线，岛屿面积 7.65 平方公里的人工填海岛屿，这朵犹如盛开在海上的花朵，是迪拜棕榈岛的 1.5 倍。这里没有春寒料峭的细雨，也没有秋风落叶的飘零，更没有凛冽寒冬的白雪。这里椰树成林，槟榔飘香，鲜花常开，海天一色；这里风光秀丽，海风与涛声相伴，沙滩任阳光普照；这里，便是四面环海的人间仙境——中国海南海花岛。

踏上海花岛，心情豁然开朗。整齐繁华的街道，高高的椰子树，尽显一派迷人的热带雨林风光。刚上岛的这几天，每天不断有新邻居加入"候鸟大军"。大家都在议论，全国大部分地区都将迎来新一轮的大雪、降温。而这里，可以让人们从寒冷的冬天逃离出来，瞬间拥抱温暖的阳光。这里，没有拥挤的人潮，没有烦琐的生活，你可以驻足在沙滩，在海浪的絮絮低语中，收拾自己的心情。

清晨，平静的大海还没苏醒，我沿着滨海公园的白沙滩缓步前行，海边美景一览无遗，海水清澈、沙滩平缓、卵石晶莹，景色迷人。恋人们面朝大海海誓山盟，请初升的太阳为他们作证。身穿婚纱的新娘，幸福地依偎着新郎，轻提纱裙，赤脚趟着海水，留下了幸福的记忆。

中午，则是海边最美的时光。阳光、沙滩、鲜艳的泳装、赤裸的脚丫、黝黑的皮肤、苍翠的椰树，像剪贴画般地贴在以蔚蓝为底色的背景里。在这个浪漫的海边世界，互不相识的游人悠悠行走，或躺在沙滩上，任海风吹拂，任太阳抚摸。此刻，我就在这个在地图上找不到的小岛上，伴阳光、海水、绿色、白沙滩，看云卷云舒。

当夜幕降临，最好看的是夜色中的灯光秀。海花岛宛如一个水晶世界，婀娜多姿，风情万种地展现在人们面前。坐在海滩边的凉椅上，一边欣赏着梦幻般的美景，一边品着美食，海风习习，树影婆娑，置身在美丽奇幻的景色里，怎么能不令人陶醉。

随着美妙的电子音乐声，海花岛标志性建筑——高大恢宏的双塔希尔顿酒店不时绽放出各种色彩与图案，五光十色，美轮美奂，让人目不暇接。视觉的盛宴，美得壮观，美得震撼。随着人流在入岛大桥上漫步，但见宏大的建筑错落有致，在灯光变幻中犹如七彩宝石熠熠生辉。美丽的海花岛霓光闪烁，交相辉映，风情无限，涌动的人流汇成了欢乐的海洋。这是一个童话世界，这是一个梦幻天堂。年去岁来海花行，每一次行走，都是奔赴一场浪漫的约会。

作者简介：

黎晓东，男，省直机关干部，近两年来，先后有 30 多篇 10 余万字的散文、随笔、报告文学、短篇小说作品散见于国家、省、市级报刊。

我的相册

◎ 李　成

雨天看相册，别有一番情味。

我的相册分三类：学生时期的、当兵时期的以及朋友们的。看照片，就是翻阅旧时光，就是用心把过去再走一遍。

学生时期的照片，多是合影和集体照。合影表情青涩，集体照里密密麻麻几十号人，我都能一个个对上。一直以为自己记性差，却不知有一种深情叫初心难忘。

相册里有一张两个孩子在雪地里打闹的合影，我身旁的孩子是我的发小小贾。小学毕业后，我们就分开了，各自上学，然后我从军、工作，很多年都没联系上了。去年一次聚会上遇上了，加了微信，得知他在省城送快递，虽然辛苦，收入还不错。但后来他离婚了，一个人带着孩子，没法再送快递了，便劝他做小吃或烧烤生意，他说他考虑一下。

过了一段时间，他高兴地给我发来语音，他与人合伙开了一家烧烤店，生意还不错。真替他由衷地高兴，但不久后，听人说他的烧烤店关门了，他带着孩子回老家了。我连忙问是什么原因，朋友说可能是经营理念不同，再加之疫情影响，干脆就散伙了。这让我陷入了深深自责中。我当即打电话给他，几天后他带孩子来了，我们深深地交谈了一次。那种交心，那种不设防，也只能发生在发小之间吧？

朋友的照片多为战友们的。退伍时，战友们为我践行。酒喝干，再斟满，热泪盈眶。从朝夕相处，到天各一方，每个人都很伤感。他们都给我留了照片。很多年来，四处辗转，我都一直珍藏。

当兵时期的照片很多。入伍时的纪念照，身穿迷彩服的训练照，短裤背心的休闲照，还有正式的军装照。它们把我美好的军营时光囤积住了，像一个时光的湖。时间虽然已经走远，但照片犹如绿茶，一杯感动的水，一个绵绵的雨夜，就能泡开那些往事。

照片里，我的朋友、我的同学、我的战友，还有我自己，有的稚嫩，有的腼腆，有的坚毅，有的温和，有的睿智，有的羞涩。都那么真诚，那么好看。就像阳光里的麦子，都是时间的赐予，都是生命的馈赠。

照片是一面面镜子，是时间的池塘。看着以前的照片，再看看现在的我们，生活的磨砺，时光的侵染，让我们都有了岁月的包浆，我们不再年轻，不再青涩，不再有纯净无瑕的眼神。我们是家庭的顶梁柱，是配偶的倚靠，是儿女们的天，是父母的寄托。不敢迟疑，不敢懈怠，等时光把担子都卸下来的时候，我们也老了。但生老病死，来来往往，有着这些照片为证，我们也该欣慰，我们曾经年轻过，峥嵘过。

今日的照片是明日的镜子，今天的幸福是明天的骄傲。趁着我们都时光不老，阳光正好，正值盛年的时候，多一些努力和奋斗，少一些抱怨与消极，多一些乐观和笑容，少一些哀愁与悲观，那么明天我们来看今天，就无怨无悔了。

所有的日子都曾经是今日，所有的今日都将会变成昨日，变成照片。唯有过好今日，才能给明天留下美好的照片，给明日的自己，慢慢翻阅。

作者简介：

李成，安徽长丰县人，安徽省作家协会会员，中国法学会会员。多篇作品发表在《山海经》《参花》《中国日报》《中国新闻出版报》等国家、省、市级报纸杂志及网站，先后获得第五届中国好诗词银奖等各类奖项。

开屏
KAI PING

花亭入诗

◎ 李根华

　　家住花亭湖畔。春季秋季，晴天雨天，忙里闲里，或于景区穿行，或于湖上泛舟，或于湖边踱步，徜徉山林泉石间，陶醉天光云影里，花亭入梦梦入诗。

　　大坝有你雄伟的美。伫立雄伟的大坝，放眼如镜的湖面，看旭日熔金、烟霞漾韵，感电厂忙碌、钓客悠闲，想洪水驯服、桑田滋润，感此美好，遂赋五律《咏花亭湖》：

　　　　千溪汇碧泓，一坝锁蛟龙。

　　　　客钓烟霞外，山潜云水中。

　　　　光明欣作使，岁稔喜推功。

　　　　但爱平湖静，金波映日红。

　　岛屿有你灵动的美。许多岛屿有好听的名字，比如：情人岛、博士岛、橘子洲、月亮湾；许多岛屿虽不知名，却流传着动人的故事。这大大小小的岛屿，有的在湖畔张望，有的在湖心守望，每次登岛，都有不一样的收获。情人岛，生有许多野生合欢树，形如一对依依惜别的情人，故而得名。对于这个充满了浪漫和幻想，吸引着无数痴情男女来领悟爱情真谛的岛屿，我亦曾来了又去，去了又来，第一次去的时候，赋得七绝《咏情人岛》：

　　　　湖中小岛曰"情人"，一见情人便动心。

　　　　绿水逶迤花会意，青山曼妙鸟知音。

　　橘子洲，方圆6平方公里，三面环山，一面临水，气候宜人，适合花果生长。每到秋天，橘子熟了，游人接踵而至，好不热闹。

那年我乘快艇登岛，远望层层翠黛、处处橙黄，一首七绝《登橘子洲》脱口而出：

层层翠黛天华顶，处处橙黄橘子洲。

逐浪金风来世外，含情白水到梢头。

寺庙有你肃穆的美。环绕花亭湖有多处寺庙，二祖禅堂、佛图寺、西风禅寺，皆有千年历史，饱经岁月沧桑。二祖禅堂，建于花亭湖上游牛镇镇境内的狮子山上。狮子山，山峦起伏，群峰巍峨，怪石嶙峋，山体形如一头威武的雄狮，故名狮子山。薛义河绕山流过，山清水秀，云雾缭绕，灵气十足。这里既是禅宗二祖坐禅之处，也是中国禅宗文化的发祥地。游寺先玩山，也许能读到我的七律《游狮子山》：

清澈泉流石径弯，欲寻二祖访仙山。

一天云彩风梳淡，满树榆钱月吻圆。

远近峰峦同打坐，高低松柏共参禅。

今人悟得前人意，慧可通灵静可安。

佛图寺，东晋元帝大兴年间天竺高僧佛图澄建，故名佛图寺。佛图寺位于风景秀丽、人杰地灵的寺前镇。寺前镇是全国政协原副主席、中国佛教协会会长赵朴初先生故乡。我在寺前镇工作6年，写过不少诗词作品，佛图寺的钟磬声、茶香味，赵朴初先生的大家风范都是我诗中的元素，不信到我的五律《过寺前镇怀朴老》中去品味：

一镇佳山水，风华孰比伦。

山涵千嶂月，水养满天云。

钟磬余音远，茶禅入味真。

高怀吟拜石，字字见精神。

西风禅寺，坐落花亭湖下游的凤凰山上。寺庙东南角有一巨石斜立，形状如狮，石下有大洞，可容数十人，洞口向西，风从口入，故名"西风洞"。"西风禅寺"也因此得名。寺东怪石松竹相间，寺前岩石上刻有"高山流水"4字。寺后山崖上大石壁立，各具情态。五祖洞、渡仙桥、小心坡、法智洞、一线天、飞来石、锡杖峰、凤凰峰、犀牛望湖、蓬莱岛是禅寺十大名景，让游人乐而忘返。寺后山顶的观湖楼是俯瞰花亭湖全貌的最佳位置，我曾作七律《过西风禅寺登观湖楼》，诗曰：

勿把秋心解作愁，莫辞乘兴一登楼。

抬头有别低头树，逆水无妨顺水舟。

镜里天青云掠过，山中地僻佛长留。

凡人不是参禅客，醒眼风情醉眼收。

作者简介：

李根华，安庆太湖人，供职于国家税务总局太湖县税务局。安徽省作家协会会员，中华诗词学会会员，中华诗词研习会会员，中国硬笔书法研究会会员。著有诗词集《蓝旋律》（安徽师范大学出版社出版）。

与朱军东老师交往二三事

◎ 李金重

前年，在《合肥晚报》看见一条签名售书消息，国庆节当天上午，安徽省作家协会 10 名作家签名售书。看后，欣喜万分，几年来读书不少，可拜师无门，能否碰上运气，说不定拜师成功，抱着此心态来到杏花公园签名售书现场。

国庆节市区节日气氛浓厚，人行道两旁花团锦簇，道路上车水马龙，熙熙攘攘。杏花公园内彩旗招展，迎门右侧有一巨大标牌，上书"喜迎国庆十名作家签名售书活动"，标牌前 10 名作家及工作人员一字排开坐在椅子上，作家面前桌子上及身旁摆满作家的作品。我一眼看见中间一位年轻又潇洒的作家，连忙走到他面前。他面前摆着一本诗词集《梨花明月总相关》。我平时爱读诗词，翻看后，笑问诗人是否可留电话。没料到他一口答应：可以。这就是朱军东老师给我第一印象——爽快。后来，为此诗词集中的见解和疑问，我经常打电话给朱老师。打通的时候，我是惊讶且惊喜的。以后，请教关于诗词欣赏、写作及散文写作，朱老师都不厌其烦。

朱老师给我第二印象，善于倾听，勇于思考，待人以诚，从不说教。记得前段时间，去他办公室请教如何学习诗词欣赏写作，他先听我的想法，针对我的想法，他说，先阅读《唐宋诗词赏析》，再看《诗词格律》，后读《词林正韵》，最后模仿写作诗词，从五言律诗开始。朱老师的话不多，可一针见血，针对性强，对我这个门外汉，如久旱逢甘露，滋润心田，点化开了硬石般的脑袋，信心倍增。按照朱老师的指导，在诗词阅读欣赏方面有了进步，对于诗词有了自己独特的体悟了。

因写作需要，上月朱老师帮我物色买了一部尼康 7200 单反相机，可我对摄影一窍不通，朱老师十分耐心地教如何使用相机按钮、调整焦距、简单取景方法、编辑图文并茂的摄影作品。同时借助朱老师"零度——视觉摄影"平台发布一篇《老院子》，据说《合肥晚报》洪欣老师想用此文，这让我十分高兴。没有他手把手地教，没有他的热心帮助，进步不会这么明显。

朱老师无论在诗词创作和散文写作，还是摄影艺术与公司运作上，都很成功。今年 3 月，朱老师写的《行走古徽州》等 3 首诗登载中国诗坛最全威杂志《诗刊》上，其中一句"黛瓦白墙四五家，炊烟一缕受风斜"写出乡村风景如画的美，皖风古韵，画意诗情，令人赏心悦目。对花、鸟、虫、草及人物、风景摄影，讲究光与影、明与暗、远与近、色与景的完美组合，自然、流畅、纯真、朴实，融入人文思想，他的摄影艺术作品渗透了他的灵感，一物一人一景生动活泼可爱。

他是一个温和的人。对员工、朋友，与对待家人一样，从不居高临下，盛气凌人，和蔼可亲。朱老师中等身材，微笑常挂脸上，一头短发，人显得精干。遇到上门拜访的人，都会热情招呼。

他是个老派的文人。他守时，绝不迟到。他精通古诗词，也精通文章，并且对书画也有自己的见解，他谈吐不凡，但却温润如玉。一次聚会，发现他竟然与我同乡画家谢宗君是同学，与他距离更近一层。宴后，他热情似火地写出一篇《第一次》，说他自己是怎样第一次发表文章，第一次写诗，第一签名售书，第一次接受读者宴请，第一次与陌生人喝得醉意蒙眬等等。他是个性情中人。

从小我就喜欢读书，仰慕作家们的渊博知识和深邃思想。有幸遇到了朱军东老师，真是幸甚至哉，是以文以咏志。

作者简介：

李金重，笔名老石，皖定远人，安徽省作家协会会员，安徽省散文家协会专委会副主任，合肥市摄影家协会会员。出版散文集《笔拙纸穷情未尽》，发表长篇军旅小说《七天七夜》，诸多散文、摄影作品散见于报纸杂志及网络媒体。

我的家乡

◎ 李丽红

（一）小镇

我小时候，总喜欢一个人在河边的台阶上坐坐，微小的风、玉带似的河流、匆匆的行船……不留只言片语与我擦肩而过……

我茫然而又欣喜地迎接着生活，所见所闻，再见，又不再见。

青石板的街道，毗邻而居的小民，砖墙小瓦，木门板的店铺，布店，糖果店，杂货店，书店。鲜灿灿的，每每下午四五点光景，有扎着小辫的渔姑，一手拎着刚才河水里捕捞的鱼虾，一手握着秤杆，边走边叫卖着，清脆清脆的声音，回应着古老的青石板路面，夕阳时不时地追逐过来，东家半斤，西家八两的……

秋天，我甚至很迷恋对门王小平家后院里满树的柿子，红红的，甜得馧人。

特别是下雨天，母亲不准我穿着白球鞋去雨天里玩耍，她烦恼于雨的漫长，烦恼于我无休止的吵闹和着外面滴滴答答的雨声，而我却一点也感觉不到。

傻傻的，我正处于稚气爆满的可爱童年。

若父亲在，再过一回，该多好。

可是，完全没有可能！

（二）聆听

我家的祖屋坐落在街市中央，隔着一条青石板铺成的街道，斜对门便是一家铜匠店铺。

小小的门铺里，一年四季，一天到晚，都有"叮叮当当"的敲打声传递出来，掌那铁锤把子的人就是我的姑爷爷。

小时候，我常常邀小伙伴，坐在店铺门前，看着姑爷爷手中的铁锤一起一落，反反复复，看着一件一件的铁器在铁锤底下成品。

上早市的时候，满街拥挤着人流，吵闹声杂七杂八却难以掩住这"叮叮当当"的声响。听习惯了，便感觉到声声悦耳。

当街上人流稀少，阒寂安详，闻那"叮叮当当"的响声，心也慢慢寂静下来。

间或有姑爷爷生灾害病的时候，暂且息了"叮叮当当"的响声，我便感觉那一天的生活中缺少了一块。长大后出外读书，工作，远离了那悦耳的声响，但它一直在午夜的梦里敲响着。

时过境迁，昔日那低矮的店铺已被高高耸起的楼房所替代，昔日门前的青石板街道也浇上了水泥。我的姑老爷苍老了许多，而手中那柄铁锤依然，它所发出的"叮叮当当"，依然那么单调，那么悦耳，如禅定的钟磬。

这种传统，原始的手艺，在大城市中难以再见到，但是，在我家乡那古老的小镇上，少了它，可真不行。

前些天，家乡来人，带给我一盒磁带。打开来聆听它，却是"叮叮当当"的响声再起。他乡遇知音，我几乎是忘乎所以。这盘磁带，我如获至宝地珍爱着。

（三）腾飞

这次回家，是大年三十。

家人正忙着年夜饭，我出门走走。

青石板路面已改成水泥，泥土地的圩堤也已建成了宽阔的公路，车辆往来奔驰，河中如梭的机帆船、小河轮，早已不见了踪影，跨河大桥以最优美的弧度飞达两岸，陈年渡船也沉进了历史。

高速公路已建成，小镇交通便捷，四通八达，南到宣城市区，北到芜湖市区分别只需 40 分钟的时间，东达南京市只需 1 个小时，与过去仅以乘船为交通方式相比，提速了六七倍以上。水运交通工具也发生了巨大的变化，这里被称为全国最大的"造船之乡""水运之乡"。

便捷的水陆交通，迎来了经济的大发展。集市农副产品丰富，交易活跃，呈现出一派繁荣昌盛的景象。全民医保的逐步完善，群众的文化娱乐活动丰富多彩，各种文化建筑，或翻修，或重建，文化自信重新拾起。

站在圩堤上，村庄座座，楼房座座，白墙红瓦绿檐，叫人赏心悦目。春日时，金黄的油菜花，绿色的麦苗，红色的草籽花；秋天时，金色的稻田、麦浪，给大地刺上了锦绣。一年四季，乡村、田野、公路、水塘构成了一幅美丽的画图。

如今每次回家，车子在圩堤上行驶，暖暖的阳光普照着路面，间或有一段的被成群的麻雀铺满，待车临近，隆隆的机声，惊得麻雀扑棱棱起飞，上上下下，盘旋在近空，又有了乡愁深处故园的感觉。

停停，走走，我生命的弹簧在这片土地上轻轻回弹。这里阳光依旧，亲情盛浓，这里民风淳朴，日新月异，这里是我生命的初地，我魂牵梦萦的故乡。

作者简介：

李丽红，笔名蓝弧，20世纪90年代初发表作品，作品发表于报纸杂志及网络平台，被收入《华语诗歌年鉴》《中国当代诗人档案》《中国诗歌2019年民刊诗选》《中国年度优秀诗歌》（2020年卷）《健康》《诗歌月刊》等选本。

岱 山 湖

◎ 李燕红

4 年前，也是在这样的春天，我和家人们一起，驱车前往古城镇岱山湖。古城集初建于三国，史载规模宏大，非常壮观，后来屡遭兵燹，夷为平地。后人在此建房开集，现在又是人来车往，热闹非凡，经久不衰。

古城镇位于合肥市东北部，江淮分水岭上，与滁州市接壤，东临全椒，北达定远。古滁河流经城南，龙山雄踞城北，岱山坐落城东，城西是开阔的田地。这样的地理位置，总免不了有战争的发生。古往今来，这里烽火不息。

岱山湖被誉为合肥的后花园，江淮分水岭的明珠，现为 4A 级旅游景区。1972 年初建，水面辽阔，周围林场纵深，植被丰茂，水面上，林木间，物种非常繁多。景区交通便捷，有古岱公路可直达。景区的配套设施非常完备，迎宾山庄，旅游接待综合大楼，沙滩浴场，灯光网球场，游艇观光，入得景区，湖光山色，尽入眼来，尽到心上。

水库四周，群山环抱，山湖相连。山上树木葱郁，翠竹亭亭。湖中岛屿千姿百态，别有情趣。天鹅岛宛如天鹅展翅俯身，翡翠岛就像碧玉镶于竹海。满岛奇花异草，灌木茂密，山路曲折，蜿蜒幽静。驶出翡翠岛，眼前豁然开朗，扑面一岛，仿佛一只奋力击水前行的巨大乌龟，憨态可掬，名曰"龟行岛"。

岱山湖的美是独特的。湖中有岛，岛中有湖。水面有宽有窄，湖边有湾有港。岱山湖青山水缠绵，湖光山色美不胜收。湖底无泥，黄沙粒粒，湖水清澈见底。湖东水面开阔，南部沙滩晶莹剔透。

放眼望去，湖中山水相间，一波三折。天气大好，一批批游客乘坐游艇，踩着竹筏，畅游岱山湖，他看湖山如画，我看他在画中。眼前碧波，心中激滟，身心纯净透亮，犹如受洗。

　　岱山湖元代有吉祥寺，明代有演法禅寺。演法禅寺位于岱山湖南岸，依山而建，庙宇辉煌，法相庄严，每日晨钟暮鼓，香火鼎盛。寺前湖中，屹立一座世界最高的鎏金达摩圣像，身披袈裟，手挽锡杖，宝相庄严。这就是达摩的"一苇渡江"。传说与现实，在眼前演绎、重叠。演法寺殿前有两个大水池，一个是放生池，一个是观音池。池里多鱼，似真似幻。庭院里放有几尊石碑，刻录着往事。石壁上纹理漫漶，见证了演法禅寺的兴衰。寺内大殿中，陈列着十八罗汉和各路神仙，慈眉善目，满眼悲悯。寺里珍藏着一口大钟，刻满经文。我尤其喜欢其中的一句：是诸法空相，不生不灭，不垢不净，不增不减。

　　诵经声起，辽远，空灵。木鱼阵阵，梵音袅袅，像从遥远的时空飘来。寺外矗立着许多千年古树，有银杏，有柏松。檐头风铃一直在廊檐下叮当作响，目送着寺院上空的缕缕春风。

　　今日的古城集，新农村建设如火如荼。村庄每天都是熙熙攘攘，非常热闹。村民们纷纷住进了新房，一年到头，他们都是忙忙碌碌，种水果，开店铺，摆小摊，把日子过得既充实又富足。

　　宁静的岱山湖水记录着岁月的痕迹，书写着一代又一代人的故事。夕阳西下，一阵微风吹来，湖面波光粼粼。不远处，渔帆点点，打鱼人满载肥美的鱼虾，满载一船金色的夕辉，缓缓摇来。

作者简介：

　　李燕红，散文、诗歌发表于《安徽文学》《江淮晨报》等报刊，作品曾获包公散文奖二等奖，并收集于《中国散文之乡》一书。

丰乐河之恋

◎ 李阳月

去年腊月底，我带着妻子孩子从南方回到六安老家过年。尽管老家很冷，下着雨雪，但一踏上家乡的土地，我的心里就格外地热乎起来。妻儿都出生在南方，见到向往已久的"雪花飘飘"，兴奋地站在门口的空地上，仰脸迎接着飞雪，任雪花落满一身也不愿意回屋。

第二天，天晴了，雪也很快融化了，我换上跑鞋出门。村前便是丰乐河大堤，堤顶是宽阔平坦的水泥路，是一条很不错的跑道。做完热身活动之后，我开始在丰乐河大堤上奔跑起来。

两岸风景如画。堤身的泥土一杯水泥覆盖，荆棘杂草已被如茵的绿化带取代，再无泥浆之虞，也无羁绊之苦。石头护坡，亲水平台，花草丰茂，春天一到，就成了一条美丽的景观带。风虽寒，心犹热。

丰乐河是我的母亲河，自打我记事的时候，就刻下了关于丰乐河的记忆。很小的时候，妈妈就告诉我，这条从我家门前经过的河，流向肥西三河，再流向巢湖，最终注入长江。那时候我似懂非懂，但我知道丰乐河跟我们的生活和命运都息息相关。

丰乐河是我儿时的乐园。河堤下面是一大片长着杂草、开满野花的空地，我们称之为湾地。在那个资源匮乏、寸土不闲的年代，之所以能有这么一片没种上庄稼的空地，是因为丰乐河经常涨水。一涨水，河水就会漫出河道，这块空地就会被淹没，根本种不了庄稼，老天爷就这样给我们留下了一处天然的儿童乐园。我们在湾地放鹅，打猪草，下河游泳，在草丛中捉迷藏、打仗……那时候的生活很穷很苦，但丰乐河给我们带来了难得的快乐。

乡亲们却不在意这块湾地，他们更关注每年夏秋汛期来临时，河堤抗不抗得住洪水，庄稼和村庄能不能安全度汛。连下几天大雨后，丰乐河便开始涨水，原来缓缓流淌的清澈河水，一下子变成夹带着泥沙和各种杂物的滚滚洪流。这个时候，防汛便成了第一要务，村里的青壮劳力扛着铁锹、背着沙袋走上河堤，昼夜巡查，忙着为河堤加固和排险。留在家里的老老少少也都提心吊胆，睡不踏实。

那时候，丰乐河的河堤还全是泥土堆起来的，河道也很窄，没有钱修整。而我们双河镇又处在思古潭河、张家店河、张母桥河三条河交汇处，上游来水汇集后下泄缓慢，导致河水受顶托、长时间高位运行，河堤承压的强度大，极易破圩。破圩后，河水像脱缰的野马，发出可怕的轰鸣声，从决口处冲向田野和村庄，到处房倒屋塌，良田沉没。乡亲们辛苦种下的庄稼，轻则减产，重则绝收，灾后的日子会变得更加艰难。

在我的记忆里，最严重的洪灾发生在 1991 年。那年，丰乐河就在我们村前决堤，村庄遭受了洪水的正面冲击，整个村子的房屋全都倒塌了，田里的稻子也被洪水洗劫一空。我从外地赶回家的时候，看到家里墙倒屋塌、一片狼藉，爸爸妈妈住在临时搭起来的窝棚里，我的眼泪一下子就涌了出来……丰乐河流域治理前，大大小小的洪灾几乎每年都会发生，村民们深受其苦，以至于其他地方的姑娘们都不愿意嫁到我们村，说那里是"大水窝"。

后来我去了南方工作和生活，直至在南方安了家，但我也一直牵挂着六安老家，因为父母还生活在那里。每到汛期，我都会在电话里提醒他们注意安全，要听从村干部安排，必要时果断撤离……

这样提心吊胆了好多年，终于，在 2016 年底的时候，我听到了家乡开始整治丰乐河流域综合的好消息。经过一年的奋战，一期工程顺利完工，丰乐河面貌焕然一新。更为关键的是，抗洪能力得到极大提升，成功抵御了 2020 年 "7.18" 丰乐河流域超历史极值洪水，保护了乡亲们的家园。

接着，省、市更高层面的杭埠河流域系统治理工程也于 2020 年9 月份开始动工，这个工程涵盖了对丰乐河流域的进一步治理和提升，是一件"好上加好"的好事。乡亲们再一次感受到了党和政府对农民、农村和农业的高度重视，更有了实实在在的获得感。

我风一样奔跑在河堤上，往事风一样从我的心里吹过。现在的丰乐河真是一条名副其实的"造福河"啊，有了她的呵护，乡村会变得更加美好，乡亲们的生活会越来越幸福。父母生活在这么好的环境里，我也由衷地感到心安了。哦，对了，我一定要叮嘱父母，晚饭后去河堤上走一走，活动活动筋骨，也欣赏一下美丽如画的田园风光。劳累了一辈子，也该享受一下幸福生活了。

虽然，我远离了故乡的丰乐河，但它从未在我的生命里断流，如同一条剪不断的脐带，源源不断地在我的血脉中输入着来自人生源头的养分。

作者简介：

李阳月，安徽六安人，中国散文学会会员、安徽省作家协会会员、安徽省散文随笔学会会员。小说、散文、诗歌发表于《小说月刊》《南方文学》《诗潮》《鸭绿江》《青年文学家》等报刊。

战疫先锋

◎ 李瑜杰

春明三月，气候回暖。

这些天，孙女士翻着台历，美滋滋地数着日子，就等着老伴从马鞍山赶来，她便可以功成身退，回家过舒心日子。

她来北京，纯粹是为了照顾孙子豆豆。儿子媳妇工作忙，加班到半夜三更回来是常事。自从新冠肆虐，学校时不时停课。豆豆今年上初三，正是学习吃紧的时候。家里没有爸妈管教，他昏天暗地打游戏，别说学习，连饭也不按时吃。

这不行！再这么下去孙子迟早被带坏。孙女士本不想操儿女的心，又心疼孙子，不得不跟老伴商量好，两人半年一轮换，她就从马鞍山买了机票直奔北京。

说起管教孩子，孙女士还是有一套的。马鞍山这样的小城小镇，她都能培养出一个清华研究生，还拗不过十三四岁的小人精？然而，孙子是管住了。来北京没多久，孙女士挠心挠肺地想家。

北京的日子太难熬了！

这里气候干燥，容易上火，水也没有南方的甘甜。关键是不方便锻炼身体，不自在。孙女士数着日子，好不容易到"交接班"，恨不得马上插上翅膀飞回去！

她满心雀跃收拾行李，核酸检测，买票，接班，返程，到家……

看看时间，老年大学也要开学了！孙女士有信心，今年，她还要拿个优秀学员，成为全校的骄傲！她乐呵呵地想着，美好的未来宛如画卷展现在眼前。回到马鞍山，小侄女却大惊小怪，总和她说吉林香港的疫情，劝她少出门，戴口罩，勤洗手。

孙女士瞧不上侄女大惊小怪的模样，总觉得这丫头危言耸听！搞文学创作的，不就是喜欢小题大做。

孙女士如常早出晚归，和朋友们喝茶、吃饭、聊天。当然也少不得筹备着老年大学三月的开学事宜。可紧接着，她笑不出来了。

3月14日，马鞍山疾控动态发出通报：

接外省协查函，一例新冠病毒初筛阳性病例于3月10日至12日在当涂县黄池镇有活动轨迹。接报后，马市立即启动应急响应，开展流调、封控和核酸检测等工作，对有关活动场所进行消杀，严防疫情扩散。

她愣了一下，紧接着心有余悸：我大安徽一如既往优秀！幸亏发现得早。

后怕之后，却也有一点困惑：当涂黄池！那是马鞍山吗？只不过是隶属于马鞍山的一个小地方。

她想：只要不在马鞍山，一切都不是个事儿！她安慰自己，没事，没事。

话是这么说，她没意识到自己的外出，已然被她减了一半，计划好的活动也一推再推。

疫情无小事，战术上藐视敌人，战略上却要重视。

对她而言，不外出、不和朋友聚会、不能锻炼健身的日子，和待在北京一样的难挨。孙女士心里不是滋味，总想着过两日——许是再过两日，便是春光复始，适常如斯。

她期盼着，真诚耐心天真地期盼着。

3月15日，马鞍山疾控动态再发消息：每个人都是"第一责任人"。

这条消息迅速扑灭她的侥幸。孙女士蔫了，却犹不信邪。再等等，也许疫情就没了。

3月16日，情况通报：

截至3月16日17时，我市新增无症状感染者6例，其中5例为被隔离人员在隔离点定期检测中发现，1例为管控区人员在定期检测中发现。6人均在定点医院接受治疗和健康监测，进一步流调工作正在推进中。

马鞍山五区一县全民核酸检测，全区管控，全城封锁，坚持国家卫健委"动态清零"的总方针！

猝不及防，马市笼罩在新冠疫情的阴影下，给孙女士迎头一个痛击，让她所有的侥幸化作泡沫烟云。

囤米囤粮囤菜。

孙女士有些难过，却依然服从组织安排。

她戴着口罩，一人前往小区核酸检测，一人穿梭于超市，买着国产的白象方便面，在收银台边叹了口气。昔日春光明媚，郊游踏青，携友同行，健身锻炼，争做马市最潮老太太的宏伟目标碾落尘泥，不复存在。

说起来，孙女士六十有五，年龄不小了。

她腰板虽然硬朗，腿脚却有些迟钝。她笑容虽然灿烂，身体小零件却偶尔抗议。她有小性子，也有小天真。她是铁路局的女儿，党的女儿。她有过低谷，也有辉煌，有豪气万千的魄力，更有跟党走听党指挥的认知觉悟。不给国家和人民添乱，成了她坚决执行的头等紧要的大事！

回家路上，孙女士接到小侄女的电话："二姨，您那边怎么样？收拾收拾东西，住我们家吧。您一人在家，我和爸妈都不放心！"

她嘴角弯起，露出笑容，坚定回答："不了！非必须，不出门！"

有人说疫情下，第一个行动起来的便是广大党员干部和志愿者，他们冒着被病毒感染的巨大风险深入社区，不漏一家，不落一人，兢兢业业，冲锋在前。

有人说最辛苦的是广大的医务工作者们！他们加班加点，昼夜奋战在防疫抗疫的第一线，用实际行动守护着群众的生命安全。

对！这些都是最美的抗疫人。我们由衷地感谢并敬佩着这样的英雄们，可疫情中，更多的却是孙女士这样的默默无闻的普通人。"非必须不出行"，看似简单的6个字却藏着广大群众坚守牺牲的民生和民计、奉献和大爱。他们，牺牲经济和健康，何尝不是战疫的英雄？

作者简介：

李瑜杰，笔名梨魄，独立创作出版小说10余部，多部改编成漫画作品，售出影视版权、繁体版权，在纸媒发表文字超200万。

莲的守望

◎ 梁清芳

　　"连雨不知春去，一晴方觉夏深"。6月中旬的天气，高温只是探了探身，便被长情的梅雨缠住，直到冷了脸。一个星期的雨水，让人回味了暮春的美好，也让露台上的碗莲喝得醉醺醺，愣头愣脑地钻了出来。

　　碗莲种是花友给的。第一眼见它，错以为是陈年发黑了的花生米。袖珍的东西总是惹人爱怜。小心地把它埋进营养土里。怕它不习惯自来水，特地去寻了湖水，续一方野气。半年多的时间，它便以亭亭的姿态，回应了阳光雨露的殷切，回应了我的守望。

　　纤细如葱的绿茎，托起一团粉白。在铜钱草大小的莲叶中，在滚动着的晶莹里，卓尔不群。有林妹妹的娇柔，有妙玉的清矍。独对初荷，涉江采芙蓉的美好蹁跹而来。幼时家乡的一口水凼，凼里的几枝荷花，在蒙蒙雨幕中，渐次浮在眼前。

　　水凼太小，初时似乎只容得下三五片莲叶。在村妇的棒槌声中，在光腚而对的野小子中，怯怯地荡漾着。水凼紧邻着一口硕大的烟火塘。奇怪的是，直到把水凼填满，它们也没动过翻墙越院的心思。

　　我那时太忙，除了上学，鸡鸭鹅的统帅也兼任着。只等小伙伴折了一枝粉荷扛到面前，才拔腿扑向它们。那是怎样的一凼莲叶啊。虽然被放牛娃扫荡了一圈儿，但它们仍攻城略地，把一个圆圆的水凼挤得密不透气。无奈，那夏风只好伏下身子，在莲叶的层层岗哨中，尖着脚掠过。为偷几缕荷香，不顾一路仓皇。

　　荷花更了不得。几日未见，它们已出落成出塞的昭君。个个浓妆艳抹粉面含羞。盛开的热烈，待放的娇艳。在莲叶兵团的保护下，犹抱琵琶半遮面。只在风过时，才于缝隙中一展芳容。我被震住了。见惯了满岗麦黄、一川稻绿的少年，才发现这世间除了俗世庸常，还有如此出尘绝世的雍容。

年轻的村妇起了无名的嫉妒，拿起棒槌一阵猛攻。直打得莲叶丢盔弃甲，让出一方水面来。这还不甘心，还要在青石条上死命地敲打。村庄懵懵懂懂，机械地呼应着棒槌声。水凼由几株空心老柳镇守。每到这时，它们也装聋作哑。风起的时候，却趁火打劫。长长的手脚从枝头垂下，不时逗弄莲叶，一副老夫聊发少年狂的模样。

看荷出塞已是奢侈。再没想到，那一年过年，父亲把我叫到身边，颇有些骄傲地从炉子上的铝锅里，捞出一截冒着热气的莲藕来。这是在腊肉里翻滚了半天的莲藕。无尽缠绵之后，它饱吸了肉的醇香，却不沾油腻。连着细丝一口咬下，绵密温暖，带着夏日的荷香。那记忆深植于心田。让人分不清是眼睛还是舌头，谁先做了俘虏。

看来，水凼和莲叶并不计较村妇的纠缠。在带给农人满池荷香之后，又在深秋捧上了敦实的莲藕。它们唯一的守望，乡人都懂。踩藕的时候，留下带芽的藕头，深埋于凼底，以期来年的再次相逢。

许是从那时，就起了种莲的野心。只是身处烟火人生，无处安放。在一年又一年的守望中，那水凼、莲叶与粉荷，随着村庄和童年，一起消失在年轮之外。本以为此生只能在记忆深处打捞，没想到机缘巧合，莲又以碗养的迂回，重新抵达我的身边。

望着这茎碗莲，我明白，是故乡为了回应我的守望，将水凼和莲花再三地缩小，直至装进一坛清水中。植于露台，安于窗外。日日相对，以慰夜夜相思。

作者简介：

梁清芳，安徽省作家协会会员，巢湖市作家协会副秘书长。出版散文集《一卷湖山》。

淮北叙事

◎ 梁咏赋

黄里杏花使人醉

我在相山之巅喊一声杏花，我在凤凰山之隅叫一声杏花，好像昨夜的雪还没融化，多像你咬碎草莓的一声尖叫。我爱过陆游的杏花，恋过杜牧的杏花，我和白居易的杏花一见钟情。但我眼里，最红的，最白的，最魂牵梦绕的一直是黄里的杏花。是霞在刀锋上微笑，是纸里包着火。有坚硬如玉的品质，有少女纯洁的心肠。

你喊出春天，我就煤炭一样燃烧，你舞出鸟鸣，我就飞成含泪的蝴蝶。我从不相信天堂，你却弥补了人间的想象。这是春天一小块有体温的诗。多么庞大的美，渺小的舌尖上，黄里杏花的香，在山坡上铺开肉体的内部，枝头一团固体的火。

不必看清，也不必读懂，哪一个面容？都是仙子，都是杏花带雨。我们都屏住呼吸，一口气憋得旭日一样通红，随意吐出一簇簇新蕊，像我爱你的胡须扎出的心跳。

风，恰到好处地吹。湖水，春来绿如兰。蚯蚓翻动土地，石头的内心也姹紫嫣红。废墟上的青草处处宣誓，寓言一串一串地盛开，抖音反复刷屏。坐在杏花里的故乡，左手高举杏花，右手高举手机。这些扎根生活的杏花，每一分钟都春意盎然，让我突然感觉快乐是那么的金贵。

那些头戴星星的人，可以在这里举起火把，他们的头顶一定开满踌躇满志的阳光。在相山的腹部，我好像听到了嵇康的琴音缭绕，那是杏花的耳朵，又像是明媚的翅膀。

三月，这里正装满杏花的隐隐声响。我听到了春天急促的呼吸。我要拥抱她们，这些醉酒的杏花，这是黄里的美人，这是妩媚多姿的爱人，风一摇，她就跳舞，吸粉无数的网红，我们都来打卡的一场欢乐盛宴。

我要的就是这一块淮北最新的春天……

与煤有关的朋友

我最大的遗憾就是在淮北没有下到煤矿下看看，只到一天看到封井的煤矿，就有一种断根的感觉，那是曾经养育我的第二故乡，盛产乌金与矸石。

想起大鸟般旋转的天轮，下井升井，蚂蚁样进出的采煤人。他们有时是太阳，有时是星星。黎明绝对是稀有的事物。他们的牙齿充溢着光亮，我把他们视作最铁的朋友。在地球的深处穿越，需要一颗怎样的头颅，他们攥紧的煤块常常让我感动，因为每一块煤炭都能攥出血来。在钢铁轰鸣和粉尘的碰撞里，小心翼翼地搬运着自己的果实。

不是习惯了黑夜的灯光，而是作为一生的工作。风钻，采煤机，链板，瓦斯，透水，冒顶，刮风下雨一样习惯了的日子，其实黑也是一种光芒。

我也曾经是一个煤矿人，那些采过煤的每一双手都让我感觉温暖。像冬天的炉火、冰雪里的棉袄，钢铁的意志，红火、热烈、悲壮。

我离开了煤矿，常常想那些朋友，还在下井吗？还在腰酸背痛吗？还在想肱骨的钢板什么时候摘除？他们经历的水火足够让我阅读一生，特别是那些把自己也炼成了煤块的人，其实高耸的矸石山就是他们的墓碑。

我心里装着许多的煤块

我心里装着许多的煤块，有时有地震般挤压的声响，有时剧烈地疼痛，它们碰撞的火是精选的骨头和肉体，乌亮的光照耀着隐秘的光阴。我知道哪一块是有棱角的，哪一块琥珀一样珍贵。绿叶和丛林轻轻地撞来撞去，埋葬春天和鸟鸣的编年史，多么的风暴和漫长。

我常常想那些煤块和我一起，谁会是更亮的灯盏，多么相似的梦中之物，今天的煤矿云，如果是诗人的蝴蝶，是黑色的智慧眼，有煤块的钢硬、冷峻、严肃。一定成为我内心的雷鸣、闪电、繁星。

或许就是几朵黑色的桃花，就绽开了煤的春天，我反复走在一条通往煤矿的路上，心里老是装着那些眼睛一样乌黑的煤块，就像看到几个矿工一起碰杯喝酒。他们才是淮北春天最温暖的阳光。

作者简介：

梁咏赋，安徽界首人，安徽省作家协会会员，中国诗歌学会会员，淮北市作家协会会员。曾在《星星》《诗歌月刊》《安徽文学》《阳光》《散文诗》《散文诗世界》等报纸杂志及网络平台发表诗歌多首，出版诗集《黑雪，白雪》。

那片芦苇荡

◎ 林建明

去年国庆佳节回了一趟老家，见到几个队在拆迁，为江北铁路专线让地。心想，这不是老天掉下来的馅饼，是老家终于迎来了开发的春天。

隔天下午我忽然有了心思，独自出了村庄，上江堤，将车开到1954年长江溃破的缺口上。停车，静坐了一会儿，像是回味往日时光，耳畔有万马奔腾的呼啸，还有惨烈的求救声。

外面有暖阳，也有柔柔的风。透过车窗向南，白杨林的间隙里能见到一方水塘，以前叫芦苇宕。不用细看，它已没有了往日的开阔，连同曾经浩瀚无垠的芦苇也渐渐萎缩，直至退守塘边，一股惺惺相惜的样子。秋水渐瘦，倒映着岸边枯黄芦苇的身影。一棵老柳树孤零零地立在岸边，再也舞不动青春的旋律。几只鹭鸶轻盈地展示它们苗条的身姿，或垂首或高扬或展翅。越过池塘再向南延伸过去，便是长江。距离有点远，江水变成灰白色的老布填充着芦苇、杨树缝隙里。江南的高楼，连绵的远山都成了隐约的朦胧画。

小学时，春天里要上劳动课。老师带我们去合意队的麦田里进行"实战"，就是拔芦苇。那里的芦苇和麦苗差不多高，也是细细的杆子，叶色稍带点灰色，看似柔弱的芦苇苗却让我们花出吃奶的力气，有些容易拔出来的，像藕般颜色，那都是被犁锋利的刀口切断了的。有的根本就拔不起来，只有折断了它。听队长说，这里以前也是一大块沼泽地，开荒有十年了，这芦苇就是除不了根。

童年时，一年中总要来这片芦苇荡几次。浅春时节，风带着寒意。开垦出来的荒地里，麦苗还不曾拔节，但油菜已有了青色的花苞，三两朵迫不及待盛开的小黄花，传递着春的气息。芦苇荡四周空荡荡的，芦笋还在泥土中酣睡，地表上镰刀削砍的芦柴桩像一把把匕首刺向空中，也会刺破脚上的棉鞋。我们到这里挑马兰头，掐蒿子，拔小葱。这不是品尝野味，是找寻生活，尽管常常被生活刺得鲜血淋漓。

几场春雨，几声春雷，芦笋就从泥土中钻了出来，笋尖淡红色，像沾了母亲血液的胎儿。一阵又一阵风吹过，无数的芦苇便成了绿色的海洋，那种气势似千军万马在奔腾在呐喊在狂欢，让年少的我心存敬畏。但最终还是抵不住粽叶清香的诱惑，到了 5 月，我们便钻进芦苇丛。此时的芦苇已经成型，密集浩瀚，我们钻在丛中像小鱼游弋于海洋。

后来知道那方水塘其实还有个名字，叫龙潭。夏天里，一群年少的抓鱼孩子沿着江边逆流而上，大大小小的水塘都留有我们嬉闹的印迹。一条斜线最后的聚集地就是龙潭。塘面是我们心里的大湖，很开阔，水也极深，水面中有个"小岛"。我们游过深水，一双双小手搜索着小岛的斜面，如果触到石块或小窝必有收获。听父亲说，那就是老屋的基地，上面建有很大的四合院，住有几十口人。1954年大水，破口就在屋后，激流漩出了这个大龙潭。

那场破圩整整十年后，仲秋的一个夜里，我带着满腹的怨恨来到了一个叫"程家墩"的小村庄。似乎是带着对老宅的眷恋，我降临在稻草铺就的木床上时，独自哭泣，细嫩的声音像一只大家都熟悉的猫头鹰的嚎叫，在寂静的村庄里显得平常，无人关注。

在我记事以后，每年一到冬天，那片芦苇荡就被人剃得精光，连同池塘边的蒿草、藤蔓都被收拾得干干净净。一根根倒下的芦苇打包成捆，装上车，升上肩。逆风，越过江堤，穿过田园，扑进村庄的角角落落处。它们或傍树而立，或卧倒成堆，或依墙而靠，在沉默中等待着破茧成蝶。

"长安一片月，万户锤芦声。"套用这句诗形容老家那时碾芦苇的情景一点也不为过。在家乡，20 世纪五六十年代出生的人，不会编芦席的人可能不多。那是一段艰辛的岁月。现在的孩子可能没见过芦席的模样，更不屑于它的丑陋、它的低贱，甚至不解，一张辛苦编出的芦席才值六毛多钱，但它却帮助人们度过了荒春。于是，在清冷的月光下，人们像头不知疲惫的老牛，拖着沉重的石磙，在咔咔声中来来回回、反反复复从芦苇身上踏走踩过。这些长长的芦苇经过锻裁、清理、剖缝，在锤打中压扁，像一个刚强的汉子经过生活的磨炼渐渐失去了棱角，变得柔顺。

土地到户让人们看到了希望，芦苇荡也被一点点蚕食。年复一年，高高的芦苇变成了低矮的黄豆、花生。大水之年，辛苦埋下的种子，收获的不是希望而是叹息。芦席不见了，过滤下来的依旧是昏黄的时光。

许多曾经从芦苇荡里走出的人，迈着匆忙的脚步，行走在他乡，编织着生活。但芦苇荡不再荒凉，时代的步伐在这里留下一条深深的印迹：面前的这方土地上，一座现代化的港口——铜陵江北港即将诞生。圩内连接港口的是江北铁路专用线，圩外连接的是长江，是广阔的天地。

站在江堤上，我看到了远方。

作者简介：

林建明，笔名愚人。安徽省作家协会会员，中国散文学会会员。曾在《上海散文》《齐鲁文学》等报纸刊物发表文章300余篇。著有上海文艺出版社出版的个人散文集《走出村庄的人》。

开岁这事

◎ 林　柱

虎年春节，岳母要来这边过年。因为疫情，自 2019 年开始，我们已有 3 年没有去拜望她了。岳母虽有抱怨，却没有怪我们，疫情一直都在。岳母电话里说，她要只身过来看望我们，这话让我羞愧，但岳母此举，却也非常的理性。我们一家三口离开，来回都要做核酸检测，工程量大，过去她还得忙活。岳母一人过来简单得多，而且我的小姨子一家与我同城，她这一来，等于看了两家。

岳母过来，我们得商议这年饭怎么吃，在哪吃。这是国人的待客之道，必须讲究，虽然岳母是家人。疫情期间，不宜去酒店，我们议定在家中待客。除夕那餐在孩子姨家，她是整整忙活了一天。

初二在我家。岳母和小姨一家来时，我和儿子去超市了。回来后，小姨要帮忙，她一定是看我家冰锅冷灶，而这时已经 11 点了，午饭在即。我故作神秘地说："不用不用，半个小时，准时开饭。"

见他们满腹狐疑的样子，我有点得意。我从提回的两大包里取出十几道菜，一式的精美包装，羊排、牛肉，红烧肉、酸菜鱼、板栗烧鸡。当我一样一样拿出来，他们自己可以看到包装上面有字，标识为中华老字号，这些菜肴出自有百年历史的名店，它们由大酒店名厨配制的菜肴，加热后即可食用。岳母看了，大为感慨，感慨今天生活的便捷和富庶。这让我想起了往事。

那年春节，乡下朋友盛情邀请相聚，说是侄子当兵回来探亲，难得，让我过去帮大家合影一下。20 世纪 90 年代，照相机也算是稀罕物。我记得当时不照则已，一照就结束不了，村子里人都过来求情，要我帮照过年时的全家福。为此，我在那儿住下了。

在那几天，乡亲们拿出最好的食物招待我。上桌的菜肴，基本上只有咸货。初六那天早晨，我起床后没有看见一家之主，便问去哪儿了。女主人却是笑而不答，快到午饭时，男主人回来了，满头大汗，自行车篓子里有一刀猪肉。他告诉我，年前知道一个远房亲戚家杀了猪，就起了个早，去碰碰运气，看能不能弄到新鲜的猪肉。我知道男主人说的那个地方，距离可是不近，来回有 40 里路。那个场景，那种朴实的情感，一直在心头氤氲到今天。

如今，不用早先那样储备过年的菜。即使年三十和正月初几，大超市里依然是琳琅满目应有尽有，方便快捷新鲜。要是图省事，给自己减负，那就去酒店。现在因为疫情，酒店去不得，但大酒店里的名厨手艺，在大超市里也有。如我虎年初二，去超市里提回来的熟食，就是出自名厨之手。

在这个大时代，交通、通信发达。不管是深山老林，还是海外孤岛，现在电子时代、信息时代，一键下去，需要的东西没几天就到了。过年，当然是想吃什么菜，就可以有什么。经历过 20 世纪六七十年代的人，感触会更大一点。

岳母还在那边做今昔对比，我这边已经揭开几只锅盖，菜肴的香气弥漫开来。

作者简介：

林柱，中共党员，安徽作家协会会员，在报纸杂志发表文学类作品 600 多篇。出版女性创业小说《掘金》。

母亲的灿烂年华

◎ 刘　敏

1951 年，新中国掀起了第一次大规模治理淮河的高潮，各地民工浩浩荡荡奔赴治淮工地。

"书记，我也要上河工!"刚结婚不久，年仅 20 岁的母亲陈凤兰找到大队书记说。

书记看了看，摇摇头："挖河泥，女的干不了!"

母亲不服气："我咋就干不了? 你去俺娘家庄上问问，还有俺陈凤兰干不了的活?!"说完，转身就走。

后来，不光是母亲一个人来了，她还说动了 8 个年轻姑娘，由她带着一起上了"河工"。

母亲说有人看不起女的，说女的干不了，我就不服气!

1951 年冬，21 岁的母亲光荣地加入了中国共产党。这成了母亲一生的骄傲，在后来几十年的人生岁月中，每当说起曾经的治淮来，她都两眼放光。

在父亲的影响下，母亲早早地走进了新中国成立初期的"妇女扫盲班"，不久被群众推选为大队妇女主任一职，母亲一干就是几十年。在 20 世纪 50~70 年代，她常常带着民工挖沟排涝，风里来雨里去，像男人一样上"河工"。

从小到大，在我的记忆里，母亲天不亮就起床。喂鸡，喂鸭，喂鹅，喂羊，喂猪，浇菜园。忙完家里忙地里，里里外外全是她一人。父亲长年工作在外，在家时间很少。由于爷爷奶奶去世早，我们姐弟 5 个都是由母亲一人带大。

母亲很疼我们，小时候为了不让孩子哭，母亲背着小孩推磨、做饭在我们村家喻户晓，成了乡邻们的"笑谈"。我们家姐弟5个都是大的带小的，大姐二姐小小年纪都帮着母亲操持家务。

7岁那年，我烧锅，母亲背着弟弟下面条，正巧大队张书记来我家通知母亲去焦陂公社开会，看到母亲一手扶着背上淘气的弟弟，一手拿着筷子在滚烫的锅里搅拌面条。他吃惊地对母亲说："孩子掉锅里咋办？陈凤兰呀，你真的不容易啊！"母亲听后，乐呵呵地回应道："书记，不用担心！我5个孩子都是这样过来的！"

多少次我和母亲推磨时，母亲都背着弟弟，有时还把弟弟放在磨棍上一圈一圈地推着。用母亲的话说，她最怕听小孩哭，自己再苦再累都算不了什么。

记忆中，母亲总有使不完的劲，精神头很大。每当别人投来同情的目光，她总是豪迈地说，毛主席讲"妇女能顶半边天"。

母亲一生最大的遗憾就是自己没正经上过学，所以无论她多苦多累多忙，从不耽误我们一天的课。她下决心一定要让5个孩子都上学。虽然她"斗大的字不识一升"，但83岁那年，她还像模像样地当回老师呢。

那年大姐在我们村小教学。有一天，全体老师都到镇中心校开紧急会议。到上课时间了，都还没回来，校园内外孩子们乱跑。刚巧母亲来给大姐送青菜，看到这情景，她灵机一动，敲铃把所有学生都集中在一个教室，这就当起了老师。

她说，小学生们都坐好，老师开会没回来，你们别乱跑。屋后的沟深，掉水里会淹坏的。父母出去打工很辛苦，爷奶天天照顾你们吃穿也不容易。送你们来上学，就是让你们好好学习的。在家听爷奶的话，别惹大人生气。别偷着下沟洗澡，更不能玩火玩电，水火无情。在学校听老师的话，知识学到脑子里，长大分家都分不走。母亲讲到带劲处，还问孩子们，她说的对不对？也许是母亲朴实的话语打动了孩子们的内心，学生们都用心地听着，甚至比听老师讲课还专注……待姐姐他们急急忙忙赶回时，看到眼前的一幕，不由得都哈哈大笑起来，校长走过来，拍着母亲的肩膀说："俺三娘，您真行哈！"

最近两年来，母亲总是问，她老吗？怎么一出去，人家都叫她老年人？惹得二姐调侃道："你都 90 多岁啦，头发都白了，还以为自己年轻？"母亲听后无奈地笑道："我咋一眨眼八九十岁了呢？如果三四十岁多好！"

和土地打了一辈子交道的母亲，步入老年后，仍不辍劳作。依然还在老家种着地，有时我们硬把她接来，住不长，总要回去。她总是说，在城里没活干，住着急，又帮不上你们的忙，还是回老家下地干活不急！在老家种种菜，和老年人在一起叙叙话，想上哪上哪，自在自由。

前年秋天，母亲卖了老家门前的一棵大椿树，收完钱后，母亲帮着买树的把树往车上抬，买树的看母亲抬树很利落，随口问："老年人，多大啦？"母亲朗声道："90 了！"惊得买树的瞪大了眼睛……

2021 年，中国共产党迎来了百年华诞，母亲的党龄已有 71 年，比许多人的一生还长。如今 92 岁高龄的老母亲，依然还是耳不聋眼不花，干起农活来还不减当年。我想，母亲身体之所以如此硬朗，不仅得益于她一生的勤劳，而且也得益于她有一颗坦荡、乐观善良的心态。

每当她领到乡村干部津贴和高龄老人补助时，她都会发自内心地说："我虽然越来越老了，但国家一直没有忘记我这样的老党员老干部。感谢国家！感谢党啊！"

作者简介：

刘敏，高级教师，安徽省作协会员，阜阳市作协理事，阜南县作协副主席。作品《我的中岗情》《家有爱犬》分别获 2012 年、2014 年安徽省"金穗文学奖"三等奖。出版小说散文集《草木故乡》。

父亲的教诲

◎ 刘天德

父亲幸福地度过了他的第 89 个生日，安然离开已有 3 年。

祖父有 4 个儿子，父亲最小。战乱年代，有 4 个儿子的人家，定要拉上两三个去吃军粮，但祖父 4 个儿子却没有一位去当兵。因为祖父颇有能耐，给"运作"下来了。祖父看重我的父亲，给他请了塾师，教他识文断字。当时地方渔场招收会计，我父亲应考进去当上了会计，一家都很高兴。

祖父病倒了，不久就离开人间。我父亲在渔场一干就是十多年，随后经人介绍与我母亲相识、结婚，有了我们这一大家子。父亲靠他一个人的工资维持我们家 4 口人的生活，非常艰难。

我是我姐带大的。因为是幼子，长辈特别喜欢，喂养得很壮实。平时照顾我的任务都是姐姐承担，姐姐比我大不了多少，她抱不动我，经常摔到。那时候，我和我姐的哭声是相继响起的。我一哭，我姐就得挨打。在我刚刚懂事的时候，父亲就对我说："你以后长大有出息了，别忘记你的姐姐。"这个教诲，我终生未忘。

我小时候算是好学的，从小学到初中，在班里都是前几名，父亲对我寄予了很大的期望，把我转到临泉县城上学。那年高考，我以 7 分之差高考名落孙山，父亲安慰之余，鼓励我去参军。我听从了父亲和大哥的意见，光荣地参军了，入伍第 3 年我就以全团第 3 名总成绩，考入山东教师进修学院。

毕业后，我在部队当上一名少尉教官。回家探亲时，父亲看我荣获少尉军衔，并没有特别高兴，而是一脸严肃的样子说道："以后要少说多干，伯乐会看上你的。"这是父亲的第二次教诲。

后来，我转业到地方公安局。我成家了，第一次和儿子一起回家看望他，想必他一定高兴，没想到他说："家庭有了事情多商量。"我当时就意会了，他是说我没带孩子妈妈回来。当时，孩子妈妈为了照顾家，办了病退，在家开了烟酒店，不方便过来。后来，每次回家，我都一定带上她，一家三口来，一家三口欢声笑语地回去，父亲看着，才露出开心的微笑。这是父亲在家庭关系上给予我的教诲，它让我幸福了很多年。

多少年来，这几句教诲，始终影响着我，启迪着我。我将牢记，我将传承好父亲的美德，教育好儿子，一同为党、为国家、为社会、为人民做出更大的贡献。我将把它凝练成家风，传给儿子，传给子孙。

作者简介：

刘天德，笔名光磊，先后有100余篇小说、纪实、文学、论文在国家级、省级、市级报刊发表，其中有20余篇荣获省、地市以上奖励，作品曾被收入《中国社会发展战略研究文汇》《中国奇案纪实》《中华大地之光》等书。

柳心元宵

◎ 刘文勇

　　母亲有头晕之疾，每年在柳萌芽时，必采摘柳心，做元宵吃。我们兄弟每年初春，只要柳发青，芽芽萌出，必将柳心采摘下来，为母亲做元宵吃。

　　我常常和二哥一起去采。

　　二哥说，采摘柳心，必须在太阳出来之前。二哥还说，采摘柳心，得童男。回到家，放碓窝里捣碎，柳心成糊状。和糯米面时，将捣碎的糊状柳心掺到糯米面里和好，做成元宵就成了。

　　二哥将我托上柳树，我开始寻找最嫩的柳心。清风拂着我的脸，淡淡的清香沁人心脾。一粒粒柳心摘下来，落在二哥承接的白布上，如茶一般。待到摘好，我便跳下树来。二哥笑着说，你能克服困难，做事不半途而废，能坚持能挺住，不喊苦不叫累，你以后做任何工作，如这般像这样，一定都能像采摘柳心一样成功。

　　二哥的话我没当真。只以为他是夸奖我鼓励我，我不知道这话的力量这话的意义。以后，我在社会生活工作实践中感到，凡事能坚持、不怕难，成功概率确实大。

　　我读中学进城离家，我当兵去了南方，上大学进了省城，许多年我没有替母亲采摘柳心。我不能担当此任，有我哥哥与哥哥的儿子们，他们能够完成母亲每年吃柳心元宵的义务。

　　不能说我不能为母亲采摘柳心了，但老天爷还是仁慈地给了我让我为母亲采摘柳心而尽孝心尽义务的机会。

　　我在城里教书，母亲进城了，住在我这里。春来了，柳绿了，母亲对我说："我头还晕，每年要吃柳心元宵。你去替我采摘柳心吧。"

我恍然大悟，是啊，母亲每年吃柳心元宵，这是习惯不可更改，怎么能忘呢？我敲打着自己的头，骂自己忘记了对老人家的如此重大义务。

这小城，不见柳啊，继而琢磨：哪里有柳到哪寻柳而能采摘柳心呢？柳在我脑旋转，在我脑里接连浮现。

柳多植公园里，或河流旁，小县城里哪有柳呢？家乡淮河堤内，年年防洪灾，栽有柳，那柳是挡洪水的浪头的。可这会儿，小城离家乡几十里，交通不便，不可能去那里采摘柳心。忽然想到，东门外仿佛有柳，西门外好像也有柳。我常经过西门外，那农场的大路旁，好像有柳。东门外一般情况下是不去的，传说那里死过很多人，尤以淝水之战，在这里战死的将士成千上万。还有人说，逢阴冷凄凉之夜，常能听见鬼哭狼嚎——那应该是换季时狂风的吼叫吧。我决定还是到西门外，图个吉利。

这样盘算着，心安下来，又猛然想起，我已不能采摘柳心了。二哥话突响耳边，采柳心，得童男。童男阳气足，气纯真，不能用手，得用嘴含柳心，先用舌头裹住，再用牙齿咬断，方将柳心一片一片的，用嘴如此这般摘下来。

我叫醒了正在沉睡的儿子。他很不高兴地嘀咕着："干嘛？"我将柳心元宵的事说给他听，他连忙爬起来。我们顾不上洗脸，骑车来到了西门外。放眼大马路，一眼望不到边的西湖田野，不见有柳，我傻眼了：路两旁，挺立着笔直的水杉树，没有柳的影子。我心下紧张，额上不热而汗，骑着车子带上儿子，在熟悉而陌生的城市四处搜寻。

忽然眼前一亮，我刹车停住，一株枯柳夹在水杉缝里，树干扭曲，已枯半边，白茬茬的树干，仿佛雨果笔下的卡席莫多非常难看，而剩下扭曲的弧形半边却毅然顶着油亮的嫩芽芽，生气勃勃，不由心中一震。多么顽强的柳啊！

我让儿子抓住柳的枝条，教儿子像我小时采摘柳心的模样。儿子在初升太阳的光线照耀下，做着几十年前我做过的事情。时光流转，恍如隔世。

回家后，我与妻很快做好柳心元宵。我说："柳心苦，为妈多放些糖吧！"母亲连连摆手，说："要的就是那苦。没那苦，丹方就不灵啦！再说，俺一辈子从不知啥叫苦。"我心一震，眼前闪现出母亲勤劳一生的一幅幅画面。枯柳苦，它哪有老人家一生苦；柳树生命力虽强，但它没有我母亲的意志顽强。

后来，我又去西门寻柳，不知什么时候，那株枯柳没有了，令人怅然。

作者简介：

刘文勇，安徽省作家协会会员，淮南市作家协会会员，中国西部散文学会会员，《西部散文选刊》微刊副主编，中学高级教师。小说300余篇刊登于《安徽文学》《清明》《羊城晚报》《当代小说》等几十家杂志报纸。《孔子教做人》由香港天马出版公司出版。

听经的青蛙

◎ 刘秀杰

那天，我再次路过阜阳插花中学校门口时，看到那架横跨公路连接南北校园的人行天桥，听到校园里的琅琅书声和欢歌笑语，不由放慢了脚步，抬头想多看一眼我曾经的校园。

插花中学在当时是我们阜阳地区的翘楚，是安徽省的名校，甚至在全国它也是一朵奇葩，名望极高。非常幸运，我在这里读过书。

我与校长的儿子郭班小学同学，光屁股一起长大，小孩儿玩的那些，我们都玩过。那时我们还都是懵懵懂懂的年龄，在他家出入自由，根本就没在意他爸是地区教育局的局长，兼职插花中学的大校长。

有一段时间，不知是什么原因，郭班有些反常，不爱搭理人，上学来得迟，放学后去得快，一刻也不滞留学校，问他他不说，说去他家玩，他脸色突变，坚决不让去，可是我忘了，还是去了。

见我来了，老校长还像以前那样，满脸的温和并挂满了慈祥的笑容，随手递给我一条毛巾，让我先擦擦头上的水，然后把我领进他的书房，让正在做作业的郭班停了下来，站在一边。老校长立马变换面容，严肃地看着我，威严地说道："正好你来了，我一块儿说说你们，郭班这一段时间学痞学坏了，功课成绩直线下降，他的班主任找到我，很有意见，说他和其他同学一起，干了几件影响极坏的事，让人告到学校，还有一件差点出了人命，你参与了吗？"

老校长的目光，像根尖利的锥子，刺穿了我，我不敢抬头正眼看他，只能偷偷地瞄了他一眼，学着郭班那样，与他一起傻愣地站在那里，像秋后霜打的倭瓜叶那样，低垂着脑袋，嘴里没底气地"嗯"了一声。

老校长说的那几件事，哪一件都少不了我，为这事班主任非常恼火地把我胳膊上的三道杠，当着众同学的面，给我扯了下来。这几件事其实是一件事。

我们班有5个同学和社会上4个已辍学、年龄稍大一些的孩子一共9人，跑到离学校几里外乡村的果园里，偷摘了人家未成熟的生果蛋子，拔了人家的一大片花生秧子，当场被人家逮住，扭送到了学校。

事了之后，那4个孩子在六一儿童节那天又来了，说我们打扫卫生太脏了，干脆一起去洗澡吧！我们犹豫了一下，还是去了。就是这一次，事情闹大了。两个同学滑到了深水里，差点没淹死，幸亏有大人从河边路过，把他们救了上来，折腾了半天，才算捡回了他们的小命。这件事造成了极为恶劣的影响，老校长极为恼怒，自己是搞教育的，居然连自己的孩子都没有教育好。

老校长看我讪讪地低垂着头，在那等着挨训的样子，他的脸上慢慢和缓起来，露出了他平时慈祥的笑容。他让我坐下，而后又语重心长地接着说：

"你们现在还都是初入校门不懂事的孩子，眼前你们该做的，就是多学知识、遵规守则，想学好成才非一朝一夕之功，想学坏是轻而易举的事。近朱者赤近墨者黑啊！"

郭班学会了，也做到了，他成器了。恢复高考后，考入了国家名牌大学，后又出国留学深造，回国后经多年的努力奋斗，成了一个对国家和社会有用的人。

常在观音菩萨莲花池下听经的青蛙、小鱼小虾，听久了都能弃恶从善、羽化为仙。我有幸叨陪，虽未成家成名，但也成了一个有用的人，一个别人眼里的好人，自己满意的善人。

作者简介：

刘秀杰，笔名三林，已创作出版《古朴的插花镇》《易读益智》《被追忆的桑田》。

安大时光

◎ 刘　燕

2014 年 3 月，我进入安徽大学开始 MPA 的学习。开学典礼那天，文东楼西侧盛开的白玉兰在早春细雨朦胧中楚楚盛开，老树林立的校园里处处晕染着浓厚的学术氛围。光阴如梭，转眼间，我的安徽大学 MPA 学习生涯即将结束，回首三年，交织着学习与工作、生活的矛盾与冲突，在一次次请假前往合肥读书的奔波艰辛背后，是我们对于再度求学的执着，其间感受到大学校园的多姿多彩，感受着同学之间的深厚情谊，领略到求学生涯的身心愉悦。

还记得同学们一起并肩走在安大老校区林荫大道上欢笑的言语；还记得校园里天鹅湖畔悠悠微风吹过发梢，湖面上不时能看到成对的黑天鹅展翅嬉戏；还记得学校北门外小吃一条街的喧闹，"红油饺子店"里东北饺子的鲜美；还记得 2015 年圣诞联欢晚会上同学们的各种才艺表演，还记得皖南社会实践途中一路看到的旖旎风光。

犹记得丁先存院长向我们展示的严谨治学态度，裴德海教授向我们传授的"贵族精神"和"燕雀安知鸿鹄之志，鸿鹄焉知河鸟的乐趣"的独到见解；犹记得李明老师所说"只有我们每一个人都光明，中国才不会黑暗"，赵晓春老师关于民国时期的崭新视角，以及他在美国哈佛留学期间的种种经历；犹记得王成城老师的"易经和手相"课，周青老师在英语课上让大家用英语作自我介绍，还有向大家提问"什么时候会说我爱你"；马仁杰馆长所做"中国传统文化中的为官之道"精彩讲座，当然还有我们最爱的班主任薛文萍老师，她用一颗年轻、宽容的心对我们的学习和生活给予无私关怀，令我们十分敬重。

是否还记得杨靖老师在公文写作课上关于"颜值和才华"的点评，文坤同学关于"如何写好一篇演讲稿"的经典课件；是否还记得铜陵籍的同学带我们去西联乡美好乡村看到的朵朵荷花，杨兵同学关于"合肥房价"课题的奇妙构思，还有我们在褒禅山游历时听到的禅声连连。

"长城外，古道边，芳草碧连天"，此刻回忆起三年安大时光，我的记忆里是安大老校区夏季里树木葱郁、凉风习习，冬季里枫叶飘落、阳光满满。而我，扎着马尾辫，怀抱笔和书本，和同学们一起一路笑着、跳着，走向课堂。

三年里，同学们在学习的同时，也有诸多变化，有的毅然跳槽、有的升职加薪，有的喜结良缘、有的再添贵子。无论怎样，我们的共同收获是谆谆的教诲、真挚的情谊。人生收获满满，不怕前途漫漫。

"面朝大海，春暖花开"，这是杨靖老师在开学典礼的致辞中对我们的勉励，这句话当时让我们不约而同地鼓起了掌，因为它激发了我们当时对于未来 MPA 学习的美好期望，也激发了再次走进校园的我们内心深处最原始的纯真。三年光阴，回味悠长。这一刻，我相信同学们都是收获满满，都拥有了许多珍贵的回忆；三年光阴，我们一起"读书、交友、养心"，将使我们终身受益，因为它带给了我们来自精神上的无限正能量。

再见了，安大，你永远留在我们的记忆中，每每想起，就如"面朝大海，春暖花开"！

作者简介：

刘燕，芜湖南陵人，公务员，安徽省作协会员，南陵县作协副主席，现为中共南陵县委宣传部宣传文化室主任。作品散见于《安徽文学》《芜湖日报》等报刊，出版个人散文集《南城岁月》。

雨探银屏山

◎ 刘　洋

因特殊的机缘，我得以在巢湖闲游一日。少年时代曾造访过这里的紫薇山紫薇洞，本想故地重游，偶然间忆起不知谁口中提过的银屏山，想到名不见经传之地常有意外之趣，姑且一探。

手机导航显示上山的大路 007 县道正在封闭施工，指引着我先绕一个长长的弧线，再从盘山的小路蜿蜒而上。

时值初夏，天地间绿意鼎盛，映上薄云间透下的清丽日光，鲜妍欲滴，使人心情畅然。好鸟相鸣，戏蝶流连，涧流苔石之处，风浮草曳之时，遍野生灵蠢蠢而动。抬望眼，远处层峦雾列，上探青霄，日月照耀金银台。

到景区时下雨了，撑一长柄伞从车中走出，远远便瞧见景区验票处的几位工作人员满脸惊奇地向这边张望，问道："你是怎么上来的？路修好了吗？"

我嗫嚅道："应该没有吧。我从小路绕上来的。"

入得大门，雨势更盛，犹如天池倾覆，万掌合鸣。山中草木丰茂，层叠掩映。水汽如潮，隐隐激荡其间。我信步石阶小道之上，只觉此处一山一人一伞，千石万木众生，意境悠远，心神倍振。

首先去往仙人洞。洞口一侧石壁高处生有一株白牡丹，人称"银屏牡丹"，据说是我国最古老的一株杨山牡丹。仙人洞是经上亿年形成的天然石灰岩溶洞，洞中空阔潮湿，四周岩壁呈灰白色，地面上水光可鉴。我挂伞缓行，眼前散布着大量钟乳石，体型巨硕，形态奇异，千百成峰。第一处唤作"青蛇戏蚌"，再向前行，依次又有"仙女回眸""蓬莱仙境""微缩黄山""仙人田"等景致，其中不乏形态奇巧、纹理细腻、名实相称者，它们从自身的原始形貌出发，通过游人的联想，向人文伸出一条条优雅的藤蔓。

洞中有洞，两洞之间多由石阶相连，先一路向下延伸，再逐渐向上。愈行愈深，见两旁钟乳石形态也愈加生动。继续前行数十步，见到一扇铁门，门外传来飞瀑之声，我喜出望外，赶忙跨出门去，才发现原来是仙人洞的另一侧出口。洞外大雨如织，天光黯淡，山野间一片寂寥。

我在路标的指引下来到地质馆门前。山雨暴烈如故，雨水裹挟着细碎的泥土从山上流下来，淹没了远处的一条条小路。流水溅溅，其色赭黄，纵横交织，如百川注海。正在我凝神观望时，从馆中走出一老者，冲我喊道："你要不要进馆参观？"我怔了一下，随即点头称是，朝他跑去。

我把伞立在墙边，听老者说道："景区管理处老早给我打电话，说进来一位游客，我等你很久了。"

"大叔，您知道外面的大水是从哪流下来的吗？"我急切发问。

老者道："你难道没听过王维的两句诗，叫'山中一夜雨，树杪百重泉'吗？"

我不愧反喜，想着他必是一位闲居山林、饱读诗书的雅士，当真出人意料。

地质馆不大，拢共三间平房，所有的展品都摆在灰垢斑斑的玻璃柜里，但是其中却有世界上最小的响石，稀有名贵的鸡血金钱石、七音石以及猛犸象牙齿化石。我于矿石素无涉猎，自然也是雾里看花，只是从化石里看到鱼、蜘蛛、海螺和四脚蛇，觉得妙趣横生。

我问七音石在哪里。老者兴致盎然地领我来到侧室的一张桌子前，指着一堆矿石中的一块说："就是这个。"接着，他掏出一枚硬币在上面敲击，锵锵有金玉之声。我俩相视而笑，喜从心来。

老者问道："你接下来还要去根艺馆吧？"

"要去的。"我回道。

"那好，我带你过去。"

我当即心生疑窦，却也没说什么。

出门后，只见老者一手撑伞，一手执鞋，涉水便走，步履轻快矫健。我尾随而至，馆内空无一人，忍不住问道："大叔，这两个展馆是不是就您一位工作人员？"

"不错。"看我惊讶，他又补充道："本来还有一个，最近修路，游客少，他就休息了。"

根艺馆分上下两层，各种根雕作品参差摆放，轻盈的则悬挂在墙上，从器物花鸟到神怪人物，纷繁万象，无所不包。我走马观花，也自得其乐。

老者担心雨再这么下下去，山里的涵管不堪重负，水一旦积起来，我就下不去了。我一听也觉得不妙，便匆匆与他告别，沿着他指的小道一路走出景区。

回程时，我在山脚遇到了停在路边的施工车辆，司机摇下车窗，正抽着烟出神。我在他旁边把车停下，问道："劳驾问一下，路修好了吗？"

作者简介：

刘洋，安徽利辛人，长篇历史小说《秋风斗虎》连载于纵横中文网，中篇都市小说《错过一场烟火的表演》连载于原创文学公众号"一箭风"。

冬练三九

◎ 柳书节

早晨，看到村部的草地上白茫茫一片，这才想起，三九天到了。

1

掐指一算，我已有 4 个月没有跑步锻炼了。不是我偷懒，实属无奈。个中缘由，令人啼笑皆非。

有一天，我下楼梯时打了个喷嚏，震断第 9 根肋骨。当时疼得蹲着地上爬不起来，半天动弹不得，本以为是"岔气"了，但持续疼痛月余，去医院拍 CT，方知病因。

我将 CT 诊断结果发到朋友圈。听说打喷嚏导致骨折，朋友们以为我在说笑，纷纷幽默回复："肋骨喷断，内功深厚！""内力伤到自己了！""这该是多大的喷嚏啊！"当然，更多的朋友留言提醒，注意保重身体，多吃肉、喝牛奶，补补钙。

2

其实，最近几年，我的身体素质还算过得去，很少生病。一年一度体检，各项指标都正常。这一切都归功于体育锻炼。

我本不爱运动，从小体弱多病，骨瘦如柴。身无半两肉，偏偏生得"天鹅颈"，颈肩部肌肉无力，撑不起颈椎，引发了颈椎病，还压迫神经，导致眼睑震颤。民间有迷信说法：左眼跳财，右眼跳灾。可我既无财也没灾，眼皮愣是跳了大半年，眼药水也滴了大半年，均无效果。后经中医针灸推拿方才好转，但仍会复发。医生提醒我要加强运动锻炼。

无奈之下，我开启了运动生涯。对于体弱的人来说，运动真是一件痛苦的事。记得第一次尝试跑步健身，跑完当天，就受凉感冒发烧，只得暂停一周。那个时候，每次跑步几百米，便大汗淋漓，气喘如牛。

万事开头难，只要开了头，就不难了。我喜欢在运动后发朋友圈，在一片点赞中沾沾自喜，也许是朋友的鼓励，也许是"虚荣心"驱使，我坚持了下来，一点点提速增量，从一开始每次跑步一两公里，逐渐增加到三四公里、五六公里、十公里、十五公里，最后也能跑马拉松了。同时，我还借助哑铃进行力量训练，以达到增肌目的。几个月下来，我的体重从 100 斤飙升到 120 斤，曾经的"肥油肚"上也有几块若隐若现的腹肌。

渐渐地，我爱上了跑步，冬练三九，夏练三伏，风雨无阻，每隔几天不跑步，就心痒痒，浑身不自在。有一段时间，我特别喜欢挑战"极态"，专挑高温的午后和严寒的夜晚，去户外跑步，和酷暑极寒作战，浑身酸爽，其乐无穷。妻儿一致调侃我：怕是跑步伤了脑神经吧！

3

2021 年 6 月，党组织选派我到巢湖市柘皋镇汪桥村驻村任职，参与乡村振兴。到村后第一件事，就是去考察村庄基础设施，看看山区老百姓的出行问题。当然，也有我的"私心"：顺便探测跑步路线。

作为中国美丽乡村百佳范例，汪桥村让我惊艳，有山有水，风景秀丽，柏油马路穿村而过，宽阔平坦，非常适合跑步健身。头两个月，我几乎每天都绕村夜跑。

有趣的是，农村的土狗也喜欢晚上出来活动，见有人跑步，以为是盗贼，远远望见，狂吠不止，搅得鸡犬不宁。后来，见我天天如此，也就接纳了我，还拿我当朋友。我到农户家走访，认识我的土狗，不凶不叫，摇着尾巴迎接。

我驻村任职，爱妻离别赠言：多为百姓办实事，多到农户家串门。"狗狗见了你不叫，说明你跑得不少。"她暑假到村为孩子们辅导功课，给了我高度评价。

我暗自庆幸，有了跑步爱好，狗狗见了都不叫。

当然也有例外。一天下午，我去山里一农户家走访，顺便跑步健身，一不留神，一条大狗闷声不响地窜了出来，差点儿把我扑倒，幸亏我跑得快，加之犬主及时制止，才得以幸免。

4

转眼秋天到，过敏性鼻炎犯了，使我常打喷嚏。越是户外跑，喷嚏越严重，只得停跑。医生说，可能是花粉过敏。

我觉得不可思议，我是土生土长的农村人，从小在草堆里打滚，啥事儿没有。可在城里"蜗居"几年，回到农村，居然适应不了花花草草？

类似的尴尬，4年前也发生过一次。那年暑期，我陪着妻儿回老家岳西天仙河玩漂流，全程10里路，耗时半日，天气炎热，工作人员提醒大家做好防晒，人人都执行，我独不以为然。

我的老家就在天仙河畔，经常和小伙伴在河里摸鱼捉虾，一玩一整天，从没听说哪个人晒伤过皮肤。结果，那次漂流，妻儿无恙，我的双腿皮肤被阳光灼伤，回到合肥，连夜去医院挂急诊，休息半个月才得以康复。

真是不得不感叹：城市啥都好，就是人变娇。

5

数九寒天到来，骨折好了，"倔脾气"犯了。我决定重新开跑，一定要像以前在城里那样，在农村战寒斗暑，练就钢筋铁骨。

有朋友说，跑步是最无趣的运动。我亦觉无趣，但我还是爱跑步。况且，从事乡村振兴，没有健康体魄哪能行？

我相信，冬练三九，啥毛病没有。

我相信，民族要复兴，乡村必振兴。

我相信，有了好身体，沿着乡村振兴的光明大道，一定会越走越宽阔，肯定能跑出一片新天地。

作者简介：

柳书节，在《南京晨报》发表近数篇报告文学，发表各类文字作品等近万篇，总计千万字。

我很好，不用担心

◎ 罗其富

三八节那天，一早就看到朋友圈各种爱意的表达，有送花的，有送红包的，还有给母亲做一顿饭的，真是满满的幸福感。

打开电脑，我也想在这个特别的日子里，写点关于母亲的事情，注视屏幕良久，不知道从何写起。母爱是个伟大而永恒的话题，没有任何一个词可以描述。

我母亲没读过什么书，她的教育方式很简单直接：严厉。小时候，不管我对不对，只要是有人向母亲打小报告，母亲打的总是我，追得我满村子跑。那时候，我特别恨，好几次都想离家出走。

后来，我长大参加工作，终于离开家了。在外面工作不管多么辛苦，总感觉比在家好，一年也不怎么给家里打电话，第一年过年，我也没回家。

一次遇见表妹，她告诉我，母亲见我过年都不回家，都流泪了。我总感觉表妹这话有点夸大了，不至于吧，她不是总打我吗？我只是告诉表妹，没赚到钱，不好意思回家。

为了不给人话说，我偶尔会给家里打电话，但几句话结束，大多是问家里的情况，顺口嘱咐母亲多注意身体。

母亲小时候患过气管炎，一直咳嗽不止，时间长了就成了老毛病，吃药也不管用。随着年龄增长，再加劳作不辍，母亲的病一年当中总要发作几次。每当出现这种情况，就去医院待几天，差不多就出院了。我们也习惯了，而母亲主要是怕花钱。

记得有一年，母亲病得挺严重，住了几次院，时好时坏。我急急忙忙回家，母亲看到我，满脸的喜悦，告诉我："我很好，不用担心。"

本来是我要安慰她的，没想到她先安慰我了。母亲那次病得不轻，腿脚浮肿如柱，皮肤发亮，憔悴，已有白发，感觉老了许多。我的心猛然一颤，控制不住自己的眼泪，我对母亲的关心实在太少了。

悄悄问医生，医生说我母亲长期咳嗽，加上感冒，引发了肺气肿，导致腿脚浮肿，挂几瓶吊水可以消肿，不过，这个只能治标不治本。因为除了气管炎，母亲的肺部也感染了，还有心脏病，手术费用高，而且十分凶险。绝望席卷了我，除了悔，更是恨，恨自己无知无义。

陪伴母亲的日子，我总想把过去的补回来，母亲却总是说："我很好，不用担心。"似乎除了这句话，其他的话她就不会说了。其实我知道，她心疼我，不舍得我花钱，她只希望我快乐幸福。

在医院里，我能做的，就是给母亲买些清淡的食物，一口一口地喂她。更多的时候，我看着母亲挂吊水，顺便给母亲翻身、揉腿、按摩，减轻她的身体之痛。她睡醒时，帮她梳理头发。这是第一次做这些，母亲幸福地承受着，她虽不说，眼神却告诉了我她很欣慰。

在母亲快好，我返回公司那天，母亲在病房走廊晒太阳，我看着她说："妈，我走了，你要保重身体。"

她微笑着说："我很好，不用担心，路上注意安全。"

我回到公司，在母亲节的前一天，妹妹告诉我，母亲出院了。我很高兴，打了个电话回家，听到母亲说话的声音硬朗了，精神好多了，她不待我问，就说："我很好，不用担心！"

我拿着电话，一边听着，一边想着母亲躺在病床上，手背上密密麻麻的针眼，眼泪止不住流了下来。

今年是母亲去世第十三个年头。每年清明冬至去看她时，我总会轻轻地告诉她：妈，我很好，不用担心！

作者简介：

罗其富，安徽青阳人，安徽省作协会员，浙江省网络作协会员、池州市诗联学会副会长等。主要从事网络小说创作，主要作品有《剑花满天风云录》《血雨啸狂刀》《回到明朝打天下》《苏乞儿：八旗护军统领》《大明神机营》等25部网络小说。

轨　迹

◎ 潘　婧

　　2005 年，我到北京上大学，坐的是 1410 次列车，从芜湖到达北京西，全程 1217 公里，大概要 15 个小时。随着火车哐当哐当地颠簸，窗外北方干旱的地貌轮廓渐渐展现在眼前。心中的喜悦弥漫，就要和那座国际化的大都市接轨了。

　　初来乍到，班里北京本地的同学对我很关照，经常带我去逛国贸、西单、秀水街，一幢幢高楼耸入云霄气派非凡，穿梭在那些商业综合体里，眼前琳琅满目，就像打开了花花世界。逛完街同学又带我去王府井美食街尝尝各种本地美食。我也是到了北方后，才第一次吃到老北京的铜锅涮肉、麻酱爆肚、羊蝎子火锅，那些粗犷豪气的口感完全不同于南方的清甜细腻，方觉味蕾都像是从沉睡中苏醒了。

　　每到寒暑假回家返校时，我也会给同学带几包家乡特产的"傻子瓜子"，但总觉得不能让他们亲尝很多地道的芜湖本土小吃是种莫大的遗憾，我经常在自己给他们意犹未尽的描绘中，勾起对家乡的思念，以及要把家乡介绍给全世界的冲动。可要从哪里说起呢？家乡的美味实在太多了。

　　毕业后留京工作，最开始住的房子在西五环，上班在东四环，对北京之大的概念完全是用每天横穿北京城的地铁通勤来丈量的。那时候想，幸亏这个城市有地铁，难免怀念在我的家乡打个出租车，只要起步价市区范围内说到哪就到哪。在北京过着快节奏的生活，重压之下的喘息，就是寄托在精神慰藉中。在北京，我最浪漫的遇见便是国家图书馆，那种浩瀚令我灵魂震颤。当时我甚至想，如果没来北京上大学，我不会有机会享受到这么好的资源，或者以后的以后，有一天终将离开这座城市，国家图书馆一定会成为我的恋恋不舍之一。

时间飞逝走到了 2020 年。在北京求学工作 15 年过去，除了节假日和家中大事，平时很少有机会专程回芜湖，即便每次回去，也都是匆匆地来又匆匆地去，没有尽兴的时候。也是在 2020 年，芜湖开通了直达北京的高铁，全程四个半小时，一路北上直达北京南站。获悉这一消息，心中惊喜不迭，回乡的路短了，便捷了。紧随其后，芜湖又开通了多条直达线路，可直达全国大部分中心城市，铁路枢纽辐射全国。如今，芜宣机场的开通和使用，更是让芜湖彻底张开了腾飞的翅膀，与祖国各地的交通连接变得更加快速便利。芜湖变成了一座真正四通八达的中心之城。

2021 年 11 月，芜湖的轨道交通正式开通运营，出行有了更多方式的选择。从城东到城南，只需在一号线和二号线的交汇站鸠兹广场站换乘，真正实现了在这座城的自由穿梭。相继开放的城市书房形成了多个功能完善的公益性文体共享空间，置身于此地，看到手捧图书安静阅读的市民，不由让我想起多年前第一次走进国家图书馆的那一幕……

2022 年春节，我刚完成一部新剧的拍摄回家过年，大学同学听说我在芜湖，便临时起意买了高铁票也来到芜湖。我自然是要尽地主之谊。无须东奔西走，只要到星隆国际美食街，芜湖特色美食一应俱全，当年眉飞色舞描述过的那些好吃的，都一一兑现了：热乎乎软糯糯的山芋炒粉，撒上一勺萝卜丁和香菜，就着一杯热冲的赤豆酒酿，口感简直绝了；当年我在芜湖一中上学时就在校门口摆摊的铁板里脊肉，再配上两根硕大肥美的鱿鱼须，还是当年青春的味道让人回味无穷；再要一碗老鸭汤，漂浮着江南特有的鸡毛菜，泡上一块圆米饼状的农家锅巴，鲜到眉毛都要掉下来了；还有那种纯靠木炭烧火，贴着锅边炕的烧饼，又薄又酥脆……同学连连点头称道，眼花缭乱，最后连胃都提出抗议实在饱食不下了。我笑着说她的样子就像当年她带我品尝北京特色美食一样。

饱餐之后去哪里消消食呢，从滨江公园沿着防洪墙一直走，亮化的夜色景观在夜晚别有一番风情，走着走着就走到了芜湖古城的长虹门。夜幕下的古城，散发着一种抵达历史的静谧之美，这里夜市热闹非凡，散发着浓厚的烟火气息，打卡的游客情绪满满，我跟同学介绍说，这里就像北京的南锣鼓巷，过去这里叫南门湾，就是我小时候住过的地方，同学笑着说，你小时候住的地方有这么美呢。同学说罢，转身流连于一间间别具特色的店铺，我踩着脚下的青石板路，一步步往前走，看着霓虹变幻的光影，记忆穿越到我的童年，那时的我也是沿着这样的青石板路一步一步向前走，沿着我的成长轨迹走到今天，从顽皮的孩童到青涩的姑娘，再到时至今日……

80 后、90 后的一代人已渐渐成为社会的中流砥柱，自强不息，独立进取，与岁月同歌同行。我的家乡伴随着我的成长，创新发展的芜湖，以她独有的自信、坚定的脚步走在城市发展的轨迹上，走在建设美丽中国的轨迹上，无数的我们走在自己的轨迹上，汇聚成城市建设发展的轨迹，共同筑梦新时代，铸就伟大祖国的锦绣山河。

作者简介：

潘婧，青年作家、编剧，现从事影视剧本写作及文艺创作。曾参与编剧《住在幸福里》《难忘今宵》等多部作品。

小岗花开

◎ 彭道德

阳春三月，安徽省凤阳县小岗村春意盎然。各地前来参观的游客络绎不绝，步入村口广场，"习近平总书记和小岗村人民在一起"的巨幅照片吸引了游客目光，这是 2016 年 4 月总书记视察小岗村留下的珍贵镜头。整洁宽敞的友谊大道由西向东延伸，道路两旁绿树成荫，桃花盛开。装饰一新的村舍鳞次栉比，街道两旁统一设计安装新颖别致的凤阳花鼓造型的红灯笼把小岗村打扮得一派喜庆气氛。

中国的改革是从农村开始的，农村经济改革的大幕又是从安徽凤阳拉开的。1978 年冬，凤阳县小岗村 18 户村民为了能吃饱饭，不再向国家伸手要钱要粮，冒着杀头坐牢的危险秘密签订了"包产到户"的"生死契约"，18 个敢闯、敢试、敢为人先的红手印从此奏响了一首前无古人的"大包干"致富奔小康动人乐章。

40 年后的今天，沐浴在新时代春风里的小岗村发生了翻天覆地的变化，如今的小岗村已成为"中国农村改革第一村"，2019 年与 2015 年相比，小岗村集体经济收入由 670 万元增加到 1100 万元，村民人均纯收入由 14700 元增加到 25600 元。2021 年，小岗村集体经济达 1220 万元，村民人均可支配收入首次突破 3 万元。

现在的小岗村已荣获了国家 4A 级旅游景区、全国红色旅游经典景区等称号。2017 年 2 月，在农业部、环保部、住建部、中国农业电影中心等单位联合主办"2017 年中国最美乡村评比活动"中小岗村又荣获了"中国十大乡村"的称号。

"大包干农家菜馆"是农户关友江经营的，那天笔者走到菜馆门前只见这位年已古稀的农村老汉在忙着洗菜，关友江是当年"大包干"带头之一，他乐呵呵地说："农家菜新鲜、无污染，来小岗参观旅游的游客喜欢吃农家土菜。"2008年9月30日，胡锦涛总书记来小岗视察曾在关友江家里和他亲切交谈。

"金昌食府"是另一位"大包干"带头人严金昌开办的，2016年4月，习近平总书记来小岗视察在严金昌家里和他及老伴亲切交谈。总书记高兴地竖起大拇指说："农家乐、乐农家。"和前两位大包干带头人相比，严宏昌却显得与众不同，这位当年担任生产队队长、负责大包干"生死契约"拟草并第一个按下红手印的老人与时俱进开办了农村电商平台。这位和共和国同龄的老人有自己的微博、微信，还在小岗村上线的电商平台"源乡愁"上开起了网店，开辟了"小岗村土特产"专栏。他还把水稻、花生等作物种植、生长过程应用视频方式传播到网络上，宣传小岗村绿色农产品，并收到了可观的社会效益和经济效益。2018年12月18日，严宏昌被党中央、国务院授予"改革先锋"称号并颁发了奖章。目前小岗村还健在的10位"大包干"带头人没有躺在昔日的"功劳簿"上，他们继续发扬"敢闯、敢试、敢为人先"的大包干精神用自己的勤劳的双手、辛勤的汗水浇开了幸福之花。

来到小岗村旅游参观，"当年农家"景点是18户农民按下"大包干"红手印签订生死状的地方，村子里至今保留了小岗村20世纪70年代茅草房和80年代砖瓦房及家里的陈设以及厨房、猪圈、牛棚、茅厕，通过新旧对比反映了改革开放给农家带来的巨大变化。景区还巧妙地把江淮流域多种农业生产文化元素设计其中，以让游客目睹原始的农业生产工具等实物，不禁会让人回味起20世纪60至80年代农村生产生活的一系列场景来"忆苦思甜"。

"大包干"纪念馆馆名由原全国人大委员长万里亲笔题写，总建筑面积5500多平方米，布景面积4900多平方米，纪念馆分为溯源、抉择、贡献、巨变、展望、关爱6个部分，以翔实的图片和文字、影音、视频资料，还通过原场景复原等丰富多彩的展示和表现手法，向旅客再现了当年"大包干"从酝酿到发展的全过程。沈浩同志先进事迹陈列馆是以原小岗村党支部第一书记、村委会主任沈浩同志素材而修建的。通过保留沈浩生前工作居住环境原貌的手法，让参观者在一物一景中深深体会到他当年朴素的生活和扎根小岗带领小岗村致富奔小康的奋发斗志和公仆情怀。

"凤画"是皖东地区独特的民间绘画艺术，来小岗村游览旅客还可以在"凤阳凤画"实体店欣赏到"凤画"精品展示和"凤画"创作全过程。

目前，小岗村实施乡村振兴改造工程，启动了当年农家景点扩建、"当年农家农趣体验园"、石马农机大院、龙塘景观、村文化广场环境改造、"稻虾连作旅游"配套设施提升等一批项目工程相继开工建设。未来的小岗将向游客提供高品质的参观、游览、餐饮、娱乐、住宿、培训多功能一体化精品配套服务。

"我们未来在希望的田野上，人们在明媚的阳光下生活，生活在人们的劳动中变样，我们世世代代在这田野上奋斗，为她幸福，为她增光。"短暂的游览很快就结束了，绿色小岗，春暖花开。我的耳边又回响起了这首动人的旋律。

作者简介：

彭道德，中国散文学会会员，中国报告文学学会会员，安徽省作家协会会员。

母亲的手

◎ 漆红梅

母亲的手是什么时候开始一到冬天就开裂的呢？我也记不太清楚了。只记得小时候，伴随着家乡风雪的来临，必定有母亲举着双手哈气或贴止痛膏时发出的吸溜声。这声音有惯性似的，一再持续。

母亲生于农村，长于农村，嫁于农村。在农村生儿育女，孝敬公婆，辗转于家务与农事之间，分身乏术，一双手根本不够用。

我到了会做饭洗衣的年龄，能帮助母亲分担一点家事了。每到春夏换季之时，母亲让我将一家人换季的毛衣和棉袄，放到大木盆里，烧温水泡好。母亲说，这些衣服太厚了，你洗不动，放在那儿，我有空时再洗。

在某个星光暗淡的夜晚，月影稀疏，母亲把那盆衣服搬到院子里用力搓洗。父亲见母亲干了一天活，让她歇会儿，明天再洗。母亲极力反对道："一个晚上干的活儿，白天一天都干不完呢，还是现在洗了好，明天有明天的事。"

不用洗衣服的夜晚，母亲就在灯下为全家人纳鞋底，做一年四季大大小小的鞋子。特别是冬天，昼短夜长，一天做不了多少事情，全靠晚上填补回来。那时候农村还点煤油灯，母亲有时候熬得晚了，不知不觉靠在椅子上打个盹，醒来时又为自己多点了煤油而懊恼不已。

母亲好像是万能的，或者说，我们需要一位万能的母亲。

母亲18岁嫁给父亲。18岁之前，母亲的手常常用来绣花，与细如发丝的绣花针和光滑亮丽的丝线厮磨。有了我们兄妹4人，从衣服鞋袜到吃喝拉撒，无一不经母亲之手。走出家门，耕种田地侍弄菜园，无一不是母亲的事。慢慢地，母亲的手变成了仙人掌，长出的小刺把丝线带得四处乱飞。母亲开玩笑说："我这双手跟锉一样，配不上捏绣花针啦。"

再后来，爷爷离世后，父亲种田忙不过来，家里烧的柴，零零散散也需要母亲操心了。母亲骨架小，又偏瘦，挑一担比人还高的柴火走在田间小路上，常被邻居们笑谑，"三个大姐一般长"。

母亲从二八芳华到早生华发，全凭一双手吃饭。母亲的手，披风沥雨，又不懂得保养，手上的皮肤变得和老树枝一样皲裂斑驳，骨节粗大，与男人的手无异。担心看到她那双手后嫌弃，母亲很少和粉做面食；有人请客时，母亲能推就推，能躲就躲，逃避去人多的地方伸筷子夹菜；来上海时，害怕摸坏我们的衣物，有些东西她碰都不敢碰。母亲因为她粗粝的双手而自卑着，畏缩不前。

这一切，我都看在眼里。寄护手霜给母亲，常常是年头到年末，放在那儿连包装都没拆。我气得直跺脚："干吗不拆开用呢？"母亲笑着解释："我在家里，比不得你们外面。我东抓一把，西抓一把，一天不知道洗几百次手，擦了也白擦！"

如今，我已身为人母近20年了。生活在城市的我，如母亲一样尽心尽力做好一个母亲分内的事情。也许是遗传吧，前年冬天，我一直小心翼翼呵护的双手，不知怎的，也出现了一道裂口。十指连心啊，裂口一碰，血立马渗出来不说，还钻心地疼。贴创可贴，涂防冻膏，该用的招都用上了，裂口还是久久无法愈合。想到母亲的手年年如此，不禁黯然。

子女是父母的软肋，也是他们的铠甲。母亲与我，也曾指如柔荑，在时光推移中，我们又都做了母亲。弯曲五指，双手是我们为孩子编织的温暖摇篮；伸直五指，双手是我们为孩子立起的不屈栅栏；紧握双拳，双手又成了我们迎接和对抗生活的坚实武器。

作者简介：

漆红梅，"70后"，笔名沾涵，安徽金寨人，现居上海。安徽省作家协会会员，六安市作家协会会员，安徽省散文随笔学会会员。现任六安市作协微信平台"六安文学"编辑。已出版散文集《青葱无惧，繁花不惊》。荣获第五届《淠河》文学征文大赛散文类三等奖。

开屏
KAI PING

百年祖屋

◎ 祁述权

我的乡下老家有一幢祖屋，建于清末民初，算来百年有余。

祖屋分两组，均前后三进，主体一组靠西，三开间，一、二进都是砖瓦木梁结构，天井两侧是厢房，四合院布局。大门东侧墙上有一石雕狮状拴马石，门前西侧有棵父亲手植的老椿树。一进为伙房、谷仓以及堆放农具之处。二进正厅地身抬高，显得突兀高大，颇有居高临下之感，一排高大的隔扇门，上方木格亮窗，下方木板雕有精美的花鸟图案。天井用宽大的青条石铺成，地漏石雕成古钱状，正对二进的一进后门上是精美的砖雕匾额，两头是狮子，中间是"和气致祥"4个楷书大字。三进是草屋，为堆放柴草，饲养耕牛的地方。祖屋靠东一组布局与主体一组相同，只是略小一些，为两开间。一进后门上是砖雕"天官赐福"4个大字，两侧是"渔樵耕读"4块砖雕画，十分精美。据说这些砖雕当年专门从徽州订购来的。后面还有一个很大的院子。低矮的土墙边是长满尖刺的枸杞和小竹子，院中有棵老树，树上架有一只很大的鸟窝，时常能看到喜鹊在枝头上蹿下跳嘎嘎叫个不停。

听父亲说，当年建造这幢祖屋时，特意在正厅大梁下方土中埋有一罐银圆和一对金鱼。后来，我为此问过久居此屋的小姥有无此事。小姥从柴草堆边拎出一只绿釉陶罐，说确实挖到一只罐子，但里面什么也没有。我们几房的孙子辈们都不信这句话，祖上总不会埋只空罐子吧。可要说小姥得了一罐银圆，可也没见过她阔绰过，终生都是一个"跌倒黄土抓三把"的庄稼人。不过透过这个传奇说法，足以证实清末民初时祁家的殷实富足。

当年祖屋落成轰动四乡，在几乎都是低矮的土墙草屋中屹立起一幢高大豪华的砖瓦大屋，加上精美的木雕砖刻，引来一片赞叹声，不少人特意跑来观看，眼神中流露无比的羡慕之情。然而，谁能料想到让曾祖脸上风光无比的祖屋差点给家族带来无妄之灾！新中国成立初土改划成分时，第一轮我家被划为地主，因为有土地出租，加上高门大屋的豪宅，毫无疑问地被定为地主。后来农会反映说我家没有做过坏事，没有民愤，又改划为富农。那时地主、富农都是被专政的对象。幸亏祁家弟兄几人都早早参加革命，老二又以志愿军正营职身份牺牲在惨烈的朝鲜战场，老祖母被定为革命烈属。于是工作队权衡再三，又在花名册上将我家富农划掉，改为中农，就这一字之改，挽救了祁氏许多后辈的人生命运。

父亲兄弟四人在新中国成立前就分了家，我家分到祖屋的第一进。但由于他们全部在外地工作，祖屋仍由老祖母与小姥一家居住。20世纪80年代后期，农村推行联产承包责任制，农民经济状况开始一年比一年好转，有了一点余钱的农民，第一件大事就是建房，于是农村迎来第一轮大规模建房热潮，纷纷推倒土墙草屋，盖起砖瓦大屋。小姥也想推掉老屋盖房，我父亲严词拒绝了。

最后一次回乡看望小姥是十多年前，推开吱呀作响的老旧木门，只见屋内十分昏暗，只有屋顶亮瓦投下一束光线，光线中无数细微的尘埃在舞动。小姥枯草似的白发蓬乱在头上，穿着旧蓝布大襟褂子，勾着腰，用黄泥壶给我们烧水喝，她话很少，只是呆呆地看着我们。家里仅有几样简单的老式家具，一切都显得十分陈旧，仿佛时间定格在久远的年代，迟暮昏昏。年把之后，小姥与姑爷都相继去世了。祖屋便再无人居住，一把旧锁锁上。

几年前，我回乡给老祖母修坟，只见祖屋愈加破旧，门口长满半人高的野草。门前那株高大的椿树也不知被谁锯走了。山墙上破出一个大洞，成了野猫进出的通道。通过破洞，只见屋内蛛网密布，一片破败。绕到后院，草屋不知何年就倒塌了，枸杞树全都枯死了，只有小竹子疯长得更加茂密杂乱，园中那株老树愈加苍老，一半已枯死，枝头的鸟窝也消不见了。一切让人倍感荒凉。这祖屋要不了几年就会轰然倒塌，彻底消失，这已是它无可避免的命运了。

绕村转了一圈，村里像我家这样的百年祖屋再无第二家，除了两三家80年代盖的老式红砖瓦屋外，其余全是第二波建房时盖的两层水泥小楼，更多的是第三波建房时盖的别墅。尤其是村口一带新盖的楼房，既有徽派风格的也有欧陆别墅式样的，外表豪华考究。村里人告诉我，这都是村里那帮长期在北京打工的人赚钱回来建造的，图纸也是从北京带回来的，乡里的土瓦匠谁见这等式样呀。再看看经过这几年美丽乡村建设，过去灰头土脸的村庄简直就像一个风烛残年的老妪摇身一变，成了青春靓丽的大姑娘。水泥路户户通，自来水家家到，村里还修建了小广场，安装了太阳能路灯，连村口的大塘也是绿草护坡沿岸植柳，碧波中漂浮着一群白鹅。

村口小店门前大榆树下，围坐着一群老人，喝茶、抽烟、聊天，人人脸上浮现出悠闲的笑容。一位大爷对我说："你家那老屋成老古董了，再不修就要倒啦。"有人马上接话说："又没人住，花钱修那个老屋有什么用哦。现在人住楼房多舒坦！"

是呀，百年祖屋行将走到了生命的尽头，但村里那雨后春笋般冒出的华美小楼，那整齐美观的村容村貌，那家家门前的小花圃，不更是一幅欣欣向荣的乡村新貌图吗？

作者简介：

祁述权，在《中国青年》等刊物上发表作品30多篇，约18万字。小说《一个年轻寡妇的罗曼史》被改编成大型黄梅戏《遥指杏花村》，并由安徽省黄梅戏剧院公演。1990年又被拍成4集黄梅戏连续剧，在中央电视台播放，后此剧获得电视剧"飞天奖"二等奖和煤炭部"乌金奖"特等奖。

暖意汤泉

◎ 曹杰友

车子在沿湖的弯道上疾驰，我们向汤泉乡奔去。

汤泉乡，素有风雅之乡的美誉，她安静地横枕在花亭湖的最北缘。靠近湖边，早年被地质队勘测到一口温泉，储巨量热液于地下，常年恒温 40 多摄氏度，自开采以来，从不枯竭。许是活水而灵，吸引着过往游客。

汤泉乡有乡贤馆，馆前流水日夜潺湲，喧哗声中，只洗铅尘，不汰故物。水绕山流，车随山转，我们一行人很快抵达金鹰村。村头高耸着几棵香枫树，树冠参天，婆娑掩映之下，一座座百年老宅子隐约可见。民宅历史悠久，悬"攘患祺民""花封屡诰"等匾额。进得一室，室内已经修葺一新，建起了农耕馆，陈列各式农具。

不经意登上一栋小木楼，二楼的窗户对开着，窗页全是镂空木刻，右为南极如意寿星，左为秦琼执剑镇宅，极具匠心的徽派痕迹。虽经岁月不居风雨不绝的侵蚀，依然能辨识出深浅不一的纹理。横卧在堂屋一角，有一爿雕花床板。靠窗有梳妆台，很自然地搁放着一只漆质奁盒。日影如柱，斜斜地透过窗户，射进屋内，仿佛要与这些遗物来一次深情回眸。这是谁家的及笄闺子，对镜梳妆已罢，一笑一颦宛在眼前。

老宅中还建有一处专馆，为殷粹和纪念馆。和司徒雷登平坐于中间的她，本名王翠姑，当初为殷家的等郎媳。民国二十二年考取上海中国红十字会总医院护校，后获得南丁格尔奖的资助，留学英伦。抗日战争爆发后，避难于江西，曾担任江西省妇幼保健院副院长，终身未嫁，长期从事妇产科工作。这位觉醒时代的前辈，是我国护理界最早的精英。一幅幅发黄的老照片，记录了她不平凡的一生，让这群作家无不肃然起敬。

沿山边的柿子树，挂满红红的柿子。摘下这沉甸甸的收获，最熟透最熟悉的香气，涌进鼻观。我思绪的风筝来不及飘过这片沟壑和林冈，我离开家乡来太湖工作多年，此刻，将邮寄而出的乡愁在这里一封封收回。

暮从秋山下，沿着暮色中的河流，驱车来到龙潭寨。村两委接待了我们一行，他们的热情和金鹰村一样。晚饭后，在村委会的休息室里，他们还特意地安排了一台夜场节目。先是观看了龙潭古寨的文旅风光片，当地的一对夫妇清唱了一段黄梅折子戏。最喜的还是斯家松的大鼓书，他是一位乡土艺人，自编唱词，自导自演。浓重的方言唱腔，太湖之外的作家们许是听不真切。但密集的鼓点、抑扬顿挫的腔调、神情活现的扮相，时不时引来热烈的掌声。

阵阵寒意从山谷中爬上来，当晚，我们住进刚刚建成的民宿里。窗外秋虫入窠噤鸣，簌簌落叶，落在看不见山谷里，阒然无人知会。

入夜时分，和皖江学者汪军先生在民居里坐聊，不知不觉论及太湖的地方文史。夜深了，银河隐于天幕，北斗之杓渐指向北，我们意犹未尽。窗外的夜溪，铮铮如古筝拂弦，似是有意地低声和鸣。玉柱扬清商，竟夜不息，直至天明。

天刚亮，我和汪军先生便早早起床，沿着略带凉意的小溪，逆流而上。不远的山峦上，青翠的毛竹林、泛黄的阔叶枫、绛红的乌桕树、碧绿的松针林、间杂而生，初升的阳光打到林表，油彩画般斑驳。画面的纵深感和层次感非常丰富，若你是摄影爱好者，此时抓拍起来，足让你兴奋好几天。

龙潭古寨，自一世祖胡海琏觅得此处，三百载有余。世族皆为胡姓，至今保存着二十余幢勾栏式明清民居，大多遵循"枕山、环水、面屏"的居住理念，沿着门前的水系，逶迤而建，菜畦、水田和经果林绕置在后山。寨中大户胡百万故居旁，有瀑布飞入潭内，潭右石壁的白蜡石纹，形如飞龙，取名"龙潭"，为该村村名的由来。后听村干部说，村中的胡氏宗祠是一座极具代表性的皖西南徽派古建，设计更为精巧，有石雕、漏窗、彩绘和壁画，在胡氏家族享有显赫的地位。遗憾的是时间太过紧凑，待时日再来瞻访。

汤泉，一盏野茶，一碟山蕨，一尊土陶山笋炒腊肉，一碗豆粑饭，一壶山泉酿出的糯米酒，一定会还你一枕可以沉醉的清梦。等待月光，冉冉东升。当月华跃上山巅，漫过布满青苔的屋顶，浸注目光所及的山谷和溪流，你衣襟上的嚣尘，顷刻间一定会洗涤而尽。若是你千里奔波之后，需要静顿你疲惫的心灵，放慢你的生活，汤泉乡这些的老宅和民居，不失为一处怀旧之所，哪怕片刻光阴。山中有真意，欲辨已忘言。纷纷扰扰的世间，何觅如此丰满的良宵。

当然，三春时节再来，也非常适合。杜鹃花红满山岭，一场不期而遇的春雨，自西山沛然而来。在窄窄的青石板上，撑一把桐油伞，来回漫步，最惬意不过。檐口下泻的雨线，如绩麻如纺棉，搓起淅沥的雨声，在山谷和老宅里回响。何不将久违的山歌唤醒，浮生半日，就此偷得。那种至味清欢、窥谷忘返的感觉，又何异于尘网寄却余生梦，且认他乡作故乡。其实任何时节来此，穿行在这古宅、曲巷、谷林和溪涧里，你都能带走足以抚慰人心的暖意，高兴而来，乘兴而归，不亦快哉。

作者简介：

曹杰友，安徽省怀宁县人，安庆市太湖县文联副主席。主要从事地方文史研究和小说、诗歌、散文等文学创作，迄今在各类报刊、平台发表文学作品达 30 余万字。

开屏
KAI PING

冬　月

◎ 时本放

过了大雪节气，真正进入了冬月。乡村农事越来越少，天气越来越冷，草枯水寒，万物凋敝，乡下变得格外宁静。

20世纪六七十年代的生产队时期，农村道路不畅，交通不便，物质生活苦，文化生活差，冬月后农家孩子的期盼就是盼着过年。那时，即便是冬天，生产队长哨子一响，大家还得出工干活。农活以水利冬修为主，平整农田，清塘挖渠，挑塘泥压麦根，保护麦苗不受冬害。

进入了腊月后，家家户户陆陆续续开始置备年货。说是置备，其实就是宰猪杀羊，腌制禽畜。家禽大多农户或多或少都有，宰猪杀羊一个生产队就不多了。那时谁家宰年猪了，晚上家家户户都要上门贺喜，东家就大大方方摆上几桌，人们热热闹闹哄到半夜酒足饭饱方才散去，算是一场家门近邻的嘉年华。

过大节，零零碎碎的商品也是不可缺的，烟酒糖果，洋碱洋火，需要凭票供应，到大队部商店才能买得到。日用的针头线脑小东小西，隔三岔五地就有集镇上的货郎担来溜乡叫卖。货郎摇着小手鼓，边走边喊："有鸡毛、鸭毛、鹅毛的都拿来换针换线换顶针喽！""鸡肫皮、牙膏袋、乌龟板子、老鳖壳，都拿来换小糖喽！"听到喊声，货郎担旁立马围满一群老人、孩子、大姑娘、小媳妇，都想换买些自己喜欢的东西。乡下一些手艺人，也都想趁着农闲出门跑一跑，挣点过年钱，他们凭着手艺在乡下转悠。几乎天天能听到："巴锅，巴盆，巴缸，补桶啰！""修雨伞的！补胶鞋！""磨剪子，戗菜刀！"俗话说，荒年饿不死手艺人，他们在村头一坐就是半天。爆米花的，就更忙了，孩子们总要缠着大人，爆一锅米花才罢休，那"轰"的一声巨响，热腾腾的水汽伴着爆米花香，立时弥漫了半个村庄。

过年了，最忙的还是那些女人们。她们要赶活儿为家人做新鞋、添新衣，新年新气象。她们白天黑夜地忙碌着：纳鞋底，剪鞋样，裱鞋帮，打麻线，插花鞋，样样都得会。农户们住在土墙草屋里，到了晚上家里亮着一盏油灯，孩子们围着油灯看书，女人摇着纺车纺线，男人剥麻搓绳，直到夜深人静。

我们那有一大户人家，妯娌6人，每年冬月都以织布为业。要织布，先要完成纺线浆线等工序。妯娌们起早贪黑纺出足够的线条后，不顾天寒地冻，在门前一块平坦的场地上，像张天师摆阵一样，打上一溜排木桩，然后在桩上安装好一槌槌纱线，把每槌的线头连在一起，摇动纺车，就结成了一匹匹纱线，再经过浆煮、晾晒，就可以上机架织布了。织布的场面很动人，只见织布的人双手左右穿插线梭，脚踩踏板，伴着机枢协调和悦的节奏，好像是在弹奏一首优美的乐曲。织成的粗布细布再经印染，就算成品了。

冬月里，男人们把体力活全都揽了下来，担水劈柴，推磨碾米。大年初一早上全家吃汤圆，图个吉利。那时，一个生产队也没有一盘磨汤圆面的石磨，邻队社员们轮换着使用，白天夜里人停磨不停。轮到谁家了，谁家就先在堂屋地上用芦苇席围成巢子，巢里面用草木灰垫底，再在灰上面铺上洗干净的布单，把磨好的面浆放在里面阴干。有了石磨，就一股劲地把糯米磨完。那时候，乡村没啥文化节目可供社员们观赏，没有电灯电话。直到70年代后期，生产队才通上有线广播喇叭。人们足不出户，可听到天下事了，每年还能看上几场电影。

冬月里，常有一些耍猴的、玩扁担戏的、耍皮影的游散在乡下。让我印象最深的，是北方的马戏团来到淮河以南的地方演艺。他们在一片空地上搭起高高的木架，木架上有序地绑着梯状的钢刀，刀口全部向上，名叫"刀山架"。这高架方圆十来里都能看到，高架四周围上栅栏，形成一处大打的表演场，每次演出数天后才结束，开演时会吸引周边数十里成千上万的群众前来观看。艺人们高超的演艺常常引发得观众阵阵喝彩，双人走钢丝、腹压石块、空手断砖、叠椅顶碗、狗跳火圈……最后才是上刀山。只见一位壮汉光着上身和双脚，踩着刀口，同时还做着这样那样的惊险动作，一步步攀上木架的顶峰。别说踩着刀口上去，寒冷的冬天光身赤足，就让我们小孩子惊叹不已了！在我们那个生产队里，有一群吹拉弹唱样样都会的文艺能手，每年冬月时，就组建起文艺表演队，每天他们就在队部演练。队里干部也很支持，白天不要他们下地干活集中时间排练，还为他们购置了锣鼓、胡琴、笛子及必备的表演道具。他们排练时，我们就跑去围观，室内练唱的练唱，对打的对打，鼓乐阵阵，好不热闹。

过了正月十五元宵节后，演艺班子就会在生产队表演，他们演出的大都是样板戏，如《红灯记》《沙家浜》《杜鹃山》等，也有短小的小品、快板书、三句半等。到了晚上，戏台上被几盏雪亮的汽油灯照得通亮，台下是望不到边的看戏人群，演出到下半夜才结束，人们在依依不舍中散去。

百年传承，时代巨变。广大的社会主义新农村，到处欣欣向荣。尽管已是冬月，依然春意融融。过去的景象一去不复返，一代人的记忆历久弥新。

作者简介：

时本放，寿县政协文化文史和学习委员会主任，淮南市文史专员，安徽省作家协会会员，近年有作品散见于各地报刊。

水东之韵

◎ 时国金

一踏上水东老街的胭脂石板，宁静沁入心底。后悔这么一个近在咫尺的小镇到现在才得以一访。心乐之，一个夏日一连去了两次。

古镇依山傍水，始建于隋唐时代，兴于明清，长江支流水阳江由南向北傍镇而过，因镇处江东，故名曰水东，曾作为明清时期重要的水运码头而名震皖南。

水东古镇脚下有井，井为独特的正方形，井水清澈，冬天温气蒸腾，夏日凉意沁人，井计五道，一字依镇脚排开。与井相连是青石板砌成的渠埠，饮水、淘米、洗菜、槌衣，顺井水自上而下流淌依次定位，大家在使用时不可错位。陪我们一道的镇干部介绍说："小镇人共同遵守着这一规矩，不需行政介入。"

由一道井向上有十八级台阶，全是青石垒筑而成，古朴苍劲，当地人叫作"十八踏"，走上十八踏穿过一条一米多宽的楼下门廊就是青石板街面了。两排青砖灰瓦、飞檐翘角的徽派建筑延伸出一条狭窄的街巷。

在水东新老街相接的地方有一个三角花园，花园旁就是千百年来名噪江南的宁东寺，相传它建于唐代，鼎盛时期有殿宇九十九间半，佛像三百六十尊。现在它也算皖东南保存最好的古刹之一。它斑驳的灰砖青瓦依然静静地凝望着近处的闹市，固守着那一份时光的宁静。唯有门前矗立的木质旗杆上的一片旗幡在这小镇上空摇曳着春风秋雨，仿佛向这俗世伸出了一只温暖的手。

就在这香火缭绕的佛教圣地不远处，清同治十年法国神父金式玉来到水东，置地建起了一座占地700多平方米的天主教堂。一幢哥特式建筑，在这里拔地而起，高大雄伟。同治十二年（1873），宁国府总本堂设在水东，水东圣母堂遂成为皖南及周边地区的天主教活动中心。历经一百多年的风雨沧桑，救赎的祈祷和赞美诗的歌声仍然从伟岸的教堂传出，回荡在小镇的上空。如今的教堂是安徽省内唯一的天主教圣母院朝圣地，在全省乃至华东一带都具有很高的知名度。

两种异质的文化奇迹般地相容在这个小镇，像武山河和朝阳河穿境而过相会于水阳江那样平缓而自然。这不由得让我惊叹于水东古镇深沉厚重、胸襟包容的文化底蕴。

在古老的水东天主教堂，我们还看到了一种爱在这里弥漫。王成芳、谢幼清修女于2015年创立了水东母幼之家安老院。把关爱无私地献给了这里的银发一族。从此，来自方圆附近的几十位留守老人在此相互关心，相互照料，一起安享晚年。

当然，你也不得不敬佩现代水东人的宽广胸怀。他们既注重发展了一个新镇，又不忘保护一个古镇。近年，水东依托境域历史文化悠久、自然风光优美等得天独厚的旅游资源，在呵护千年古镇古朴、宁静的同时，着力于生态文明建设，别具匠心按照"七叶一花、金道银廊"总体空间布局，围绕丰富而颇有特色的文化、旅游资源招商引资，相继建成亲心谷、碧山水库等一些重点特色风景区；并因地制宜推进描摹美丽休闲乡村、龙泉湖等新画卷。发展全域旅游理念，丰富多种特色文旅内涵，厚植文旅优势，是智慧的新水东人的新谋略。"蜜枣节""樱桃节""河灯节"等民俗旅游活动吸引了大众青睐的目光，"甜蜜小镇枣来水东"已然成为古镇新名片。

漫步古镇，我们一面能品尝到水东蜜枣的甜蜜，一面还能寻觅古人的足迹，以脚步丈量历史的轨迹，刻录时间的真实。走出书斋，走出喧嚣的都市放弃庸常的忙碌，在新水东明媚的阳光里，可尽享满目青翠葱茏，把生命熨帖地融进这一方天地。

唉，水东，你这古韵犹存新韵迷人的江南小镇，令人魂牵梦萦。

作者简介：

时国金，中共党员。中国散文学会会员，安徽省作家协会会员。先后在《钟山》《清明》《人民日报》《中国铁路文艺》《安徽文学》等刊物媒体发表散文、诗歌、小小说100多篇。

钓鱼台湖

◎ 时昭旭

去游钓鱼台湖是在冬日，我和爱人自驾通过长淮卫大桥来到淮河北岸，按照导航的指引开进淮北平原的一条乡村小路，很快就来到朋友家所在的村落。

朋友老秦已经守在村口招手呢。他已经 70 出头了，30 年前就开始给报社投稿。我内心很佩服老秦，每天面朝黄土背朝天，还能有闲情雅致创作诗歌散文。

老秦身材瘦小，小眼睛依然有神，笑起来很温暖，说起话来软软的、轻轻的，让人很舒服。老秦的家有一个令人羡慕的大庭院，四间大瓦房，一间放农具，一间做卧室，一间储藏稻谷，十多麻袋，堆了一大间，老秦说这是他一个人种一个人收的，大概有一万多斤。我问老秦种了几亩地，老秦说有十几亩。我惊叹年过古稀的老秦竟然还有这把子劲！

最令人惊讶的是堂屋。

说是堂屋，不如说是书房，也可以称为工作室。一屋子到处都是纸墨笔砚、半成品及成品的字画，书法颇见功力。细问之下，才知道他很多年前就开始拜师学艺了。据老秦说，他是靠两条腿一直走到蚌埠市区，来回一趟得几个小时。真令人惊叹。

我们一起去钓鱼台湖。钓鱼台湖位于五河与固镇的交界处，老秦找到了一位当地的一位村民给我们带路。很快，我们就到了钓鱼台湖。

钓鱼台湖，说是湖，好像也就是一口大塘，水面不大，看样子水也不深，四周是一片一片的芦苇，水中央矗立一个高台——这就是钓鱼台了。台上有一块石碑，上面写着：钓鱼台遗址，固镇县级文物保护单位。钓鱼台上，到处是密密麻麻的野草，杂树和灰黄色的沙土。

在钓台的西北不远处，有几处土堆，当地村民说，地底下可能有数座古墓，其中有一座是从前在这一带称王爷的葬于此，这位王爷的后辈，为祭祀王爷在钓鱼台上建了一座大庙，起名叫钓台庙。此庙占地一亩多，有三层大殿。这座大庙坐落在高高的台子上，坐北朝南四面环水，这里长年香火缭绕。至于钓鱼台如何形成，众说纷纭，有一种说法是，唐朝名将罗成骑马路过钓鱼台湖，马陷入湖边稀泥中上不来，之后便汇报给当朝的皇帝，皇帝得知消息便派大臣率许多船只装泥土，在湖中垒起了一座二亩多地的土台，以让罗成在上面休息，随后起名叫钓鱼台。

姑妄言之，姑妄听之吧。

看过了钓鱼台和钓鱼台湖，也许有点失望。那种被文字渲染的神秘以及由传说产生的神往，在看过真湖和真台之后，几乎荡然无存。

也许这就是生活吧。生活本来就是朴实无华的，很多的神秘很多的故事都压在一堆堆貌似平常的"土堆"之下，如果没有机缘，那些"土堆"下面的故事可能永远不会被发现。这土堆里有什么呢？就在这种若有所失的情绪中，我们离开了钓鱼台湖。这个时候已过中午，太阳已经偏西。

饥肠辘辘了。

饥不择食地找到一个农家乐，径直将车开进了院子。

一进院子，就发现来对了地方。院子里到处是晾晒的新鲜的豆饼，整片地圆圆地晾在绳子上，切成方块的晾在桌子上、床上，满眼都是美丽的圆的或方的图案，满鼻子都是豆香。很好的画面，我拿出手机不停地拍摄。厨房里，灶台是原汁原味的柴火灶，劈柴正噼里啪啦烧得正旺，锅里正烧着草鸡。那边，一个大嫂正在擀饼，擀面杖富有节奏地转动着，一块一块死面饼擀好了，然后贴在锅里，饼的下沿刚好可以被烧鸡沸腾的汤汁溅到。

几个简单的凉菜上来，赶快吃起来。虽然没有酒量，还是要做个样子。无酒不欢嘛。几杯酒下肚，老秦开始活跃起来。先来了一段阎维文的《母亲》，然后又来了一段吴雁泽的《再见了大别山》，声音有磁性，有穿透力，更关键的是，富有感情，可谓声情并茂。老秦自己唱着唱着，自己先感动了，眼角流下了泪水。我也被老秦感动了，禁不住干了一杯。

老秦越唱越欢，酒也越喝越多，话也越说越多。

老秦介绍他学歌的经历，原来老秦也是很多年前就开始到市里拜师学唱歌，跟学书法一样，付出了很多努力。

难怪老秦唱得很有专业歌手的味道呢。

小个子的老秦在我的眼里，突然变得高大起来。一个农民，他的字、他的歌、他的文章、他的诗歌……更关键的是，还有他这个人，说话声音轻轻的、低低的，不张扬，但是，你可以忽视他吗？

忽然感觉老秦就像是我们刚刚看过的钓鱼台和钓鱼台湖，不起眼，如果你不走心，可能就会忽视它。但是，你忽视它一定是你的错误或者遗憾，因为你真的不知道钓鱼台湖的水面之下和钓鱼台的土堆下面到底埋着什么。

认识了老秦几十年，今天才发现，这个小个子的农村男人，身体里蕴藏着许多惊人的能量！

从那天开始，我更加不敢轻视钓鱼台和钓鱼台湖了。

我又重新对钓鱼台和钓鱼台湖产生了新的神往。

作者简介：

时昭旭，《蚌埠日报》主任编辑，散文、诗歌作品刊登于《新民晚报》《南方周末》等报刊。个人编辑、创作的副刊作品屡次获得安徽副刊好作品奖一等奖等。

人间烟火

◎ 孙凯华

　　一个人无论身在何处，总离不开人间烟火气。人生漫漫，道阻且长，最真实的莫过于一碗人间烟火。

　　曾经物资贫乏的年代，从年头辛勤耕耘到年尾，只为一家团圆共享一桌丰盛的烟火气，尽情享受美食的愉悦，碰杯之间互相诉说悲欢、成长和收获。这烟火味热气腾腾，一年更比一年好。如今，人人过上了小康生活，物质越来越富足，日子越来越红火，生命越来越精彩。

　　一个人降临到烟火的人间，也必将在烟火的天堂落幕。一声清脆的啼哭声，带着清澈的眼眸和懵懂的感知，来到人间走一趟烟火，亲历人情冷暖、悲喜交加。面对得与失、是与非这道选择题，一辈子都在寻找生命的真谛和意义。可是，有的人不知足不安分，忘却甚至迷失于人间烟火。

　　烟火气，不是四处炫耀的资本，也不是鲜艳夺目的光环而是一种人生阅历。人的一生就是一场渐行渐远的追梦之旅，年少时奋发苦读，年壮时矢志创业，年老时期盼健康，最终只留下一串脚印、一个背影或一段故事。在生命的长河里，只有不惧惊涛骇浪、樯倾楫摧，才能催生充满勇气力量的烟火，坚定执着驶向梦想港湾。

　　那是历经沧桑后的岿然不动，明辨是非后的宠辱不惊，看淡得失后的超脱自然。有一种烟火气叫接地气，扎根大地，向上生长，出淤泥而有芬芳，守孤持而有方圆；有一种烟火气叫人情味，重义轻利，张弛有度，懂得自爱而有大爱，胸怀仁厚而有大德；有一种烟火气叫知敬畏，虚怀若谷，取舍有道，能言快语而有所戒，大道之行而有所止。

人间烟火，无处不在，无时不有。人居之地就是江湖，江湖之处便有烟火。路边的小摊，一碗热气腾腾的豆浆，两根金黄细长的油条，这是有味的烟火气；乡间的小路，一群身穿红马甲的志愿者，两手比画着闪亮的爱心，这是有爱的烟火气；一对携手并肩漫步的恋人，两只臂弯紧紧地依靠，这是有情的烟火气。

人间烟火，就像冬日里的一抹暖阳，让城市变得有温度，让乡村变得更精致。城市没有了鞭炮的喧嚣，没有了焚烧纸钱的烟熏火燎，宁静中透露着文明的进步。乡村看不到嗷嗷劳作的耕牛，看不到沉重的人力车来回搬运，轰隆隆的机器声记录着现代化的脚步。无论是城市的大街小巷，还是乡村的田间地头，生活中的烟火气是那样浓郁而热烈。

疫情还在继续，每个人都应该记住，无论风雨持续多久，阳光从来不会在生活中缺席，天边甚至挂着一抹彩虹桥。人与人虽保持交往距离，但心与心没有间隙，就像攥紧的拳头，团结互助起来，爆发最强的能量。

唯有烟火气，最抚凡人心。那萦绕心头最深的思念，就是一团热气腾腾的烟火，就是前方胜利的曙光。只有坚定必胜的信念，树立自强的信心，才能战胜各种艰难险阻。我们一起向未来，在烟火的人间奔波前行、继续战斗，向着希望与光明踔厉奋发、笃行不怠。

作者简介：

孙凯华，笔名枫华，安徽宿松人，教育硕士，安徽省作家协会会员，参与撰稿乡贤文化、文化部国家创新工程《宿松农村区域文化中心建设模式创新与示范》等重点课题。多年来笔耕不辍，在国家、省、市主流媒体发表文学、通讯及散文、随笔等作品1000余篇。

忆沧米先生

◎ 涂道亮

　　周沧米先生是浙江美术学院教授，著名的美术教育家和画家。1929 年生于浙江雁荡大荆镇，2009 年逝世。周沧米先生的作品向来以诗、书、画、印完美结合而著称于当今画坛，无论是山水画还是花鸟画、人物画，作品量都很可观。

　　与先生结缘于 2006 年年初，我在主编安徽省书画院的《名人与艺术》杂志时，要介绍一些有影响的书画家。当时，我们拟定了一些采访对象，浙江就有王伯敏、周沧米、孔仲起、郭仲选等一批老书画家。我的采访对象便是沧米先生。

　　2006 年 11 月 17 日早上七点多钟，我忽然接到电话，说周沧米先生从九华写生来铜陵，下榻在铜都国际大酒店。当时我们见面的地点是周沧米先生妻姐家，记得我还带了一张收藏多年的周沧米先生创作的四尺整竖幅梅花，想请周老看一下并再跋一个款。周老展开画面时很激动，他说："这是我画的。"我想证实此画是否在上海笔会上创作的，他说不是，是在家里画的，是从杭州灵台峰探梅归来后，在杭州自己寓所创作的，这首诗也是当时观梅所作。他一边观画，一边用浙江口音吟咏题画诗句："灵台道上雪初晴，一树槎枒傍水生。人道今年花甚好，我怜根老是龙身。"我想请周老再补一个题记，他看了看画面，觉得不妥，便叫助手朱益在老梅根下部加盖了"周沧米"一印。他笑了一笑说："权当我鉴定了。"

　　上午 10 点钟，我们陪周老及助手朱益，还有邵锋强等画家一起参观中国古铜都铜陵古采矿遗址金牛洞以及凤凰山相思树等景观。当参观金牛洞时，周老执意要下井底参观（当时他有糖尿病）几百米深的露天古坑道，我们一直很担心，又劝不住，便一起陪他下井，参观了3000年前的古坑采矿现场。那黝黑的坑道和未腐蚀的井木深深地触动着周老。回到井面，周老感叹说："这是我最有意义的旅行，看过古采矿遗址，我仿佛看到了宝剑铸造的过程了，太伟大了!"

午餐过后，周老兴趣盎然，要为大家写字。我们急忙准备了文房用具，周老为在场的人一一留下墨宝，最后为我写时，问我写什么内容，我岂敢奢求，先生见状，顺手拿了一张四尺横裁的宣纸，挥笔写下了王维《终南山》一诗。最后题上道亮先生正字，使我兴奋不已。我们在快乐的气氛中合影留念，彼时周老的风范，至今还留在我的记忆里，令人难以忘怀。

后来我去南京办《东方画刊》杂志时，专程驱车杭州西湖周老寓所去拜访，此时时间已过去了一年。那天，周老刚从雁荡山写生回来，见到我们很亲切，泡茶让座，十分客气。我环顾室内，先生家十分简陋，博古架上摆着一些古玩，整个客厅墙上，挂满了先生创作的作品。先生向我介绍说，他正在画雁荡家乡山水系列。他说，人老了，常常回忆童年，也就自然地用画记下来。他指着一张画，画面山峰之下有龙湫瀑布。先生说，孩提时代常常骑着水牛，在回家的路上到龙湫去洗澡玩耍，现在想来，仿佛昨天。他又指着一张题为《蒲松龄造像》的画，苍郁虬枝的秃松，盘绕古拙，树身龙鳞叠加，蒲松龄背着书袋，在古树下踱步，满脸的皱纹写尽沧桑。周老向我们介绍说："这是我创作的《聊斋》作者蒲松龄，其实在我老家，传说一棵古树到了一定年龄是有灵魂的，往往出现一些怪异的现象。我画这棵古树就是表现这种状态，以衬托人物，扣住聊斋志异的思想。"

他还跟我讲起他小时候在乡下老屋深夜苦读，狐狸偷灯油的事，因其亲眼所见，说来栩栩如生，令人毛骨悚然，仿佛置身《聊斋》故事中。周师母有时也插上一段，讲一些抗战时期流亡学校老师关心学生的轶事，气氛十分融洽。后来我们又渐渐把话题引到绘画创作上，老先生更是侃侃而谈，他说，我们常常带学生出外写生，农民总喜欢学生的画，而老师的画他们看不懂，因学生重形象，而老师往往舍形取神。还说当年潘天寿先生带学生出去写生，很少动笔，全靠心观默记，偶尔几张写生稿，也是对真山水提炼之后写神而已。潘天寿先生画雁荡，每次写生，只勾几块石头、几棵小树、几朵无名花草入画，但先生却画出了雁荡气势，小中见大。而黄宾虹先生画雁荡用线纯以己出，画出心中之山水。周老还说，一个大画家必须要有写生经历，只有面对真山真水，才能创造出激动人心的作品，"大块本造化，雕琢况无功，灿烂漫世界，元气混沌中。"周老一边吟着自己创作感悟的诗句，一边挥动着手，用专注的眼神凝视着我，满头银白色头发。至今想起，还是那样亲切和热情。

我和周沧米先生虽交往时间不长，但每次听先生谈艺论道，总是愉快的，他渊博的画理使我受益匪浅，尤其在我对书画创作和理论研究上，先生高屋建瓴的论点令我受益良多，并影响了我以后创作的审美趋向。他常谈及在新疆与学生边卖书边写生的情景，他说画新疆的鹰是他无数次采风感悟其山川之灵而提炼出来的雄壮之美；他谈到与四川画家陈子庄先生的忘年之交，眉宇间透出真诚与默契；他谈起与山东学生多次相约登齐鲁而流连忘返……

在很多次与周老的接触中，周老那绵绵的赤子之情，对艺术的执着和对大美术的精辟论述，至今令我常常深思。

作者简介：

涂道亮，先后在《江淮时报》《参考消息》《中国书法》等发表评论、散文及诗歌。

孔城老街

◎ 汪成友

还是那街，不知谁起的头，都叫你老街了，以前都众口一词地称"孔城"，有意无意地把后面那个"镇"字省了，众人眼里，这孔城和三四十里外的桐城甚至是远在天边的省城没多少区别。上街如进城，是某种荣耀、某种身份或因了某件要事，一年难得上几回街，尽管街上始终熙攘热闹。

从令人拜羡的"城"，到平淡不经意口吻的"老街"，人们忘了你被称作"城"时意气风发的样子了。

一支艨艟舰队透过历史烟云劈波而来，按剑挺立舰首的是东吴大将吕蒙。他见此处滨湖襟江，山环水绕，地腴民饶，战鞭指处，筑城而守。此时境内植被丰茂，蝶花簇拥，孔雀翔集，因得"孔城"美名，吟唱而去的大沙河又名孔城河。

孔城河通江达海，孔城岸无留船，寓无留客，肆无留酿，繁盛时 160 余铺商，手工、运输业 220 多家，乃百里名镇，是名副其实之"城"。

孔城是烟火的。名镇有名吃。切成丁的茶干、剁成末的精肉、筋道的山芋粉丝、调味提鲜的葱姜，这梓山孔水化育的精细被雪白细腻糯米粉包捏，便是闻名遐迩的汤米饺儿。这油香淋漓、白嫩爽糯的米饺滞留多少商旅游客的脚步，又勾起多少游子的绵绵乡愁！

孔城又是娴雅诗意的。"梓山晴岚"鲜妍明媚，"孔城暮雪"韵味无穷。隆冬雪暮，田畴千顷，河山一白；室内红泥火炉，酒香醇烈，1800 多年的历史浓缩于一烛红光，摇曳出人间至境，天地大美。若晴日黄昏，孔河水滑如绸，温风如酒，夕阳终究没把持住而坠入，水面红灿若霞，河滩金沙如雪，迷离如一幅印象派油画，呈另一番孔城暮"雪"盛景。

沧海桑田，山自形胜，河川渐淤，无舟楫之便，胜景难继，又清住户，修房舍，设卡卖票，这古韵遗存的内陆小镇游客少至，镇人难居，"老街"渐成矣！

旷野的风把冬至的日头吹得苍黄，迎着老房子沉郁苍老的目光，我还是走近了她。老街空荡，满眼凋敝的古意，一条麻石路通向未知的尽头。在阅尽高楼宽街的目光里，老街，已萎缩成一条歪歪扭扭的空巷，白墙的根底受着梅雨周到而长久的湿润，像是老者跋涉的鞋面，缀满光阴的包浆；有些标语和格言，还在巷子深处闪闪发光。我如钟摆，在年少时着力一弹，在外面划出一道弧线又沿着轨迹回弹，这平平仄仄的麻石路有如我的人生路，高高低低，我小心翼翼，却难以处处合韵压辙，我能凭着这些遒劲字体和感叹号，找回那已蒙尘的初心？

细看这麻石，比小时候的更瘦了，却不似那时的光滑玉润，时间的瀑布冲刷着，却缺了脚掌那带着体温的颐养；缝隙也更显了，有的还不太稳，似老人松动稀疏的牙。可哪怕是条细隙，也萌着浅浅的绿，这无处不在的藻类植物让这千古麻石一下子活了过来，我知道这麻石的每道褶皱里，都蓬勃地生长着一个历史的故事，生动传神，而志书里不过是些标点符号。吕蒙将军的铁骑刚掩杀而去，太平天国的鼙鼓又动地而来，在抗日和解放的激越枪声中，一众书生走出老街的深宅大院……

老街落寞下的坚守及化石般的遗存，处处潜溢出历史的脏腑、时空纵深处的气息，而最老的建筑之一，是有近两百年历史的桐乡书院，至今犹存称雄文坛两百余年桐城文风余韵。

饮孔城河水长大的戴名世是桐城派主要奠基人之一。戴名世死后，方苞、刘大魁、姚鼐等一批桐城文人承其衣钵、发扬光大。继之以戴名世后裔戴均衡，搜集整理戴名世文稿，使之传世，并在孔城创办了桐乡书院，将办学心得著述为《桐乡书院四议》，曾国藩上疏朝廷令全国书院效仿学习。

这所书院后改制为初等学校，旅欧少年共产党创建者之一、中共早期活动家尹宽，著名美学家朱光潜，计算机之父慈云桂都曾在此启蒙受教。

千秋代序，多少风流传奇，总被雨打风吹去，老街梁不加漆，墙无粉饰，青砖以风雨作色，黛瓦千秋无言，唯有枯草摇雪向天，串街溜巷的北风中，深入麻石肌理的辙痕上，唯我踽踽而行……

这里有施家遗址可探幽，还有黄家大屋、李鸿章钱庄等古迹可寻。桐乡书院虽不存，门楼及书院的朝阳楼依旧，楼前松柏蔚然，绿草茵茵的院子正中，有低、高、中三把椅子，分着蓝、红、黄三色，并标有探花、状元、榜眼字眼。

落日很圆，正停留在不知是明代还是清代的屋脊上，我的目光越过老街，不远处便是背景似的桐梓山秀丽一角，我知道在它和老街共享的孔城河，此刻正人喧机吼，"扒河"正酣，总长700多公里的"引江济淮"工程高歌猛进，孔城河作为引江的主要河道被疏浚扩宽，届时长江水逆流700多公里，滋养皖、豫两省14地市，而闭航已久的孔城，也将烟波浩渺，舟楫千里，在鸥鹭翻飞、船笛惊空时，老街，你能借了这历史的厚重，摒了急功近利，带着烟火和娴雅，返老还春变新城吗？

作者简介：

汪成友，安徽桐城人，中国电力作协会员，鲁院首届电力高级作家班学员，芜湖市作协秘书长。有20余万字作品散见于《安徽文学》《脊梁》《金山》《作家天地》《中国电力报》《中国能源报》《新安晚报》等报刊，并多次在各类文学征文中获奖。

最美不过是泾川

◎ 汪传明

在一个春和景明、微风和煦的上午，我和来自皖东南各地的文友们一道，去领略泾川之美。经过大约 1 个钟头的车程，我们来到位于厚岸乡柳溪村的王稼祥故居。这是一座坐北朝南、一进三间、具有皖南地方特色的砖木结构的徽派民居建筑。伟大的革命家王稼祥同志诞生于此，并在这里度过了他少年时光。

刚进门，抬头就看见一尊青年王稼祥模样的汉白玉雕像，左手握着书卷，右手紧攥拳头，目光如炬，意气风发。青年王稼祥读完柳溪小学后，便来到邻县南陵乐育学校以及芜湖圣雅阁中学求学，后求学于上海大学附中部，再后来远赴莫斯科中山大学及红色教授学院学习深造。

作为二十八个半布尔什维克之一的王稼祥，学成归国后即投身到滚滚的革命洪流，在遵义会议上，王稼祥以中国革命事业为重，秉公直言，坚定地支持毛泽东同志的正确主张，投下了关键性一票。毛泽东同志后来说过王稼祥同志在遵义会议和党的六中全会上起到了关键作用。

在王稼祥故居，聆听年轻讲解员的深情讲述，目睹眼前一张张泛黄的老照片，仿佛定格了一段段尘封的岁月；一件件充满年代感的老物件，悄然诉说着如烟的革命往事；墙上的史料文字翔实记录着主人跌宕起伏、波澜壮阔的一生，虽历经万千磨难，却更显熠熠生辉、光照千秋。

告别王稼祥故居，循着诗仙李白当年的足迹，我们来到桃花潭景区，希望在这美丽的桃花潭畔能与当年的李白和汪伦邂逅，聊一聊当年俩人那堪比桃花潭水深千尺的旷世情谊，既为圆一个梦想、续一段诗缘，也是为了解答心中贮藏已久的一个疑惑。

来之前，我一直在思忖：昔日籍籍无名的桃花潭究竟有怎样的光华和魅力吸引诗仙李白从京城舟船劳顿、欣然前往？原来县令汪伦书信邀约：先生好游乎，此地有十里桃花；先生好饮乎，此地有万家酒店……桃花和美酒固然是吸引诗仙李白前往的一个重要原因，但我想也不完全如此。

联系当时的时代背景，在遭到李林甫、杨国忠等朝廷奸佞权贵排挤打压、一直怀才不遇的李白心情沉闷、郁郁寡欢，当接到泾川县令汪伦热情洋溢的邀请函后，顿时打起精神、打马赴约，这就好比情绪低落的人遇到开心事情后一扫阴霾、心情瞬间晴朗起来一样。

导游介绍说，当李白来到桃花潭后并没有发现书信提及的十里桃花和万家酒店，不免产生失望情绪。汪伦告曰："十里桃花者，乃十里之外有桃花渡口；万家酒店是指潭西有个酒店，主人姓万。"看似解释合情合理，但李白岂能不知这是主人邀约自己前往的"善意谎言"，但他"看破不点破"，乃抚掌大笑，与汪伦携手同行。

此后数日，汪伦好酒好菜招待李白，两人数以诗文往来赠答，为莫逆之交。常言道，天下没有不散的宴席，美好的时光总是那么短暂。当李白临别之时，汪伦赠名马八匹、官锦十端，并亲送渡口。有感于汪伦数日来的盛情款待，以及俩人往来赠答、诗文唱和所结下的深厚情谊，李白临行前挥毫泼墨，题下《赠汪伦》一诗："李白乘舟将欲行，忽闻岸上踏歌声。桃花潭水深千尺，不及汪伦送我情。"虽然这是一首白话诗，但在民间迅速相传，成为一首脍炙人口的千年绝唱。也正是因为这首诗，使得桃花潭名扬天下、享誉四方，李白和汪伦的旷世交情亦被世人皆知，传为佳话。

历经 1200 多年的斗转星移，清澈的青弋江水依旧奔腾不息、"一水情深"，岸边的古树枝干茂盛、华盖如伞。泾川人民没有忘记汪伦这位古道热肠的县令，在美丽的桃花潭畔为他修建了汪伦墓、汪伦祠，更没有忘记诗仙李白的泾川之行，为他建造了青莲祠、怀仙阁，还在潭边渡口建起了"踏歌古岸"楼阁以示怀念……

登临桃花潭畔的楼台岸阁，但见潭面雾气缭绕、紫气东来，彼时清风拂面、思绪万千，梦幻中仿佛看见李白和汪伦荡一叶扁舟，一路欢歌笑语，向东疾驰而去，慢慢消失在无边的天际线……

行文至此，伴随着那首千古名作，耳畔边不觉响起那首节奏明快、旋律优美、激昂奋进的歌曲《泾县等你来》，把泾川大地优美的自然生态、厚重的人文历史以及蓬勃向上的发展朝气，都传唱得淋漓尽致，更唱出了 35 万泾川人民的豪迈之情。"……这就是我的家乡，汉家旧县、江左名邦；这就是我的家乡，诗仙笔下的泾县风光；这就是我的家乡，敞开怀抱等你来访；这就是我的家乡，来过就一生难忘。"

是啊，因为时间关系，一天半采风不可能走遍泾川的山山水水、阅遍这里的风土人情，但红色故里、山水福地、人文名城和宣纸之乡的泾川早已刻下深深烙印，留待我们继续去探访和追寻……

作者简介：

汪传明，笔名拂晓，安徽宣城人。中国散文家协会会员，安徽省作家协会会员，安徽省散文随笔协会会员，宣城市散文家协会副秘书长，现为宣州区委办副主任。有散文、随笔作品发表于《中华文学》《中国散文家》《江淮》等刊物，曾获安徽省作协"金穗奖"和宣城原创散文作品大赛奖项。

楷范二弟

◎ 汪国强

二弟是一个温暖的人。

二弟的家在祁门县老一中路口北上坡的位置，一家三口住在马路边一栋三层楼的房子里。绕过长长的围墙，推开朝南方向的门庭，进屋的上厅摆放着两把油漆斑驳的雕镂着喜鹊登梅图案的老式木椅，还有几张杉木做成的小机子。赭红色的髹漆条桌上摆放着一架老上海产的"飞马"牌自鸣钟。只是左右两侧少了徽州人家特有的一面镜子和两尊花瓶，这是老辈人中规中矩的做法，现在人没那么多讲究了。不过二弟的家，也确实陋简了些。品味决定方式，二弟就是个简简单单的人，待人真诚，性格随和，印象最深的是，他常挂在嘴上说的话："交友须胜己，似己莫若无。"

二弟纯孝。8月末，八旬老母体检时查出重疾，一下子令家人焦虑万分，同时还担心着年近90岁的老父亲，怕他经受不住这个事实。大弟和二弟赶紧联系上省肿瘤医院，经全面检查，很快顺顺利利做完手术。

母亲术后回到家中疗养，二弟不惜代价将工地上的生意搁置，把母亲从屯溪接到祁门。因为天气闷热，再加上肺部大手术，母亲咳嗽不断，偶尔感到呼吸困难。为了缓解母亲不安情绪，二弟整天坐在母亲身旁，一会揉胸，一会捶腿，一会扶着母亲到外面走走。真的是递水端药，细心备至，不厌其烦。

最为感动的一回，二弟给住在屯溪的母亲发来视频，说："妈，我炖好了土泥鳅，一会端来给你吃啊。"母亲靠在沙发上，头直摇，说："大老远，千万别送啊。"

一会儿工夫，就听见敲门声，原来是二弟站在门口，笑呵呵地端着一钵热气腾腾的泥鳅。从祁门到屯溪，路程 70 公里，二弟专程开车送来。此情此景，犹如一幅温馨的画卷。母亲掏出纸巾不停地抹泪，一旁的老父亲无声地连连点头，满脸欣慰。

"门内有君子，门外君子至。"二弟待友至诚。有一位做装潢生意的好友，家在乡下，结婚两年，孩子未满周岁，乃家中顶梁柱。一日偶感身体不适，去医院检查，结果出来，家人哀泣不已。二弟得知后，即刻放下手上的一切，前去探望。为了陪好友求医问药，二弟把老婆孩子送回岳母家，数月不归。而今好友康复，其家人视二弟如至亲，情谊堪比金兰。

二弟的为人处世，应验了袁了凡的《训儿俗说》："至于朋友之交，且宜慎择。苟得其人，可以研精性命，可以讲究文墨，可以排难解纷，须要虚己求之，委心待之，勿谓末俗风微，世鲜良友，取人以身，乃是格论。"

二弟平常寡言少语，浑身上下散发着温暖的气息。胖胖的身材，个头不高，走路时胳膊喜欢一摇一晃，像跳秧歌。大老远走来，给人一种福喜洋溢的感觉。

有一回，二弟开车，我坐在副驾驶的位置，听到车内蓝牙响了，原来是杭州的同学跟他说，近几日打算送父母回祁门过年，想请二弟去屯溪高铁站接一下，时间大概是夜里 9 点多钟。三九严寒天气，来回 140 公里，二弟二话没说，立马答应下来。

我坐在二弟身边，默默地看着他，从他素淡的生活态度里，感受到他身上散发着一股幽谷兰香。跟他在一起，既温暖又恬淡；既喜乐且忘忧，舒坦着呢。

作者简介：

汪国强，笔名千川，安徽省作家协会会员。著有《神奇的地方》《大道徽商》《汪国强中短篇小说散文选》、诗歌美文集《阳光梳理云彩的声音》等文学作品。

记忆流年

◎ 汪素珍

　　腊月二十六的早晨，推窗及目都是白茫茫的一片。昨晚又下了一夜的雪，门外一个人影也没有。坏了，说好了回山里过年的，老妈还在家等着呢。我鼻尖一酸，泪在眼眶里打转。老公发现了，说："这点小问题算啥？下午包一辆车，装上防滑链，让司机开慢点就回家，妈肯定在门口等着咱们，不要让妈失望，想想前些年，7月发洪水抢稻子，10月发洪水抢红麻。年夜饭上的肉及白米饭，炸红芋丸子、萝卜丸子的油哪一样不是冒着生命危险抢来的！"我沉默了，停在眼眶中打转的泪水还是没能被忍回。

　　老公家住在金寨县桃岭乡牌坊村的一条大河边，一九八几年到一九九几年间，那里经常发洪水，田地经常被淹没。家住农村，以农业为主，不能出门的老人、妇女们在家把种子种好，到了收割期，出门打工的人们就赶忙回家抢收。

　　老公告诉我，1984年10月，连续的雨天导致山洪暴发，几十条山洪冲刷着牌坊村下的良田，堤堰，牌坊村连遭洪灾。老公家泡的一堰塘红麻被洪水冲进大河，这些红麻是他们一家七口人第二年的命脉，也是大年间开支的来源。婆婆无奈地边拍大腿边哭，还在上中学的老公心疼母亲，顿时热血上涌，脱下破袄一头扎进水里，河边的孩子都会游泳，几个水猛下去捞起了十几捆红麻，捞起了来年全家的生活费用。待他上岸后，脸色已发紫，浑身发抖，一口气跑回家中脱去湿衣钻进被窝在床上抖了一整夜，第二天发高烧不能上学。

　　像这样的洪灾几乎年年发生，而且多发生在收割季节，记得我嫁到老公家的第三年也和老公一起抢收过水稻。

那是 1999 年，稻子八成熟的季节，暴雨下个不停，河水猛涨，一夜间已没入稻田，我们陈岭组家家户户开始了抢收工作。我和老公一大早拿着镰刀、口袋、大盆子便下田抢稻穗，河水没过我们小腿，但谁也不想把辛苦了一年的要到手的庄稼被洪水淹没，就这样河水从我们的小腿漫过腿弯，漫过大腿，从早晨天刚亮一直泡到下午 5 点多，才把两块田的稻穗割光，装进口袋，送上岸，老人在岸上把装满稻穗的口袋用绳子扎好运回家中，倒在刚建好的平房的大厅里晾着。那年是比八几年好多了，我们家有了新房，过年也不用指望种红麻买鱼肉了，老公及两个小叔子在外打工一年能带回几千块，因而年也过得还算开心热闹，有鱼有肉，还有酒有爆竹，我两岁的女儿也有了新衣服，新鞋子，比起我们小时总算强多了。

2008 年，我家又在大路边买了地，盖上了三室二层二进的楼房，总算从河边搬到了公路边。这期间我已有了三宝。沾改革开放的光，老公在外挣些苦力钱，日子过得也算可以。近两年，我赶上脱贫致富的好政策，政府支持个体户推动金寨茶业发展，我也开了个茶叶店，推自己家乡的茶叶、宣传家乡茶文化，推核心产区中国十大名茶之一的六安瓜片。

大年夜，我家前后院的走廊上挂满红灯笼，看着年夜饭的大转盘圆桌上摆满美味佳肴，又怀念起小时候一家人围着地窖火旁，泥巴炉子炭火熬腌菜，腌豇豆子就锅巴丝，一不小心就会用火钳把地窖里的炭灰撒到菜里，淘气的孩子时不时头上还会挨上那么一两下。

现在，孩子们的期盼也不只是桌上的美食，他们可以无拘无束地放礼花，踩滑板车，看动画片，还有那成百的红包。

这个年，年前年后大雪纷飞，待我们从小城赶回家，90 多岁的公公，80 多岁的婆婆，与我 78 岁的老妈已在家等着我们，婆婆说："改革开放 40 年，新农村规划，今年我们村上的人大部分都搬进城里了。"大年夜，三老、三小，加上我和老公，一家人其乐融融坐在空调房里看央视春晚，我拿出 6 个红包，三老每人 400，三小每人200，90 多岁的公公特别开心，他脸上的皱纹里堆满了笑意，那一沟一壑的纹路都能塞进一斤稻子来。少言的他突然说："你们还没共产党给我的钱多，今年过年村里包了 1000 元大红包给我。我昨天晚上还做了一个梦，看见一田金灿灿的稻子比树高，科学家袁隆平站在稻穗下笑呵呵地乘凉。"

我的天！我家近百的老人都知道袁隆平，而且这么相信科学，敬重科学！说真的，我好像好多年没见过近百老人这样开心的笑容了。

"鼓掌！"儿子在一旁叫着。大厅里传出一阵热烈的掌声！

这时老公走过来，看看我，从我的头上扯下一根白发，笑了，我看看三老和三小，也笑了，笑出了泪花。

作者简介：

汪素珍，安徽金寨人，安徽省作协会员，六安市作协会员。有作品散见于省内外报纸杂志。

快餐人生

◎ 王安玮

2021 年的 10 月，50 岁的我光荣退休。离开了供职多年的工作岗位，赋闲在家无所事事。此时，小姑子家儿媳妇有孕在身了，小姑子做好了要常驻省城做奶奶的计划，将她在县城里辛苦打拼经营了22 年的快餐店歇业。

快餐店的房子是当年自建房，后来公婆就传承给了我们。现在小姑子另有重任，而我又正好退休在家闲置，我就捡了个漏，接起了小姑子打拼出的快餐资源，撸起袖子加油干起了快餐生意。

初当老板娘，许多事情都还无从下手。小姑子看着干着急，她只要在家，就来店里无偿地给我施以援助，手把手地教我炒菜、下面条、做生意。

做生意自然要采购，小姑子把她的供货渠道如数推荐给了我，并亲自带我去上门认路。小姑子说，快餐是小本生意，客人来吃饭都是现结不欠钱，同样我们在采购时也都是现结不欠钱。

有户豆制品老板，生意好到忙得都不晓得找我要钱，我催她都不要，我只好天天主动帮她把账复核好了再把货款打给她。有一天她多发了 2 盒货给我，我马上跟她说并补钱给了她。她再三感谢，我说："不用谢，不是我的东西，任何便宜我都不会占。"

做生意凭的是信誉，我能让供货商对我信任，自然我对客户也是百般信赖。客户们来自各个层面，以上班族和打工族居多，其中不乏行业精英和商界翘楚，上至老人，下至儿童，每天相继轮番光顾，我一律礼貌待客，童叟无欺。

快餐店的客人时多时少，人多时我不慌，人少时我不急。每个上门的人都是照顾我生意的人，让我心存感激，值得我以诚相待。

12 元一份的自助快餐，您饭量大就多吃点，您减肥就少吃点，每天20 个左右的家常菜，有荤有素、有辣或不辣、有重口味或清淡、有上市菜或下饭菜，这么多款菜品总有您喜欢下箸的几款，您花钱吃的是实惠，我赚的也是良心辛苦钱。

客人买单一般分有两种，一种是付现金，另一种就是扫码。付款方式也分为几种，有的是先吃后付钱，有的先付钱后吃，有的边吃边付钱，还有的吃好就走然后想起来钱没付再转回头来付。所以我初接手时，人流量一多，我根本就认不清谁已经付了谁还没有付。不过我可不着急，该付的自然会付，忘记付的下次会补，不愿付的也不必强求。将心比心，若不是事出有因，试想谁会不付这区区 12 块钱？所以每当有客人再来补付之前的饭钱时，我都格外感谢他们的自重与自爱。

开店做生意来的都是客，除了食客，也常常有非食客光临，比如来借厕所的。常有路人，以女性居多，急匆匆进门，开口就借厕所。人有三急，我赶紧带路指明位置，让他们解决方便问题。另外乞讨人员也频频光顾，我都区别对待，比如有说家人得绝症的，不管真假我都给点现金；残疾智障者和老年人我都给份大鱼大肉的盒饭；碰到年纪轻轻有手有脚以乞讨为职业的懒汉，那就对不起了，我什么都没有。

开快餐店之前，我闲得有大把的时间用不掉，整夜整夜地睡不着，不是凌晨一两点才睡就是凌晨三四点就醒。而自从接手了快餐店以后，我从早上四五点忙到下午两三点，每天在店里来回走动都在 15000 步以上。现在我每晚回家，洗漱后倒床就秒睡，直至清晨被闹钟叫醒。以前是天天睡不着，现在是夜夜不觉晓，看来之前的失眠都是闲出来的假象，而现在的嗜睡都是累出来的。

常有人不解地问我，家里的三个人都在挣钱，而且养的还是女儿，压力不大负担不重，为什么都退休了还这么拼？我莞尔：任何时候我们都不能游手好闲，生养我们的父辈辛苦一辈子，传承了物质与美德给我们，现在我们是二传手，要将这种自力更生、艰苦奋斗的优良传统传承给我们生养的，让他们再擎上接力棒将优良传统与中华美德代代传承！

作者简介：

王安玮，作品散见于《解放日报》《语文报》《新安晚报》《安徽工人日报》等副刊。

作家无梦

◎ 王继强

作家无梦。一次我对文友说。

少年时，因为时代的原因，我的学业荒废了。一次在"红夜校"带领社员学习毛主席《为人民服务》那篇文章，我把"追悼会"念成了"追悼（掉）会"，当时有位退位老兵半信半疑地问，我们在部队好像是念"追悼（道）会"耶？那次给我的打击太大，于是渴求学文化的愿望越加强烈，甚至到了一种不可自拔的地步。

那时想学文化谈何容易。向他人学，方圆十多里有高中文化的，扳着指头数也数不出几位；借书看，书都被"破四旧"焚烧了，哪儿去借？记得一次到镇上书店看到一部长篇小说《欧阳海之歌》，书价八角七分钱，第二天紧赶慢赶挑担柴到镇上，等卖了柴再去书店，那唯一的一本《欧阳海之歌》也被人买走了。

咋办？在百般无奈之下，便想起了"写书"。

俗话说，拳不离手，曲不离口。写书可以天天与文字打交道，不仅不会忘记已学过的知识，更能在写的过程中不断地学到新的字词，新的知识。说也凑巧，一次到朋友家玩，见他屋檐码着的干柴堆里露出几张纸片，好奇的我就去翻找，竟翻出一本豆干大的厚厚的没有书皮的字典，一激动，将那字典带回了家。小字典有九千多汉字，那时才知道什么叫如获至宝。从此，凡是遇到不会写的字，就查小字典，为写书提供了极大的方便。

经过劳动之余从未间断的 8 年奋斗，一部 40 余万字的长篇小说《觉醒的人》初稿完成。书稿由县文化局投寄给安徽人民出版社，因练习簿上的文字誊抄得既小又密，出版社无法看清，寄来稿纸，让抓紧誊抄再寄给他们审阅。

但这个时候我接到了入学通知书，就把这事放下了。我就像一条鱼儿，游进了书海。毕业后，因为有 8 年写书的"名气"在外，刚走上工作岗位，学校就把高二语文教学的担子压在我肩上。一年后，组织又让我担任了一所中学的主任（校长）。那部书稿就束之高阁了。后来我的职务越来越多，担子越来越重，书稿都给我忘得差不多了。

直到退休，一天朋友来串门，说："现在可以把年轻时写的那部书写出来了。"

此话一下搅动了我的思潮。几十年所经历的风雨，几十年人世，几十年酸甜苦辣，怎么不能写成书呢？

当作为校长的我要求教师兢兢业业做好本职工作的同时，他们正在田间劳作的家属竟栽倒在铁耙上，全身被耙齿划得皮开肉绽，鲜血竟浸红了水田；当我在会上强调教师该如何做好蜡烛去照亮别人时，他们那第一次临产的家属竟因丈夫的不归而只能羞报地紧闭门户独自忍着剧痛与危险而产生；当我强调教师不放弃每一位学生时，他们的家属……

如要写，我能不写这些吗？于是每日含着激情与泪水一气写出 60 万字的《师娘》。当敲完最后一个字符，我推开南窗，双手合手，向我所工作过的地方深深地道一声，谢谢了，我的教师家属们！

那是一位美丽而孤独的女生。

从小学到高中，无论是她的学习成绩或容貌，都是学校的佼佼者。但就是这样一位女生，全班乃至全校几乎没有一个学生敢与她愿与她交往，而她更是整天沉默寡语，见人矮三分。在家访中得知，这位女生的母亲及外祖母，年轻时生得极其美貌，她俩为了追求幸福与自由，毅然与同是叔侄的新四军游击队的连长、指导员相爱了，就为这，新中国成立后她母女俩受到不公正的待遇，因而也牵连她们的后代，使这位本该活泼可爱的女生一直无法抬头做一个正常的人。

这绝非是我的怜香惜玉，作为一位校长，一位有良心的校长，如要写，我不能不为这位女生以及这位女生的家庭写点什么，于是就有了那部凄婉而励志的长篇小说《罗曼蒂克家族》。

在近 10 多年不停地写作中，唯有《荆公为政》这部长篇历史小说的故事不是我亲眼所见、亲耳所闻、亲身所经历的，而完全是根据在工作中的所思所想所感所悟所写的。可以这么说，如果没有几十年的工作积淀、感悟与思考，我不可能想到这类题材，更不敢也是更不可能去触碰这类题材。

当了几十年校长，免不了要与大大小小的官员接触，接触多了，自然会深切地感受到当官的不容易。一次读史，看到北宋那位至今还在评说不一的宰相王荆公说的"不求做大官，但求做大事"那句话，再想到当个好官的艰难，所以不揣学识的谫陋，冒昧地借着手中的笔深入那些为国为民敢于担当，勇于办大事、办实事的官员的灵魂深处，去探究他们在前进道路上的喜怒哀乐、酸甜苦辣以及无怨无悔的家国情怀。

无心插柳柳成荫。近十多年，由于生活的馈赠，本人已写出中、长、短篇小说、影视剧本等近 300 万字的文学作品。

作家无梦，唯有感谢生活。

作者简介：

王继强，笔名疆疆，安徽繁昌人，安徽省作家协会会员，安徽省教育学会会员。近十多年著有长篇小说《你不该那么美》《师娘》《罗曼蒂克家族》《我有钢炮》《荆公为政》、40 集电视连续剧本《风中女人》、电影剧本《我有钢炮》及中短篇小说等近 300 万字。

梦里不知身是客

◎ 王 科

　　我无数次梦见自己行走在大山中，山里面不止有野花和灵药，还有野兽跟毒草，我望着山顶，好像看不到一点光，又好像看到了点点光斑即将出现。

　　我鼓起勇气往前走，周围一切诱惑都不能让我停下脚步，然而我越走却越发现光明越来越少，直到连一丝透进来的光点也没有了。这个时候我开始犹豫，我走的这条路到底对不对，旁边那条路似乎是近路，但近路可能会有陷阱，还有好多个分叉路口我选择错了吗？

　　不过，我知道没有回头路了，我只能义无反顾地走下去，因为我脚下的路是我所选择的，自己选的路，纵使分身碎骨也要走下去。我走啊走啊，从少年走成了一个白发，我似乎走不动了。最终当我走到山顶时候，天突然一下子亮了，天空上隐隐约约出现了一些字，我努力看清后恍然大悟，脑海中默念着"黑暗的极点就是黎明的曙光！"

　　我倒在了山顶上，看到那里有一块路碑，上面刻着两个古老的大字"岁月"。原来我脚下的那条路名叫岁月！

　　我俯瞰山下，繁华的夜市中，有一位街头艺术家在创作着，他穿着很是破烂，他的手却很灵巧，他的颜料是用桶装的，10分钟就能画出一幅画，当场只朝着人群喊卖三次，三次后无人买，立刻当场烧掉，精美绝伦的画烧毁的模样让所有人叹息。如果早一步看到没准就买下了，然而缘分就是这样，永远不会有早一步跟晚一步。画家的画作卖得也很随意，哪怕是小孩子拿棒棒糖来，他也卖，他不为了名利，他只是享受这一快乐。他之所以不白送，是希望自己的画作能找到真正喜欢的人。他能看出来哪些是真正喜欢画的，他说那些人的眼睛里面看到画会放光。而对于画作不喜欢，却仍然要买的，纵使千金，他也不卖。他之前因为画画受尽了折磨，他为了画画可以忍受一切现实的折磨，他在半夜饿醒的时候首先想到的不是去啃馒头，而是给自己画出一幅栩栩如生的大餐来。

我闭上眼，拿起吉他，走到他身边，此时天空开始变得阴沉沉的，夏天的暴雨总是不期而遇，就像我跟这位画家的相遇。先是风吹来抚摸着我的脸颊，再是两朵乌云从远方千里赶来，他们遇见，他们相知，他们融合。

最后激烈碰撞，两朵云的泪就流了下来。我闭上眼，感受着两朵云的爱恨情仇，手指开始弹奏起《The rain must fall》，中文名便是《暴雨将至》，这首曲子将鼓、贝斯、小提琴各自的优点完美结合，一场暴雨在我心里到来。我想此时周围的人走的走散的散，似乎一场喧闹于狂欢到了散场的时候。

这时候，我开始畅想，我是一位遇到了低谷、没有了灵感的音乐家。我曾经声名显赫，然而终究繁华落尽，我在豪宅中用最贵的笔却写不出一点曲子，也作不出一点歌词，我在昂贵的床上却辗转难眠。

我终于在某个夜晚不辞而别，决定远离名利场，隐居在一个无人的荒岛小屋中。这小屋很破，没有家具，只有一张年纪比我还大几倍的桌子，还有一把充斥着裂痕的破凳，我却迫不及待地坐了上去，我又重新充满了灵感，我拿起笔开始写曲作词。

这个时候，没想到，一场暴雨来了，狂风从屋子的缝隙中吹进来，雷电好像在我的头顶炸开，我的乐谱被吹得哗哗作响。我忘却了一切，我越写越通畅。暴风将屋顶吹翻了，我落笔了，乐谱瞬间飞了出去。没关系，这种用灵魂写出的歌曲是刻在了我心上的，我不在乎环境的恶劣，我只想将这首曲子演奏出来，不管有没有听众，我就是要把它演奏出来。

我屹立在龙卷风的中心，演奏起那首曲子，迎着狂风拉奏出来，行云流水的琴声充满了对命运的不屈，以及对残酷现实的挑战。我浑身血肉横飞，冥冥中仿佛看到贝多芬在对我说："我要扼住命运的咽喉！"

来吧，暴雨再猛烈些吧！雷声再大些吧！无论如何，你们也无法盖过我的信念汇成的琴声，哪怕狂风将我的头发吹得横飞，暴雨将我的衣服打得稀烂，我依然还是要坚持着演奏自己的音乐，好像在北极的冰天雪地中燃烧的一根蜡烛，天地可以一时熄灭我，但永远无法一直压制住我想要燃烧的内心！

这一刻我如同醍醐灌顶般悟道了，人有两个我，一个是生物层面上的外我，充满了贪嗔痴三念，包含种种欲望，有欲望就有痛苦。而另一个是精神上纯粹的真我，纵使万界千变万化，我依然能不动如山坚持心中的信念，不受外界干扰诱惑。真我与外我相互交战，各有胜负，经历过暴风骤雨后，我睁开眼即是彩虹。这个时候，我得到了一条答案："归根到底，自我即是地狱，我们都是拿着监狱牢房钥匙却不断试图打开牢房的凡人罢了，我们的一生，就是不断反抗自己的一生！"

作者简介：

王科，安徽省作协会员，宿迁市文联专业作家，代表作《重瞳王项羽》入选宿迁市文艺精品，同名改编有声书由著名主持人薄一潇倾情演绎，上线喜马拉雅历史类精品栏目。

千年古镇高炉记

◎ 王克敏

历史皖北，文化涡阳，高炉古镇，九州名扬。东邻曹市集，北依龙山傍，西至闸北镇，南临涡水浜。似一颗明珠，辉耀道乡。千年古镇，源远流长。阅尽人间春色，历经百代沧桑。名字来历不寻常，相传此地原是临河一家小作坊，主人是姓高的铁匠，砌一小高炉，敲敲打打日夜忙。打些小农具或生活用品，物美价廉，得到方圆乡邻们赞扬。久而久之，"高家炉"名声远扬。再后来"高炉"代替了"高家炉"，成为这个集市之名幌。镇上景观，更引人驻足欣赏。集西圩壕外有关帝庙，庙内塑有关羽尊像，以示人们对这位忠义之士之敬仰。

高炉，庙宇之乡！集上有三宫庙、华祖庙、火神阁，逢会期间香火旺；西有关帝庙、普照寺、弘治寺，寺寺呈祥；贾庙、闻庙、刘庙、黄庙，沿涡东南方向；北有王庙、草寺庙，庙庙有文章。鼎盛时期，寺庙均有庙产供僧人给养。香火终日缭绕，香客祈求安康。

高炉，商贸之乡！古镇曾有"小南京"之美誉，新中国成立前涡河水运一片繁忙。河埠有三个大码头，百家货船，依次停放。装船卸货，一片繁忙。刚酿白酒待外售，外地高粱去酒坊。逆流而上，可至涡阳、亳州、鹿邑、太康；顺流而下，可达蒙城、怀远、蚌埠入淮后驶向八方。向北销往北京和东北，向南销往苏沪浙江。时有百帆竞流，时有纤声荡漾，好一派涡水码头繁忙景象！

高炉，白酒之乡！名副其实，源远流长。自古就有私人酿酒之习尚，据考证，在三国时期，就有20多家酒坊。在民国时期，70多家糟坊。"广和月出酒三千余斤"，"永源公酒千里香"。汇海销量可观，涌泉生意似泉水涌淌。高炉酒在民间早有良好口碑：汉三杰闻香下马，高炉酒十里飘香。高炉气候四季分明，盛产天然五谷杂粮，加之地下水水质优良，酿出美酒，如水晶之色清，如幽兰之醇香，入口甘美醇和，回味良久心爽。

新中国成立后，建立了国有企业，谱写了非常之篇章。曾一度艰难前行，曾一度无限风光。双轮滚滚驰向大江南北，引来唐杰忠、陈道明广告捧场。"高炉家酒，感觉真好"，让多少人想家饮酒诉衷肠。今日之"徽酒"，承前启后，前程"徽"煌。

今天，一花引来百花芳。高炉白酒工业园，姹紫嫣红，各呈异香。多种品牌，闪亮登场。创利增收，为高炉经济振兴增光。

高炉，文化之乡！文化底蕴，悠久绵长。30年代，集北杨套楼岳增峻先生，开办私塾，闻名全乡。高炉小学，历史悠长，成立于1932年，桃李天下，九州芬芳。今日之高炉、林场、杨瓦房、大呼中学各有特色，为高炉教育增色添光。普九学校是省民办学校先进单位，后来者居上。

高炉，名人之乡！高炉人重视教育，文化程度偏上。从高炉走出的人才，遍及县城，华夏名扬。杨友柏、张华昌曾从戎西北军冯玉祥。贾子毅、杨思九、李超人政界要人，李晨事迹在皖北颂扬。

高炉，书法之乡！中国书法家黄树清、杨天叙多次获得国际金奖。张氏家族，门第书香。擅长书法，张济武、张照人、杨洪波各有特长。

高炉，诗词之乡！高炉诗词协会，人才济济，诗来词往。占据涡阳诗坛的半壁江山，辉耀高炉城乡。

高炉，文物之乡！镇北三里路有双孤堆遗址，经专家考证是汉代墓葬群，出土墓碑记载详细。捻军用过的大炮，前几年出土重见日光。

高炉，体育之乡！1975年曾举行过全省农民运动会，令父老乡亲无限荣光。"南学巢湖，北学高炉。"让古镇人激动得热泪盈眶！

高炉，戏迷之乡！重视文化艺术，懂得艺术欣赏。"大跃进"时期建设了戏院，河南多个剧团常来演唱。当年的高炉剧团，泗州戏亦是天天满场。

70 年代，各个大队的文艺宣传队，"八大样板戏"演得像模像样。东刘、刘沟、赵窝尤好，群众纷纷赞赏。

高炉，唢呐之乡！当年杨麻荣班响（唢呐），黄道吉日时常被争抢。现在有麻鼻子、留洋等后起之秀，吹奏加表演外带大音响。

高炉，铁匠之乡，远古高家炉，20 世纪沙麻子，"文革"前铁业社，铁器响当当！

高炉，小麦之乡！现代农业大镇，曾把国家高产攻关试点之重担担当。获得过全国第二、全省第一之佳绩，受到各级领导表扬。

高炉，蔬菜之乡！殷园杨园毛桥张，家家蔬菜生机旺；远销城里和龙山，多数进入大市场。后黄园杨瓦房，塑料大棚展风光，蔬菜绿色纯天然，苏鲁豫皖有市场。

高炉，小吃之乡！杨麻牛烧饼、二洋饭店卤猪蹄包、芦伟绿豆丸、黄小六老豆腐、毛柱卤菜等各有特色，风味悠长。

这些皆彰显了古镇千年辉煌历史，风韵多彩，璀璨闪光。

今日之高炉，青春焕发，一色新装。古朴典雅文昌街一展风采，三纵四横水泥路平整宽敞。大转盘灯塔，晚间明亮。迎宾大道、开放路、顺河路整修一新，新建居民小区赫然耸扬。

鸟瞰高炉商业区，店铺林立，超市堂皇。街上商品琳琅满目，多行有序摆放。顾客盈门，熙熙攘攘。好一派新时代集市繁荣昌盛景象。

今日之高炉，已被列入副县级城镇建设，又一次插上腾飞之翅膀。今日，古镇高炉在美丽涡河之滨，更加神采奕奕，仪态万方！

千年古镇，祝你幸福吉祥，人民安康！

作者简介：

王克敏，笔名王子，安徽涡阳人。中学语文高级教师，安徽省作协会员，著作有《道源乡情》《七彩文学》《诗和远方》《七彩经典语文（教师版）》和《七彩经典语文（学生版）》等 5 部（100多万字），其中前三部被喜马拉雅媒体收录。有个人文学公众号"道源文学"，原创文章 200 多篇。

粮 食

◎ 王秋芝

记得母亲打弟弟那天，是刚吃过早饭，准备去上学。听到弟弟的哭声，我赶了过去。看到母亲拿着一根手指粗的小木棍，抽打弟弟的屁股，嘴里呵斥着："看下次还敢不敢了！"弟弟边呜里哇啦地大哭，边喊着："下次不敢了，再也不敢了！"

闻讯赶来的父亲，夺过小木棍，问母亲为啥打儿子。

当母亲说出打弟弟的理由时，父亲把小木棍还给母亲，让她继续打。旁边的我，却吓得心惊胆战不寒而颤。

童年时，每天早上母亲都会煮两个鸡蛋，一个给弟弟，一个给长得瘦弱，看起来营养不良的我。

煮熟的鸡蛋黄，干硬得噎人，每次都需要喝很多水，才能吃下去。这两个鸡蛋，不是在早饭时间吃，而是吃过早饭，背上书包准备出门的时候，母亲递过来时不忘叮嘱一句："拿着路上吃。"

学校有规定："进校园，不允许吃零食。"就算母亲不叮嘱，这个鸡蛋也是一定要在路上吃完的。

有时候，我会爬到门口的大木头堆上，寻个粗木头坐好，拨开鸡蛋，先掰下一块鸡蛋白放进口中，抬头看着天上的白云，仔细品着鸡蛋白的味道。

可惜，鸡蛋白几口就吃完了，一边回味着鸡蛋白的味道，一边掰一点鸡蛋黄放嘴里慢慢咀嚼。每次情形一样，第三口鸡蛋黄必定是噎在嗓子眼里，咽不下去，又没胆量吐出来。只能不停地咽口水，终于吃下去了。再看手里，还有大半个鸡蛋黄在等着我。

试过把鸡蛋黄拿给父母吃，父母会虎着脸让我自己吃完，必须吃完！母亲说；营养都在鸡蛋黄里面。父亲说；吃了就变聪明了。可是我实在是不想吃！唉！这个纠结了我儿童时代的鸡蛋黄啊！

日子久了，就会想对策，最简单的对策就是扔掉。第一次用纸包着，扔到小树林里，感觉地方不够隐秘，于是捡起来，又扔到柴火堆边，拿了一把柴火盖上。还是不放心，又捡起来，继续找地方，最终挖了个小坑埋了起来。

中午放学就跑去查看，结果发现被小狗扒出来吃了。散落的鸡蛋黄渣醒目地掉落在土坑边，吓得我四下张望，确定没人，赶紧拿土盖上。看来这个方法不可行，需要再想它法。

那个时候，家家门前都有大木头堆，最细的木头，张开两个胳膊都抱不过来。木头与木头之间有很多缝隙，大的缝隙，可以容纳下我。木头下面很隐秘，可以藏很多东西，没看完的小画书，没玩够的玩具，还有最不喜欢的鸡蛋黄。

我暗自庆幸找到了隐蔽的地方，只是没有想到，这也是弟弟扔鸡蛋黄的地方，更没想到有一天早上，弟弟扔鸡蛋黄时，会被母亲发现。自以为万无一失的地方，就这样被发现了。母亲看到缝隙下面有许多鸡蛋黄后的暴怒，可想而知。

没有人知道我也是祸首之一，我逃过一劫。但自那以后，再也不敢丢弃鸡蛋黄，随着年龄长大，煮熟的鸡蛋黄，好像也变得没有那么难吃了。

看着弟弟挨打，胆战心惊的我，记住了母亲打弟弟的理由；不能浪费粮食！

一个学期没上完，我就生病了，休学回家治病，双职工的父母照顾不过来，把我送回皖北乡下姥姥家。姥姥家没有白面馒头，只有黑色的高粱面和红芋面馍。那时候的高粱馍不掺加一点精细粮，没有面筋，颗粒的饼子，很硬，"割"嗓子，实在难吃。相比之下，刚出锅的红芋馍松软细腻，味道有点甜，我喜欢吃。

那天姥姥回来晚了，只做了高粱馍。看到没有红芋馍，我只喝点面汤，放下碗就向外跑，姥姥赶过来，递给我一块高粱面馍。

咬了两口，犹如嚼蜡，实在咽不下去。随手扔到路边，被姥姥看到了，迈着小脚赶上我，举起手就要打。看到我吓得屏住呼吸，闭上眼睛，姥姥的手最终没有落下来。只是长叹一口气，走过去，捡起高粱馍，用手拍拍上面的灰，掰一块放在嘴里，慢慢蠕动着吃完。咽下去后，姥姥跟我说："不能浪费粮食。"

转眼，女儿快满两周岁了，到了幼儿叛逆期。午饭时，我端了一小碗面条给她，她举起手来，把饭碗扣到地上，然后抬起头，一脸倔强地看着我。

我没有说话，默默地收拾地上的面条，放进外面的垃圾桶里。回来的时候，找个一根手指粗的木棍，抱起女儿，按在床上狠狠地抽打，这是自她出生以来第一挨打。我打她的理由，跟母亲当年打弟弟的理由一样，不能浪费粮食！

作者简介：

王秋芝，笔名小轩，安徽涡阳人，公司职员，擅长散文、诗歌创作，作品散见于各类报刊和网络平台。

借　宿

◎ 王先锋

　　我的老家住在一个四面环水的沙洲上。沙洲不大，40多平方公里，人口有上万多人。洲上没有旅馆。

　　记得1974年一个隆冬的晚上，那会儿我才8岁，坐在煤油灯旁边做作业。我父亲虽斗大的字不认得一个，却脸上堆着笑，望着我写字。我母亲呢，在一针一线地纳着棉鞋底。天冷极了，屋外北风呼啸着。

　　忽然，传来轻轻的敲门声。我父亲忙去开门。门外站着一个40左右的男人。那个男人衣衫褴褛，笑着对我父亲说："大哥，我是江苏人，家里穷，来你们这儿谋生。外面太冷了，能不能借你家厨房或柴房歇一晚？"我母亲忙放下手中的活，来到门口说："外面冷，快进屋暖和暖和！"那个中年男人手里拎着一个帆布包，忙不迭地说着"谢谢"，就进了屋。我母亲说："肯定还没吃饭吧？我家人口多，晚上吃的东西也不多。锅里还有一碗山芋，我这就给你端来，充充饥。"那个中年男人还是忙不迭地说着"谢谢"。

　　不一会儿，我母亲端来了山芋，我父亲拿来了一瓶白酒，笑着说："来，喝一杯。"那个中年男人眼睛潮湿了，哽咽道："大哥大嫂，你们是大好人啊！"我母亲赶忙安慰他："别难过，能帮上就帮点。"那个中年男人一口气把一碗山芋吃光了，还把那瓶酒喝了个底朝天。我父母都笑了。那个中年男人不好意思了，说："大哥大嫂，我就不打扰你们了。我现在就去柴房歇息了。"我母亲笑着说："说哪儿的话，怎么能让你住那种地方呢。你就跟我小儿子睡一张床吧！"那个中年男人说："我身上脏，还是……"我父亲说："大兄弟，别这样说，我们都是农村人，我们不会嫌弃你的。"我母亲打来了洗脚水，说："俗话说，男人怕冻脚，女人怕冻手，先洗个脚，驱驱寒！"那个中年男人感动得说不出话来。

第二天早上，当我醒来的时候，那个男人早就走了。

2008年隆冬的一天，我回乡下老家看我母亲。天冷极了，还下着大雪。我母亲跟我二哥过。二哥是农民，家境殷实，住的是楼房。

那晚10点多，我还在陪着我母亲拉家常。我侄儿在家乡的乡政府工作，也陪着。突然，听见有人在敲门。我侄儿开门一看，门口站着一个年过花甲的老人。老人衣着考究，这么冷的天，还西装革履哩。他站在门外，笑着说："不好意思，打扰你们了。我是江苏人，有事耽搁没走成，你们这儿没有旅馆。想找个歇一晚的地方，可以吗？"我母亲已是84岁的高龄了，听了那位老人的话后，踮着小脚，走到门口，笑着说："快进屋，快进，暖暖身子。晚上就住我家。"那个老人就进了屋。我侄儿问："老师傅，你把你的身份证给我看一下，好吗？"那个老人赶紧掏出身份证。我侄儿看后，说："你这身份证是第一代的，早已过期了。"那个老人解释说："我的第二代身份证正在办，还要3个月才能拿到。"我母亲埋怨她孙子："你这孩子啊，别再多问了。快去给这位爷爷打热水……"我侄儿就去厨房了。

我们跟那个老人闲聊着。做梦都没有想到，闲聊中，才晓得那个老人就是当年在我家借宿的那个中年男人！他这回来我们这儿，就是特意来寻访恩人的。老人从皮包里拿出一个袋子，递给我母亲，说："大嫂啊，这是5万块钱，这是我的一点谢意，请笑纳……"我母亲笑起来："我们只是做了该做的，不图回报。我老头子走了好多年了，要是还健在的话，也不会要你钱的……"

大家聊着聊着，很快就到了11点了。忽然从后门进来了两个警察，他们对老人说："有人举报你有问题，请你跟我们到派出所走一趟！"大家都怔住了。我这才晓得我侄儿举报了，怪不得要他打热水，好半天不见人影，原来他是去派出所报案去了。

后来，警察对那个老人提供的信息进行了核实，证实他所说的都是真实的。人约12点钟，老人来我家了。我母亲把我侄儿数落了一通。那个老人劝说我母亲，说我侄儿做得对……

当时，我感叹道："20 世纪六七十年代，人与人之间是多么的信任啊，而这年头人与人之间就缺少相互间的信任和关爱呢！"我母亲笑笑："儿啊，这就是原汁原味的生活哩！"

作者简介：

王先锋，铜陵人。1988 年开始从事新闻报道工作，先后在《人民政协报》《安徽日报》等报刊上发表新闻稿件 300 余篇。在《人民政协报》《民间文学》《安徽日报》《微型小说选刊》等省级以上报刊发表作品 300 余篇并多次获奖。

家居花亭湖

◎ 王晓霞

"翻过座座岭，蹚过条条溪，山水相恋山抱湖，湖绕青山梦相依，美美花亭湖……"一曲《美美花亭湖》，在小城里的大街小巷飘荡着，我是踏着这优美的旋律回到小城的。

我曾两次试着走出小城，去大城市生活，结果都住不惯，仓皇逃回小城。"年来四十发苍苍，始欲求方救憔悴。"回到小城，已过不惑之年，虽没有东坡先生的白发苍苍，但已不再年轻。在外地转了两圈，身心疲惫，内心找不到归属感。此心不安，何来故乡？

花亭湖距县城4公里，沿环湖大道，开车一刻钟就能到达。景区包括二祖禅堂、佛图寺、海会寺、西风禅寺、天华狮子崖、大坝、龙山景区。"哀怀抱绝景，更觉落笔难。"而此时的我，对最熟悉的地方，却难以下笔。

记得上高中时，赵朴初先生回到家乡，在游览花亭湖后，留下墨宝："神驰远景无疆，似尽情领受，千重山色，万顷波光。"那时还没有去过花亭湖，班上有花亭湖灌区的同学，他们免交学杂费，我们从农村来的学生，经济条件都不是特别好，非常羡慕他们能节省这笔钱，无形中，对花亭湖充满了无限憧憬。

由于学业任务重，玩的时间特别少，青春年少，怎能平息那颗躁动的心，还是挤出一个周末的时间，和几个同学一起去爬西风洞，领略湖光山色。我们从学校步行到山脚，再爬到山顶。一起来玩的同学中，有一位同学家就在山坡上。我们从一条不知名的山路往上爬，到他家已经累得气喘吁吁。当时很不解，为什么要把房子盖在这半山腰，出行多不方便，我们爬一次，已经费了九牛二虎之力，他们天天来回跑，又是如何做到的？

同学的妈妈十分热情，做了小蒜粑，在家等我们。每年农历三月三边上，我母亲也会做这种小蒜粑，熟悉的味道是家的记忆。吃饱喝足后，一个个劲头十足，一鼓作气地爬到山顶。凉风吹来，神清气爽。俯瞰花亭湖，波光粼粼。几只游艇，划过湖心，留下一道道优美的弧线，在绿水青山中，灵动缥缈。这是我第一次对花亭湖的印象。

所幸的是，毕业后，我分到了县图书馆工作。我第一次到山里去，正是因为去寺前农家书屋调研工作。完成后去了赵朴初公园，公园依山而建，面朝花亭湖，青山绿水，很安静。旁边的水池里，一朵洁白的睡莲，静静地开着，这么美丽的花儿，只有在这里才能看得到吧？

初夏的栀子花岛，满岛栀子花飘香，坐游轮，几十分钟就到。船靠岸，雪白的栀子花，漫山遍野，沁人心脾。大片的栀子花美极了，花瓣上还有水珠，娇滴滴的模样，惹人疼爱。

沿环湖公路可到百里镇。一路山峦起伏，山的倒影，水的色彩，绮丽清新。雾霭中的村庄，红瓦白墙，是一道道靓丽的风景。山路弯弯，一弯一景，路沿湖转，花亭湖的水，滋养着我们整个大太湖的子民。远远望到狮子山，一峰高耸，蔚为壮观。喝着花亭湖水的人们，心地善良，忠厚朴实，你来了，一定会有宾至如归的感觉。

也就是最近一两年，我沿着花亭湖，跑的地方多了，次数也勤了。百里、百中、弥陀、刘畈、天华……每一次，都有惊喜，都有意外的收获；每一处，都有秀丽可人的风景，都是天然的氧吧，洗涤我们布满尘埃的心灵世界。一年四季，春华秋实，风景各异，把湖光山色渲染得淋漓尽致。我乐此不疲地饱览着美景，尽情享受着这大自然的馈赠。

约三两好友，在夏秋之季，登上天润峰，坐看云卷云舒，在星罗棋布的岛屿中，航行在云海里。天上的星星可以私语，只要你愿意打开心扉，她们或倾听或软语，解开你心头的千千结；迎面而来的风，会给你一个满怀的拥抱，一转眼，躲到叶子的背后，发出哗哗的笑声，你会意捕捉到了她的影子，却发现自己尘世的烦恼，已随风而去，身轻如燕，心旷神怡。只要你愿意，多少个日出日落，她们都会如天使般陪伴着你，带着疲惫而来，满怀愉悦而归，下山后，让自己更好地投入到平凡的生活中去，把日子过得活色生香。

如果不想走远，那么就上西风洞，在山上住一晚，早起看云海，把尘世抛开。当下的自己，一呼一吸中，只有眼前的湖光山色。登高望远，或者在亭宇间散散步，看清晨的一滴露珠挂在草尖上，听松涛的奏鸣，与蝴蝶共舞，和白云挥手。如果没时间来山上住一晚，那么下午下班后，开车到悦心亭，一年四季，看风云变幻，定格美景；再默念几句赵文楷登西风禅寺的诗句，听听李白下棋的故事，都很惬意。

当我再次看到半山腰的房子时，已然明白了高中同学的父辈，为什么会把家安在山坡上。他们正是喜欢花亭湖的山山水水，祖祖辈辈才定居此地，在别人看来，交通极不方便的住所，却是他们心心念念的家园，上山是回家，下山是出游，如何不美？现在，盘山公路处处通，已没有以前的闭塞不便，山坡上的房子，在白云深处，如诗如画，让人向往。

美丽的花亭湖，把太湖的山山水水都串联起来，小景怡人，大景修身，"放歌烟波中，天水一色碧……"看不够的风景，听不厌的旋律，家居花亭湖，吸收天地之精华，书写精彩人生故事，此生足矣。

作者简介：

王晓霞，安徽省太湖县人，供职于太湖县图书馆。主要作品有散文集《岁月静好》。

诱人的季节

◎ 王　醒

　　一晃 365 天过去了，地球依旧在不停旋转，岁月依旧无情在流逝，东边日出西边雨，漫天雪舞。季节仿佛成了一幅画，任时光之梭往返穿越，让岁月泛滥成一片绚烂，鹅黄吐绿。花儿开了，一个初始的季节，带着诱人的芬芳来了。

　　每一次季节的翻新，都是一次洗心革面，鬼斧神工般的呈现，仿佛就是一次伟大的孕育，将一个季节刷新成一个梦，一个蕴藏着无限生机的梦。不论是在高山之巅，还是在谷底沟壑，即使在百年的庭院深处，春风一缕胜暖阳，花开无处不芬芳。

　　3 月的风，或许还残留有一丝寒意，绵绵细雨之中，似乎还遗存着冬天的影子。当惊蛰的钟声响起，魅力四射的 4 月，必将春情涌动，所有的生命都将被蓬勃催生。满树嫩绿绽满枝头，鲜花点点随风动，犹如团团燃烧的星火，促人兴奋，让人心动。

　　一个容易让人冲动的季节，一个特别性感的季节，到处都充满生机、充满诱惑。不论是湿地公园，还是在环湖的林荫下，到处都有迎春人络绎不绝的脚步。与其说他们是在和春天对话，倒不如说他们是在感受着似水的青春年华。

　　天空中翱翔的鸟儿，在云雾中自由穿行，仿佛像涅槃重生的勇士，在浩瀚的天际间，感受生命存在的意义。或许它们会觉得自己渺小，但它们却是大自然不能缺失的一分子，是人类最亲密的朋友，有它们的地方，才配得上"鸟语花香"的赞誉。

　　车水马龙，高楼林立的城市；山清水秀，美丽富饶的乡村；在艺术家的眼里，就是阳光明媚的春天。不论季节有情或无情变化到什么程度，春天的花朵一定会开放，世界将焕然一新，更加精彩。

五彩缤纷，不仅是季节变换的色调，还是春天韵味无穷的符号，百花齐放，万紫千红，都是个性的绽放。每一次循规蹈矩的轮回，都让人记忆犹新，每一次重蹈覆辙的经历，都将刻骨铭心，没有雨露的滋润，哪来春天可贵的美丽？

其实，季节的变化已司空见惯，"二十四节气"已作了充分的概括，万变不离其宗。倒是我们自己应该反思，又一个春天来临，逝去的岁月里，你都做了什么？未来的日子里，你又将做些什么？唯有懂得季节诱人的初衷，才能明白生命存在的价值。恋春的人啊！千万别轻易陶醉！

都说春天来了，可我没发现身边的景色有多少改变，只是隐约觉得还有点冷。行走在岁月磨砺的情境之中，季节的变化如同古城史书中的脉络，从远古悠然而来。清风古刹的钟声，犹如古往今来的绝唱，流动的是水，惊起的是风，涟漪不绝的河面上，荡漾如梦似歌。

其实，岁月就是一首歌，而我注定就是天边的那一颗流星，或是浊流中一个玩世不恭的水手，风潇雨瑟的岁月若将我模糊成一片文字，即便生动，终将是一首失传的歌。

伫立在风平浪静的清溪河边，察看随风摆动的柳条，才发现枝头上的嫩芽儿都露出了尖尖角，这是一个季节焕然一新的信号，春天来了。虽然清澈的河水没法漫过我的头顶，但岁月的激情已开始随波逐流，任时光飞逝，梦语有声。

望着一条充满着故事的河，思索着那些逝去的岁月，人的生命是多么短暂啊！徜徉之间，人生竟然到了老泪纵横的程度。依恋是对故土的一片情怀，惜别是对故土的一种眷念，蓦然回首，才知没了归期。于是，便沿着一条中规中矩的路唯我独行，坦荡如一种境界，因你而生。

虽身临其境，却不知清溪河水之深浅，或百丈，或千尺，唯见河水默然向东。能有什么比短暂的生命更永恒？唯有山川之气势，流水之缠绵，源于磅礴。

翻开一页页发黄的史料，地图册上那一点转瞬即逝的曲线，可谓清溪河水淡淡的回眸，若涟漪成了春色，那一定是岁月真情的流露。我虽无心去触碰景色，却愿用心去感受一次岁月的轮回，和风中，我似乎闻到了春天的味道。

这或许是我人生中最喜欢的味道，可称之为生命的味道。若哪一天我将离去，亦希望在未来不见我的日子里，清溪河水仍将清澈，犹如我存活时的情有独钟，若厚积薄发，那便是一种爱在死灰复燃中的升华。

作者简介：

王醒，笔名天韵之润，安徽歙县南乡人。20 世纪 80 年代后期至今，陆续有诗歌、散文等文学作品呈现于省内外报纸杂志以及网络。出版有诗集《漫过秋天的黄昏》。

我的母亲

◎ 王族昆

母亲生于乱世，5岁那年，她就被送到我家当童养媳。一个5岁的孩子，被饥饿，被亲人，被命运，赶到了一个陌生的地方，她一路上有过这样的撕心裂肺，她才来时有过怎样的凄惨号哭，我不敢想象。

5岁的母亲负责看牛。在牛的眼里，这个5岁的女孩该是多么渺小，它会听她的话吗？晴天还好，一遇突来的风雨，泥泞抓住了她的鞋子，狂风击飞她的雨伞，大雨浇透她的衣服，她该是怎样的哭喊，或是饮泣？我不敢问。

牛要吃露水草，看牛就必须起得比别人早，早饭后才能回家。回家后，饭已经冷了，菜已经快尽了。5岁的女孩，顾不得手上的泥、身上的湿，顾不得心里的苦，顾不得已经觉醒的尊严，她要喂饱自己，她踮着脚，趴在桌沿上，吃着残汤剩饭。日复一日，年复一年。5岁的女孩就这样慢慢长大了。她接受了自己的命运。她是一个勤劳的女孩，早晚看牛，白天随祖母锄山挖地，阴雨天和夜晚随祖母习练女红，学做鞋做袜，浆洗缝补。

20岁时，母亲生我，那天母亲照常下地干活。在那样的时代，母亲有没有做足月子，坐月子时有没有得到好好的休养照料，我不敢想。我只知道，母亲一共生下了我兄妹5人。同样的苦，母亲经历了5次。

祖父母老了，母亲挑起了家庭的重担。父亲是基层干部，多不着家。生产队成立后，母亲被选上了妇女队长。白天，母亲带领全队妇女集体劳动；晚上，母亲拖着劳累之躯，在昏黄的煤油灯下纳鞋底、补衣服。我童年的回忆里，总有隐隐约约昏黄的灯火，母亲的影子疲惫地伏在地上。夜静极了，狗的叫声已经模糊。

母亲通达，大气。父亲是个老基层，那阵运动频繁，基层干部的家庭就成了接待站。虽然家境贫寒，但母亲热情好客，倾尽所有。至今我还记得一个腊月三十的早上，三四拨群众来找父亲办事。到饭点了，事情还没办完，母亲就将做好的饭菜尽他们先吃。我还记得当时心里的委屈、恼怒，母亲抚摸着我们的脑袋，微笑着说，想想啊孩子们，如果换作我们在别人家呢？

五世同堂了，母亲笑得就像金秋的菊花。祖父祖母去世得早，照料曾祖母的任务就落到了母亲的身上。母亲虽然已是做奶奶的人了，但对曾祖母总是事必躬亲，端茶送水，熬药递汤，不厌其烦。十多年前，父亲患上了脑炎，出院回家后，完全痴呆的父亲，又成了母亲的负担。每天给他穿衣起床，脱衣睡觉，帮他洗漱，帮他端饭夹菜，帮他倒水递茶，定时拉他起夜，几百个日子，母亲没吃过一顿安稳饭，没睡过一个囫囵觉，没有一句怨言。我的母亲啊！

母亲75了，她老了。我多次想把她接到城里来跟我一起住，可是她不肯，她离不开土地，离不开故园，我也只能顺着她。我虽然年逾半百，可母亲依然惦记着我，惦记着我的儿子。每次回家看望时，母亲总是拉着我儿子的手，笑着说："快给我添一个重孙子啊！"母亲的笑是金色的菊，灿烂，柔软，温暖。那个5岁的小女孩就像一粒菊花的种子，经历了料峭的春，走过了繁茂的夏，在这美好的秋天开出了禅意的花朵。

作者简介：

王族昆，《安徽吟坛》之《古岳风骚》栏目主编，《惜字亭诗刊》常务副主编。出版诗词集《黄柏山人吟草》和文集《青灯红烛映韶华》。

五小时和二十一天

◎ 吴昌来

1941年1月，父亲和两位伯父，推着一辆独轮车，车上，一边坐着我的奶奶，一边挂着装满行李的竹箩。他们开始了长途跋涉。

这一晚，他们投宿在一户农家。主家给他们安排在灶间。打一个地铺，再铺上自带的被子。半夜时分，忽然响起敲门声，那时兵荒马乱的，主家迟疑着问话。敲门人站在屋外，跟主人商量，说他们自己带着米，借一下锅灶用用，煮两锅饭，吃完就走。

主家点着了油灯，父亲他们醒了，一阵杂沓的脚步声。进屋的都是当兵的，身上都背着枪。他们并不多话，对着父亲一家人温和地笑。有人淘米，有人烧火，很快，米饭的香味飘开来。

当兵的都瘦，衣裳破旧，有的人只穿一条单裤。正是一年中最冷的时候，寒风凛凛。那些当兵的贴在锅台上取暖，有的人伸手往嘴边哈一口热气，双手互搓。有的人打着哈欠，揉眼睛。看得出来，他们奔走了很久。

灶间渐渐挤满了人，父亲他们连忙起身，有位领头的说：老乡，你们安心睡，我们吃了饭就走。他们正准备吃饭，忽然传来一声命令："全体马上开拔。"有人立马揭开了那两口大铁锅，他们排着队，人手一个搪瓷缸子，依次挖上一缸子饭。父亲数了一阵，三十人左右。有一位小战士因为着急，肩上的长枪滑下锅台，大锅被砸了一个缺口。

这是个小山村，只有几户人家。那晚，这支部队在每家都煮了两锅饭。粗略估算，一百多人。部队走后，主家在锅台上发现了三块大洋。

已经凌晨了，父亲他们摸索着起身。最后出门的那个军人伸手一指灶台，说锅里还有不少饭，你们吃饱了再走。父亲他们头天晚上只吃了一点炒米，这时闻到饭香，便不再客气，每人吃了两大碗。

皖南事变发生于1941年1月6日，算父亲他们的日期，对得上。当年父亲十七岁，他认得那些军人的臂章中有一个"4"字。

又过了几天，父亲一家走到繁昌地界，这里有一座绵延的岗头，小山上树林繁茂。他们被一队当兵的拦住了，说前面不安全，让另走一条路，他们只好原路返回。临走时，一位领头的军人喊住了父亲，送给他们一袋大米。

其时，父亲兄弟三人中，只有二伯身体稍壮，大伯和我父亲都患有血吸虫病，一个脖子粗大，另一个肚子肿胀。独轮车上坐着我的奶奶，老人家白发苍苍。可能是这一家人艰难的样子，引发了那一队军人的注意。这一次，父亲留心观察，拦路的军人跟那天晚上见到的一样，臂章中都有一个"4"字。

有了这袋米，父亲一家每天中饭煮一锅饭，早晚只吃点炒米，支撑着回到江北的老家。后来，父亲和二伯多次提到送大米那位军人，中等个头，左脸有一道明显的疤痕。

回到老家后，奶奶和大伯相继去世。父亲跟着二伯辗转来到庐江县境内打长工，最后定居在庐江县同大圩。1949年初，解放军集结在长江沿线，需要大量支前民工，听说解放军就是当年的新四军，父亲和二伯主动报名，推上了那辆独轮车，想着去当面向恩人致谢。俩人跟着浩荡的支前人流，来到距长江不远的无为县襄安镇。这里驻扎大量部队，那些军人忙忙碌碌，穿梭不停，哪能找到那位左脸有疤的军人？交过军粮后，两人找了一圈，只得怏怏返回了。

回来后，父亲成了土改积极分子，后来加入了中国共产党。先后担任过互助组组长、初级社社长、农业大队大队长等职务。1970年代后期，父亲因为年龄的原因，正式卸任支部委员。离任清账时，账面上有父亲的一笔借支，一块八毛钱。母亲听说了，当夜出门借钱，还清了欠账。

有一次，全区召开党员大会，父亲步行几十里赶去参加，那时，他已经六十多岁了，回来后已是半夜，父亲笑吟吟的，像遇见了故交般高兴，他总是以自己是一名共产党员而倍感自豪。父亲离世那一年，正是 2000 年，党龄 45 年。

说来也巧，二伯和父亲是同一年去世，我父亲是 2000 年春天，二伯迟了几个月，于当年农历五月逝世。

新中国成立后，二伯再次返回旌德县。成了家，做了队长，日子过得很好。问起当年遇见新四军的事。二伯抽一口旱烟，悠悠地看向远方，说："共产党的部队，都是好人喽。"

二伯和父亲只是平凡的农民，是新社会给了他们做人的尊严。那次返乡途中的两次遇见，打开了他们懵懂的世界，让他们见识了另一种人。这种人，甘愿为老百姓抛头颅、洒热血。

今年的清明节，我会选择一条新的线路去皖南。自合肥出发，经巢湖市至芜湖市二桥，转芜黄高速，经繁昌、南陵、泾县至旌德县。按里程推算，全程不超过五小时。

也许，这条新路，就经过父亲他们当年走过的地方，甚至能穿过新四军战斗过的地方。现代车轮与当年的足音，一定会高度重合。当年的 21 天徒步和今天的 5 小时车程，年代不同，方式不同，但今天的坦途，却发脉于当年的奋斗。

我们永远相信信仰的力量，相信精神的感召力。它胜过无数次空洞的说教，它能让人无所畏惧，能让人一辈子心甘情愿，无私地奉献。

作者简介：

吴昌来，安徽庐江人，在《长江日报》《新安晚报》等报刊发表作品若干。出版散文集《乡村记忆》。

茶里人生

◎ 吴 超

　　午后的阳光把淡淡的忧伤洒满阳台。我是从这份感触里知道秋天真的来了。

　　我也需要一杯茶，唤醒自己，或找回自己。抑或其他……给某种信息以回音。一壶热水，可以让茶叶翻腾。忽上，忽下，似乎踩着了心脏的韵脚，合规律，又不合规律，沉沉浮浮，如同四季，恰似人生。

　　如果命中注定遇见一壶热水，我愿意在透明的杯盏里舒展自己，快乐地再活一次，哪怕最后淡为渣滓被弃于黑夜。有了刻骨铭心的过程，就已足够。如果我还可以遇见因我而重生的叶子，我会煮沸自己，倾尽所有的热情拥抱每一个细节，不离不弃。哪怕淡出时间，我也会慢慢回味。掀盖走香，闷盖叶黄。这之间隐藏着多少真诚，又多少的怯懦。追求着两全其美，需要煮茶人的功力和态度。

　　茶的本心是愉悦品茶的人，品茶的人若是真的懂得，那是最好的慰藉。倘若一壶好茶只被浅于闻香或远观，那才是对采茶人与煮茶人最大的伤害。

　　当然，一壶好茶，必须色香味俱全——水要沸腾，杯要洁净，手要绝尘，才能不负上等的茶叶。若有清风明月做伴，古乐曼舞左右，其佳！可人生哪有如此如意之事？想象一次也未尝不可，至少，此时的你是快乐的，甜蜜的；我也是快乐的。茶香在初秋的云朵里氤氲，归去，来兮，都在生命里生长着。

　　生活是一张网，多少人都在奋力挣扎，企图挣脱。每个人都希望过上幸福的生活。其实，幸福其实只是一种感觉，一种不是每个人都能体会到的感觉，与贫富无关，与身份无关。或许，你正在幸福之中，被爱你的人默默地爱着……

在这竞争激烈如战斗的时代，每个人都在努力追求自己的事业。于是，收入、职位便被锁定为奋斗的目标。然而，夜阑人静之时，你扪心自问过："我幸福吗？"我感觉，我把以前的快乐弄丢了！以前，也许我的口袋是干瘪的；如今，我的心开始干瘪。快乐都去哪儿了？

最让我庆幸的是与她美丽的邂逅，幸福的邂逅。她是我暗夜中点亮的明灯；抗旱时遇到的甘霖。是她，用上等的紫砂壶过滤着我这捧混浊之水，还似饮着甜蜜。我，也就慢慢地变回清澈，慢慢地找回快乐的味蕾。

君子之交，大概如此吧。距离产生着美，也体现了我对他人的尊重。君子的力量永远是行动的力量，而不仅语言的力量。刺猬在分了又聚、聚了又分中找到了一个适度的距离，既可以取暖，又不至于被刺痛！伤了自己，又伤了别人。星星因为有了不远又不近的距离，才可以彼此照亮，又不会彼此羁绊。

我开始爱着生活，更爱我爱着的人。我将沿着心中的轨迹，怀揣幸福向前；向着我想要的山峰攀缘，抵达理想的顶点。把我有限的人生活出无限的意义，才是生命的意义。

把苦涩的时光品出甘蔗的味道，才是一场真正的修行。

作者简介：

吴超，先后在省市级报刊发表散文60余篇、诗歌近百篇，其中散文代表作有《茶里人生》《老枫树》等，诗歌代表作有《阳光的幸福》《我们一起》等。

望 江 潮

◎ 吴少伟

　　迎着初冬黎明清冷的微风，穿过正从睡梦中苏醒的城市，我一路赶到江边，只为望一眼阔别数月未见的大江。说是数月未见，其实我知道，她一直静静地流淌在我的身边，每天黎明临窗迎面拂而来的晨风里，都是她不变的气息，每晚梦中萦绕回荡的，都是她汩汩的涛声。

　　穿过防洪闸门，一股冷冽清新的风扑面而来，穿透整个身体，风中裹带的还是熟悉的味道，我不觉精神一振，加快脚步。天未破晓，江面昏暗中弥漫着薄薄的雾气，几艘平底水泥货船仿佛几条水怪穿梭在江面上，桅杆上闪烁的警示灯仿佛掉落凡尘的星星，冲我眨着眼睛，唾手可摘。沿着堤坝的台阶拾级而上，我踏上江滩，最近距离地亲近江水。枯水期的江水已经低至防护堤下七八米处，露出细沙沉积柔软的江滩，层层细浪冲刷着江岸，发出"哗哗"的声响，那是一首传唱了几千年中华民族的摇篮曲。

　　右边不远处港口的天空灯火依然耀亮，趸船憨厚敦实，日复一日地迎来送往，几盏浮标灯像不倒翁在江水中摇晃，一艘领航船打着信号在江面上灵活地游弋，航标塔上的航灯像一名忠诚的卫士，警惕地瞪大双眼，一刻不停地紧盯着浩荡的江面，进港的货轮发出的汽笛悠扬地回荡在波涛之上，唤醒睡眼惺忪的大江，呼唤着天边羞涩的霞光。

　　万里长江此封喉，吴楚分疆第一州，相传东晋诗人郭璞登山四顾，遥指此地说："此地宜城。"秀美宜城积累了厚重的历史文化，这里是中国文坛散文流派"桐城派"故里，是中国五大戏曲之一黄梅戏的发祥地，是京剧鼻祖徽班的摇篮，这片土地诞生了新文化运动先驱陈独秀以及两弹元勋邓稼先等无数历史名人，这里还创办了中国第一个近代军事工业企业——安庆军械所，是中国近代机械工业的开端之地，这里近代科学家华蘅芳主持制造了中国第一艘轮船"黄鹄"号这里曾是太平天国的西边最重要的屏障，安庆的陷落，是太平天国运动失败的开端。

曾经的港口不复往昔的辉煌，不复儿时中梦见的模样，它几乎完全沦为了货运码头。从 2005 年开始，长江自宜昌以下，已经没有了用于客运的轮船，它们已经被飞架南北巍峨的长江大桥和密匝匝纵横交错的高铁及公路交通网所代替，成为时代的记忆。而作为华东区域重点城市，联动长三角经济带，我始终相信，这座古老的客运码头终还会有那么一天，能再次停泊巍然驶来的客轮，迎来熙攘的人流，上江下江。

但在那之前，这繁忙的港口就是远方的起点，年轻的父母为了开阔孩子的视野，增加阅历，带着儿时的我们从这里出发，或坐在父亲的肩头上，或死死地拽住双手拎着行李的母亲的衣角，眼中透着怯生生的目光，亦步亦趋地跟随人流，穿过检票口，走在厚重的甲板上，甲板发出噔噔噔凌乱且沉闷的轰响，登上拥挤的趸船，等候江轮泊岸，我瞪着好奇的眼睛看着粗重的船锚沉入江底，水手们将像我胳膊一样粗细的缆绳熟稔地缠绕在定位桩上，然后放下跳板，登上江轮，上溯汉浔，下游沪宁，领略浩渺的长江，品尝各地的美食，游览祖国壮丽河山。那时的我能数出武汉以下沿江所有的港口名称，还有武汉的热干面，芜湖的瓜子，采石矶的茶干，南京的桂花鸭，还有我们安庆的胡玉美蚕豆酱，那些都是我们青少年时期里最难以忘怀的美好记忆。

在我们这些生于长江边，每天枕着江涛入梦，喝江水长大的孩子的意识里，长江不仅仅是一条江，她既是一种情怀，还是一种寄托，更是一种记忆。记忆深处就是对她抹不去的无限的眷恋，那种眷恋不是短暂一时的，而一定是贯穿生命始终，已经沁入血脉，不管身在何处，都魂牵梦绕，无法分割了。

作者简介：

吴少伟，笔名迭戈，作品发表在起点中文网、17K 小说网、《脊梁》《诗歌月刊》《国家电网报》《亮报》等各类网络文学平台以及文学期刊上。

春 风 帖

◎ 吴小亚

文雅的表达中，牛舌头称作"撩青"。辛丑年的牛性子急，将它的撩青伸入庚子年，绕过小年，直达腊月二十二，还真撩到了浅浅的青绿。

这个庚子年，山河大地黎民苍生都很辛苦。农历十一月，天气奇寒，很多地方都用"××年未遇"来记事，以极言庚子年的不同。但到了腊月，天气却忽然暖和起来，又有人开始调侃羽绒服白买了，但是心里还是相信：这只是暂时的，肯定还要冷的。比较老派的人看着空中明艳艳的太阳，胸有成竹地淡然说道："雨雪年年有，不在三九就在四九。"可是，他的预言没有被证实，春天就在"寒冬腊月"来临了，并且师出有名名正言顺，其旗号曰"立春"。

腊月纠结着，立春也纠结着，到底该听谁的呢？是应该寒风萧萧白雪飘临，还是应该柳绿桃红莺歌燕舞？就在此时，风吹过柳枝，弯出一道道妖娆的弧线，苍蓝冷硬的天空，立即生动起来，似有波光潋滟。腊月傻眼了：这些撩人的狐媚子，原来一直在偷偷练着柔软的腰肢啊！罢罢罢！春天的渗透早已开始，与其签城下之盟，不如干干脆脆利利索索地交出岁月的令牌，隐身到大地深处。

春风接管了大地。它在一夜之间便将各类令牌发放下去：水须清凌凌，须淙淙，或汩汩，或潺潺，或哗哗，或滔滔，各按其性；草须青碧碧，须离离，须萋萋，须默默。即使近却无，遥看也须有草色，暗合写意的水墨山水；花须灿烂烂，须夭夭，须斑斓，须浓烈，须迷人眼，须杂花生树，须斗艳争妍，须将绿色的大毯缀上五彩七色；燕子须呢喃须将天空剪出最好的形状，早莺须争树须投梭，白鹭须站在水田边梳理羽毛，且须单脚而立，至于麻雀、灰嘴鹊、红嘴雀等等，争食竞飞之余，须以欢叫为歌，或唧唧，或喳喳，或啁啾，或嘤嘤，或啭啭，或啾啾，如此热闹，才能为春天暖场，才能让那些睽违已久的花草，在这热闹闹的氛围里，在蓝天白云之下，幕天席地地畅叙离情，倾诉衷肠。

春风多情。泥融飞燕子，沙暖睡鸳鸯。春风吹软了冻土，以方便燕子筑巢，好让它们软语相向，好让它们生出绵软软嫩黄黄的小燕子，张着夸张的嘴巴，呀呀地叫响春天。春风吹动着鸳鸯脖子上的羽毛，微痒的感觉令它们微眯双眼，迷离慵懒。春风岂会不相识，所以入罗帏，是为掀开久闭的帘子，让她看一看燕草如碧丝秦桑低绿枝，让她看一看折柳的河边，或系着白马，或有人晓风残月摇橹欸乃而来。

春风多才。春风如绘客，一到变繁华。如何变？"东风便试新刀尺，万叶千花一手裁。"细叶谁裁出？当然是春风。繁花谁催生？当然是春风。叶有千万种，谁见世上有两片完全同样的叶片？花有千万属，谁见人间有两种完全同芳的花瓣？形必不同，色必不同，时亦不同，香也不同。心该有多少窍，手才有如此巧？心该有多少褶皱，才能藏得住如许多的珍宝？

春风多智。吹面不寒杨柳风，不仅不寒，且亦不热。春风骀荡，春风浩荡，如此却不予人以"强烈"的印象；春风吹开花千树，先裁杨柳后杏桃，却不予人以"淫巧"的印象；春风吹又生，桃花依旧笑春风，春风看透生死看惯离别，却不予人以"淡漠"的印象。春风和煦，春风温暖，春风行中正之道，不偏不倚。

春风慈悲。似曾相识燕归来，似曾相识的，又岂止是燕子？还有无数的花，无数的草木。一切都似曾相识，俨然去年、前年，也必然如将来一样，让人想起"轮回"。大轮回里藏着小轮回，各有各的轮回。一切都似乎沿着看不见的幽深隧道，穿越而来；或是沿着看不见的水路，迢迢而来。杆子是叶子停靠的河岸，花萼是花朵驻留的道口。春风是大地的大祭司，它的长袖，是唤取万物归来的幡旆，猎猎作响。

如此美好的春风。

作者简介：

吴小亚，安徽潜山人，爱好写作，散文、小说、报告文学作品散见于各省市报刊。

粉　丝

◎ 吴云峰

　　辣油、海带、鸭血旺、蘑菇再加山芋粉丝煮熟后，加上驰名遐迩的芜湖调料，地道的芜湖鸭血粉丝不吃完都懒得抬头跟人说话。

　　当然，我所说的"粉丝"是山芋粉加工成的墨绿色线状物，也可以理解为用山芋淀粉做成的面条。吃前凉水浸一下，或是开水烫一下再用冷水浸，切断，或是不切，用来跟豆芽、肉丝炒，这就是炒粉丝。跟包菜、肉一起炖，类似于东北的猪肉炖粉条。放在火锅里，那就是烫粉丝——比里面的肉还好吃。肉末加粉丝，做出来就是蚂蚁上树。鸭血粉丝只是其中的一种美食罢了。

　　老家在丘陵地带的乡下，山地多，水田少，农作物主要是山芋，农产品也主要是山芋粉丝，所以，粉丝的生产过程我是了如指掌。山芋从地里挖出来后，首先洗干净，然后用机器碾成渣糊。在地上挖出一个又长又宽的槽，铺上干净的塑料薄膜，在地槽的上方搭起支架，挂上一个十字架，在十字架的四个端头拴上干净纱布的四角，再把山芋渣放进纱布里，用水冲洗，这样，淀粉就随着水流从纱布的缝隙流到地槽里，经过沉淀后，把地槽表面的水放掉，山芋粉就出来了。粉晒干后，加清水成糊糊，放到有抽屉的蒸笼里蒸熟，出笼后，山芋粉成了山芋饼，再用刨丝刀把饼刨成丝，再晒干，至此，山芋粉丝才算生产出来。

　　因为了解粉丝的制作过程，所以我买粉丝是有选择的。我必定要看粉丝的颜色。真正干净的山芋粉丝色泽是墨绿色的，市场上有些山芋粉丝颜色浅而剔透，其实是用硫黄熏漂出来的。一些不法者为了卖相好看，特意用硫黄将其熏漂一遍，粉丝立刻变得又亮又晶莹，但粉丝也就有毒了，但不了解的人看卖相，这就恰恰上了当。

从吃的食材到专有名词，粉丝的身份转换令人瞠目结舌。粉丝原名"追星族"，郭达蔡明赵丽蓉老师合演的小品里，对此有形象的表演，想了解初期追星族者，可以欣赏一下。"粉丝"显然是音译外来词，由英文"Fans"而来，囊括歌迷、影迷、戏迷等一切"迷"，从果腹的食物到人们"圈"之若鹜的流量计，世事变幻令人目不暇接。

地里的粉丝制作复杂，需要付出太多的汗水，但是它却能给人带来舌尖上的美味，带来营养，带来对这个世界由衷的感恩。商家——是的，"商家"，不管是什么形式，最终都是要吸取流量，最好是形成自己的 id，培养"粉丝"，形成粉丝群，形成粉丝文化。食物粉丝需要炒烹炖煮，商业粉丝也需要，不过它的做法叫"炒作"，什么婚恋、劈腿、隔空秀恩爱等等，制造热点和话题，让粉丝们趋之若鹜。

"粉丝"们为什么喜欢"偶像"，原因一定非常复杂。萝卜青菜各有所爱，其实只要不过分疯狂，也属正常。但是，为之"辗转反侧，寤寐思服"，那就是病了，就像吃了硫黄熏的粉丝一样。不说某位果粉，割肾买手机了，就说刘德华的女粉杨丽娟，一辈子追求刘德华，累及家人倾家荡产，终致其老父投江自尽。华仔不胜其扰后，叹曰"我不杀伯仁，伯仁却因我而死……"，这已经很荒诞了。

商家对社会是有责任的，是粉丝养活了商家，商家应该提供优质偶像，而不是用硫黄熏出来的、看上去亮晶晶其实有毒的，譬如说吴某凡，需要打造像钱学森、袁隆平这样的偶像，引导社会向善向美，打造出健康的粉丝文化，形成良好的粉丝精神。

粉丝自己对自己也有责任。要看清偶像的成色，拒绝有毒的，远离无营养的，追求阳光的、正能量的偶像，让自己成为亮晶晶的粉丝。

作者简介：

吴云峰，笔名红杨树，安徽芜湖人，公职律师，安徽省作家协会、中国散文家协会会员。先后在《清明》《安徽文学》《作家天地》《农民日报》《中国健康报》等省市级纸刊及"同步阅读""黄河文创"等自媒体发文 130 余篇，获各类征文奖 21 次，公开出版散文集《江畔古树别样红》、长篇小说《烽火孤鹰》等。

高铁驰过

◎ 夏仁杰

潜山通高铁后，家乡就有列车驰过了。

山坡上远望，高铁如箭，呼啸而过，往事穿山越谷而来。20世纪八九十年代，家乡交通十分闭塞，只通汽车，火车要到合肥去坐。外出打工要想坐火车，都要起早摸晚，大约要用一天的时间。

半夜的乡村极其静谧，忙碌了一天的乡亲们还在酣睡，我们悄悄起了床，背起行囊，披着星光，踏着清露，步行十几里路，来到潜山县汽车站候车。登车之后，经怀宁，过桐城，穿舒城，经肥西，一路多是土路和沙石路，跌宕起伏，到达合肥汽车站要4个多小时。出汽车站后，再走一段路，乘公交去合肥火车站，行李累赘，常被人蹙眉侧目。三转四拐，半小时后终于到达合肥火车站。再去排队买票。像我们去北京打工，当天的火车票是买不到的，只能是买转乘车票，要么是路途中签证转车，要么是露宿合肥火车站广场上，这是常有之事。

每次年关回家过年时的历程，更是一言难尽，要是遇上雨雪天气，那就会更慢、更难。最令我难忘的是20年前的一场大雪，纷纷扬扬下了20多天，小年已过，天仍然尚未放晴。那年，我在河南林洲打工，那是一个偏僻的山区县城，不通火车，仅有的汽车站也暂停发车，大年将近，我急得如热锅上的蚂蚁。正在束手无策之时，一位老乡找到了一个顺风货车。司机念我们回家心切，勉强答应带上我们，我欣喜若狂，感恩不尽。

山道弯弯，崎岖盘旋，一路上的雪景无心欣赏。带着防滑链的车轮，仍然有时原地打转，有时滑滑溜溜，坐在货车车厢内，摇摇晃晃左碰右撞，望着车厢外峭壁悬崖，真是摄人心魄。我们冒着生命危险，义无反顾地往家赶，寒风凛冽，身如水浇，也毫不畏惧，只嫌车速太慢，心急火燎，恨不得插翅飞翔。

原本只要3个时辰的路程，我们却整整花了一天时间。一路艰辛来到郑州火车站。瞭眼望去，站里人山人海，好不容易挤到了售票厅，排了大半天的队，还算幸运购到了第二天至合肥的无座站票。翌日下午十分艰难地挤上了火车后，看到车里挤得让人绝望，虽有立足之处，却无移步之地。站了十几个小时之后，已是深夜时分，腿脚发麻，眼皮打架，我顾不了尊严，一头钻入他人座位底下，侧身卧倒，不几分钟就进入了梦乡……

到合肥下车，再转坐汽车至潜山县城已是华灯初上，街上行人极少，客车无踪，爆竹声声如雷震耳，烟花四起美不胜收，街坊居民的年夜饭正在进行。寒冷与饥饿同时向我袭来，回家的急切情，迫使我加快了步伐。路上的积雪被车轮辗得坑坑洼洼，走在冰天雪地的路上，借着雪色微光，我深一脚浅一脚地急行，跌倒再爬起，虽是寒风扑面，却大汗淋漓，人在路上，心早已飞回了家里……

年夜菜冷了又热，热了又冷，妻儿倚门已久，焦急恐慌。当我出现在家门口那一刹那，两个女儿猛然扑到我的怀里头，我不争气的眼泪夺眶而流，是累疲、是苦痛、是高兴、是激动……百味俱全。

光阴如流，岁月如歌。如今村村已通公路，公交串起乡村。城际快巴，无缝对接；高铁驰过，瞬间抵达。速度缩短了距离，速度浓缩了时间，速度增加了便捷，速度让我的心也跟着飞扬起来。

高铁驰过，如鹰过长空，如马驰平原。心有翅膀，盛世飞翔。

作者简介：

夏仁杰，笔名筱樟，其报告文学、散文、随笔、诗歌、古诗词等300余篇（首）刊登于《中国文艺家》《中国乡村》《中国教师》《中华文学》《中华诗词》《今古传奇》《散文百家》等省内外报纸杂志，且有多篇作品获奖。

永远的小庄

◎ 肖　龙

1

路过小庄，小庄已经消失了踪影。

在我离去的无数个日子里，我偶尔会路过小庄，但只是路过，不曾深入其中一步。透过小庄的入口，我看到小庄蓬勃着荒草，无数只鸟儿在小庄里欢快地舞着、叫着，叫声中我分明听到了一种呼唤，一种留恋和不舍。

可是，某一天，小庄突然抛下了我，抛弃了我所关于她的一切记忆，消失得无影无踪。在我面前的，那些小路终于摆脱被踩踏的命运，恢复了土地应有的模样，蓄满了翠绿色的长发；那些颓圮的茅屋，被冰冷的现代化机械推倒后，也全部归于土地，再次成为万千生命繁衍蓬勃的沃壤；那些竹林，那些枣树、杏树、柿树、桃树，被齐刷刷斩断了与土地的联系，告别了根植多年的小庄，不知所踪。

还有无数我叫不出名字的鸟啊雀啊，还有我的那些亲人，他们都已不见。

爷爷奶奶故去得早，他们在我还未来到这个世界前就已经告别了这个世界，故乡于我来说是陌生的他乡。我是在小庄的怀抱里长大的，我把小庄当成了故乡。我的幼年和童年时期的记忆，大多都是关于小庄的，她囊括了我几乎所有关于亲人和先人的记忆。

可如今，我和小庄之间，已经不是距离的问题，而是我依然在，小庄却再也不见。

我先是感觉到了一种锥心的痛。继而，又充满了对小庄涅槃重生的期待。

2

小庄很小，小到不过十来户人家。零星散落的一户户人家，住在破落的土坯屋里，从东家到西家，从庄前到庄后，小庄里的人祖祖辈辈守着这片不过足球场大的村子。小庄虽小，颐养着先人，也哺育着后人，这里是他们的根，拉不折，也斩不断。

小庄太小，小到藏不下一只公鸡的啼鸣。一只公鸡的啼鸣，可以唤醒整个村庄。

小庄之小，小到拢不住一缕炊烟。

小庄的小，小到一颗星星，就足以照亮整个村子。一颗星给予人的力量，可以在一个人的内心里点燃一团火炬。小庄的人们，无数个日子里，心里都燃着一把熊熊的火炬，无论在多么困苦的日子里，他们都以乐观、豁达的心，面对一个个阴雨天。他们深信，风雨之后，一定会晴空万里。

3

小庄同样也撑不下一个孩子的童年。

我曾经无数次奔跑在小庄的肚腹内，还没跑上几步，就已经在小庄的世界里巡游了几个来回。无论我躲藏在小庄的哪个角落里，外婆一声轻唤，便一定会准确地传送到我的耳朵。

我的外婆居住在小庄的最里侧，一间泥巴房，夹在二舅和三舅的房屋之间。门前有一棵多年生的柿树，已经中空，树洞甚至可以钻进一个瘦削的小孩子。

"那里面有蛇哟！"

记忆里的小庄，像记忆里的外婆一样，纤瘦、慈祥，一圈明亮清澈的水成了她的腰带。水不深，约到脖子，却养育着万千的鱼儿，如同我一样，无忧无虑地生长着。用竹篓捉小鱼，用弯钩捉黄鳝，用马尾钓黑鱼，清贫的岁月里，没有什么比一条鱼能给农家孩子带来更大的幸福和快乐了。

清贫的童年里，这些搬上来的杂鱼，不会被用来喂鸭子，而是被拌上油、盐或者味精，裹上面粉，猪油爆香葱花生姜，煎出一种活色生鲜的味道。

你无法想象那种香味带给一个孩子的诱惑，以及因为这种诱惑而常年在脑海中形成的一种固化了的记忆，是如何的强烈而持久。岁月可以褪色，小庄的某种味道却恒久地存在于我记忆的胶卷上，随时可以拿出来冲洗，借此复苏一段褪色时光。

<h2 style="text-align:center">4</h2>

小庄又重生了。它腾空一跃，跳离了世世代代坚守的那片土地，在另一片充满着生机与活力的地方，摇身一变，成了另一个模样。

乡村振兴让小庄发生了不可思议的变化，几条笔直的水泥路成了小庄新生的肋骨。一座座新颖别致的小楼华丽地取代了古朴的茅舍和土屋。家家户户门前，木质的栅栏圈起一片片花园，一朵朵白色的、粉色的、紫色的小花在春天里竞相绽放着生机和活力。

我记忆中的小庄的老人们，都在小庄远走之前已经远走。在朝阳的照射下，几个孩子在花团锦簇中奔跑着，他们取代了那些远去的老人，成为小庄新的主人。

我于那些孩子是陌生的，同样，那些孩子于我也是陌生的，我眼前的小庄于我同样是陌生的。

我已经无法寻回记忆里的小庄，如同无法寻回那些亲人。我也无力去寻回记忆里的小庄，如同我无力寻回那些远去的时光和逝去的年华。

我在心里默念着小庄，那个逝去的小庄；也在心里祝福着小庄，我把它定义为新小庄。

作者简介：

肖龙，祖籍利辛，现居阜阳，颍州区作家协会副主席、秘书长，《颍州文学》主编，作品见诸报纸杂志。

公园觅踪

◎ 谢 卫

　　我的蜗居与石台路公园近在咫尺，闲暇时间，去那里溜达溜达，放松身心，自然成了我的首选。每次走进公园，我总是会四处寻寻觅觅，在我的记忆里，这里曾经是一个占地将近百亩的大水塘，它不仅水面宽阔，而且水深最少一二十米。这里原先是当年合肥郊区人民窑厂的取土之处，久而久之，这里也就越挖越大，越挖越深了。后来窑厂转产，就留下了大坑，渐渐变成了一口大水塘。

　　记忆犹新的是，水塘的北面是丰收水库，东面则是一墙之隔的陈小郢村——如今43路公交车的运营线路上就有"陈小郢"这一站。南面和西面，分别是一个偌大的制坯车间和一座庞大的轮窑，还有大片大片等待烧制的砖坯堆放场地。对应今天的地图，它位于东侧的荷叶地路、北侧的天鹅湖东路、西侧的石台路、南侧的祁门路这四条路的中间区域。

　　再往南，过祁门路，便是我就职的合肥化肥厂——也就是后来的中盐安徽红四方股份有限公司了。

　　那年正赶上厂集体宿舍拆迁，我与叶少春等一干单身职工，一起租住在附近的陈小郢村。我与叶少春同租在村子最北端的一户人家，前面是四间上下两层的小楼，后面是一排平房，中间围了一个偌大的院子，大门外还有一口小水塘。居住条件和环境，在整个陈小郢位居前列。还有一点尤为关键，那就是从他家大门出来，往西走上几步，便能居高临下面对那口野野豁豁的大水塘。无论春夏与秋冬，也不论何种心情与心境，每当夕阳西下，只要站在那里，静静驻足眺望，映入眼帘的，永远都是那种水天一色的散淡、简约却终究不失精致的一幅水墨画卷……

房东陈祥宝是个退伍军人，跟我们同在一家工厂工作，但不在同一部门。在租住长达四五年的时间里面，我们相处得比较融洽。尤其与叶少春，我不仅见证了他的婚礼，还见证了他们爱情结晶的诞生。

记得有一句俗话叫作"有水就有鱼"，也叫"水过百天自生鱼"，更精准的说法则叫"千年的草籽，万年的鱼子"。鱼子的生命力很顽强，甚至要比草籽还要厉害，何况这口大水塘还紧临着丰收水库。房东家文俊、文银两兄弟就经常扛起钓鱼竿，翻过围墙，到那里抛竿垂钓，且多有斩获。受两兄弟影响，我与叶少春等人也跃跃欲试，趁着闲暇空余时间，到那里挥竿垂钓，有没有渔获，都在其次，关键是图一个乐子。

那年夏天，一位王姓工友的女儿降生。我与另一位程姓工友也跟着忙得屁颠屁颠，医院住地不停地来回奔波，听说产妇多喝鲫鱼汤能够帮助催奶，我们便冒着35℃的高温，翻过围墙，来到塘边挥竿垂钓。那时候，我们的垂钓工具极其简陋，说是鱼竿，其实不过一根细细长长的竹竿，在上面拴上鱼线鱼漂和鱼钩，再抓几把米，将挖来的蚯蚓往鱼钩上一穿，便大大咧咧地次第甩进水里，等待鱼儿上钩了。那情状，现在回想起来，怎么说都有点姜太公钓鱼——愿者上钩的意思。连着钓了两天，鲫鱼一条没有上钩，却意外收获了两条小黑鱼，我们如获至宝，赶紧回来清洗拾掇，再放入锅中，开小火，熬成浓浓的鱼汤，再争分夺秒、紧赶慢赶送往医院。

抚今追昔，我不由感慨万千，合肥市的城市发展速度，用"日新月异"4个字形容，实在一点都不为过。然而，无论时代如何变迁，植根于人记忆当中的人与事，是永远变不了，也是永远不可磨灭的。那口大水塘，一直漾漾在我的心里，波光潋滟，粼粼不绝。

作者简介：

谢卫，安徽合肥人，发表出版（入选合集）作品若干，在网络发表长篇小说《豪杰无恒》等各类文学作品超过200万字以上。所著纪实文学《好日子是怎么来的》一书中英文版同步出版。

尺寸之旅

◎ 徐宏勤

国庆第二天，老班长提议来一次 99 公路自驾游。一时间，报名的报名，反对的反对。报名的自不必说，反对的是因为这近在咫尺，有甚好玩的？但游兴既动，出发便势在必行，于是就有了这尺寸之旅。

十几位同学准时集中在市政府广场，分乘了 4 辆私家车，直奔99 公路的东起点附近一个叫作分水岭的村庄。这片地势隆起，南面的水流入江苏六合的金牛湖水库，再入长江；北面的水流入安徽天长境内的白塔河，再入淮河——所以就叫分水岭了。

翻过一个山坡，前方就是素有茉莉歌乡的草庙山。1954 年，出生于此的女青年娄丽红参加安徽省首届民歌大赛，在合肥江淮大戏院唱红了那首鲜为人知的苏皖民歌《好一朵茉莉花》。而今歌者已矣，歌声依旧。

很快就到了红山脚下，我们驱车进入攻略里的盆景园。园子依山傍水，里面陈设盆景成百上千。金弹子、小叶黄杨、罗汉松、凤尾竹、柏树等等各式盆景，姿态各异，各有其美，有的傲然临风，有的放浪形骸，有的谦谦君子，有的像竹林七贤，有的像天上仙子，有的如山，有的如水，它们各就其势，摆放在园子的各个角落。我们正议论着，发现身后多了一位陌生的男子，他正在专注地听着，脸上露出会意的笑容。他正是这座园子的主人樊兴林。他写了故事，他成了故事。

从红山往西，必经金牛湖新区，这是天长市近年来全力打造的一座现代化新城。路过时，泛美大学城、玩具小镇、野生动物园等等，正在修建之中，到处都是热火朝天的建设场景。车队沿此继续向西，一路上，十里芦花、书香小镇、川桥风光，风景道如绵长的棉线，将那些散落的景观像珍珠一般串在了一起。

一个以万寿菊为主的花坛出现在路旁。金秋时分，花开正艳，女同学迫不及待舞起了五彩缤纷的丝巾，摆造型，秀姿态，男同学殷勤拍照。有一两位皮厚的老顽童欲蹭风景，被她们无情撵出，引起笑声一片。

蕴秀湖波光粼粼。沿湖一周，是一条弯曲的步行道，我们相约走下六堤，沿堤步入了丛林深处，深处别有洞天，一座修葺一新的农舍跃入眼帘，竹牌楼上悬挂着一只木刻牌匾，上书"心园"二字。跨过门槛，步入园中，两棵硕大的榆树和梧桐相互依偎，树的一侧有一口方塘，睡莲开得正盛。凉亭临水而筑，透过亭中圆形的花窗，外面的繁花秀木隐约可见。园子里，玉兰、石榴、菊花、梨树、枣树，有的花正开，有的果初熟。安逸静谧，我们不敢打扰它们的清梦，都放慢了脚步，压低了声音，或在方塘散步，或在凉亭里歇脚。

园中有室，室外有轩，轩中有主人，主人正挥毫弄墨。书云："采菊东篱下，悠然见南山。"声音惊动了主人，他放下毛笔，微笑出来，邀请我们入室，让座沏茶。他已年过花甲，万里归来，养花弄草，过起了闲云野鹤的生活。

过了五美新街，就是天长最西端与来安县搭界的釜山，虽然海拔不足百米，但却是天长境内海拔最高的山了。境内名胜较多，有古刹、古井、古村落，还有天康优抚疗养中心，它接待来自全国各地的劳动模范和退伍军人，他们可以在这里享受免费的体检、疗养、旅游。

尺寸之旅就要结束了，满意，欣喜，又意犹未尽。一直反对近距离旅行的那位同学，由衷地感慨："何必东奔西走，身边应有尽有，只要有一双善于发现的眼睛，只要有一颗敏感的心灵，方寸之间，也有美景啊！"

作者简介：

徐宏勤，安徽天长人，现为中国书法家协会会员，中华诗词学会会员，安徽省作家协会会员，安徽省滁州市书协副主席。

人生多恨事

◎ 徐　琳

人生多恨事。

张爱玲在《红楼梦魇》里说：有人说过"三大恨事"是"一恨鲥鱼多刺，二恨海棠无香"，第三件不记得了，也许因为我下意识地觉得应当是三恨《红楼梦》未完。

沪上才女潘向黎在《看诗不分明》一书里加了第四恨，"当属才子无行"。

鲥鱼不识。海棠是见过的，虽然所见不全，至少小城多见的垂丝海棠就有淡淡的、甜蜜的香气，可见二恨不可信。也许说这话的人，是觉得海棠的姿容与之香气比，姿容尤甚。那些深入人心的美妙，无不是暗香神韵妙于外在姿容。至于《红楼梦》未完，说遗憾，也不必。人人心中都有一部《红楼梦》的结局，谈不上多遗憾。

倒是潘向黎补的第四恨"才子无行"，即"一个人的品格与才华不相称"，细究起来颇有深意。

"才子"这个名头素来大得很。如果按一般理解，"才子"指"有才华的人"，那还不难。若往小了里说，"才子"指"德才兼备的人"，那么很大一部分往自己身上贴"才子"标签的人就该滚一边儿去。

被潘才女引为"才子无行"之恨的有大唐的宋之问。她说"有君子就有小人"，"宋之问就是一个"。她也承认宋之问有才华，但她把宋之问的才华丢一边儿去了，直接给了他一顶"小人"的帽子。可见，"才子无行"，有才华也不顶什么用。

大唐王朝二百八十多年的历史，群星闪耀。单以才华论，宋之问大概也能算得上一颗小星星。

话说这宋之问，生于唐高宗年间，并无显赫的门第家世。他的父亲宋令文起自乡间，矢志于学，做到左骁卫郎将和校理图书旧籍的东台详正学士。在父亲的影响下，宋之问和弟弟宋之悌、宋之逊自幼勤奋好学，各得其父之一绝。宋之悌骁勇过人，宋之逊精于草隶，宋之问则工专文词，时为佳话美谈。上元二年（675），生得仪表堂堂的宋之问进士及第，登临"龙门"，踏上仕途。

　　武后当政，宋之问以文学言语被武后亲赖，出入侍从，得伴公主游，甚为得意。宋之问的才华是有的，但他靠的就是自己的那点文采游走于权力的殿堂，总是担心当权者忘记了自己的才华。

　　有一种说法是，有一回宋之问的外甥刘希夷写了一首诗《代悲白头翁》，诗中有"年年岁岁花相似，岁岁年年人不同"句。宋之问读罢其诗，以此句为妙。于是他欲以此句据为己有，外甥刘希夷没答应。宋之问一怒之下叫人用土袋将外甥刘希夷压死。

　　这刘希夷因诗送命，而且是其舅恼羞成怒，施以极刑，结局令人唏嘘。

　　当然，这一说法并无多少实证。还有一种说法是刘希夷写罢此诗，诗人自己也觉得是一种不祥的预兆，是曰"谶语"。

　　《红楼梦》第二十二回《听曲文宝玉误禅机，制灯谜贾政悲谶语》里，元春之谜爆竹、迎春之谜算盘、探春风筝之谜、惜春所作佛前海灯莫不令贾政心内沉思，"今乃上元佳节，如何皆作此不祥之物为戏耶"？后贾政读罢宝钗的一首七律，"心内自忖"，"小小之人作此诗句，更觉不祥，皆非永远福寿之辈"。

　　《红楼梦》这一回，贾政被小儿女们的"谶语"折磨得"翻来覆去竟难成寐，不由伤悲感慨"。刘希夷作此诗，感慨人世无常，自觉不祥，却又难以割舍己作，保留下来，说是一年后为人所害。

　　关于宋之问的"无行"，最有力的实证是下面这一段。话说他在武后朝投靠武后宠臣张易之，张易之垮台后，他也被贬为泷州参军。他不甘被贬，竟然偷偷潜回洛阳，这是冒杀头之风险的，藏着他的人也是担着风险的。藏匿他的是朋友张仲之，无意中听到了张仲之和王同皎等人密谋要除掉武三思，宋之问大喜，立马命侄子出面告发。结果，张仲之和王同皎被杀。

才能有高下，不能勉强，德行却应无高下。有才无行，还不如无才无行。有才无行的人，他坏的事回更大，他害人的手段也极其卑劣。当然，苍天有眼，小人也会枉做了小人。像宋之问、睿宗朝被流放，又下诏赐死。

小时候，我极怕狗。每次经过人家门前，那蹲在门前的看门狗一叫，我就吓得哇哇大哭。长大后，母亲对我说："咬人的狗不叫。宁可得罪君子，也不能得罪小人。"

人上一百，五颜六色。远离小人和假君子，不敷衍，也不得罪。他做他的小人，我做我的冷眼旁观，且看他下场。

如果小人也能善终，真真是"苍天无眼"，那只好添了第五恨。

作者简介：

徐琳，教师，迄今已在《清明》《安徽文学》等数十家报纸杂志发表诗歌、散文作品20余万字，并获奖多次。独立公开出版散文集《饮尽世间一杯茶》《一书清浅可入梦》。

吴山无山实有山

◎ 徐沛君

长丰县吴山镇，历史悠久，在合肥城北 40 公里处，是闻名遐迩的"吴山贡鹅"产地。上周末，我到吴山参观时，在镇上的一家贡鹅店大饱口福。

吴山贡鹅得名于唐末五代十国的吴王杨行密。他回家乡合肥巡视时，乡亲们以当地特产大白鹅，配以特制佐料制成的卤鹅招待他，杨行密食之大悦，赞不绝口："行密自幼贫寒，不敢忘本，以此家乡卤鹅为餐，堪称贡品也。"由此得名"吴山贡鹅"，并名扬天下。

又岂止吴山贡鹅呢？就连"吴山"这个地名，也来之于吴王。其实，吴山原为重要的古代驿站，后来有人在驿站道边的桑林旁开设了商铺，叫"桑科铺"，由此而得名。再后来，吴王病逝（905），棺椁运回原籍安葬于此地，造墓如丘。百花公主在墓北建庵为父守孝，于是，后人便以吴国为号，以吴王墓为山，以公主庵为庙，更名"吴山庙"。由此可见，吴山虽有"山"字，实则无山。

吴山镇规模不大，几条东西走向的老街，地面多为青条石铺就，尽显历史沧桑。小街人少、静谧、祥和。走着走着，只见一条街口高大的牌坊，上书"吴王遗踪"4 字，两侧有一副楹联："据淮右江左叱咤风云一代王侯奠大业；占陵北庙南名垂懿德百花公主沁芳馨。"我在当地人的指点下，在一条逼仄的巷口，找到了吴山庙。这是一座并不显眼的庙宇建筑，红墙黛瓦，中间为正殿，两小殿各为罗汉殿和观音殿，正殿的门额横匾上有"吴山寺"3 个金色大字。我仔细观察，却未见与任何吴王及其女儿百花公主有关的文字记载。

离开吴山寺，去拜谒位于吴山镇南吴王大道上的吴王墓。这是一座面积巨大的圆形土丘，高约 2 米，直径至少 20 米，底座以青砖围砌，土墓顶上芳草萋萋。墓的两侧，有十几株苍劲的青松将墓围绕。墓前立有石碑，上刻"唐吴王杨武忠行密之墓"。背面无碑文。在墓的东南两旁，杂乱地堆放着一些建筑垃圾，煞是刺眼。

但史书所载吴王女儿百花公主为其父守孝而建的水面花园和公主庵，以及她死后葬在其父墓旁的公主坟，早已荡然无存了！只留下吴王墓这一座孤零零土山似的坟茔。

此时，一阵风吹来，松柏摇曳，婆娑起舞，几只不知名的鸟儿，在头顶上盘旋，边飞边鸣。时在春日，风暖花香，景色宜人，可我却高兴不起来，心中充满了惆怅忧伤。

膂力过人的杨行密，自公元 883 年在家乡愤而杀吏造反后，他攻庐州、战广陵（今扬州）、克淮南、伐江夏，先后占有淮河以南、长江以东 30 州的地盘。他前后只用了 19 年，便从一个幼失怙恃的孤贫少年，成长被唐昭宗正式册封的吴王，称得上是一位叱咤风云的英雄豪杰。

杨行密既是唐朝的藩王，也是吴国的创立者。作为藩王，他"宽仁雅信，善取士心"，"宽简有智略，善抚御将士，与同甘苦，推心待物，招抚流散，轻徭薄敛"，"仁恕善御众，自身节俭，无大过失，可谓贤矣"。他是一个集仁、信、智、赎为一身的贤者。

他出身贫寒，深知民间疾苦，官至淮南节度使时，仍常穿补丁衣服，提醒自己不忘根本。他善待降将，招抚流亡。他体恤百姓、顺应民意，在他平定淮南后，便及时从开疆拓土转变为保境安民；他宽厚大度、招贤纳士。他厉行节俭，身体力行。他制定《格律》50 卷，颁行天下，严厉约束居功自傲的部下。在他统治期间，注重民生，鼓励农商，轻赋缓刑，发展生产，让百姓安居乐业，使千里江淮大地，呈现出一片繁荣景象。

虽无秦皇汉武封疆拓土的赫赫武功，虽无唐宗宋祖创立盛世的煊煊文治，但他也是一位雄才大略的君主，但我尊崇他的却并非在此，而是史书对他的评价，人性的评价，脱离了歌功颂德式的评价：他是一位品德高尚的人。古人云："高山仰止，景行行止。"吴山岂无山，吴山实有山。

吴山镇西炎刘路小营盘，有"吴山庙起义旧址"，后于旧址上建成了武装起义纪念广场，面积约 600 平方米。中间树有纪念碑，高约五米。碑形酷似蜡烛。碑前立有矮碑一座，刻有吴山庙起义主要领导人简介。碑后砌有一堵高约 1 米、长约 5 米的半圆环状石墙，墙体除嵌有 4 根圆柱外，别无他物。广场西侧亦有石碑一座，刻载吴山庙起义 5 位主要领导人的英雄事迹。

历史已走远。平心而论，吴山庙起义在中国革命史上影响不大，但是我党在合肥地区领导的第一次武装起义，是安徽省党组织领导的全省最早的武装起义，它打响了合肥乃至安徽全省，推翻反动军阀统治的第一枪，它点燃了全省武装革命的星星之火。它是燎原星火中的一簇，正是因为无数点这样的星火，才汇成了燎原的大地狂飙，才烧尽了旧世界，熔铸了一个崭新的新世界。它的地位，它的作用，它的意义，无疑是一座高山。吴山岂无山，吴山实有山！

吴山有山，山在精神。吴山有山，山在人民。在这个伟大的时代，人民协力同心，站在山巅之上，再造时代高山！

作者简介：

徐沛君，安徽寿县人，中国金融作家协会会员，中国散文学会会员，安徽省作家协会会员。有 60 余万字多种体裁的文学作品发表于多家报刊上，独立出版诗集和散文集各一部。

飘逝的冬趣

◎ 徐三保

冬日起床，于我是件大事。母亲唠叨着，撑着棉衣棉裤在灶膛上烤，隔着房门都闻到棉衣上的一股烟火味。我磨磨蹭蹭赖在暖和的被窝里不愿起。除非父亲握着根细木棍，拉着脸，凶巴巴地吼。

老屋墙角有一块小地，避风，阳光照得暖和。我捧着碗山芋稀饭，猫着腰，钻进那块太阳地，歪靠着墙，半蹲着地，刚套上的棉裤没了灶膛的热度，冷风如无孔不入的刺客，从裤腿下头往里嗖嗖地钻。窝着手，捧着缺块沿口的饭碗，手背是冷的，掌心热乎乎，呼噜呼噜喝，还舔了舔碗口上那个缺。

缩肩拢袖，低着脑袋，挎着打补丁的布书包，在乡间田埂土路上晃荡，稀饭的热乎劲，晃几晃就没了。到处都冷，耳朵冻得像被人不停地揪拽一样生疼，拢了拢穿了多年的旧棉袄，心想再添件衣服就好了。

每天正式上课前，班主任会叫迟到的学生全站起来陈述迟到的原因。她带着戏谑的表情，盯着他们的眼睛，仿佛在说："你就接着编吧！"但大都不深究。班主任问到我时，我哆嗦着，说不出话，脸胀得生疼，咬着嘴唇，手不停地抠裤缝，头恨不得低到课桌下面。班主任反问是不是睡懒觉搞迟了，我无奈点头，全班同学一阵炸笑。班主任也忍不住嘴角有了笑意，摇了摇头，叹了口气说："还是你最诚实！都坐下吧！上课！"

撞到雨雪天，上学更遭罪。土路湿滑，泥泞不堪，踩下去，拔出来是个坑，有时脚抬起，鞋还在泥里。母亲嘱咐中午不要来回跑，叫同村的学生带饭。我在学校打开搪瓷缸，饭菜都是热的。压得紧实的饭上是菜，菜上一勺红通通的辣椒泥。辣椒泥是前几天母亲在隔壁大爷家用手摇石磨碾的。

记得有一个上午，上第二节课时，雪把窗外树林下的枯草盖得严实，旁边村庄的屋顶看不见瓦色，放眼望去四周一片白茫茫的。中午放学，空荡的教室，门虚掩着，寒风从破旧的窗户和木门的缝隙钻进来，带饭的同学正呷巴着嘴吃得有滋有味，饭菜的香味扑过来，我使劲嗅了一下，咽了下口水，提了提裤子，裹了裹身上打了补丁的棉袄，又冷又饿。母亲不让回家，饭也没有来。

母亲来了，撑着黑旧布伞。进教室抖了抖，雪从伞面成片往下落，地上多了一滩湿水。"雪太大，饿了吧，饿了吧。"母亲愧疚地说。她外带了个布袋，装着双胶鞋，胶鞋上有补丁。家里就那么一双。看着我吃饭，把手插进胶鞋筒子按按鞋垫，母亲帮我换鞋。"我会穿，我会穿。"甩了两下，没能令母亲停手。她不管儿子在同学面前的不自在，心里只装着儿子的脚。母亲转身折进了雪中。我靠着教室走廊的木柱子看母亲，浅筒胶鞋踩出一行脚印，刚到下坡，那些脚印便让雪给埋模糊了。

冬天最盼望的是寒假。太阳慢腾腾升起，弱弱地照得身上暖暖的。我和几个小伙伴像敏捷的猴子一样蹿上树，折枯枝，用力在晒谷场上划几个方格，管它歪歪斜斜，管他深深浅浅。挑拣来一堆石头，挑出顺眼的，玩着简单的"跳房子"；或者嫌爬树麻烦，单腿独立，抱着腿几个人乱撞，"斗鸡"。屋檐上成排的冰凌长长短短，攥着棍子连捅带敲，专找粗的长的。摔不碎的当剑，攥手里冰凉，模仿比画着电影里英雄的招式，吼着半生不熟的台词。有时忍不住"咯嘣"咬一口，当冰棍嘎嘣嘎嘣夸张地嚼，嘴冻木了，手冻得像红萝卜，咧着嘴，笑着大呼"好吃过瘾"。整个村子都蜷着身子躲冷，只剩下我们高一声低一声大呼小叫的叫唤。

小孩子追着大孩子玩儿。大孩子能折腾，敢往背阴池塘的冰面上走。隔壁家的大哥，不知从哪里弄来的轴承，摆摆钉钉，弄了个冰车，让人一蹬，在冰面上滑出好远，抢着坐，不久就起了内讧，打起架来。小五躺在冰面上打滚放赖。冰面上留下一道道浅白色杂乱的滑行痕迹，安静的村庄增添了几分活力。

最喜欢村里来卖货郎。拨浪鼓"嘣嘣"一响，脚板底像抹了油，噌地冲出去。看着卖货郎的木箱里的各种小糖，忍不住咽口水。货郎卖陶土烧制的哨子，手枪型、轮船型、飞机型，各种样式都有。我们拽着大人的衣角像蚊子一样不停地哼。缠得大人心烦，吼几句，不情愿掏几个钱，买一个能玩好久。寒冬寂静的晚上，独自站在村子中央的晒谷场上，一阵风刮过，几棵老槐树咯吱咯吱响，吹打在脸上冷冰冰的。狗断断续续的几声。我使劲吹响了哨子，声音在冬夜的村庄萦绕着。我望着自己的影子，握紧小口哨大步归来，像电影中凯旋的将军，想象着四面八方的部队向晒谷场涌来，踌躇满志地"视察"着月光笼罩的村庄。

童年的笑声和趣事已随风飘逝，却定格在时光深处，定格在记忆深处。

作者简介：

徐三保，在《西部》《散文百家》《奔流》《岁月》《北方作家》《辽河文艺》等报纸杂志上发表散文、随笔若干。

茶香天堂

◎ 徐　徐

　　这个夜里我又醒了，是被一阵淡淡的茶香惊醒的，这已经是这个月第三次失眠了。是家乡在召唤我了，我知道。因为那淡淡的茶香，就是家乡的味道。

　　如果有一场评选最美地名的比赛，我想我的家乡一定能够拔得头筹，家乡的名字浓缩了人生最美的憧憬和理想，我的家乡名叫"天堂村"。

　　天堂村地如其名，是一个如诗如画的地方，它坐落在美丽的黄山脚下，地处北纬30度，据说这是一个神奇的纬度，世界上凡是处在这个纬度的地方，不仅有惊艳的风光，还诞生了璀璨的文明，根据天堂村走出去的诸多才子来看，这一点是可信的。天堂村给人的第一印象是美，美在自然，如果给它贴几个标签，我想一定少不了两个词：云雾和茶。我是云雾里长大的孩子，每天呼吸的空气中满是茶的清香，我的肺早习惯了那淡淡的茶香。

　　天堂村分为上天堂和下天堂，这是根据地理位置来区分的，我家住在上天堂，我的祖先该是多有智慧，起了这么具有想象力的名字，诗意的名字也孕育出了美丽的人和景，譬如我的母亲和茶山。

　　若干年后，我在离家千里的地方立业成了家，却总是忘不了母亲采茶时的画面，那一幕清晰地印在我的脑海里，那么生动鲜活，画面的颜色，也从未因岁月的流逝而褪过半分。

　　茶谚有云："春分茶冒尖，清明茶开园。"清明前后是采摘春茶的最好时候，天没亮，母亲就起来了，远方黛色的山在云雾里朦胧着，虚虚实实中传来鸟雀的鸣叫声，母亲深一脚浅一脚走到茶园时，太阳刚刚从云雾中露出脸。

茶山的气候湿润，雨水也十分充沛，茶的叶和芽在清新的空气里拼命舒展，山涧深处溪水在流淌，黄莺在林子里唱着动听的歌，茶树丛中母亲身着蓝色印花布衣，脑后一根乌黑发辫，手指如蝴蝶般翩跹，好像在弹奏钢琴，生怕弄疼了茶树。她的手在芽叶间跳动，轻轻地把单瓣或对瓣的叶子摘下，一提一掐，不一会儿茶叶就满了掌心，往后一扬，就进了背篓里。清明前的茶叶很鲜嫩，深绿的茶树丛中露出点点的淡黄，小小的、窄窄的叶子，一个梗上最多一两片，采上半天也没有多少，做成茶不过四五两的样子。

采茶的场景看起来很美，但其实是一件很辛苦的事，清明时节的太阳很厉害，尤其是正午时分，太阳底下一站就是好几个小时，一整天重复着同样的动作，每天晚上回家的时候，母亲总是疲倦地要歇好一会儿，然后才把摘来的新叶摊在竹簸箕里去去青气，待到鲜活的叶子打蔫了才好制茶。

天堂村有一个不成文的规定：女人采茶，男人做茶。母亲采回了茶，就轮到父亲施展才能了。灶上的铁锅要刷干净，不能有一点油星，山上打来的松枝是最好的燃料，锅烧热后，将茶叶倒入锅中，新鲜的叶子遇到温度，开始噼啪作响，这时候就开始炒茶了，炒茶不同于炒菜，必须用心对待，父亲的手就是最好的工具，他动作飞快地用双手在锅内翻动茶叶，不时把叶子抛起，又落下。翻炒是猛烈的，而间歇的揉搓则是柔和舒缓的，叶子在这样的暴风细雨中渐渐地变样了，颜色变深了，身子卷曲了，等到保留小火烘焙之后，浓郁的茶香就弥漫了整个屋子。那一晚的觉一定是香甜的，梦里都飘着茶的清香。

家乡出产的茶是顶级毛峰，据说这也是因为北纬30度的原因，看来，人才和茶是有着某种联系的。自古文人雅士多好茶，不仅因为茶的味道，更是因为茶的品性，生在山间的云雾之中，远离凡尘，得阳光雨露滋养，汲取日月之精华，繁茂枝头只取嫩叶一二，冲泡后是淡淡苦味，细品之后方苦尽甘来，有人说茶如人生，说的恐怕就是这个感觉。

茶的这种淡泊也影响了种茶的人，茶乡的人是性情恬淡的，我的父母就是这样的人。他们满足于天堂村的宁静生活，偶尔来城里小住，也总是三两天就要回去，说挂念家乡的茶园。我开玩笑说，茶树才是他们的孩子，他们的一生，在起早采茶、灯下焙茶中度过，天堂村的茶园早已成为他们的生命之源。

天堂村的中心有一所天堂小学，有两条河流经学校的门口，一条河来自西南方向的璜蔚村，另一条河来自东南方向的西山村，两条河在此汇聚，往北流向新安江。儿时，我总是在这两河汇集之地向远方眺望，河的那头是外面的世界，那是精彩而热闹的，这边是安静雅致的村庄，实在满足不了我的梦想，我像每个年少气盛的青年一样，期待着走出大山的那一天。

终于出去了，又开始怀念家乡，回去时依旧是少年时的心境，远远看见竹林中的白墙青瓦，心就踏实了一半。门前转转，屋里看看，找到茶园，年迈的父母一定在那儿劳作着。路边的木槿花开得正艳，菜园的辣椒茄子长得喜人，大瓷缸里沏上满满一杯明前毛峰，一口下去，顿时醉了，原来，茶也醉人哦。夜晚，天堂村的晚风裹挟着茶香，坐在门槛上端着一碗南瓜粥看月亮，家乡的夜总能给你一个甜美的梦乡。

梦里的感觉最为真实。在外再是灿烂，心里仍恋着家乡的星空。这里的泥土可以疗伤，这里的空气可以抚慰。兜兜转转，我的梦想原来一直在那茶山的云雾中，未曾走远。

作者简介：

徐徐，安徽省滁州人，安徽省作家协会会员，安徽省第九届文学院研修班学员。

龙岗三色

◎ 许开珈

古镇龙岗旧称芙蓉岗，是高邮湖畔一个不起眼的小集镇，地处安徽省天长市与江苏省金湖县交界处，隶属于天长市铜城镇。这些年来，有幸在不同的季节里无数次走进龙岗，感触良多，不过，在我的心中，龙岗最迷人的还是三种色彩。

一、绿色

龙岗三面环水，碧荷万顷，芙蓉点点，是名副其实的芙蓉岗。绿色是龙岗的主色调，它充盈于湖畔水乡。

过铜城，近龙岗，乡村公路缓缓地伸向远方，无遮拦、无修饰、有着野性般生命力的绿色扑面而来，徜徉于一条翠峰长廊中，一边呼吸饱含负离子的空气，一边目视路边郁郁葱葱的树木，仿佛在欣赏一幅清丽的水彩画。从高邮湖大堤上回望龙岗，更是一片绿海，参天的古树，秀美的景色，还有湖边挺拔的芦苇连着烟波浩渺的高邮湖，使人胸襟开阔，叫人心旷神怡。走近安谧、清澈的铜龙河，徜徉于红花绿柳环抱的龙岗古街，切身感受到她们与绿色相依相偎、相得益彰。是啊，她们被绿色点缀，她们婉约清新而宁静，龙岗的绿色因为她们而富有生机，她们也促使绿色成为古镇龙岗永恒的保护色。

二、古色

走进千年芙蓉古镇，漫步在古色古香的真武庙内，流连于秦砖汉瓦的庭院深巷之中，浑然不觉已融入历史。

传说朱元璋在应天府登基时，夜梦北方有紫气，命刘伯温北巡，见芙蓉岗有天子气，遂连穿七十二口井，凿破了天子气，芙蓉岗便易名为龙岗。古镇历史悠久，明清时最为繁盛，贸易兴隆、商贾如云，为当时著名的五镇之首。一方水土养一方人，龙岗是个钟灵毓秀、人文荟萃之地，这里文脉兴旺，人才辈出，清代道光年间曾出过状元戴兰芬、兄弟文武探花韦镜湖和韦镜川以及陈门兄弟四进士陈于豫、陈于荆、陈以刚和陈以明等，其中的陈以刚与"扬州八怪"之一的郑板桥是为挚友。

由于水陆交通便利，历史上一度繁盛，给如今的龙岗留下了众多古迹，境内的古庙、古街、古树、古阙门、古牌坊交相辉映，古朴典雅的建筑错落有致，分布在古镇各处，给后人留下了宝贵的文化遗产。据历史记载，明清时期龙岗有四个古阙门，朝启暮闭，雄峙一方。城内店铺林立，生意兴隆。此外，还有观音寺、五神庙、三观殿等。如今，这些古建筑虽不复存在，但是，驻足建于元代的真武庙，眼前可见龙凤呈祥的砖雕，屋脊上的二龙戏珠亦显得灵气透人。出门左拐，就是整修不久的抗大八分校纪念馆，透着古色的楼宇、风格各异的名家碑刻以及众多的文物古迹无不牵起人们的怀古之心。信步在田字形的龙岗古街，中心街上深深的车轮印，两旁青砖小瓦、雕梁斗拱的民居同样叫人魂牵梦绕。

一段悠久的历史，一个旷古美丽的传说，给古镇龙岗披上了一层神秘奇诡的色彩，让你发思古之幽情与无尽的遐想。是啊，一个小小的弹丸集市，竟有着深邃的文化内涵，史实与传说、虚幻与现实交叠相映，给这个湖畔水乡增添了幽幽的古意。

三、红色

假如你是一个旅者，哪一天若踏上古镇龙岗，会使你的红色之旅多几分激情、几分感动。

龙岗因为古朴典雅而令人流连，古镇曾是中国人民抗日军政大学第八分校的所在地而闻名遐迩。2022 年 1 月 20 日下午，滁州市民间文艺家协会副主席、抗大八分校纪念馆原馆长乔国荣先生介绍，抗大八分校纪念馆现为省级重点文物保护单位，该校于 1941 年 5 月以新四军第二师"江北军政干校"为基础创办，1945 年 8 月结束，为部队培养了 2000 多名德才兼备的军政干部，为夺取抗战的全面胜利和新中国的建立作出了卓越的贡献。我党我军的重要领导刘少奇、陈毅、张云逸、粟裕、郑位三、罗炳辉、方毅、邓子恢、张劲夫等先后在此工作、生活过，文化界的著名人士贺绿汀、范长江、沈西蒙等也先后在这里任教。抗大八分校现存校务部、政治部、训练处、供给科、锄奸科和学兵排等旧址 48 处、房屋 100 余间，是全国 14 所抗大分校旧址中保存最为完整的一处。

令人欣慰的是，天长地方党委政府、社会各界人士对抗大八分校旧址的修复和新建倾注了大量的财力和精力，新建了 3500 多平方米的纪念馆，征集资料实物 600 余件。此外，还栽植了花木，迁移了古街线杆，改造了下水道和自来水管道，制作了雕塑、街牌、石碑字画，添置了电脑监控和消防设备，有关军事单位还特地捐赠了一架战斗机、一辆 62 式坦克和一门大炮。抗大八分校纪念馆通过大量的历史照片和实物，系统地展示了抗大八分校学员当年的学习、训练、生活情景，为广大观众提供了丰富的史实资料。如今，经过修葺的抗大八分校旧址作为国防教育、爱国主义教育基地对外开放，年接待观众 50 万余人。

目前，抗大八分校纪念馆已成为全国红色旅游经典景区、全国国防教育基地、安徽省爱国主义教育基地、安徽省党性、党史教育基地。

龙岗的风貌是古典的，龙岗的历史是厚重的，龙岗的绿色是迷人的，龙岗的古色是凝重的，龙岗的红色更是令人向往、催人奋进的。

作者简介：

许开跚，安徽天长人，现就职于天长市公安局政治处。1983 年起，开始在县市省中央级报纸、电台、电视台、杂志、网站发表新闻稿件、报告文学、散文、调研文章、诗词曲绝句、杂文、短篇小说数千条（篇），获奖数十次。

嫁到城里的树

◎ 许圣权

前几日进山，看千年桂花树时，偶遇另一棵树，盈尺粗，高三丈有余，树干光洁挺直，冠阔葳蕤，兀自临风，惹眼得很。

同行惊奇于我的脱口而出：朴树。

我喜欢树，常见的树会叫上名字，但得知它叫朴树，还是从公园里挂在树干上的标牌知道的。之所以寻着标牌去认识它，关注它，是缘于楼下那棵朴树，它让我郁结于心，不能释怀。

它曾是被嫁到城里来的。

春天时，朴树苗梢处会开出一簇簇米黄色的细花，状如米兰，香似香樟——这或许是它曾在故乡的样子。嫁来小区几年了，却没有让我在春天里嗅到它的芬芳。这棵朴树不小，主杆碗口粗，离地3米多处四枝旁出。想象得出，当初长在乡下，是何等的生机挺拔。

树挪不易成活，来之前，嫁来之前，人们对它做了很大的处理，刀斩斧劈，短头去尾，浓密的枝丫被削砍成一截截树桩，截面渗出乳白的液体。腰间裹着草绳，再钉上木板，用四根木棍撑着。杵在池子里，形单影只，看起来没有丝毫婆嫁的热闹，倒像是带枷发配的"贼配军"。

每天上下班，出楼进楼，都要和它照面，目光不由地被扯到木板和绳子上，它们像是缠在自己身上钉在自己身上，浑身不自在。我找到了物业，要求为它松绑解枷，甚至借着文明创建的名义，发了它缠绑的照片到业主群，寻求支持。

嫁来之前，它或长在山脚下，或长在一块苗圃里，周遭同类繁生，根连枝偎，虽沐风栉雨，却任意逍遥，活得自在随性；脚下虽然没有大理石围起的豪华居所，可它的根可以自由地直扎地下，稳稳地屹立在大地上。那才是它该有的生活。

现在，它的根下是车库，再往下生长一点，或许就会触碰到硬质的层面，新根被迫侧移，抓不住深土，着不上力。楼间夹道风稍大一些，腿脚便不稳。培植到根下的新土，寡淡干燥，更不能从更深处汲取养料和水分。

算来和它相处已有4个年头了，两鬓都长出了些许白发，却没等来我心目中的蓊郁苍翠。相反的是，它的躯干再也没有刚来时的光洁生动了，皲裂的树皮，斑驳如老妪皱巴巴的脸，没有了一点生机。旁出的枝干上长出的是稀疏的枝条。秋冬叶落，暮气沉沉，总担心它挨不过冬天，直到第二年春头几场雨后，又挣扎出几片新叶，表明它还在撑着续命。

初冬给它涂白，终于解下了木板和绳子。好像在春风里歇下了笨重的棉袄。给它解绑的是一个老人，他是附近失地农民，与朴树一同来到小区。夏天，几日不雨，老人就要为花草浇水。对于朴树，老人更是另眼相待。黄昏，暑气渐微，老人趿拉着凉鞋，套着印有"×州绿化"的绿色马甲，拖着长长的塑料管，管子中节破了几个洞，双手攥捏着管口，随着捏的力度的大小不同，破损处的水柱也咝得高低不一，惹得孩子们围观嬉戏，弄得浑身是水，这让进城带孙辈的奶奶们对老人多了埋怨：真勤快，天天浇水！坐在池边乘个凉都不安泰。

老人捏着管口，一紧一松，把朴树从头淋到脚。祥林嫂般叨咕着：树这么大，根扎不下去，又圈在池子里，稍不上心，非得死。换成我老家屋后那棵树，一个夏不浇都成。

浇完水，老人坐在朴树下，头顶上偶尔滴下刚淋上去的水珠，落在脖子上，凉凉的。他撩起搭在脖子上的毛巾，抹一把脸，擦擦手，掏出纸烟，点上，缓缓地嘘出烟，青烟在夕阳下缥缈低回，老人默默地望着远方黛青色的山峦，夕阳从楼间道斜照过来，把老人和朴树剪接成一帧静默的画。

此时，倦鸟正归巢，落日又归山。

作者简介：

许圣权，安徽六安人，安徽省作家协会会员，有作品刊发于省内外报纸杂志，获奖若干。

那些被辜负的流年

◎ 杨春访

1

所有来不及实现的梦想终将成为无法弥合的缺憾。那些缺憾如同妖娆的罂粟长久地绽放在生命的过程中。

16 岁那年，我离开校门。父母一致劝我继续读下去，在长辈心中，子女个个都是可塑之才。我固执地没有应允，成绩一塌糊涂，何必待在学校自寻烦恼。我冠冕堂皇地找了一个不愿上学的理由——我要去参军。

这不是信口开河，那个时代的青年对橄榄绿有着狂热的情结。一人参军，全家光荣，由此获得的政治殊荣也是至高无上的。其实我的本意并不纯粹，我想通过这个跳板，为以后埋下伏笔。当时，好多干部子女用这种办法改变了命运。

秋季征兵，我去了兵役站。体检报告出炉，显示我的健康状况良好。我一路吟唱回了家。父亲听说我体检过关，笑得居然有点牵强。

应征入伍的换装了，迟迟等不到政审干部封门。我跑到乡政府打探消息，人武部长喝得满面红光，他摇晃着花名册说："这个名单是由上头审定的，谁知道怎么没有你？"我一阵眩晕，早听说此事暗藏玄机，不承想，应验在我身上。

次年，我依然抱着侥幸，但依然没有换上橄榄绿。我不再抱怨，我知道父亲已经找过人，已经尽了全力。庞杂的社会关系架构中，他的力量微弱得如蚍蜉撼树。试想，哪个父母不想给孩子一个可期的未来。

2

打麦场一亩见方，闲置时显得孤单落寞。我喜欢坐在草垛上，清风徐来，吹散了心头的积郁。有时候，我躺在平坦的场地上，侧头贴着地平线，眯着眼瞄着夕阳缓缓隐退，即将消失的那一刻，它奋力向上一纵，好似心有不甘。

我是个极其晚熟的人，20出头才真正思考未来，我成了父母的心病。有一天，父亲开会回来，笑容可掬。他说："小学需要两名代课老师，你准备考试，这是个体面活，听说可以转成民师。"我的心情猛地豁然开朗，貌似前途一片光明。

等到考试，我心里偷着乐。回到家，母亲问感觉怎么样？我眉开眼笑地说："娘，您给我买一身中山装吧。"衣服买回来，我试穿了一下，挺合身。我在左上角的口袋别支钢笔，对着镜子转两圈，真是仪表堂堂。

结果令人匪夷所思，那些比我差很远的竟被录用，而我却落选了。我跑去学校找校长，校长曾是我的班主任，他答非所问，说："代课老师的报酬由大队出资，选人不是校方所能决定的。"

哥哥是个有远见的人。有天晚上，他说："趁年轻，参加自考吧，拿个大专文凭，占据居高临下的优势，谁也不敢为所欲为。"乡野的风一阵阵吹过，吹开了褶皱的心田。

我要成为民办教师，在这个信念的驱动下，我自考通过了9门科目。后来，因为家中变故，我不得不终止自考。很多时候，梦想被现实撕扯得支离破碎。每个人的境遇不同，造成了迥异的人生，产生了三六九等的划分。我欣赏那些为梦想奋不顾身的勇者，并时常羞愧于自己的怯懦。

3

好多年前，我是一个文学青年。文学在鼎盛时期光芒四射，许多人在那个时代背景下化茧成蝶。我有一个矿区的文友，才华斐然，发表过不少作品。当时煤矿效益好，招工竞争激烈。那时要求学历低，无须考试。通常情况是台上报名，台下操作，蛇有蛇路，鼠有鼠道，最后拼的是关系。他一无门路，二无资金，靠一摞样刊被破格录用。千里马倘若不碰到伯乐，只是任人宰割的货色。如今这位仁兄做了国企中层领导，不知道对日渐衰微的文学做何感想？

再次执笔，已是人到中年。我的文笔拙浅，不擅长编造故事，因此写作带有很大的局限性。我不肯把文章轻易示人，那样常让我想起解剖，只需一刀细长的口子，内心世界暴露得一览无余。可是我又企图通过文字，赚取一个廉价的浮名。反反复复的纠结中，我备受煎熬。

其实，以我的经济实力，远不足以支撑应尽的责任和义务。年迈的父亲，未曾婚配的子女，都是当下我须要应对的人生课题。可是意念中，一旦有了梦的存在，自己就会为行为找出合理性。本来情结由来已久，只是中途被迫搁置，如今二度萌发，一时难以束勒。

曾经关注过一个平台，那个平台做得风生水起。一篇文章被采用，主编问我："你因何不推介宣传？"我坦诚相告："我是农民，转发无益，反会招致冷嘲热讽。"他说："果真如此，你不该涉足文学！"话说得尖酸刻薄，却也不失中肯。每每回想，我便心怀惴惴。

著名作家贾平凹说过，你尊重了文字，文字就尊重了你，轻慢了它，它必会使你自取其辱。因此我始终以朝圣者的虔诚，向文学顶礼膜拜，从不敢奢求过多。

其实我清楚，文学的道路上，我走不出大雾弥漫的暗夜。我寄意通过文字诉说我半生的心事，化开我久长的叹息。

浩瀚的宇宙间万物竞存，人不过是一个微乎其微的个体。时光隧道中，只有一程短途的行走。梦想是个奇怪的东西，依附肉身却又时常游离于本体之外。但是，我有理由相信，每一个生灵都梦想活得张牙舞爪。那些轻盈的梦想，沉重的现实，所有的一切，在声势浩大的岁月中，显得多么微不足道！

作者简介：

杨春访，安徽省作协会员，淮北市作协会员。作品散见于《农村青年》《参花》《西部散文选刊》《鸭绿江》《青年文学家》《渤海风》《速读》等报刊。

书簏笔记

◎ 杨若兮

一、时间的迷宫

我不能否认时间给我的感受，它像是水消溶于水中，往后回顾沙子腾升如黄金，聚合成写作历史的书，向前张望墨水凝固似镜子，模糊着窥探未来的眼。

我曾觉得时间，它是纸，是单薄永恒的苍白。但坐在布宜诺斯艾利斯的图书馆里，有人向我呓语出一个花园，我看到无数个相似又不同的人影，他们选择不同的路线。可是我惊诧地发现，我可以上一秒死去，下一秒诞生。博尔赫斯用沙之书告诉我："如果空间是无限的，我们就处在空间的任何一点。如果时间是无限的，我们就处在时间的任何一点。"

这是小径分岔的花园。博尔赫斯狡黠地用了一个侦探小说的形式来展现这个故事，一战时，在英国做了德国间谍的中国博士余准在面对军官追捕的情况下，逃入汉学家艾伯特并得知小径分岔的花园的有关消息，又为通报重要情报杀死艾伯特，自己最终被捕。

小说的结构也正精妙如迷宫。表面上看主线是描述了一起谋杀谍战的案件，实则在大部分内容里，余准和艾伯特都在讨论迷宫性的时空。这显然是反映了某种哲学性的东西，甚至可以说是富有一部分的科幻含义，但它并不难解。博尔赫斯熟于借具体的物品来诠释抽象化的概念，这篇小说的切入点就是由余准的曾祖彭㝡所著的小说，《小径分岔的花园》。

在彭㝡的小说里，主角可以做出所有的选择，以至于延伸出多种不同的情节，它们纵横交错如树的枝叶，或者说像是一个没有米诺陶洛斯的迷宫。艾伯特揭开了彭㝫的隐喻，谜面中从未出现过的字语就是真正的答案——时间。博尔赫斯把时间变得有无数序列，背离的、汇合的和平行的时间织成一张不断增长、错综复杂的网包含了所有的可能性。从科幻角度来看，我愿意把它当成一种多元宇宙论；就哲学方面而言，我可以从中看见近似于尼采、叔本华、笛卡尔的思想色泽。让我着迷的还有他对于时间那矛盾的态度，他时而判断它存在，时而却又笃定消亡，这使故事多掺杂着几分神秘主义或者虚无主义的缥缈气质。而选择余准作为主角，他的悲观的、嘲弄的、游戏似的态度又完美契合了小说的叙事风格。

虽然我对博尔赫斯的观点不敢苟同，我无法像余准一般地感受到房屋四周潮湿的花园充斥着无数看不见的人，隐藏在时间的其他维度中。但是这个精巧的花园确实予我不一般的感受，无论从叙事角度还是内容思想上来看，博尔赫斯都令我迷醉。他使我感觉潮湿的时光四处涌动，我的眼瞳在水里泅晕开一万道碎影，但是命运的火焰还没被选择点燃。

二、人性的唤醒

"我是在向全人类的苦难下跪。"这是《罪与罚》的主角拉斯柯尔尼科夫的表白。陀思妥耶夫斯基写此书，也是借拉斯柯尔尼科夫之口来深究人性的煎熬，将这种苦难具现为文本，上升至对人性的普适性思考。

《罪与罚》的主线内容非常简单：大学肄业生拉斯柯尔尼科夫因其拿破仑主义的价值观而杀死了放贷的老太婆阿廖娜和其妹，后因不堪内心的恐惧痛苦，在东正教徒索尼娅的规劝下，投案自首，被判流放西伯利亚。

主角杀人的内容在全书占比很少，不过陀翁对他拿斧头杀人的心理描写非常精彩。

但是如果简化主角杀人后的内容，《罪与罚》绝不可能在文学史具有如今地位。陀翁的写作特点就是用大篇幅的人物心理剖白与对话丰满形象、推进思考、揭示人性，这点在本书中主角杀人后的部分体现得淋漓尽致。

拉斯柯尔尼科夫是个杀人犯，也是个大学生。他的内心滋养出了一种奇特的"伟人——虱子"理论。他认为平凡人即虱子，虱子之死无足轻重。这就自然地让他感到杀人并非罪恶，毕竟历史上有多少伟人杀死无数虱子，纵使手里沾满鲜血，似乎也无妨其伟大。

这是一种类似于超人哲学的狂想，将这种思想付诸实践还有二战时的纳粹德国。不过，当杀死真实的人后，罪恶感不可抑制地向他袭来。他陷入了迷茫与虚无的恐慌中。他的行为给自己带来了折磨，也为自己提供了被救赎的机会。摈弃杀过人的经历来看，拉斯柯尔尼科夫完全是一个有良知的好人。他穷困贫寒，却把钱给了素昧平生的索尼娅一家。他不顾自身安危，救出了火灾中的孩子。他的妹妹为了让家人过上更好的生活，甘愿去嫁给自己并不喜欢的人，但是他却坚决反对，不想因自己牺牲妹妹和母亲的幸福。他帮助过的索尼娅，最后成了救赎他的"天使"。

《罪与罚》的最后，拉斯柯尔尼科夫接受了自己应得的惩罚。穿过了广袤无边的幽暗的痛苦，他走到了西伯利亚的土地上。面对西伯利亚初升的日光，拉斯柯尔尼科夫应该会感受到明亮与欣喜。

我喜欢这本书甚于托尔斯泰的《复活》，因为我认为拉斯柯尔尼科夫的自我救赎来自人性的觉醒，他犯的错是人性造成的罪恶，他受到的爱是来自人的爱，而最终，他也担荷了人类的苦难。陀思妥耶夫斯基在《卡拉马佐夫兄弟》写"我越是爱整个人类，就越是不爱具体的人"，但是在《罪与罚》中，他还是用拉斯柯尔尼科夫的经历告诫我们：也许不必相信人类，但是人性中总有善意与美好。

作者简介：

杨若兮，合肥市高三学生，在《语文报》《诗歌月刊》《中国青年报》《中华文学》《中国校园文学》等发表数篇作品。在第二十届"语文报杯"全国中学生作文大赛中，获国家级一等奖；获白天鹅诗歌奖"星锐奖"；获合肥市第十届"暑假读一本好书"征文作品初中组一等奖。

旧时柳色，依然青青

◎ 杨 燕

春天好像一下子就蹿到了眼前。

满眼望去，一片绿色。而这种绿，又可以条分缕析，有暗绿、深绿、浅绿、翠绿、淡绿、豆沙绿、翡翠绿，等等，不一而足。这绿色海洋中，我一眼辨认出来的，是青翠的柳色。

在中国传统的审美意象中，柳色蕴含着生机盎然的春色。一个漫长冬天的盼望，看见柳条发芽，让人心底涌动出无限的春意和对温暖的希冀。古人对草木深厚的感情由来已久，对草木荣枯的感知更加朴素和敏锐，诉诸笔端，万种情思奔腾跳跃。贺知章的咏柳佳句，虽然落脚点在于赞美春风浩荡，可是人们心头浮现出的仍是那细长的柳芽。它探出头来，带着俏皮，携着春意，溢着喜气。世人一下子就记挂住了它。

柳的形象具有美感。它柔软的枝条、轻盈的身姿、明亮的色彩、飘动的神韵，能让人产生无限的遐想。宋朝人喜欢纤细柔美，浸润在诗词里，到处都有柳的身影。张先《宴春台慢》里，"雕觞霞灩，翠幕云飞，楚腰舞柳，宫面妆梅。"女子细细的腰肢晃动，在柳树下翩翩起舞，一阵风起，那迷人眼球的，到底是柔软的细腰还是纤弱的柳枝？也许它们相映成趣，在眼前不断变幻。时间无涯，在这里消失了边缘。词人在柳中沉醉，在酒里微酣，已不知今夕何夕。晏几道的"渡头杨柳青青，枝枝叶叶离情"，青翠的柳色，用明亮的色彩，唤起离别时的伤感；一枝一叶，像一幅画面，烙上了对心爱之人的深情几许。

美感又是具象的。柳叶的尖细形状，常常让人拿来做比喻。初生之时，似睡眼刚展，故称"柳眼"。李商隐《二月二日诗》："花须柳眼各无赖，紫蝶黄蜂俱有情。"女子秀眉细长为柳叶，喻为"柳眉"。白居易就用"芙蓉如面柳如眉"来形容貌若天仙的杨玉环。晋代卫瓘的书法字体笔画形如柳叶，天姿特秀，飘摇乎清风之上，世称"柳叶篆"。女子身腰若柳条柔软，故称"柳腰"。柳絮又称"柳绵"，悠悠落地，风流缱绻，摇曳生姿，在富有闲情的诗人看来，这无疑是一种雅致。晏殊写出的"梨花院落溶溶月，柳絮池塘淡淡风"，尽展柳絮淡雅的一面。又因其随风飘舞、漂泊无定的特点，成了飘零的象征，让寄人篱下的林黛玉发出了"嫁与东风春不管，凭尔去，忍淹留"的身世之叹，字字椎心泣血，令人不忍卒读。

柳作为文学意象，与"留"谐音，古人在送别之时，往往折柳相送，以示留别，表达依依惜别的深情，柳就受到中国文人的普遍青睐。这一习俗始于汉而盛于唐。想必灞陵桥边的柳树最惹人注目，它是当时人们到全国各地离别长安的必经之地。桥两边柳树掩映，亭台挺立，这地方就成了古人折柳送别的著名场所。即使狂傲不羁的李白也留下了灞陵伤别的诗篇，其《灞陵亭送别》中写道："送君灞陵亭，灞水流浩浩。"灞陵、灞水这些词本身就带有离别的色彩，在诗中又反复出现，烘托出浓郁的离别气氛。清代的纳兰容若也曾写过《淡黄柳·咏柳》："一树斜阳蝉更咽，曾绾灞陵离别。"独立的柳树，斜坠的夕阳，呜咽的蝉鸣，词人和心爱的人在灞陵离别。

柳，又象征着一种气节。东晋的田园诗人陶渊明，不为五斗米折腰，一生淡泊名利，最终遂了自己的心愿，过着采菊东篱的悠然生活。他在自家门前种柳五棵，自称"五柳先生"。陶渊明归隐田园，心中更有杂花生树落英缤纷的桃花源，而他为何舍桃而选柳呢？桃虽灼灼，究竟"格"上略逊。

月上柳梢头，人约黄昏后，为什么是柳呢？朦胧，含蓄，自带韵致。"系春心情短柳丝长，隔花阴人远天涯近"，那种情切切意绵绵的缠绵，除了柳还有谁能象征呢？至于倒拔垂杨柳的鲁智深，说他作甚？

老家的池塘边也种着很多柳树。其中的一棵，树干黑黄开裂，差个几厘米就要横卧在水面上。但它并没有倒下去，而是挣扎着身子，催促枝叶努力向上生长，不要让水浪吞没。此种情景，多次在我脑海中定格。这棵柳树，让我忍不住想到了祖父。祖父在二十多岁时家道突然衰落，他瞬间从一个无忧无虑的富家哥变为要尝尽传统农耕之苦的普通百姓。炎热的夏天，他黑黄的脸膛和油亮的脊背上布满了滚圆的汗珠，生活的重担已压得他成了驼背，可他依旧辛勤而卑微地匍匐在土地上，不管风吹日晒，顽强地讨取一大家人的口粮。

前年的清明节，我们到祖父坟前扫墓。按照老家的风俗，在坟尖上象征性地插几个柳枝，以遮挡即将到来的炎热的夏天。其中纤细的一枝，我们嫌它不够粗壮，就把它随意插在坟前。没想到的是，它居然存活了下来，真应了"无心插柳柳成荫"的古训。愿它长势葱茏，愿它开心飘拂，愿它子孙繁盛。

当我写下这些文字的时候，窗外已是柳色崭新。春天，正满脸喜气地簇拥而来。我仿佛看到河南老家的柳树，如烟似雾，带着迷人的风姿，故乡就在它们的摇曳下，一步一步地浮现在我的眼前。一瞬间，我竟觉得那些在村庄里活过的人们，他们的面庞，如柳树的一枝一叶，渐渐伸展、清晰。他们张开粗糙的双手，正热切地召唤我这位远在他乡的游子，踏上归家的路途。

作者简介：

杨燕，在《安徽文学》《大散文报》《全国优秀作文选》发表散文、小说。《沉醉不知归路》荣获安徽省作协"安徽作家看蒙城"一等奖。

老家的庭院

◎ 杨兆宏

　　老家有一栋房屋，庭院不大，花木众多，是建给父母养老的，也是自己叶落归根时的栖息地。父亲用两年的时间，把庭院经营得漂漂亮亮的。

　　院子竹石甚佳。紫竹在石头旁边，石头在院子西南一角。它们得来颇费周折，是我的得意之作。

　　竹子十几株，紫杆挺拔，绿叶滴翠。当初我要栽竹时，家人是反对的，不如果树吧？我说："宁可食无肉，不可居无竹。有竹高雅，无竹人俗，听我的，没错！"家人答应了。于是庭院有竹焉。

　　竹子刚挖回来时，为便于成活，我剪去了上半部，一米多高，栽在荷渠边，了无生趣。第二年春天，不仅绿枝披拂，竟有雨后春笋。此后几年，竹笋一年一茬，越来越旺盛。无奈，我只好把竹丛四周铺上水泥，防止竹子向周围扩散，又修去品相不佳者，只保留一定数目，于是，竹林成焉。他们四季常绿，相依相偎，俯仰生姿，趣态无穷。即使是在花木众多的庭院里，他们也是风姿绰约的。特别是在寒冬，树木叶落，百花凋零，竹林尤得雅趣。

　　和竹子紧挨一起的，是两块大石。大石直径 1.5 米左右，圆圆鼓鼓的，上下堆叠，竟像一对姊妹石。这是建房挖地基时，挖掘机从地下掏出来的。父亲说：好大的两个石头，放到下面做基石吧，镇宅子的。我说，还是放在院子边上吧，时（石）来运转，多吉利！于是这两个石头就理直气壮地占据了院子西南一角。为了少占地方，又要显得高大气派，用挖掘机把两个石头摞在一起。

　　有人说，上面那个石头破裂了，有坼。破坼——破财，放在院子里不吉利。于是，那次周末回去，有个人围着石头转，我问干吗的。他说：你母亲叫的，准备把石头移走。我对母亲说，这么好的石头，为什么要移走？母亲说，他们说石头破坼了，放在门口不好听。我说你糊涂啊，这是"生财（坼）有道"呢，又叫"石破天惊"，多好的口彩！于是石头被留了下来。

石头光秃秃地立着，有点突兀。妻从别处讨了一棵粉色的蔷薇栽在旁边。经过几年的生长，蔷薇已经覆盖了顶部。每到春夏之交，繁花串串下垂，给淡雅的竹、石增添了一抹艳丽。

竹石相偎，甚有情趣。有来客，必踯躅于石、竹之前，看竹、看石，一圈又一圈。一高一矮，一胖一瘦，一动一静，一刚一柔。风来，大石静默，竹影婆娑；雪至，竹石相依，宜然成画。

院外西南 50 米，有方塘一块，水面颇宽，四面田地人居。有一亭居其间一定甚妙。于是请人造亭。亭四角飞檐，中有石桌。闲暇之际，总喜欢到凉亭里待一待。看风过水面，留下阵阵涟漪；看锦鳞游泳，生羡慕之情。夏天，傍晚，饭后，踱步凉亭，观余晖倒影，听归燕呢喃；柔飔轻飏，静影流苏。夏天傍晚山乡的恬静与安详，尽收于此。每每此刻，身极放松，心极宁静。

塘埂外围，是 4 棵直径 40 厘米左右、一字摆开的金钱松。十数米高，枝繁叶茂，苍翠挺拔。树龄不知几何。院子南边是荷渠。紧临荷渠的是一道坡坎，坡坎顶部是一条小径，直通凉亭。当初，因为坡坎上有沁水，流得满院都是，为了导水，父亲就围绕庭院与坡坎交界处开了一条沟渠。沟渠长约 60 米，宽一到两米不等，出口在院子下面的菜园里。为了美化，父亲在沟渠的上半部栽满了四季常绿的石菖蒲。我在沟渠出口处筑坝拦水，又从网上买了荷花种子种在沟渠的下半部，一年后，便有了这荷渠。夏季来临，荷叶如盖，菡萏惊艳，又是一景。

庭院里，多花木和香草。桂花、玉兰、枸骨、红梅、山茶、木瓜、冬青、紫薇、红花檵木、红叶石楠、桃李杏、映山红、月季、绣球、蔷薇、菊花、牡丹、芍药、大丽菊、金银花、兰花、百合、萱草……还有两畦白及，开花时节，也煞是好看。常在庭院小径上转悠，看花苞张开笑脸，听小树欢快拔节，仰望白云流过，俯视虫蚁匆忙……

一年有四季，季季有花香，好不热闹。

立于庭院，举目而望。前面是两山形成的山洼，呈盆地状。一垄垄的梯田，次序排列。抬眼处，对面住着几户人家。每到傍晚，炊烟缕缕，鸡鸣狗叫，牛羊缓缓归来，山乡宁静如画。对面再高处，是大片的竹林、松林、枫林、茶园……春归桃红柳绿，夏至繁阴掩翠，秋来银杏辉黄，冬临粉妆玉砌，时时皆恬静，处处悉养眼。如此，四季皆美，人人可爱，何来心病忧愁？

当初父亲投入巨大精力经营小院的时候，我说，现在农村人都这么少了，干吗还投入这么大精力？搞得跟花园似的。父亲说，你不懂，不弄得漂亮，我们走了以后，你们会回来住吗？不觉内心怆然。

有朋于庭院中赏景，满脸的羡慕，临了，稍有遗憾，说道：要是四周筑上院墙就完美了。我说：为什么要筑院墙呢？这样不好吗？放眼皆美景，天然大花园，没必要用院墙把自己孤立起来，让自己隔绝于自然之外啊？友人哂然。

上次回家，除草、翻土两天，种上了网上买的混种混色花籽，见泥皆撒，花香满园之时，五彩缤纷之境，春天会为我带来。

作者简介：

杨兆宏，教师，安徽省作家协会会员，安徽省散文随笔学会会员，六安市书法家协会会员。

梦回延安

◎ 叶　炎

20 世纪 80 年代中期，我从野战部队有幸考入当时的解放军西安政治学院。学院自成立至今，有条不成文的校规，所有学员在毕业前夕，都要到延安现场教学，开启"寻根之旅"，接受革命传统教育洗礼，让党的红色基因代代相传。

那一年，大学毕业前夕，我和同学们一起，奔向心中向往已久的革命圣地。

当时延安还没通高速公路，更没有高铁，我们这一届学员近千人，分成几批，自带背包行囊，在西北高原上，十几辆军车组成的车队，一路颠簸，一路风尘，一路向北，经过近一天的摩托化行军，于黄昏时分到达了久仰的延安。

学院在延安有自己的教育基地，也就是一排排窑洞，一孔挨着一孔，跟电影里一样。里面是大通铺，一个班七八个人住一孔。自参军入伍后，平时住营房，野营拉练住兵站、住帐篷、住民宅，最困难的时候就是参加边境自卫反击战，住荒郊野外、住猫耳洞，住窑洞对我来说是头一回，新鲜又好奇。

12 天的现场教学，主要内容是专题讲座、参观革命旧址、瞻仰烈士陵园、请老红军讲传统、家访座谈、在延水河畔开篝火晚会等。

延安革命纪念馆，一张张珍贵的历史照片，一件件珍贵的历史遗存，让我们仿佛穿越到七八十年前。从 1935 年到 1948 年，中共中央和毛泽东、周恩来、朱德、刘少奇等老一辈无产阶级革命家在这里坐镇指挥了抗日战争和解放战争，13 年峥嵘岁月，我们党由小到大、由弱到强，从低谷走向高峰，这段时间史称"延安时期"。

杨家岭、枣园都是毛主席当年在延安居住的地方。凤凰山、宝塔山、清凉山三山鼎峙，周围有众多革命旧址，我们逐一参观了抗日军政大学、鲁迅艺术文学院、西北局、延安保育院等红色教育旧址，眼前仿佛出现延安时期，来自五湖四海的革命青年和有识之士冒着生命危险长途跋涉奔向延安，就是因为延安窑洞里有"星星之火，可以燎原"，有马克思主义和革命必胜的坚定理想信念，有中华民族前进的方向。

在延安，我们更加切身感受到，我们党的历史是一部历经沧桑、曲折坎坷、波澜壮阔的奋斗史，我们的领袖是何等的英明与远见。面对数倍于我的国民党军队的疯狂追杀和外国侵略者的狂妄凶残穷兵黩武，伟人毛泽东在谈话中提出"一切反动派都是纸老虎。真正强大的力量不是属于反动派，而是属于人民"的著名论断。

面对国民党围堵封锁，我们一手拿枪，一手拿锄，在延安烂泥湾上开展了生产自救运动，艰苦奋斗的创业精神被誉为"南泥湾精神"，成为教育全国人民发扬艰苦奋斗光荣传统的宝贵精神财富。

历史总是惊人的相似，当下，我们正经历着百年未有之大变局。这个大变局，决不是一时一事、一域一国之变，而是世界之变、时代之变、历史之变。以美国为首的西方国家对我们进行无耻的排斥打压封杀围剿，在对我实施军事恐吓的同时，实施"经济战""科技战""贸易战"。以习近平总书记为核心的党中央汲取延安精神，告诫全党要深刻认识我国社会主要矛盾变化带来的新特征新要求，深刻认识错综复杂的国际环境带来的新矛盾新挑战，沉着应对，科学决策，突破封锁，战胜疫情，果断开启国际国内双循环模式，中国成为全球唯一实现经济正增长的主要经济体，外贸进出口明显好于预期，外贸规模再创历史新高，世界为之瞩目。

"紧跟马克思主义中国化进程，紧贴思想政治建设实际，紧盯社会大众的精神需求，紧扣时代脉搏，让革命传统永葆生机，让延安精神薪火相传。是我们延安革命传统教学深受欢迎的重要原因，也是让革命传统在创新发展中永葆生机的必然要求。"我的导师、学院副院长张本正将军说。

巍巍宝塔山，滚滚延河水。延安是革命圣地，是我们共产党人的精神家园，她孕育了中华民族的宝贵精神财富——延安精神。站在"两个一百年"的历史交汇点，"要继续从延安精神中汲取力量"，什么是延安精神？"坚定正确的政治方向，解放思想实事求是的思想路线，全心全意为人民服务的根本宗旨，自力更生艰苦奋斗的创业精神"，习近平总书记的谆谆教诲激励着我们不断前行。

"几回回梦里回延安，双手搂定宝塔山。"一次延安行，一生延安情，35年过去了，我们党强化责任担当，忠诚履行使命，领导全国人民，与时俱进，砥砺前行，民主政治不断完善，反腐倡廉常抓不懈，深化改革啃硬骨头，脱贫致富打攻坚战，经济总量全球第二，疫情防控可圈可点，文化建设繁荣发展，冬奥会成功举办，和谐社会成效显著，国际影响日益提升，逐步从富起来走向强起来。

作者简介：

叶炎，安徽桐城人，在《人民日报》《解放军报》《安徽日报》等发表杂文、散文等各类作品。

卖书人的心情

◎ 俞 骞

蛰伏了七年之后，这本《一辆自行车的泰国往事》终于和大家见面了，其实，书早在 4 月份已从遥远的成都运抵我市，18 个大大的纸箱，整整 1000 本。

朋友是开文具店的，因为那份不舍的情怀，也兼营少许的图书，是我市最大的那一家。我也不想立刻上架售卖，想让这些风尘仆仆远道而来的新书，安安静静地沉淀一段时间，就好像是好酒需要历经岁月的窖藏。

书到的那一天，我还在感冒，浑身软得像一摊棉，也不好意思劳驾女店员，只得自己把层层叠叠堆在一楼的沉重纸箱，一箱一箱搬上二楼的仓库。不搬不知道，一搬才知道一箱 50 多本书的分量有多重，搬到第二个箱子的时候，汗水就布满了额头，浸湿了后背，气力也跟不上来。经过多次的中途休息，半个多钟头的时间，气喘吁吁的我勉强搬了 7 箱到楼上，隔了好几天，等感冒好得差不多，就一鼓作气把余下的也搬了上去。

大概是九九八十一天后，书在朋友的四个店同时上架了。朋友说搞个仪式吧，我却没有那个兴致，我也不知道大家对书的兴趣有多大，万一读者们并不太喜欢，那个冷清的场面，和自己写作时的巨大热情对比起来，不啻在 6 月你心里下起了雪。

不做任何的宣传，能卖多少算多少，没有商业思维的我，把正儿八经的生意当成了无所谓的随意，心里藏着一副爱买不买的清傲。半个月后，我问朋友卖了多少，15 本，他脱口而出，我也挺满意，后来，通过另一个可靠渠道，我才知道两个月才卖了 6 本，至少还有人买，至少还有识货的，我就这样安慰自己。后来，卖书一事，我就把有当成了无。

前几日，两个当年我来马鞍山插班的高中同学，其实只有一学期的交情，在班级群里，欣喜地说在延品看到了老同学出的书了，还@我要签名，我真是有些受宠若惊，喜出望外。我当年只是他们班上一个外地来的匆匆过客，和他们说不上有太深的同窗情谊，我想，应该是书的内容吸引了他们吧。

还有，前辈郭翠华老师，在微信中回复说看了我的书很感动，说我的人生观很了不起，她可是中国作家协会会员，是博览群书、著作颇丰的知名作家和影评家。已经退休的她，为了能够兼顾作协的事务和照顾外孙女，每周在马鞍山市和上海之间来回奔波，如此繁忙的她，想方设法在夹缝中撑开一段宝贵的时间，一篇字字斟酌的推荐语句句道出了对作者内心缺失"一角"的察觉和理解，什么样的支持比得上用心关怀的文字呢。

我大概是突然被老同学们的热情和郭老师的真诚所触动并鼓舞，想想那些书不能就这样孤独地在店里摆下去，一直少人问津，不能就这样冷落在昏暗的仓库里，终年束之高阁。

当一本书，被作者殚精竭虑地创作出来之后，像一个呱呱坠地的小婴儿，只有生命之初的微弱的气息。如这本书，被人看了，在被人阅读的过程中，与读者产生对话，与读者产生了情感的连接，这本书才真正开始属于自己的生命历程。这本书，被人爱了，在被人欣赏的目光里，与读者产生了双向的精神交流，让读者有所思有所想，让读者感受到了语言艺术的美妙，又源源不断地带给读者愉悦的精神享受，这本书的价值才真正得以精彩呈现。

作者简介：

俞骞，公职人员，出版长篇游记《一辆自行车的泰国往事》。

看 花 去

◎ 喻本荣

人生有许多事是值得等待的。比如花开。

那些年，在故乡。从清晨诗经，走到月色下的荷塘，春天总是喜悦的。出门见草木逢春，花开在野。"红杏枝头春意闹"，多热闹呀！其实，杏花本闲人自闹。桃花、梨花、海棠、槐花、木槿……一场一场花开，乱了章法，却足够欢喜。

人到中年后，回忆起那些年的春天，记忆模糊一片，只记得，滚烫的春日，花开得让人慌乱，千朵万朵，花朵重叠着花朵，芳香沉溺着芳香，争先恐后，生怕春光里那遥遥归来的阳光不够暖她的情意。谁还说草木无情？草木慈悲，以开花的方式回报泥土和阳光，以美的花容感恩路人。

这个春天，有朋自故乡来，捎来花信说那个隔世的村庄，花开依旧。只是村口那棵老梨树，老得春风都扶不动了，花开稀疏，想想那些年的春天，梨花带雨，美到惊心。

春光是有情意的，一寸一寸浩荡而来，芬芳和暖，蜜蜂闹得慌，谁还能静下心来读书写字的呀，再风情万种的字句，亦不及春光。

出门看花去。

花开总是动人的。早春去小城，坐在公交车上，车窗外那一树树辛夷花，结满枝头，花开无声，素洁优雅。如一个素淡衣裙的女子，端坐在静美的春光里，幽香清远。

少年时，读叶绍翁的《游园不值》，一知半解。杏花时节有客来，小扣柴扉久不开，只为主人不在，抬头见"一枝红杏出墙来"，消了遗憾，多美的遇见。

暮春访山寺，山道边一路花开，大朵小朵，一花一世界，像是山寺晨钟暮鼓敲落的句句偈语。在寺门口，看见一个修行的人，走在一棵开花的树下，那花如千百只倒挂的小钟，在春风里摇摆，虽无声，却惊心。花开时节，佛前上香，别无奢望，只求来生可以有个好花容。

"只恐夜深花睡去，故烧高烛照红妆。"苏轼的句子，让你忍不住春天去看海棠。那年春天，在那棵海棠树下，恰逢花开，不能自已。那一树垂丝海棠，花开婆娑，春光里明艳的海棠红，如锦绣，如美人。《杨太真外传》喻杨贵妃为海棠花。《红楼梦》里的海棠花主自然归属美人史湘云。林徽因像极了一朵低温素淡的海棠花。张爱玲一恨鲥鱼多刺，二恨海棠无香，三恨红楼未完。其实是才女对完美的追求，海棠无香，却丝毫不影响它的美丽，是以表明自身风骨。花之色香，如女子之才与色，美女以绝色容颜愉悦我们，才女以落落素心涤荡我们，皆足珍惜。

平实的秋天，陌上秋草香。桂树是温暖的树，暗香袅袅，温软亦长情，让你在熏熏香风里沉溺，桂花的香是亲人的，就像躺在祖母怀里，一缕香，几许暖，沉溺而不沉醉。这个秋天，燥热无雨，时序中秋，桂花迟迟未开，可见桂树的沉稳矜持，不张扬，这世上总有一些低温的人，于清淡光阴中，历经百转千回，开出一朵朵素素的花。自古诗人画家钟爱桂花，人缘这么好，并非刻意讨喜，实在是温柔而已。走在桂花树下，花雨纷纷，素年安暖。

花开是历经沧桑之后的圆满，一朵花的明媚照亮了你我漫漫经年，温暖轮回，无论生活厚与薄，我们一起去种草花吧，然后，晴耕雨读，等待一场嫣红粉黛的花开，来句读那些斑驳光阴的旧痕，抵赴从容清默的日月流年。

无花的日子，等花开。花开的日子，看花去。

作者简介：

喻本荣，高级教师，散文、诗歌、短小说散见于《安徽青年报》《江淮晨报》《散文选刊》《诗歌月刊》等；散文、诗歌多次获得全国各大赛事等级奖；短小说集《给爱一个台阶》副主编；编著出版文史类散文集《武陟山》。

那 棵 树

◎ 袁孝友

村口有棵粗壮高大的梧桐树，树皮光滑呈青白色，树冠郁郁葱葱。每当夏天，树荫下坐满了人。梧桐树是 20 世纪 50 年代栽的，在村庄的东头，远远望去就像全瓦屋这条船的桅杆，高大而突出，成了村庄的标志。无论出村送行或是远接客人，人们都会站在梧桐树下招手。

自我到新桥中学读书开始，这棵树下便时常出现一个身影，矮小的身躯手扶着粗壮高大的树干，翘首以盼，那是我的母亲在等我，一望 8 年。

我 8 岁才上小学，在村庄里算晚的。村里小伙伴十几个，天天一起玩耍。春天挖野菜，放鹅放鸭；夏天在水塘里戏水钻猛子，逮泥鳅，掏黄鳝；秋天在地里倒花生，烤山芋；冬天溜冰冻，放炮仗，玩得不亦乐乎。哪有心思上学？但终于被母亲逼去了，却也是三天打鱼两天晒网，经常逃学玩耍。我的启蒙老师李明传多次来我家，要我我母亲严加管教。

母亲狠了心，吃过中午饭后，母亲就坐在门口的小凳子上，靠着门，一边缝补衣服一边晒太阳，一边监督我做作业。春夏之交，饭后易困，我遽然跌入梦里，母亲喊一声，我又硬着头皮写作业。有时迷迷糊糊听母亲哎哟一声，原来她也困了，针扎进手里了。有时她实在是困得很，坐在那里，头却不停地向前点，就像被风摁着的柳条。每当看到这样的场景，我就甚为愧疚。

中午看着陪着，晚上也是。煤油灯下，我做作业，母亲缝补衣裳、纳鞋底，她一边忙还一边催我说："老憨儿，赶快写，油快干了。"母亲心疼油，但又希望我多看点书，心里矛盾得很哪！在母亲的管教下，我的成绩从三年级开始上升，到小学毕业时已是班级尖子生了。

1978年我读初二，因为成绩不错，我得以从戴帽初中转到新桥中学。母亲很高兴，在家忙了大半夜，整理被子，准备饭缸，炒了一碗咸菜，带了几斤米。第二天早晨，母亲早早起来煮好芋头稀饭，还煮了一个鸡蛋，催着我吃饱了，叫三哥送我到新桥上初三，高兴得好像我考上大学一样。我和三哥出门了，母亲送到那棵梧桐树下，再三叮嘱我好好读书，不要想家。这是我第一次离家，离愁别绪涌上心头，我们都满眼泪花。当我走到庄前大路上回望，母亲还在那棵树下招手，依稀听到她喊："不要想家，好好念书。"

1979年秋，我考上了中专，这在我们乡是第一次。全家人高兴得很，母亲更是容光焕发，但忧愁也随之而来。大哥送我上学报到那天，母亲头一天晚上一夜没睡，收拾准备穿的盖的、吃的带的。那时家里穷，吃粮靠粮票，穿衣靠布票，买什么都得凭票。她连凑带借准备了20元钱、30斤粮票，又给我买了平生第一件"的确良"衬衫，买了一条裤子。早饭后又送到了梧桐树下，她拉着我的手哭得停不下来，一边流泪一边叮嘱着。两个姐姐说："老弟考上中专是大喜事，你尽哭个啥？"她才强忍着，叫我不要想家，安心学习，需要什么写信回来。看着母亲花白稀疏的头发，满脸的皱纹，我也忍不住流泪。

在读中专的三年里，每半年回家一趟，母亲每次都提前在那棵树下等候，望眼欲穿；每次都到树下送别，难分难舍。每次送别时，我都不敢回头，一看到那棵梧桐树，看到树下母亲的身影，我的眼泪就忍不住地流。在学校的半年中，母亲惦记着我，每隔两个月就叫我大哥到学校送炒锅巴，怕在学校吃不饱。锅巴是她从邻居家用米换来的，晒干拍碎，用舍不得吃的腌猪油加上咸菜炒好，用塑料袋密封着，抓一把可以泡一饭碗，又香又脆又有营养。每次大哥送来母亲的炒锅巴，同寝室的几个同学都争着吃，多少年之后大家见面还念叨着。

三年后中专毕业，我被分配到地直单位工作，母亲高兴坏了，自己辛劳大半辈子终于有了回报。在家住了没几天，母亲就催我走，说现在是公家的人了，赶紧去上班。母亲一早起来炒了蛋炒饭，还炒了几个蔬菜，叫大哥送我上班。在那棵梧桐树下，母亲不再流泪，拉着我的手说："老憨儿，你长大成人了，帮公家做事，一定要老打老实的，不要怕吃苦，不要贪便宜取巧。"她是担心儿子干不好工作，怕儿子犯错误。在工作了六七年后，我成家生子了，就把母亲从老家接来，她一边带孩子一边帮我们做家务，减轻了我们许多负担。母亲的到来，也给了我尽孝的机会，时常陪着母亲带着儿子逛公园，在家陪她看电视。那几年是我工作最顺心，在家最温馨的时光，现在想起来特别怀念。

母亲 80 多岁回老家养老，老庄的房子也拆了，跟我大哥住在街道上，92 岁时母亲永远离开了。年前我回老家给母亲上坟，到老庄去看看，不见了那棵梧桐树，心中怅然若失。

母亲，梧桐树，梧桐树下的母亲的场景，烙印在我的灵魂深处，永不磨灭，永远清晰。

作者简介：

袁孝友，安徽合肥人，笔名子孝、晓川、青山人，现任六安市人大常委。在《诗选刊》《庐州诗苑》等发表诗词数十首。在《清明》《散文百家》《安徽日报》等报刊发表散文随笔十多万字。

淠水谣

◎ 张大鹏

月亮升起来，水塘里的水草在月色下显得芜杂朦胧。母亲将长长的虾网投向水草处，然后再轻轻地拉上来，虾网里便满满的都是活蹦乱跳的白米虾。我扶住竹篮，母亲将这青亮亮的虾倒入篮中，又向下一个水草丰茂处投下虾网。如此反复，母亲带着4岁的我绕着塘埂走，约莫半小时的功夫，这竹篮就快装满了。

"这水塘怎么这样多虾?"

"这淠河水好，特别养虾。"

"有水草的地方就有虾吗?"

"虾吃草呢，水草多的地方虾多。"

月色朦胧的秋夜，我和母亲一问一答地往家里走。第二天，我们全家人不但有了新鲜的虾吃，就连家里的鸭子也可以大快朵颐了——我们吃拣出来的大个头的虾，小虾米就用来喂鸭子。

我最早关于淠水的记忆，是如此温馨。

故乡的淠水，并非从淠河直接流下来的，而是从淠河引出来的水，她流到我的故乡，流出了淠干这条人工河。她从六安引到合肥这一段，学名"蜀山干渠"，是淠史杭水利工程的关键一段。这是一道人工天河，是肥西、六安、寿县、长丰的几十万农民用了两三个秋冬季，用最原始的铁锹、扁担、柳筐手挖肩挑出来的。我在儿时，每讲到挖淠河的事，父亲这个亲历者总是唏嘘不已。1959年、1960年发生饥荒，那些在河上工地的人，一天也就一斤大米的供应量。很多上河工的青壮年人，因饥饿与劳累而倒在工地上。

关于淠河，父亲与母亲竟给了我两个完全不同的记忆印象。一个是温润，水一样的温柔；一个是粗犷与艰难，石头一样的坚硬。

淠水是六安的母亲河，她源于巍巍大别山，接千沟万溪，终成大河。浩荡北流，从正阳关入淮，是淮水最主要的支流。横排头是东西淠水的交合处，从金寨方向来的大别山西水与从霍山方向来的大别山东水在此汇合一处，成洋洋大观，波涛汹涌。2006年我来六安的第一站，就是来到横排头。站在高高的大坝上，向南望，东西淠水清亮亮地逶迤而入大别山深处；向北望，宽广的河道杨林密密，湿地连连，一望无际，可见其水盛时的风姿与粗犷。

这里也是淠干的起始处。巨大的闸门下，青悠悠的河水卷起翻滚的漩涡，滔滔向东北流去。故乡大塘与水沟里流淌着的水，来自这里；滋润着六安、肥西、寿县、长丰、合肥、肥东、定远、来安上百万亩农田的水，也来自这里。

淠水的温润与粗犷，在此地融为一点。横排头每年我都要去几次的，不仅仅是看风景，更多是在此总有一种感喟与回味。横排头上矗立的那座淠史杭工程纪念碑，时时提醒着后人莫忘当年的艰难困苦与奋斗精神。而横排头下便是苏家埠镇，是红军一次大战的发生地，是徐向前元帅一战成名的地方。淠水的历史天空，与地理变迁的沧桑，在横排头有一个融会的点。

淠水的温润，我是深深体会着的。2006年，我刚到六安工作，就驻在淠干的河边。站在阳台上，蓝悠悠的河水似乎伸手可掬。清晨或是傍晚，总有一批游泳爱好者在河里顺着水流往下游漂游，即使冬天也不例外，是因为舍不得淠水的温柔吗？后来我搬到淠河边，几乎是每天晚上，我都要绕着月亮岛走一圈。因在新安一带修了橡胶坝，六安城西的淠河宽广，波光粼粼，一片江南水乡的景致。水让六安添了韵味与灵动，散步其畔，微风轻拂，这温润的气息抚慰着当今都市人疲惫的心灵。我有时还喜欢去淠河的故道上走走，虽然没有宽广的水域，但深潭与浅滩相连，碧水静流，野鸭与白鹭游戏其上，两岸杨树林一望无际，也是一种令人心旷神怡的风景。

淠水的粗犷是我渴望看到的。2008年，我终于一睹风采。汪洋恣肆的大水翻滚着，裹挟着树枝、野草向下游滚滚而来，一望无际，向正阳关而去。六安半城的人几乎都出动了，来到河边，看这雄浑的淠水气象。老人们说，这是 1954 年以来最大的一场水，这是古老淠水的复活。我深信这句话，每当我行走在淠水那宽广的故道，从裕安区的苏家埠而下，到新安、山王、再到霍邱的彭塔、花园，淠河西岸有近 10 里的故道，水底是几十米厚的沙子，那是千万年来淠水流下来的沉积。如今这上面是丰沃的土地，特别适宜瓜菜生长。古淠水是多么阔大与雄浑！

自 2006 年到六安来工作，转眼已十多个春秋。站在淠水前，回想自己与淠水的关系，先哲"逝者如斯夫"的喟叹在我心中响起。淠水的温柔与母亲的慈祥，淠水的雄浑刚健与父亲苦难时的坚强，竟在回忆中连接在了一起。如今，父母已离我而去，但眼前的淠水又让我回想起他们的点点滴滴。我在六安工作，走东跑西忙着采访，居住与生活竟也与这淠水发生如此多的交集。淠水贯穿着我的生命，从少年到中年，从中年到老去，永不停息。

作者简介：

张大鹏，《安徽日报》高级记者，驻六安记者站站长。从事新闻业务 30 年，写作各类新闻作品百万字。各类散文作品发表于《安徽日报》"黄山"副刊及其他期刊、专栏，计有近 30 万字。著有报告文学《十村记——大湾赞歌》。

守 护 者

◎ 张　典

外婆生病那年，我上小学三年级。

外婆去医院检查后就被要求立刻住院，在医院，她每天后半夜都会胃疼地在床上翻来覆去。我当时很不能理解，我印象中外婆身体很健康，每天在街上转几圈都不觉得累，为什么胃疼会一下子把她击倒呢？

家人们的行为举止更是让我感觉到了异样——不信佛的妈妈开始每天早上起来烧香祈祷，舅舅和阿姨四处打听有什么缓解胃疼的偏方……

我忘了是谁告诉我，是病魔在折磨外婆。病魔显然非常残忍，因为刚入院时，外婆还能跟我说说笑笑，但仅仅过了十来天，她的胃疼变得更严重了，什么都无法消化，所以什么都不能吃，连喝水都会吐出来，她几乎是肉眼可见地消瘦了下去。外婆想安慰我和妈妈别担心，但我们只有把耳朵贴在她的嘴边才能听得清楚。

妈妈每天都红着眼睛，家里所有人的谈话间都透露出束手无策的无力感。年幼的我萌生出了一个想法，也许可以不让病魔折磨她。

星期五晚上，我要去医院陪外婆住一晚，出发前，我从床头柜翻出了很久不用的水枪，从床底的收藏盒里翻出了外婆陪我用纸板制作的宝剑。我把水枪装满水，带着纸剑来到医院。

"你这是干什么？"外婆看着双手都拿着"武器"的我，感到很好奇。

"外婆，"我举起水枪和纸剑说，"今晚我要当你的守护者，有我在这，病魔一定不敢来折磨你。"

外婆听到这话，终于露出了浅浅的微笑，可我还没来得及看清，那笑容就被疼痛的表情取代了。

天黑了，外面渐渐沥沥下起了小雨。我躺在外婆旁边的病床上，握紧水枪和纸剑。我有点困，但睡得不踏实。也不知道过了多久，漆黑的夜空中划过一道闪电，照亮了整个病房，接着雷声就来了，轰隆隆，轰隆隆，狂风也开始顺着门缝往病房钻，发出可怕的呼啸声。

不久后，我听到了外婆叫疼的声音。我却被这风雨雷电吓得躲在被子里，一动也不敢动。我突然感觉自己太没用了，我不是要当外婆的守护者吗？为什么却什么也做不了？还是让外婆被病魔折磨呢？

第二天醒来时，我的头一直昏昏沉沉。外婆也没什么精神，妈妈带我回家前，我抓紧外婆的手说："对不起外婆，我没有守护好你。"

"傻孩子，你在这陪我就足够了。"外婆在迷迷糊糊中捏了捏我的手，很轻，但那已经是她全部的力量了。

"好，那我明天还来陪你，我天天都在这陪你。"我连忙说道，然而我并不知道，明天如约到来，我却再也没有陪伴外婆的机会了。

凌晨4点，妈妈忽然把我从床上叫起来，急急忙忙带着我赶往医院，到了医院，医生说外婆已经走了。妈妈哭得特别厉害，我透过病房的门缝，看见处理后事的人正在帮外婆换衣服，外婆的手忽然一滑，耷拉在半空中，半天也没动一下。

那个瞬间，我才真正意识到，那个天天笑吟吟的，偷偷给我零花钱的，抓着我手陪伴我长大的外婆，再也没有一丝气力了。

之后的很多年，我都一直责怪我自己，怪我为什么没能守护好外婆。我慢慢长大，这段回忆成为尘封的一个片段。只不过，这记忆却像一颗种子在我心中生根发芽，此后在面对生活中的困难和挫折，我都会不自觉后退一步，很怀疑仅仅靠我自己是否有足够战胜它们的力量。

我按部就班读完大学，毕业后成为一名教师。有一天上自习课，一个小男孩举手问我："老师，这个世界上有怪物吗？"

这句话像是一个咒语，重新打开了我尘封的记忆，把我带回了守护外婆的那个夜晚。我瞥了一眼他手中的《怪物大师》，想了很久，蹲下身，对那个小男孩说："这个世界确实有怪物，只不过它们用的是另一个名字，叫挫折、天灾、病毒、病魔……"

我还没说完，小男孩又问："那我们可以消灭它们吗？"

我沉默了，我没有回答，因为我也不知道答案。

就在那之后一个多月，一种可怕的病毒突然在武汉爆发，并迅速席卷了全国。人类对这种病毒知之甚少，一时间人心惶惶，曾经人声鼎沸的城市仿佛被按下了暂停键。我每天都在关注新闻，想知道这病毒到底会造成多大的破坏。这让我又想到了班上那小男生问我的问题：我们可以消灭它们吗？

可以吗？我脑中衍生出了一连串的问题，我们有这种能力吗？如果可以，到底谁来消灭它们呢？

当病毒爆发一段时间后，电视开始播放全国各地的医生护士集结驰援的新闻，一个个白衣天使身穿防护服，头戴防护眼镜，甚至剪去漂亮的长发，她们毅然决然地冲在抗疫第一线，守护着一座座城市。

那一刻，我全身猛然一震，瞬间知道了该如何回答那个小男孩。几天后，我找到了那个小男孩，给他发了一张自拍照，那是我身穿红色志愿者衣服的照片。我告诉他："不管是什么样的挫折、天灾、病毒、病魔，我们都可以消灭，因为我们有着一群非常强大的守护者在守护着我们。"

"守护者？"小男孩很好奇，"他们是谁，很厉害吗？"

我说："他们只是一群普通人，并不是无所不能，但正是有他们的奉献、牺牲、陪伴、守护、帮助……我们才能幸福快乐地生活在我们的城市里。"

和小男孩说完后，我又想起了外婆。多年来，我一直责怪自己不能守护外婆，但我却忘了当时年幼的我根本没有战胜病魔的能力，能做到的只有陪伴她。我的眼中一下子噙满泪水，忍不住喃喃："外婆，我当时是个合格的守护者吗？"恍惚中，我仿佛看到了病床上的外婆，抓着我的手说："傻孩子，你在这陪我就足够了。"

作者简介：

张典，笔名慢慢侠，已出版《Strange World》和《灵魂保险公司》系列丛书。在《科幻世界·少年版》《少年文艺（江苏）》《今古传奇·故事月末》《少年幻想王》等杂志发表过数十篇作品。其中《命运绘画本》入围2021年第32届中国科幻银河奖最佳少儿科幻短篇奖。

美丽的黄龙

◎ 张建国

黄龙在四川省阿坝藏族羌族自治州松潘县，是中国唯一保护完好的高原湿地，与九寨沟相距 100 公里左右，海拔最低 1700 米，最高约 5600 米。来黄龙游玩，最想看到的是黄龙四绝：彩池、雪山、峡谷、森林，但是很遗憾，我只仔细地领略了两绝，意外地领略了不为人所关注的另一绝。

我们随着人流缓慢行走。在上山之前，导游再三叮嘱过，在山上游览，大家不要走得太快，要是你感到呼吸困难，可能就很难缓过劲来了。大家在高海拔地区，不要太勉强自己，一定要量力而行。

栈道在苍翠的林间穿梭，左边是树，右边还是树。一棵棵挺拔的树木，高擎着巨大的树冠，在飘逸的云间里摇曳着，像是在载歌载舞地欢迎着我们。每棵树是又粗又大又挺拔，树冠枝叶繁密茂盛，郁郁葱葱，树干附着葱翠的青苔。

走着走着，我就感到有些体力不支了，只好把脚步放得更慢了。爱人从包里掏出人参片让我含在嘴里，预防高原缺氧。我一手拄着拐杖，另一只胳膊挽着爱人的胳膊，晕晕乎乎地继续往前走着。

走着走着，从森林的间隙里，我们已经能看见山坳里的小溪了。小溪梯田一般，分成许多个梯级，一步一步在高山上蜿蜒流转，一直延伸到一座山峰的背后。仰头望去，山外青山，云里青山。在阳光的照耀下，那山峰袒胸露背，像一个体格健壮的藏族少年站在那里。洁白的云朵，在那青灰色的顶峰飘逸，像是搭在少年颈脖上的哈达。这座美丽的山峰，那就是神圣的雪宝顶峰。

又走了一段路程，栈道像一座木桥一样，跨过了一条小溪，与对岸相连。我们站在跨溪的栈道中间，伫立，赏景，拍照。站在栈桥上，我手扶着护栏，静静地遥望着那从山上轻盈溜下的溪水，漫过岩石，仿佛像柔滑的丝巾，柔美得像是在磐石的脸上抚慰。

走过栈桥，来到小溪的对岸。对岸有两条路，一条路下山，一条路继续上山，往五彩池的方向走。我实在是不想往上走了，爱人一再鼓励我，到黄龙，不看看五彩池，回去以后，你一定会懊悔的。是啊，来这里，不亲眼看见这里的人间瑶池，那可不是对不起这趟旅行了吗？我一咬牙，继续往山上走。

终于可以远望五彩池了。五彩池有数百个大大小小的小彩池，由于水中含有特殊的矿物质，彩池五颜六色、美丽异常。最大的彩池有数百平方米，而最小的只有巴掌大。位于龙头的五彩池是整个黄龙的精华。每个较大彩池中央都有一座小宝塔，在阳光的照耀下，彩池五彩缤纷，好看极了。大多池子呈现出各种颜色，在阳光的照射下闪耀着各种光彩，像一副巨大的彩画。这些彩池相互连接，水都来自雪山上的积雪，但池子的水色却各不相同。有的上边是深蓝色的，流到另一个彩池就变成了橙黄色的，用手舀起来一看，却什么颜色也没有了。真是太神奇了！

看过梦幻般的五彩池，我再也坚持不住了，拄着拐杖，顺着栈道往下走了。大约快走到山脚下，身体才感到舒适了。于是，我就放慢了脚步，一边走一边还时不时遥望着雪宝顶峰。

在蔚蓝的天空中，巍然屹立的雪宝顶山峰，那皑皑白雪像是大自然用神来之笔精心描绘的一样。顶峰的岩面，在强烈光芒的照耀下，层峦叠嶂被雕刻得清清晰晰，青灰、深蓝、青蓝错落有致，有一股青春健壮的气质。

那萦绕在巅峰的云朵，像善舞的仙女，随风舞动的水袖，旋起婀娜的风姿。黄龙的山，让我陶醉。黄龙的云，让我痴迷不已。

从雪宝顶山峰一直蜿蜒到我的脚下溪流，像一条逶迤的黄龙。那形态各异的五彩池，仿佛就是这苍龙身上的鳞片，蔚为壮观，光彩夺目。

那源起雪宝顶山峰的溪流，涓涓、潺潺，优雅、恬静，像是受了佛缘的洗礼，静静的、静静的，在峡谷中游弋，没有一丝的浮躁，没有半点的执拗。

难道黄龙的溪流注入了水的灵魂了吗？你看她那行走的轻盈姿态，你看她那从容的流淌步履，你就不得不心生敬意。你看那溪流，遇有高埂拦截时，她不急不躁，轻轻地、慢慢地、无声无息地漫了过去。遇上有岩石阻挡的时候，她悄然从石缝里面钻了过去，如果要是连钻都钻不过去，她会顺着它的边沿，悠然自得地绕过去。只要方向不变，什么都在变，都可以变。她在树根盘结的空隙里荡漾，在蓬乱交错的灌木丛里流淌，一直向前，只有方向不变。这时，让我想起老子讲过的上善若水……黄龙的水，让我心生敬意。

走出了黄龙景区的大门，我的思绪仍然留在里面，留在虚怀若谷的山间，留在婀娜多姿的云间，留在上善如水的精神里。

作者简介：

张建国，笔名飞翔的大鹏，中国散文诗作家协会会员，安徽省作家协会会员，安徽省散文家协会会员。期刊签约作家。主要作品有：2019年创作长篇小说《逐梦人生》，参加人文在线全国小说大奖赛，荣获三等奖。

一屉小棉衣

◎ 张秀梅

在我家大衣柜下面的抽屉里，放着一些干干净净叠得整整齐齐的碎蓝花小棉衣。那是我家二宝小的时候，母亲一针一线为他缝制的。看到这些小棉衣，我仿佛看到了母亲戴着老花镜弯着腰一针一线缝制小棉衣时的身影。

我生二宝时，我的母亲已经 70 多岁。我拒绝母亲这样做。一是因为她年纪大了，眼睛不太好，容易针扎了手。二是因为孕婴店里婴儿棉衣应有尽有，算起来自己做不比它便宜，何必去费那么多工夫呢？

但是母亲却坚持着。她说："你知道买的棉衣用什么棉花做的？你能放心小人儿穿买来的衣服？"她也不知道从哪里听说的，说有些商家把黑心棉重新弹两遍，就变得又白又软，一般人是看不出瑕疵的。我一听也很担忧，就随她了。

为了用上真棉，她特意让父亲陪她回了一趟 100 公里外的老家，向我二婶要了一大袋子新棉花。回来后，稍事休息，就戴上老花镜一点一点地挑拣棉花里的草屑土渣，然后拎着棉花去了菜市场棉花店，全程监控店主弹好了，再一步步走回来。

我不知道 70 多岁的母亲用了多久才走到菜市场，虽然那时已经深秋，她回来时，已是满头大汗，手里拿着两块白底蓝花的棉布。我很想说她，冬天还远着呢，那么急着做棉衣干吗？这么远距离，万一出个什么事，那是一件棉衣的事吗？但看着母亲累并快乐着的表情，我红着眼圈默默拥抱了母亲。母亲不明所以，她一边使劲挣脱我，一边着急地问我："你怎么啦？怎么哭了？遇到啥事啦？"她还把我当孩子？

母亲有一双巧手，我们兄妹 4 人小时候的衣服，都是她自己裁剪的，都是她一针一线缝制的。虽然她已经 70 多了，但是做起针线活来依然飞针走线，非常灵活。温暖的秋阳下，母亲戴着老花镜，低着头，一手持针，一手拿线，开始了密密细细的缝制。只用了 3 天，她就缝制了三套棉衣。

我有二宝那一年，母亲的身体还很硬朗。二宝 3 岁时，我的母亲突发脑溢血，幸运的是抢救过来了，但却留下半身不遂的后遗症。她那勤劳一辈子的双手，不能再做任何事情，她苦恼伤心了很久。去年 4 月份，母亲第二次突发脑出血，这次母亲决然地离开了。

二宝现在已经长大了，再也穿不了姥姥当年给他做的小棉衣，但是我却舍不得把那些小棉衣扔掉或送人，那是母亲留给我的念想。那些小棉衣里，不仅有母亲对二宝的关爱，更有我熟悉的妈妈的味道……

作者简介：

张秀梅，笔名 LH 来慧，散文、诗歌散见于《重庆法制报》《甘肃日报》等。

光脚板走故乡路

◎ 张学梅

留恋一种痒，它漫过粗糙的脚板，直抵心底。它像一条响在黑暗里的河，看不见雪亮的河水，流进了心灵深处。那一种特别的触觉，就像记忆的开关，碰一下，记忆的灯亮了，往事眨着眼睛，就像满天的星星。

我是光脚的孩子，在圣洁的光里，在母亲圣洁的微笑里，张开手脚，哇哇地哭，咬着手指，傻傻地笑。母亲说，你手脚划动的样子，像一条白胖胖的大鲤鱼。尤其是那两条粉嫩的腿，就像两截藕段子；那粉红的脚，嫩得像豆腐，润得像红玉。

终于可以下地了，映着外婆绣做的大红肚兜，十二色布拼接出的老虎头，光着腚，光着脚，蹒跚着，跌跌撞撞着，在屋前屋后，池边柳下，粘蜻蜓，捉蝴蝶。蝴蝶，有淡黄色的，小巧玲珑样，常常在屋后竹林边的蒲公英花头翻飞。有时，它们把头扎进花蕊间，触须微颤，翅膀轻扇，稍不注意，你以为她就是蒲公英小花。也有个大的，翠红、翠绿的，花蝴蝶，黑蝴蝶，它们警惕地飞着，不在低矮的小花朵上滞留。它们飞啊飞啊，仿佛随时都会停下来，但终于振起翅膀，飞过园子，飞过篱笆，飞到遥远的田间，飞进蓝幽幽的天空里了。

蜻蜓太多了，淡黄色的最常见，它们喜欢集群，在黄昏时低飞，像一架架小飞机。它们飞得那么从容，那么优雅，它们有时怡然不动，有时倏尔远逝，它们往来翕忽，似与我相乐。我常常呆呆站在屋前，望着半空中的蜻蜓，目光追随，脑袋移动。红蜻蜓最爱立在池塘里的木桩上，小荷的尖顶上，田野里的草尖上，风吹着它们的翅膀，微微地动。就像玛瑙做的红蜻蜓，就像玉石雕的红蜻蜓。常常会在这样的黄昏里出神，碧水，青草，蓝天，绿荷，红蜻蜓。

在奔向蝴蝶，小的、大的，淡黄的、翠绿的，黑的、白的，五彩缤纷的蝴蝶时；在走向蜻蜓，淡黄的、大红的，飞着的、栖息着的，在草尖上荡漾着的各种蜻蜓时，我的脚下是温软的泥土。我是个赤足的小孩，我是这片土地里长出的豆芽芽，我对它没有设防，它把我轻轻呵护，我赤着脚走在同样赤裸的土地上，那痒痒的感觉通过我的脚板，传到了我的心里。有时候，我忽然停下来，呵呵地笑，母亲怜爱地看过来，说："傻丫头。"

那时候的我，日子是缤纷的、多彩的，无忧无虑，可是我饿，肚子咕咕叫。我就常常光着膀子，光着脚，在田埂地头，找"茅叶"，摘"刺苔"，或是去屋后坡地上挖"地爪"。一不留神，会被茅草箭扎破，就一屁股坐在柳荫下，呼哧呼哧吹气止疼，然后用黄泥或土灰，堵了殷红的血口，又在哭意涌起时被一只蝴蝶吸引，被一株野花转移，痛消失了。

竹林和树荫，是我的好去处，那里总有一块光溜溜的地盘是我的家。砖头碎瓦垒砌的锅灶，榆钱果，槐树叶是我的粮食，煮成一锅满满的饭食，假装是个殷勤能干的小小主妇。或是扒来一捧黄泥，和了水，揣揉成馒头状，软软的。捏呀捏，捏成凹凹的碗状，高高举起，用力摔叩在平地上，"砰"的一声，泥炮在叉开的两腿间炸开了。泥溅在脚丫上，溅在小腿上，酥酥的，麻麻的。

雨来不用躲，雨珠顺着光溜黝黑的脊背滚落，连痕迹都不留。母亲说："嗨，你就是条小泥鳅！"我用脚丫踩着，软软的泥从脚丫缝里涌出来，饱胀的感觉，酥麻的感觉。好玩，哈哈！

打猪草的时候，茅草箭经常戳破我的脚板，以至新伤接上旧疤。就回家哭过要鞋穿，哭来的是姐姐哥哥穿破了的不成样子的，甚至会摔跤的烂鞋、大鞋，索性还是赤脚。我对自己说，小心点啊，小心点啊。我看着自己的脚，嘿，一双白胖胖的脚，微笑的脚。

放牛时，赤脚是一件舒服的事。茅草埂，可以骑在牛背上，双脚在牛腹两侧欢快地夹击，滑翔，像一个将军，像淘气的弼马温。伴着"驾，驾"的吆喝声，两只脚，就像两只白白的鸟，飞过来，飞过去。

终于上学了，春、夏、秋三季，大多是赤脚与孩子们一起走土路。雨后天晴后的路最好走啊。没走过呀？太遗憾了。软软的暖暖的泥，淘气地从脚丫里包抄出来。啊呀，痒痒！咯咯咯！冬季，雨雪稀少，一双尖口鞋，竟然能糊弄大半个学期，兄妹几个轮换穿的雨鞋，竟也对付了日子。脚在鞋子里蠢蠢欲动，啊呀别急，冬天来了，春天还会远吗？

就这样慢慢长大了。十多年来，一直用光脚板丈量故乡路，习惯了赤脚走天涯。慢慢地我练就了宽厚的脚板，让我在几十年风雨人生路上，不慌不忙地走得稳健，走得踏实。

刘年说：我打赤脚，是为了和大地保持肉体关系。

我说：光脚板走故乡路，故乡悄悄告诉了我幸福的密码，我悄悄告诉了它，我爱它，无论走多远，它都在我的心里，我的梦里。

作者简介：

张学梅，女，六安市骨干教师，裕安区学科带头人，副高级教师，六安市作家协会会员，安徽省作家协会会员，中国散文诗协会会员。

四 和 记

◎ 张韵秋

一

站在被群山四合的四和村时，天蓝得旷古而幽深。

那条在梦里百转千回的东溪河，与我隔了 30 年的光阴后，就在眼前。我远远地看着它，它也看着我。它与我，眉眼间传递的都是当初的温情，有种"故人江海别，几度隔山川"的欲言又止，什么都不用说，也不用问。

秋深，河水远不如记忆中的丰沛。

那会我们小，小舅很年轻，师范刚毕业，与舅妈任教于大山深处的四和村小，表姊妹们常随外婆来常住。最爱这条清澈无比的河，那会儿河似乎也年轻着，一路从山里面活泼泼没心没肺地奔来，在学校门口通向山外的路基上，往下游跌落成一帘小而透明的瀑布。"瀑布"上，隔有一步远的距离就垫有石块，多数时候，我们可一跳一跳地越过河。

但是遇上雨季，河就无拘无束起来，在奔流途中，不断地吸收从各路峡谷投奔而来的小河，左冲右撞，自由而任性，汇聚成一汪波涛汹涌的大河。把一条河滩中出山进山的小路，湮灭得无影无踪。

遇上涨水的日子，我们只好攀上河岸，贴着崖上的石壁小径，在深绿湿滑的苍苔上小心翼翼地走着。那时候，心里就很恼恨这关隘重重的山山水水。

但是恼恨归恼恨，山水涨得急，退得也快。水退后，露出白花花的河床，我们又蹦蹦跳跳地奔走在上面，欢喜的时候还是多于怨憎。

夏天，乍雨还晴，河水初涨，阳光灿灿照着河滩。被雨水洗刷一净的裸露的河床，正是洗晒的好时机。山里的女人们都生得白净，一则山中日照时间短，二则，无不与这清凌凌的溪水有关。她们也爱干净，一遍遍去往河边洗衣洗菜洗家什，末了，再把自己放水里，洗把脸，洗洗胳膊腿。直洗的大姑娘小媳妇，个个水灵嫩生，堪比4月的葱白。

一溪流水，曾带走山里一半盛夏的酷热，冲散过光阴深处，一些艰涩，一些郁结。男人们在河边走走转转，紧锁的眉头就舒展了。汨汨的流水，或许让他们悟出了一条河的处世哲学，日夜奔流不息，总会有挣脱大山融入大海的那一刻。

别后，它曾迂回在我的梦里多少次，有时也是夜半梦醒。我在半梦半醒之间，总是潜意识地屏蔽着它山洪暴发时骇人的狰狞与咆哮，多半，就是今天它清冷冷不染纤尘的模样，静静地从村前流过。原来，多年过去，河还是当初的河，水却已不是当初的水。它早已成了我梦里的模样，温顺乖巧地流淌在被改造被疏浚的河道里，避开村庄，避开庄稼，避开道路，被路基下修砌的齐整的石坝拦截着，一路朝山外奔去，奔向属于它的江河湖海。

二

我并不是出生在山里，但四和算得上我半个故乡。后来再大些，求学在山乡的中学，除了去小舅家吃住，还经常去同学们家玩。其时，从学校到山里人家，少则，要溯着东溪河走十里以上的河滩，多则要翻越几座海拔几百米的大山。年少的我们，天生就是山中的精灵，常常乐此不疲的来回奔波着。

四和村，位宣州区溪口镇东南部，村寨多以"坑"与"坪"命名。生在山谷则为坑，生在山腰则为坪。诸如凤凰坑、大坑、小坑、桐坑、水利坑，这些自然村落，都散落在大山皱褶的深处。山里人家依山傍水，日出而作，日落而息。他们好像已习惯了东溪河，溺爱着它秋冬季的温顺，也无奈着它在暴雨来临时，任性而骄蛮的狂暴。当东溪河如一头猛兽，以千军万马之势卷走河边的房屋，荡平滩涂上辛苦打理的庄稼，切断外出的通道时，他们也只是默默地忍受，等到水退后，收拾起狼狈的心情，再在半山腰上劈石扩疆，把村庄一点一点地挪上半山腰。一辈一辈，就有了山腰上的"坪"。姚坪、周家坪、王家坪、燕子坪，众坪安营扎寨在群山翠微间，遥遥相对，虽鸡犬相闻，然看山跑死马。且不说要出一趟深山，将山货运到外面的集镇上，再换些米盐酱醋回来，靠的都是肩挑背扛，多半是顶着星辰出山，浴着月色进屋。

同桌顺喜的家在燕子坪。如果顺着那条东溪河往回走，不用爬山，但是会多弯绕十几里的河滩路。我俩为抄近道，会选择直线行走。而那条所谓的"直线"，就意味着要翻越牛头山与桐木岭两座大山。当我随她背着书包攀爬在暮色的山中时，常见有暮归的山里汉子，担着一副沉甸甸的挑子，在石砌的山道上杵着打杵，汗水涔涔往山顶的方向一步一挪着。那一条磨在肩头油亮的竹扁担，柔韧地担着生活的艰辛。汉子们的脸，沧桑如石，刻在我的脑海。

倒是小小年纪的我们不知疲惫，叽叽喳喳一路，穿梭在滴翠的林间，与长笛短哨莺莺燕燕的鸟儿们一起，把茫茫的大山一遍遍唱响。记得我第一次随顺喜翻越桐木岭时，从山脚仰望岭头时，斜阳的余晖还琴弦一般，从更高的山峰跌落向低处。天寒，夕阳坠落的急，待我们气喘吁吁爬到山顶的山神庙时，暮色已沉沉地将我们裹挟。四周的山峰都变得影影绰绰起来，近处的灌木幽深沉静，似隐藏无数我们不可对抗的力量。有那调皮的男生大叫一声：有鬼！我们又拔脚尖叫着一路跑下山去。遥望对面山腰上的村庄，已炊烟袅袅，然而从桐木岭头到阿妈的灶头，还隔了一条长长的峡谷与半座山的距离。第二天清晨，村庄还在酣睡中，阿妈就起床了，点亮油灯给我们做些吃的，我们顶着星辰爬回桐木岭时，晨曦才微露。多半时候，山间都有晨雾，弥漫缭绕，高过我们头顶的芒草、葱郁披拂的藤蔓，都润湿似刚刚出浴，叶尖上挂着的千千露珠，一副要滚落又不敢滚落的样子。

站在中年的阳光中，回望那些晦暗的时光，多少次脑海中还忽现年少的顺喜与我，被晨雾浥湿的细软的头发，被露珠湿透衣裤的模样。

还记得某次，我与顺喜气喘吁吁爬上桐木岭时，坐在山神庙前憧憬着未来。面对沟壑纵横的千山万仞，想来想去，无论哪一种归属，都是渴望能生了双翅，好飞越这沉重的贫瘠的大山……

三

与燕子坪隔了一座大山的虎塘，藏在山的更深处，是一个距村部还有 8 公里的小山村。生活在那里的老人，恐怕做梦也不会想到，有一天，轰隆隆的挖掘机会开到他们门前的河滩，疏河道、垫路基，而后，一条水泥路慢慢地铺到了家。一路热心陪伴我们的，是胡金梅女士，胡大姐是被四和山水养育长大的优秀女儿，对山有着浓厚的感情，她兴奋地告诉我们，今秋，随着虎塘最后 1.6 公里路面硬化工程的完工，四和 28 个被重重大山围困、被条条河流阻隔的自然村，基本实现村村户户通公路。

有路就有一切可能。路如一条条白练，随蜿蜒的山势飘入山里的人家。如今，山里人走出了大山，优美的自然环境、丰厚的资源，在带动旅游业的同时也引来了山外的客商。山里原生态的春茶、竹笋、香榧、蜂蜜、香菇、木耳等奇珍异货只消男人们一个早晨地来回，就妥妥地流入山外的集镇，流向山外更广阔的天地。山里的男人，再也不为大山束缚，不再听天由命，他们的代步工具在路上轻便地出入着，捎着他们的女人与山货，捎着自信和乐活。

有三三两两的外地车辆停在书有"景文石基地"的路旁，人在河滩寻寻觅觅。料亦是如我们吧，偷得浮生一日闲，跨出藩篱须臾，来亲山近水，运气好，还可拾得一块会心合意的景文石。景文石，刻录了 4 亿年的山容水音，是自然之子，全凭大自然巧妙地安排着它飞动的纹理，组成万千美丽的画图。有些画图简洁明快，一目了然，若渔翁垂钓、深谷幽兰；有些又存在虚实与有无间，如佛家禅语"实相无相"，没有一个固定的形态，一石一世界，全凭你如何去领悟。近年，这沉寂了几亿年，极具美学价值的石头，引得艺术鉴赏家、美学家与奇石爱好者们纷至沓来，也算是"金风玉露一相逢，便胜却人间无数"了。

回望四和，山峦叠嶂，清奇秀美，虽是深秋，古木丛竹仍然浓荫密匝、翠色欲滴。鸟儿们一如当年，在竹、杉、松、楮、栎、檀、柏、枫、茶间，鸣奏的长笛短哨，似更脆更远。

作者简介：

张韵秋，女，原名张秋香，安徽宣城市人。有散文、诗歌、报告文学先后在《文艺报》《安徽日报》《作家天地》《青春·一字街》等报纸杂志及央广网等媒体平台发表。中国散文学会会员，安徽省作家协会会员，宣城市散文家协会副秘书长暨《宣城散文》责任编辑。

红房子

◎ 章晓成

红房子是江城最早的离休干部休养所，被称为红房子的原因有两个：其一，干休所院子里的 3 栋小楼是红砖砌成的；其二，里面住的都是部队团级以上的离休干部及家属。

红房子里一共住着 6 户人家。说起这 6 位户主，尽管已经时隔多年，我依然清晰地记得他们的模样，记得当年我们这群顽皮的孩子们对他们的称谓。

级别最高的是张师长，他是参加过长征的老红军，可他的口音无人能懂，仿佛是在吟唱一首自己作词作曲的歌，我们称他为"歌唱家张师长"。

我家楼下住的是空军团政委陈家和，陈政委一年到头穿着白棉袜黑布鞋，走起路来八字步加歪肩膀，我们叫他"飞机政委"。儿时的我常常喜欢跟在他身后学走八字步。后来渐渐懂事一点，我才知道陈政委走八字步，是因为战争年代环境恶劣，陈政委两只脚严重冻伤，只剩下了大拇指……

还有两位姓王的团长，他们身材一高一矮、一胖一瘦，调皮的我们学着大人们称他们为大老王团长和小老王团长。

最没有架子的便是我爷爷章开如团长了，整条街大大小小的人都亲切地唤他"开如老爹"。

学历最高的则是每年春节给大家写对联的曹团长。

红房子坐落在高长街的中段，各方面设施配置齐全，内部配有正规的篮球场和大草坪，是街坊们休闲、娱乐、运动，甚至是上厕所的唯一地方，为了方便街坊们进出，每天早上 6 点半哨兵就会打开大门,直到晚上 11 点才关门,夏天的时候甚至会更迟。这个制度直到三五子出事那年才有了变化,这是后话。

红房子之所以夏天关门很迟,缘于干休所暑期定期举办的"讲故事"活动,每次都有一个爷爷是主讲者,这其中我爷爷讲得最多,也是最受欢迎的主讲人。爷爷 1939 年参加革命,历经抗日战争、解放战争、抗美援朝,肚子里有着说不完的战斗故事,加上爷爷的语言天赋极好,说起故事来绘声绘色,让人有种身临其境的感觉。每每到了这个时候,我总是一步不离地跟在爷爷的身边,这里得多说一句,或许是因为战争年代失去了两个亲生孩子的缘由,爷爷对我这个孙女实在是过度呵护,以至于成年后常常感叹自己性格"胆小怯弱",这一点实在是不像个革命军人的后代。

此时的爷爷身体瘦弱精干、慈眉善目,因为年轻时练功习武,年老后双手有时会不由自主地颤抖,可一根两头镶嵌着金属的黄烟枪却从不离手。听爷爷讲故事的除了小伙伴之外,每次都有些身强体壮的年轻人,他们总是七嘴八舌地对爷爷问这问那。诸如:"开如老爹,您的手为啥有时候会颤抖?电影《山里游击队》里的大队长真的是以您为原型?"爷爷笑而不答,那天晚上,他让 3 个小伙子来抢他的烟袋,顷刻之间他们便被爷爷放倒,之后,再也无人怀疑了。

我上小学二年级的那个寒假,三五子出事了。三五子是院子对面街坊陈大爷的第三个儿子,小时候生病留下了后遗症,脑子有点糊涂。

出事的那天,天气异常寒冷,头两天落下的细雪并没有完全融化,墙头和瓦檐上闪着莹莹的白光,仿佛在等待着新伙伴的降落。头天晚上睡觉前,对吃上心的三五子发现了母亲藏在橱顶上的一碗猪油渣和白糖,便毫不犹豫地统统裹进了胃里,凌晨时被肚子阵阵绞疼惊醒,三五子披上破棉袄就向红房子跑去。

直到上午 7 点多,张师长从自家的窗户远远看去,发现对面一排山茶树似乎有些不大对劲,便连忙下楼来看个究竟,原来是三五子从两米高的墙头上摔了下来,栽进山茶花的树丛里,头砸在一把锋利的铁锹上。满脸是血的三五子被送进了地区医院,三五子的伤情比较严重加上又患上了急性肠胃炎,必须住院治疗。那时候并没有如今这样完善的医保体系，三五子家根本拿不出住院的钱。随着院子外面传来三五子奶奶惊天动地的哭喊声，院子里张师长特有的"歌声"也在红楼家家户户回荡着，最后六位爷爷一起做出决定，每位爷爷捐出了80元救治三五子，在70年代末期，这是一笔数目非常可观的钱款。三五子还受到特殊照顾住进干部病房，两个星期后便痊愈出院了。

这件事之后，爷爷们决定撤掉了门岗，干休所的大门24小时开放，街坊们个个拍手称快，主动承担了红房子里的环境维护，不仅将院子里的卫生打扫得干干净净，还种上了各种各样的花花草草，红房子彻底成了高长街的一部分。

很多年以后，有时我走在路上，还会被人认出："你是红房子开如老爹的孙女小胖子吧？"

接下来他们所说的话几乎如出一辙："红房子里住的那些老革命一点架子都没有，对我们老百姓可好了！"

我想起爷爷常常挂在嘴边的一句话："战争年代若不是老百姓保护我，我章开如早就死了一百次了！"

爷爷们如今都已回归泥土，红房子和高长街也不复存在，可有关红房子的那些人那些事，一直鲜活在我的记忆里。

作者简介：

章晓成，女，安徽省作家协会会员、区作协秘书长。2019年开始发表作品，有小说、散文发表在作家天地、中国作家网、《芜湖日报》等网络平台及报刊。

和洲词条

◎ 章　勇

位于 318 国道旁的和洲岛，四面环水，原先不叫和洲，自从东梅、苓丰、新滩 3 个行政村合并后，取名和洲。和，和谐安详；洲，四面环水。

清末民初，和洲已是徽文化的辐射之地，我们的祖先在这里繁衍生息，日出而作，日落而息。在那些淡远的日子里，守望相助，耕读度日，亦农亦商。和洲是一幅水墨丹青，青弋江两岸，沃野百里，林木茂盛，勤劳的人民过着田园牧歌的日子。这里不仅经济繁荣，而且文脉昌盛，人才辈出。哈佛大学文学院教授梅光迪诞生与此，他的事迹激励了多少代学子，他的精神就像一口富矿，被后来人无限开采，成了他们的营养。他们分布在香港科技大学、中央财经大学、中国科技大学、北京大学、复旦大学，他们又会把和洲的文气传遍所到之处。悠悠青弋江，从皖南事变的茂林奔流而下，碧浪翻滚，以不可阻挡之势冲向长江。

西汉时，和洲即为宣城府所在地。晚唐诗人杜牧惊羡钟灵毓秀、物华天宝的青弋江两岸，曾留下"九华山路云遮寺，清弋江村柳拂桥"的诗句。青弋江是皖南流域的母亲河，也是徽文化的发源地，从明清年代遗留下来的村落布局和建筑，足可见证青弋江流域的文化与文明。改革开放以来，勤劳的和洲人民在党的富民政策的引导下，高起点高规划，加大交通、电力通信等基础设施力度，同步推进乡村硬件建设，完善配套设施，增强乡村承载功能。居民别墅楼房拔地而起，景色宜人的和洲已崛起于秀丽的青弋江畔。

当然，和洲不是没有过苦难。早年每逢雨季来临，和洲人民的劳动果实就遭到洪水的侵袭，辛勤的汗水常常付之东流。面对洪水的泛滥，地方党委和政府集人力物力筑堤抗洪。和洲岛通过几度水利建设，洪水已渐渐离开了我们的视线。现在的和洲岛正以它好客、淳朴的民风吸引着南来北往的客人，和洲百姓秉承了徽州人勤劳朴实的禀赋，沿袭了徽州人亦农亦商的智慧，让家乡换了容颜。

在和洲岛内行走，青砖黛瓦马头墙依旧隐约可见。春花铺满青瓦，夜来风雨，清清冷冷，飘入梦乡，"一春梦雨常飘瓦"的意境注定让人浮想联翩。漫步村庄，偶见村民悠闲地编制细篾竹篮，竹篮工艺精美，流于乡间多年，曾经风靡一时。

就是昨天，一位来自外乡的朋友，他告诉我，和洲梦里梦外都是春天，道路中间及两侧的景观树正在开花，红的鲜艳、黄的温暖、粉的娇嫩、绿的葱茏。远望，五彩纷呈，近观花团锦簇。林徽因说"人间最美四月天"，青弋江岸边的 4 月，春风十里，五彩缤纷。江南村落中，和洲不是地理，而是一种记忆，一种气韵生动的生活，一种像烟雨一样蔓延的乡愁。此刻的和洲，随着九曲之水，流淌着悠悠古意，娟秀从容。

一千多年的历史文化孕育了和洲让人流连忘返的水乡神韵。沿着江岸散步，倾听游船飘出的江南丝竹之音，简约古朴，风华绝代。来到和洲不看外滩，绝对是莫大的缺憾，和洲的外滩不同于上海的外滩。它是一片旷野之地，植被茂盛，草木尽显葳蕤之势。一眼望不到尽头的嫣红与翠绿散尽人间自然，悄然默长，绵延不绝。岸边荻花摇曳，红杨、水杨在阳光下纷披垂立。弯下腰，随处可见形态各异的石头，在地表上演着一场永远不会结束的集会，又似乎在分享一段品之不尽的美丽传说。

新时代，新篇章，和洲正用真实的建筑、凝固的艺术、恢宏的规模立体呈现它的美好，让其成为和洲人民不可或缺的精神地理、生命领土乃至灵魂版图。

时光里的和洲岛，越来越摇曳多姿，让我流连半生，依然怀着一颗少年心。我在这里等你，等你走进春天的故事。

作者简介：

章勇，从事法律工作，曾在《散文选刊》《海外文摘》《西南作家》《光明日报》等报刊发表作品若干。

那座阁，那汪潭

◎ 郑洁尘

青弋江是长江下游最大的一条支流，源出黄山北麓，于周家坦注入太平湖，出湖后再流经泾县，这期间，有一段水面豁然开朗，沿江古居俨然，便是到了桃花潭镇。

桃花潭镇南临黄山、西接九华，水系勾连太平湖，而其之所以闻名，源于一个汪伦"追粉"故事，因为太有名，兹不赘述了。

如今，踏歌古岸依旧，诗仙、史官已随风远逝，然桃花潭却因这个传说流芳千古，位于古镇万村里的汪伦衣冠冢，据传其碑文"唐史官汪讳伦之墓"为李白所题，但真伪早已无从考证。

我们今番出发时已经是芳菲尽的 4 月，本来尚有青弋江畔觅油菜花的念头，不承想，今年春季升温异常，油菜花期提前了将近一周，一路行来，渐行渐显的都已经是稀稀落落，而眼前的青弋江却让人不失欣怡，正巧碰上阴天，江雾丝丝缕缕，伴着平缓的水流，还有沿江两岸朦朦胧胧的徽派民居，正是那种想象中徽州古韵的感觉，完全是另外一番"任它无情也动人"的美。

桃花潭镇，古称南阳镇，如今还存有 700 余处明清古民居，临近江北的一部分开发成商业街，打眼的黄金位置，大多都是经营宣纸宣笔的各色商铺。这里的家家户户都有自己的生意在做，徽州有首民间谚语称"前世不修，生在徽州，十三四岁，往外一丢"，原因就在于徽州地区山多地少，人烟稠密，素有"七山一水一分田，一分道路加田园"的说法，当地人具有很强的生存危机感，很小的年纪就开始外出谋生，一条徽杭古道，就是徽州人不怕苦不怕累走出来的，如今，大多数人对于安徽另一个印象就是有鼎鼎大名的徽商，

"贾而好儒，商而兼士"是徽商的追求，杭州著名药房胡庆余堂就是徽州商人胡雪岩创建，已经成为徽商的一个传奇。

小镇往南走进深处，还有一些稍微僻静的巷道，但是本地人居住的已经非常少，多数是开成了民宿和酒吧，黄昏时分，我们走在湿漉漉的石板街上，远远地能看到一长串挂在屋檐下的红灯笼，"进水楼台"客栈的招牌有点俏皮的字体就在巷子尽头出现，回过头来，另外一家"先得月"酒吧就在暗影之间"微笑着"，很多门上都贴着诗词曲赋的对联，或许这就是当地人对"读书"二字的切身体会吧。

出石板街西门就是东园古渡，1300 年前的大诗人李白就是自此告别汪伦登舟远行。现今门楼上"踏歌古岸"4 个大字，是原安徽省政协主席张凯帆于 1984 年重修古阁时所书。古阁的位置在渡口和南阳镇正街之间，出阁正好面对豁然开朗的清澈潭水，可以沿河观景，徐徐登船过渡，入阁则是南阳镇正街，亲身感受古镇的千年烟火气息。

级级踏步登上楼阁，选一处安静的角落小憩，透过窗棂可以看到桃花潭水在薄雾淼淼中缓缓流淌，几叶扁舟泛游其上，新绿微波，点点涟漪，真的会有"千尺潭光九里烟，桃花如雨柳如绵"的感喟。潭水的另一边是垒玉墩，上有李白醉卧的彩虹岗和吟诗唱和的谪仙楼，从踏歌岸阁门洞中望去宛若一框清冷镜洁的山水画，在绵绵绿色中向北舒展而去；倘若有心回望，便是弯弯曲曲通向南阳镇的卵石路面，是更老旧的古屋，错落有致又和谐相生，踏歌岸阁两侧的仆仆风尘，更显出古村落原始的自然和安静。

桃花潭镇分为万村和翟村两处。潭畔建于清乾隆三十二年（1767）的文昌阁，是昔日翟氏宗族共同捐款建成，为的是家族子弟科举兴盛，在清朝早期，文昌阁每年都要举行一次文昌会，入会者皆是家族科第士子，兴旺之势有如今日桃花潭一年一次的赛龙舟大赛，文昌阁成为当地兴会讲学之重所。自明嘉靖进士翟台之后，翟氏一门共出了 7 位翰林、9 位文进士、4 位武进士，成为当之无愧的泾邑望族。

潭对岸的万村则要比翟村陈旧得多，路上依旧是不规则的鹅卵石，窄街两侧的墙壁显得陆离斑驳，却也有一种繁华落尽的沧桑之美。万村的原住民基本上都迁出了，如今最热闹的去处除了彩虹桥外，就该数那座忽悠过大诗人的"万家酒店"遗址，房主告诉我们，这家酒店最兴旺的时候占据了大半条街，楼上楼下两层，灯火通明的夜晚，江上行舟都可以看得到，如今只有几家商铺挂着桃花酒的幌子，在冷冷清清的石板街上回味着昔日的繁华。

都说桃花潭的傍晚与清晨才是最美的，所以我们在夜游古镇之后就在桃花潭民宿住了一宿，次日清晨出发，正好沿江而行，竹影清风中，有薄雾缓缓自江面拂来，在潭水之上悠闲弥漫，对面的群山时隐时现，潭上的小舟成了雾气与山影之间轻盈的点缀，阵阵清亮的白鹭声带着回音在天地之间绵延回旋，真的像极了一幅活动的水墨写生图。

作者简介：

郑洁尘，男，1971年1月于内蒙古锡林郭勒盟出生，包头师范专科学校毕业，现定居安徽省淮北市。安徽省作协会员。

快乐如浪花

◎ 周 迪

人都愿意快乐地生活，几乎没有人喜欢每时每刻都沦陷在烦恼与焦虑中。

然而，人刚刚出生，似乎就对这个纷纭未知的世界，充满着恐惧。生命从脆弱的幼芽，逐渐长大，每一步成长，都会有各种磕磕绊绊，痛苦忧伤随之而来。

按说成长是快乐的，但是那个过程，却并不美好。因为，打磨和煎熬都会如影随形。这是生命从无序朦胧到有清晰判断所必需的历练。

幼小的时候，总是试图摆脱那只拉着自己的手，渴望随心所欲。等到有一天，自己开始独行，蹒跚与行色匆匆的人流，没有了目标，失去了方向，无助迷茫，像秋雨绵绵遮蔽了双眼，再没有一双可以寄托安危的手来握，又渴望陪伴、指引。

挑起生命的重责，独自掌舵，必须去面对，去担当。风风雨雨里，任激情变得平缓，让少年变得沧桑。生命之重，似乎也没有快乐。

夕阳落照，记忆悠长。无情的岁月，在遭遇的洗礼中慢慢逝去。怎样的辉煌，已经是明日黄花；如何的风花雪月，也已经是过往烟云。青山不老，岁月无情。翘首回眸，人生苦短，尽如雨打花落去。

这是怎么了？还没有好好地开始呢，却似乎已经结束，而此时的快乐就如人的影子，它，是有的，却总是摸不到，抓不着。

等失去了很多，失去了很久，才蓦然知道了。原来，快乐不属于年龄、经历、遭遇、过程，它只属于选择。

生命成长之痛，可以痛并快乐着；生命重负之难，可以难并快乐着；生命慢慢地衰竭，也可以老去并快乐着。一切属于生命的东西，你无法阻挡它的轮回。但是你可以学着主导自己的心境，选择随时随地的快乐。

只有成功才会快乐吗？不是，经历一样可以带来快乐。爬上泰山之巅才叫快乐吗？不是，站上一个小山包，看看落霞的余晖，一样可以快乐。成为人上人才叫快乐吗？不是，努力做到最好，一样是一种快乐。

我喜欢土地，在刚刚翻起的黑土里播撒下种子，驾驶着拖拉机，迎着清凉的微风，唱着歌，我可以很快乐。麦穗金黄，稻谷飘香，一分耕耘一分收获，大自然的褒奖也让我满怀快乐。

我喜欢写写画画，把心中的幻境，倾注于笔墨丹青。在酣畅淋漓里我释放了心境，获得了快乐。

我是一个苦行僧，在一次次肉体经历苦难的时候，我的心与我渴望的境界距离却越来越近，我的心得到了释放，我一样快乐和欢愉。

我是一位孤独的歌者，这个世界没有人愿意驻足聆听我的歌唱。然而，我可以给自己的生命写歌，让自己的歌催发自己的快乐。

没有人能够体会，为什么有的人放弃安逸，去选择拼搏。没有人懂得为什么有的人放弃成就，去选择青灯孤影。没有人明白，为什么有的人会放弃财富，去选择远行。

因为，他们懂得，只有自己喜欢的生活，才能给自己带来快乐，也才能不负此生。

作者简介：

周迪，安徽省蒙城人，笔名御风先生。与 2017 年在天涯文学发布长篇小说《碧血桃花烟》，2020 年在 17K 小说网发布长篇小说《蛟龙决》，2021 年在 17K 小说网连载军旅战争题材小说《狙击战神》。

木樨花香

◎ 周　庆

一点风从窗外吹进来，因为辨不清方向，并不知是来自东海或是来自太湖。风有些清冷，却毫无寒意，杨柳风的感觉。

我躺在酒店的大床上，头靠在枕头堆里，尽力将身体放平，懒散散的，眼睽着窗外。

窗外是黑咕隆咚的天空，大约还飘着雨丝。已经是掌灯时分，屋内的光线渐微渐茫，我不想开灯。黑暗如水，漫延于我的周遭。我被包裹着，却不觉得窒息，反而有在水中游泳的自由。况且黑暗中尚有些许微茫，至少能让我辨识眼前物体的形状。

那一点风在屋子里盘旋着，将我从头到脚周身上下轻轻抚摸，然后携一缕香气钻入了我的鼻腔，在我的心脾脏腑里游荡遍了，终于下沉到丹田，化作一股暖流蒸蒸而上，直抵天柱，让我浑身为之一振，不由得伸了个懒腰，鼻息之间，已盈余了久违的熟悉的味道。

是木樨香。

是姑苏的木樨香。

"物之美者，招摇之桂。"

姑苏是盛产桂花的。

而我对桂花有一些偏爱，不知是否因我生在桂月的缘故，还是桂花做的糖糕月饼着实馋人。所以我第一次进留园，看到闻木樨香轩，竟有似曾相识相见恨晚的惆怅，以至于顿悟了宝黛二人初遇的情境。

当时的我正沉迷于古诗词，正属于那种为赋新诗强说愁的青葱年华。当我得知"木樨"乃"桂"之另一种称谓时，便觉得"木榉"二字的仄平组合比较于单音节的仄声"桂"字，听起来更具音韵美感、文人气息。

古人妙笔，以"闻木榉香"为题目，图画立现，简直就是一幅唐寅手绘的仕女了。

由此，我对苏州有了一层初见的好感。

毕业季开始的秋天，学校安排我们来到苏州，实地考察古典私家园林的风貌。姑苏城中金风习习，丹桂飘香。

我像一个信徒，虔诚地礼拜着这座 2500 年历史的古城。

城被护城河包围着，界别分明，城区除了若干主次干道略显宽阔之外，倒像一座集聚的江南水乡村落群。

街道连着河道，小桥浮着流水，枯藤虬曲，老树横斜。

民居宅院、巷陌里弄中藏着园林，藏着故事，藏着归隐的意趣，藏着屈子的离骚。

平淡素雅、亲和低调，恬静舒缓中又隐约呈现出一副历久弥新的格局。

苏州城是亲民的，是寻常百姓的家园，是士大夫志在山水的写照，是历代传统文人艳羡的精神归寓。

在古城的一隅，有一座不起眼的园子，曰藕园，是园主沈秉成夫妇偕隐双栖之地。指导老师将我们引到木榉廊间，恰是新秋季节，暑热褪尽，园子里娴静悠然。他问我们，这座园子如何？

我们答，古，经典，原汁原味。

他又问，如何判断一座园子的年份？

我们七嘴八舌，建筑风格，檐口式样，出戗角度，匾额题款，叠石手法，石狮子的姿态……

他摇头，都不是，看这——

顺着他手指的方向，我们看到山丘上蹲踞着一株两人难以合抱的桂花树，银白的树皮上铁褐色的皮孔斑斑点点，树颈部位的树干已经朽烂镂空，状若磨盘的根兜裸露在外，粗大的根枝如巨蟒般紧紧盘绕着黄石泥土。

不言自明，岁月的风霜已经在这株老桂身上刻下了累累印痕，印记了园林的兴衰、主人的更替和人世的聚散悲欢。

未曾想，勾起了我灵魂深底里多年潜藏的，不过是一丝风，一缕木樨香。

于是我立起身来，借着黑暗中尚存的些许微茫，披上风衣，出了门。

门外风轻雨歇。

借助于手机导航，我找到了水陆盘门。古城楼修葺一新，巍巍高耸。城墙下一段狭长的地块上，遍植了桂花，地图上标识为"桂花公园"，是苏州的市花主题公园。

桂花，毋庸置疑地已被法定为苏州的市花。无怪乎，此城尽带木樨香了。

冲天香阵环绕着我，如同陈年的女儿红揭开了泥封，搅动着我的眼耳鼻舌身意。

不知何时，一轮皓月挂上了古城楼角，碧空如洗，护城河上水波粼粼，护城河外楼宇林立。

我忽然想起了黄公绍的那首词，《明月棹孤舟（木樨）》。

> 雁带愁来寒事早，
> 西风把鬓华吹老。
> 猛省中秋，都来几日，先自木樨开了。
> 淰淰轻阴天弄晓，
> 平白地，被花相恼。
> 一枕云闲，自窗秋晓，时有阵香吹到。

而我的眼角，不知何时，悄然流下了两滴清泪。

作者简介：

周庆，铜陵市天井湖景区管理处高级工程师，安徽省作家协会会员，安徽省书法家协会会员，安徽省摄影家协会会员。

庸常的家雀

◎ 朱　皓

在村里，麻雀又被称为家雀，是一种与人亲近的鸟。没有谁知道麻雀的年龄，也不必知道。人在哪里建房安家，它便跟着在哪里筑巢繁衍。整日里成群结队围着村庄和村外的小树林，钻来转去，飞高就低，在低矮的屋檐，在土墙夹缝里出出进进。

村里的那些泥草屋，总是沿着那些横竖的巷道进行排列，貌似巷道的方向确定了这些屋子的走向。那些椿树、楝树，还有槐树、榆树等，在屋外空闲地上歪歪斜斜立着，一副凌乱的样子。在地里刨食的人把它们按在土坑里，浇上一瓢水，便顺着日子任其死活。那些长出叶子的就成了树，枯干的便成了灶膛里的柴。活着的树成了麻雀的天堂，天刚刚放亮它们便纷纷蹲在屋顶和树枝上叽叽喳喳亮嗓。

娘围着画布一样的围裙，端着半木筐瘪谷，一把一把撒向鸡群。瘪谷是娘从谷场边草丛里铲拾来的，夹杂着尘土与杂草。扬手间泛出一股白雾在晨风里翻腾，尘土与杂草落在娘凌乱的头发上，像结了一层霜。鸡群一窝蜂地围过来，头也不抬，喙啄在地上发出密集的"啪啪"声。只要眼前这些鸡肥蛋多，就能换来更多的油和盐，脏与乱都算不上什么。墙上的鸟儿依然跳着、叫着，望着鸡啄食，一副若无其事的样子。娘说：你看这些蹲在四周的雀儿，别以为它们整日里蹦蹦跳跳无所事事，缩着脑袋在屋脊上等冷，看似傻乎乎的。其实它们可贼了，眼珠溜溜转地专瞅着地上的瘪谷呢。

娘刚转过身忙活计，几只勇敢的麻雀便突然钻进鸡群，蹦跳着抢食。探路者平安无事，群鸟便纷纷而至，一地瘪谷被瞬间啄得像风吹的一样干净。

我扬起胳膊，嘴里"咔"了一声，鸡和麻雀们瞬间一哄而散。娘翻过白眼：那么大的人，还跟鸟一般见识。

隔壁的二伯是我的老师，二伯年轻时就有两个爱好，一是摆弄线装书；一是养鸟。屋里堆成书山，整个院落和过道挂满了各式各样的鸟笼，里面装着各种鸟。庭院不大却绿树如荫，每天清晨鸟儿们不惜气力地伸头缩脑地歌唱。这院子好像不是二伯的家，倒像是鸟们歌咏的大舞台。

麦田翻滚着一波波麦浪，天气一天比一天热，点燃了一朵朵石榴花。我约伙伴四处打探鸟窝的消息。那些在树梢筑巢的鸟大多是黄雀、乌鸦之类。这些鸟格外护窝，一旦发现异类来犯，便会不顾一切对入侵者进行猛烈攻击，哺养雏鸟时更甚。我曾不止一次被它们尖利的喙叼啄过，直至纵然发现树巢里有鸟也不敢招惹，只得顺着屋檐探听麻雀的讯息，掏上几窝，满足一下好奇心。

每当春风横扫了大地上的残雪之后，河岸醒了，绿了，麻雀们也忙碌起来。它们先是在屋檐下、屋脊上、墙缝或树洞里寻找做窝的地方，然后便沿着河岸及房前屋后，挑拣那些茅草、鸡鸭绒毛等柔软的东西。

雌雄鸟一边筑巢，一边恩爱，一旦产卵便是它们爱情的结晶。雌雄鸟小心翼翼地轮流坐班孵化，哪怕是觅食回来，也会时刻警惕着天敌的跟踪。它们之间分工明确，协作无缝，一招一式总是那样准确精致，一切都在悄悄里进行，从不见丝毫瑕疵或失误，琐碎与庸常的生活像极了一群精打细算过小日子的人。

我捉了几只雏麻雀。记不清我掏过多少次麻雀窝，只记得无论是老麻雀和黄口雏鸟一旦被捉，便立刻失去了原本的灵动与活泼。无论用怎样的挑逗方式和美味引诱，它们总是紧闭嘴巴，把身子缩成一团，一副闭眼等死的模样。这次也不例外。

面对这种结果我有些沮丧和疑惑。正当我不知所措时，忽然听到二伯院里鸟儿开始歌唱，声音悠扬婉转，便一股脑地用竹签串起麻雀从不正眼看的蚂蚱飞奔而去。我举着那串蚂蚱朝着八哥晃了一下，没想到那黑货眼神十分锐利，竟不顾一切将头挤出笼外，极其敏捷地从竹签上啄去一只，并瞬间吞入体内。

正摇着蒲扇纳凉的二伯推开面前的线装书，微笑着说：养鸟如同人间把戏，讲究诛心。

我举起麻雀笼让二伯看，那雀紧闭着眼睛，脑袋缩进脖子里，像得了瘟病。二伯说：我的这些鸟，光鲜亮丽的皮毛下包裹的尽是污气与媚骨，它们在云天里看似姿态高傲，性情放荡不羁，一旦被装进笼子便会没脸皮地活着。哪怕为了一粒不能果腹的谷黍，便会乐不思蜀，攒足媚言媚语哼起数典忘祖的歌来。他叹口长气：麻雀则不然，虽苟活于人世，却一生守着故园；土里土气的样子，气性最大。个头矮小却浑身骨气，从不吃嗟来之食，养不活的。

我稀里糊涂朝着二伯点头，自此再没招惹过麻雀窝。

作者简介：

朱皓，安徽省作协会员，小说、散文发于《散文百家》《奔流》《千高原》《唐山文学》《亳州文艺》等。

雷河岸边是家乡

◎ 朱良启

在淮北市相山区东部，发源于萧县的龙河和岱河蜿蜒而来，在一个叫谢庄的小村旁汇聚，此后变了名称成为龙岱河。龙岱河通过沱河路的一座大桥缓缓流入烈山境内，它先从烈山，再从雷山脚下流过，烈山人称之为雷河。雷河在烈山境内属于下游，河道呈一个大大的几字形，水流 10 公里左右至宋疃镇的陈路口，注入萧濉新河。雷河水量丰沛，水质优良，一河碧水，盛产鱼虾，是烈山区的母亲河。我从小在雷河南岸长大，工作后又在雷河附近任教 28 年，在 50 多年的岁月里，我无数次沿着雷河来去匆匆，对雷河的一草一木和历史变化极为熟悉。

无论是在烈山的经济发展史和人文历史还是革命史上，雷河都曾是沧桑岁月和风云变幻的见证者。2017 年，因为经济发展的需要，区政府沿雷河东岸修一条沟通沱河路与迎宾大道的新湖路。修路过程中意外发现宋元时期的面积 2 万余平方米的烈山窑遗址，出土了数以吨记的宋元时期的陶瓷器和窑具，考古和陶瓷专家鉴定这是隋唐大运河沿线发现的一处重要瓷窑址，是大运河瓷器贸易产品的主要产地之一。我们完全可以想象出宋元时期的雷河岸边何等的繁华忙碌，成千上万的窑工们辛勤劳作，制胚，装窑，烧火，烧制出"轻且坚""胜霜雪"的瓷器，各路商人蚁聚于此买下满意的货品，沿雷河水道入古濉河，再入大运河，运往需要的地方。

到了明朝，烈山窑衰落，慢慢掩藏于历史深处，但在其遗址西南不远处，明万历年间已经开始了煤炭挖凿。雷河岸边，烈山脚下开始热闹起来，有了煤生意及小集市、各种买卖，人口急剧增加。

街市整夜灯火通明，南来北往的生意人，熙熙攘攘热闹非凡。这种状况一直延续到清代。清末烈山境内发生农民起义，煤窑的很多矿工便投身起义队伍中。民国时期，北洋军阀政府和国民党政府先后设立公司和烈山煤矿局继续开采，因为煤炭资源优质，储量丰富，当局疏浚扩大运煤的雷河河道，修建了码头，运煤船可直通符离集火车站，不仅运煤，也水运瓷土、石灰、石材等，码头容船量可达百余只。因为这里常住人口3万多，再加上地处交通要道，是濉宿公路的必经之地，煤炭产销两旺，水运陆运一片繁忙，经济繁荣在皖北算得上首屈一指。

新中国成立后，"烈山煤"回归人民，在大开发煤炭能源的勘察中，全市第一口勘探钻井便扎在烈山雷河西岸200多米处，下面是总储量达8000亿吨的大煤田，随着烈山第一座大型现代煤矿出煤，淮北就成为新中国的"工业能源基地"，为国家的经济起步建设做出了突出贡献。

随着煤炭资源的大量开采，土地塌陷，雷河两岸出现了大面积的塌陷坑。由于人们的过度追求经济效益，从20世纪80年代开始，不断有选煤厂、造纸厂、焦化厂等沿河而建，一个个厂子朝雷河排放着各种颜色的水。很快地，雷河水不再清澈，鱼虾没了踪影，附近菜农用这些河的水浇菜，老是烂叶烂果，令人十分焦虑。在习近平总书记提出"绿水青山就是金山银山"后，烈山各级党委政府闻令而动，根据实际情况制定了发展战略。党的十八大之后，南湖治理，雷河沿岸治理，烈山治理几乎在同一时间开始的。一晃近十年过去了，烈山的环境治理取得了极大的成功。

我每天上下班依然从雷河岸上经过，所过之处的沿河公园烟柳吹拂，绿荫遍地，夹岸的格桑花、千头菊、樱花、玉兰花点缀其中，河里常常见到野鸭在自由自在地戏水，白鹭时起时落，发出惬意嘹亮的鸣叫，两岸处处皆是悠闲垂钓的人们，到了晚上，华灯齐放，数支广场舞队伍在音乐声中翩翩起舞。河堤西面便是南湖，南湖核心景区建成免费对外开放，其他自然景观和配套设施不断完善，昔日滩涂地，已成锦绣园。如今的南湖，天蓝、水清、树绿、风景宜人。乾隆湖、洪庄湖也通过大力整治重新获得生命和活力，给淮北这座城带来了灵性和秀美。淮北，从依山到拥湖，山水相映诗意栖居的画卷已徐徐打开！

我数次在傍晚下班途中经过天街公园，忍不住停下车子，爬上山腰的观景平台游赏一会美景再回家。在平台上极目远眺，雷河宛如一条玉带绕烈山城区而过，河边原来破旧的平房不见了，烈山花园、南湖雅苑、观澜郡、明珠花园等小区拔地而起，给人涅槃新生的感觉。

南湖在变，天街在变，雷河在变，烈山在变，在变美，在变富。烈山人向往的"在家有工做，生活花园中"的现实美景，已经鲜活真切地展现在人们面前。雷河的儿女会满怀信心继续进取，在这片古老而充满希望的热土上，尽情描绘乡村振兴和现代化建设的美丽画卷。

作者简介：

朱良启，毕业于安师大中文本科，现任教于淮北七中。安徽省作协会员，先后有40多篇作品在省、市、区获奖。在《青年文摘》《新安晚报》《安徽青年报》等省市报刊发表文章380余篇，110万余字。

开屏
KAI PING

程家老屋接新娘

◎ 朱树德

这次巧遇，因雪而来。

"德哥，有个急事要你帮忙。"

初九黄昏，正在单位准备吃晚饭时，突然接到堂弟电话。因大雪封路，原定的婚庆公司照相人员无法到场，想叫我一道去，迎接远在天柱山脚下程家冲的新娘。一听程家冲，我立马同意了。

迎亲的喜炮响起来了，我赶紧拿着相机，跑步到队伍前面取景、拍照，留下新郎的春风，留下合屋的喜庆，留下迎亲人的笑脸……

眼前的程家老屋，白墙黑瓦，木质结构的窗户，廊前挂着一排古朴的红灯笼。大门两边贴着春联，门头上张贴着大红的"囍"字，在雪景的映衬下，鲜艳夺目，喜气盈盈。

这是一栋始建于 1860 年，占地 2500 平方米，大小房屋 80 间，典型的清末时期的古民居。正门右边周正的匾牌记录着老屋的荣耀：安庆级文物保护单位，河湾程家老屋（程千里烈士故居）安庆市人民政府。显眼夺目。

在程氏族人及前来贺喜亲朋的簇拥下，我来不及欣赏这宏大、精细、特色鲜明的老屋风情，就匆匆忙忙地跨进大门。

步入中厅堂，我被眼前的所见吸引了，忘记了自己是来"接新娘"的，眼光不停地扫描着。中厅堂悬有"德厚流光""恩诏荣须"等 6 块不同时代的金匾，流光溢彩，见证的是老屋不同时期的荣光；厅墙两面的"家族谱序""匾额渊源"等各种简介，展现的是家族深厚的传统文化底蕴；一幅"赖优秀传统文化哺育，五世其昌多翘楚；仰先进革命思想熏陶，一门悉忠三英烈"的长联，记载着程氏子孙为民谋利、为国奋斗、为党献身的不朽功勋。

堂弟的叔岳祖父、现年77岁的程双序老人看到了正在四处观赏的我，主动招呼了我，并介绍说，论辈分，程千里是他父亲五步（音）内的堂哥，也是他的堂伯，亲近得很。他带着我沿着中堂走廊，穿过狭长的巷道弄堂，一直向东走，一扇古朴的木门上方"安庆地区第一个农村基层党组织"映入眼帘。老人说，这3间瓦房，原来程千里伯家的住房，现2间设为中共五庙小组成立旧址，里面1间仍保存为其故居。

走进第一党小组成立旧址，土砌的房屋至今保存完整。屋内墙壁上先辈留下的老蓑衣与鲜红的党旗相对衬，6名党小组成员生平简介与"皖源五庙党小组"相响应，桌子上摆放着香炉、煤油灯、书和报纸见证了程千里牺牲时的时间，特别是先辈们就座于桌前栩栩如生的塑像，再现了在程千里的组织下，五庙党小组建立时的情景。

程双序老人介绍说：程千里，1895出生，1923年前后在武汉加入中国共产党，1924年3月接受党组织委派，从武汉回乡借任五庙达材小学教员的身份开展党务工作。回乡后，通过堂弟程之凤联系家乡进步青年，宣传马列，交流思想，探讨救国救民之道，介绍余良鳌、程之凤、王长青、胡绍瑗、梅竹松5人入党。并于1925年7月，在这间屋里（原是程千里的书房）成立了中国共产党五庙党小组。

移步程千里故居，现在不足15平方米的小房间，陈列着一张雕花单挂面双人床、小茶几、两只放存衣物的木箱，房间的窗户边摆放了一张老式方桌和几条长方凳子等旧物，使我触景生情，穿越于前一个世纪的风云中。

先生出身于书香门第，殷实之家，有一个令人羡慕、尊重又体面的教书工作，然先生立志高远，心追马列，愿做一匹为民谋利、为国赴汤的"千里之驹"，令晚生敬佩。

站在故居，我仿佛看见先生坐在古式的油灯下，学习《宣言》，传播进步思想，思索救国之策，进行革命活动的忙碌身影。我仿佛看到1927年6月8日，先生为掩护学生，身中数枪，倒在血泊之中，年仅32岁。我仿佛看到先生创建的五庙党小组迅速发展，党员达到

开屏
KAI PING

49 名，成立了五庙、胡湾、程冲 3 个党支部和党组织领导下的五庙农民协会。我仿佛看到先生的同仁们点燃了斗争的火把，先后组织发动了梅城暴动、请水寨暴动、五庙八斗起义等，农民武装运动如雷霆之势，席卷乡村大地，写下了可歌可泣的篇章。

在程老的引导下，我一处处地参观着，一件件历史文物、一幅幅珍贵照片、一个个有关老屋的红色故事，穿越那血腥的岁月，使我身临其境，接受了一次灵魂的洗礼。

穿行于程家老屋纵横交错的弄堂、天井、廊檐时，看到了无论大门、小门都贴着传统的手写春联，感受到程氏在风雨洗礼中，厚重而独特的家族历史人文传承，也仿佛看到程千里先生就在身边，和我们一道沉浸在程氏姑娘出嫁时的喜庆之中……

欢送姑娘出阁的爆竹响起，迎接新娘的车队徐徐启动时，已是 9 点 48 分了。此时，耸立于红色广场上的红色纪念碑，在雪后阳光的照射下，光芒四射，鲜艳如火。

作者简介：

朱树德，男，供职于安庆市大观区人武部。先后在《强军文学》《散文选刊》《关东文学》等发表文学作品近 26 万字。在中央军委《强军文学》上发表有 14 万多字的"朱树德军旅文学·原创个人文集"。

海棠依旧

◎ 朱晓军

春来念起，只为花忙。

春分三候花信始："一候海棠，二候梨花，三候木兰。"三花一开，春花万枝，满园春色，每一种花都是大自然送给人间的天使，每一候盛开一场盛大的花事。三月春正好，许慎文化园的花事正从"一丛梅粉褪残妆"转换到"涂抹新红上海棠"。

海棠花是中国的传统名花之一，花姿潇洒，花开似锦，自古以来是雅俗共赏的名花，素有"花贵妃"之誉。我与海棠相遇，是在古老的《诗经》里，"投我以木桃，报之以琼瑶"，后来考证，其中的"木桃"即指木瓜海棠或贴梗海棠。到唐朝时，才出现"海棠"这一称谓。唐代贾耽著《百花谱》，誉海棠为"花中神仙"。那么，它投我以海棠，我还给它什么呢？投桃报李，情义渐深，这样一想，心里如春天般荡漾。

据明代王象晋《群芳谱》记载：海棠分四品，皆木本。这里所说的"四品"指的是：西府海棠、垂丝海棠、木瓜海棠和贴梗海棠。它们都是蔷薇科的植物，但西府海棠、垂丝海棠属苹果属，而木瓜海棠和贴梗海棠属木瓜属。我本懒淡之人，一贯记不住繁复的植物科属类别，唯愿欣赏雪中寒梅，春日海棠，夏之青莲，秋之桂花。

许慎文化园里美人梅还残香犹存，等不及的海棠就红蕾初绽，"枝间新绿一重重，小蕾深藏数点红。"两种花默契地玩起了接力赛，花事不断，形成了花海，添了许多诗情画意，吸引众多游人赏玩，我有一种想为海棠花写点什么的冲动，但也仅仅是自我的表达，因为我的感受是自我的是有限的，而自然的美是无限的。

开屏
KAI PING

"著雨胭脂点点消，半开时节最妖娆。谁家更有黄金屋，深锁东风贮阿娇。"春日融融，粉嫩嫩的海棠花一簇一簇缀满枝头，春风吹，春阳暖，那花色犹如淋雨的胭脂一点点消融变淡，只有半开之时最为娇媚，谁家能有黄金屋，将东风深深锁住，将这位"阿娇"藏在里边，让她永远开不败呢？我见犹怜之情油然而生。

在花的面前，人总是放松的。川端康成就在海棠花的陪伴下睡到凌晨4点钟，醒来的他凝视着海棠花，发现海棠花未眠，更觉得它美极了，但它的盛放含有一种哀伤的美。海棠花昼夜绽放，极力释放它的美，这加速了它的衰败，这是一场无可避免的美丽哀伤。我更愿意加上文学的想象，在川端康成的海棠花瓣洒上水珠，那是遗落的星星，也是凌晨的露珠，海棠花在星光或者晨曦里闪烁，这"未眠"的花就神采蓬勃了。

许慎文化园的垂丝海棠，树影摇曳，红蕾成簇，围绕着古老的"说文解字"的文化墙绽放，青铜塑身的许慎，站在字海花影里，更显满腹经纶。古老的文化与古老的植物相得益彰，坐在爬满青藤的连廊，看海棠的花朵拂过文化墙上的古老字符，恍惚穿越古今，静等一株花开。

海棠花到底有没有香味？李渔说："海棠之香只不幸为色所掩。"也是啊，人们在欣赏海棠花之美时，却忘记了它的芳香。郑谷的诗《海棠》："朝醉暮吟看不足，羡他蝴蝶宿深枝。""有香无香，当以蝶之去留为证"来说明。海棠花它香不香，有那份神韵之美，就足以让人难忘。就像一个人外貌美不美并不重要，若有丰富的内涵和不凡的气质，足以令人敬佩羡慕。况且老子说：大音希声，大象无形。海棠或许也深谙这一道理，真正的香气是藏在骨子里的。

世人都嫌海棠花开得热闹，开得太过招摇，太过艳丽，不够内敛沉静。在京剧《游龙戏凤》中，正德皇帝调情于李凤姐，海棠担着个打情骂俏的轻薄恶名，这多是世人的意念强加给海棠的诟词。海棠不记仇，来年依旧在春风里开得娇艳，率性地绽放花颜，它坦荡无畏的胸怀，亦是别的花木不可比拟的。

有一处海棠与别处园林的海棠不同，那就是"西花厅"的海棠花，那是周总理的工作场所，那些海棠多了几分革命的坚贞和浪漫。

那年春天，海棠花开得极好，邓颖超女士挑出最好的一枝，压在书本里头，带给远在日内瓦开会的周总理，希望他在繁忙的工作间隙，看一眼海棠花，可以稍微得到休息和回味，这是伟人内心最柔软的地方，也是革命夫妻最真挚的深情。

2019 年春天，我去淮安瞻仰周总理纪念馆，周总理生前最爱的海棠如今在他的故乡开得美丽而深情。周恩来纪念馆内海棠行行，树树繁花似锦，犹如七彩云霓，我站在一株海棠树下，凝视着洁白的花朵，耳边环绕着邓颖超女士的《海棠花祭》，"春天到了，百花竞放，西花厅的海棠花又盛开了。看花的主人已经走了，走了十二年了，离开了我们，他不再回来了。"语音呜咽，听之，不由泪湿。伟人啊，请安息，这盛世，正如你所愿，国强民富，山河无恙。

作者简介：

朱晓军，在《安徽文学》《新安晚报》等报刊发表有散文、小说等文学作品。作品曾获安徽省"风起中文杯"南北小说、散文交流赛三等奖等。

一盒链霉素里的情缘

◎ 朱　醒

一

不知道是谁说的想再听听他们的故事。

他看着她的脸，寻找着记忆的线头："1979 年 8 月 12 日，我送药到洋河查榜，认识了她……"

一阵秋风抚摸过树木的脸庞，引得叶片一阵战栗，随即又安静下来，它们也做好倾听故事的准备了。

二

1979 年 8 月 12 日　安徽省巢湖市庐江县泥河乡洋河村查榜队

时年 24 岁的他在父亲的陪同下，蹚过小溪，穿过田野与村庄，去寻找他的战友徐龙文的家。这是他此次回乡探亲附带的一个任务，那就是战友徐龙文托他带了一盒链霉素回乡，让他务必交到妹妹手中。

他是 1976 年入伍的，在解放军某部基建工程兵机修连服役，部队在陕西省西安市华县金堆城。改革开放，祖国的工业也快速发展，少不了这些工程兵的功劳，他们的身影也遍布各大钢厂，酒钢、宝钢、本钢……

1976 年，唐山大地震。1977 年 7 月 16 日，他所在的部队来到唐山，对唐山钢铁公司第二轧钢厂进行再建。作为连队的文书，他携带着整个连队的档案以及连队 200 多人的花名册也来到了唐山。

当他将那盒从唐山带来的链霉素递到她手中，两颗年轻的心，感受到了前所未有的颤动，仿佛星空跌落在眼前。"一见钟情"这个词太过抽象，根本无法形容他们当时对彼此的感觉，一切语言都苍白且无力，反而是那饱含意义的沉默替他们表达了。

回到家后，一直到探亲假快结束，他都心事重重的样子，有一天，父亲笑着问："我看那姑娘挺好的，要不要我去提亲？"

"哪个姑娘？"他明知故问。

"就你那个战友的妹妹，长相俊，也和你一样，读过些书……"

他回部队后，在焦急等待中终于盼到了父亲的电报。

从此，只见过一面，但心系彼此的两个人，开始了为期两年鸿雁传书互诉衷情的日子。

三

1981 年 9 月 14 日　河北省唐山市

下午 4 点 30 分，唐山火车站，他与 6 个战友开了一辆军用卡车来接他的新娘。

接站并不顺利，或许是思念过于心切，总之他迟迟都未能从人群中寻找到那个陌生又熟悉的身影。排队从闸口出去的时候，身后传来并不友好但却倍感亲切的乡音："走快点！"

他回头，想和这个老乡打一个招呼，却对上了一张虽然只见过一面，但让他魂牵梦绕的脸，以及那双亮晶晶的眼睛。

他出生于 1955 年，是家中独子，3 岁时母亲因病去世，父亲并没有续弦，又当爹又当妈，将他以及年幼的弟弟妹妹拉扯大。即使家中穷困潦倒，父亲依然将他送进了学校，1975 年高中毕业的时候，高考还未恢复，次年他选择参军，父亲也很支持他。读书期间的他，学习成绩优异，还写得一手好字。

1959 年，在相距他老家 10 公里的地方，她出生了。她的父母老来得女，她在家里可谓集万千宠爱于一身。父亲是大队会计，家中条件尚可，她还有 1 个已成家的姐姐、3 个哥哥，小学低年级时，都是哥哥们背着她去上学，她虽不是大家闺秀，但父母和哥哥们都把她当成手心里的宝。但这幸福，却在 1976 年随着父母相继去世被打破。那一年，她才 16 岁，正读高二，她感觉天都塌了，因伤心过度，不明所以的疾病一直缠了她好几年，勉强读完高中，高考虽已恢复，却无缘大学校园。

1981 年 9 月 14 日，他们结婚了。没有聘礼，没有嫁妆，没有宴席，没有父母在场，但有真心祝福他们的战友，有别出心裁的茶话会，这是个令人难忘的日子，不仅仅是成为彼此的终身伴侣，而是在军营这种神圣的地方，被一群陌生但可爱可敬的军人祝福，使这一场婚礼具有了非凡的意义。

四

1983 年 1 月　安徽省巢湖市庐江县砖桥乡卜岭村黄拐队

她在唐山度过了闪光的 3 个月，该要面对现实了。

现实是什么？——是家徒四壁，是从未做过的家务、农活；是对远在唐山的他的思念；是拿着他寄来的信的泪水涟涟；是有孕在身的时候，孤单面对的漫漫长夜。

他的父亲虽然最先相中这个准儿媳，但对父亲来说，此生最大的愿望是有个孙子。时逢计划生育，他若想继续留在部队，意味着他这一生只能拥有一个孩子。

1982 年农历六月，他们的第一个女儿出生了，结合了他们所有的优点。那个洋娃娃般的孩子，谁不爱呢？包括她的爷爷。

1983 年 1 月，他选择了退伍，结束了自己 7 年的从军生涯。

他背着简单的行囊，回到有她等待的家，步入另外一种生活，更好地担起了一个儿子、一个丈夫、一个父亲的角色。

"你回来了？"

"我回来了。"

前路或许崎岖坎坷，但有两个人携手共同面对，一切都无可惧。

务农、开修车铺、经商，他一步步走在他选择的人生道路上，艰辛但也满足。而她，也始终与他同行。在此期间，他们又有了第二第三第四个孩子，第四个孩子是一个男孩，老父亲的脸上重新爬上了笑容。

五

所有同甘共苦的时间　所有相爱相伴的地方

现在，我必须折叠并省略一些时间，将你的思绪带到40年后的2021年。

你只需要知道，被我省略的那些时间，他们的生活并非因为有爱而顺风顺水，完全被笑容和阳光包围，那些长长的时间里，也曾经历过风吹雨打，矛盾和争吵也偶尔会光顾。但也正因如此，才教会了他们如何更好去守护彼此，更好去守护他们的孩子以及他们的家。

现在，我也可以告诉你，文中的他叫夏则华，她叫徐龙英，他们是我的外公和外婆，他们的第二个女儿是我的妈妈。妈妈曾经告诉我，外公外婆有一段很美好感人的爱情故事。只是当时的我，无法将"美好的爱情"这个定义，安放在虽未老态龙钟但皱纹丛生、两鬓斑白的他们身上。

但当我静静地聆听完外公和外婆的讲述，仿佛看到了他们的爱情树，因为一盒链霉素而生根，发芽，开花，直到硕果满树。

作者简介：

朱醒，2005年生，安徽庐江人，现就读于合肥一六八中学高二。安徽省作协会员。8岁开始发表作品，作品见《中国校园文学》《安徽文学》《艺术界·儿童文艺》等。作品获第二届"红豆·小作家"杯全国小学生创意作文大赛一等奖，第二届、第三届、第四届"书城杯"安徽省少年散文大赛三等奖、二等奖、一等奖，第十八届"叶圣陶杯"全国中学生新作文大赛决赛特等奖奖项。获第十八届"叶圣陶杯"全国"十佳小作家"称号。

岁月如歌亦如画

◎ 祝　莉

岁月如歌

宗洼，是怀远县的一个小乡村，是宋老师常常想起的地方。

1960 年的小宋老师，为了让自己看起来显得老成一点，她常常把两条黝黑的大辫子盘起来。那个年代，小学一年级的学生，年龄都可能比她大，个头比她高的学生大有人在。平常的小宋老师，甩着两根又粗又黑的大辫子，看起来就是一个双眼皮、大眼睛、瘦高个子漂亮的小姑娘。但是她工作认真、细致，每一节课她都充分准备，内容丰富的课前备课，让她上起课来有板有眼，课堂气氛活泼生动，加上她年纪轻，精力充沛，很容易和学生们打成一片，小小年纪的她，成了深得师生们喜爱的好老师。

转眼 60 年过去了，今天小宋成了老宋，有时候走在街上，依然会有人喊着：宋老师，你还记得我吗？宋老师总是说：记得，记得，怎么会不记得。现在听她回忆，说起她如何成为一名老师，就像是一首流淌在时光深处，充满了传奇色彩的诗篇。她在青春岁月里努力奋斗、教书育人，不知不觉已经桃李满天下，那真是一段流金岁月，值得铭记。

那是在 1960 年的夏天，小宋同学小学毕业，总分 198 分，位列全县第二名，考入怀远一中。在学校刚刚读了不到一学期，家里无力承担多个孩子的学费，小宋老师是兄弟姊妹中的老大，主动辍了学，替父母分担生活的重担。当时小宋同学的教导主任都哭了。

1960 年 10 月，小宋同学跟随路线教育工作组来到怀远县宗洼村，负责做会议记录，汇总大家的学习材料。她做得认认真真，大家都喜欢这个能干的小同志，小宋同学在乡里的工作越加有模有样。

年底，上级要求各个办事处，因陋就简，都要开办民校，为上不起学的孩子们提供学习的机会，但是老师奇缺，在当时算是有文化的小宋同学，在符校长的领导下，从此走上了讲台，成了一名光荣的人民教师。

就这样小宋同学成了小宋老师，因为自己喜欢读书，特别理解不能上学的痛苦。重新回到学校，有了学习的机会，还可以把学到的知识传递给更多人。所以小宋老师从任教开始，就认认真真备课，向有经验的老师请教，她尽心尽力关心、爱护每一个学生，深得师生的喜爱。当时的她在耕读老师中是年龄最小的老师，教学成绩却比较突出，在校领导培养、关心和老师们的帮助下，小宋老师经常参加县里和城关镇举办的公开教学活动，多次被评为城关镇、怀远县以及宿县地区优秀教师和先进个人。

从 1960 年的耕读学校，到 1976 年正式命名为乳泉小学，小宋同学从小宋老师也成长为宋老师，一直到 1984 年，38 岁的宋老师在教育战线已经整整工作了 24 年。在党组织的培养下成为一名光荣的中国共产党员，上了党校。后来因为工作需要，遵从组织调动在县委统战部工作一直到退休。就这样，小宋同学虽然生在旧社会，但是长在新中国，从一个不得已辍学的孩子，成长为一名党的干部。

虽然她做过太多的事，遇过太多的人，但最让宋老师骄傲的还是做教师的那些日子。走在怀远的街头，总会有人喊："宋老师，我是您的学生，您可记得我了？"这个时候，她的脸上容光焕发，她会说出教过的每一名学生的姓名。我也曾经是宋老师的学生，宋老师是我的老师，也是我的妈妈，她名字叫宋在云。

乡村如画

宗洼村，这个让宋老师念念不忘的地方，我也想看看。我特意开车陪宋老师旧地重游，看看她最初参加工作的地方。

宗洼村位于蚌埠市区与怀远县交界处，北靠荆、涂二山，南依风景秀丽的天河湖。现在的宗洼村，真的是一路花团锦簇，村道两旁，多彩月季开满枝头，全村范围内的道路全面硬化，它是安徽省第一批美丽乡村重点示范村。

我们漫步村里，只见道路两旁，房前屋后，繁花似锦，绿树成荫，步步成景，我们宛如在画中游览。菜园、果园、树林，深绿浅绿紧相连，微风吹过如一片绿色的海，碧波荡漾，田园风光如诗如画，美不胜收。各色娇艳花朵，就在眼前绽放，香气四溢。村里石榴园和不远处漫山遍野的石榴树，交相辉映，红艳艳的石榴花像极了宗洼村人民红红火火的生活。

现在宗洼村在党的领导下，坚持正确的发展理念，在保护生态环境基础上，稳步发展经济，不断创新。村里几乎每个月都会结合当前乡村需要，针对性开办培训班。学的是党的惠民政策、精准脱贫、如何致富各种劳动技能。教室设在村大队部三层现代设备齐全的楼房里，教室里电脑、大屏投影一应俱全，有技术老师专门讲课，上课时房间里坐满了各个年龄、各有所需的人们，在这里他们都可以根据自己当前所需，学到相应的技能和知识，了解新的惠农政策。新时期的宗洼村，依靠党的好政策，建设得越来越美。

故地重游，宋老师感慨万千，太好、太美、太幸福了，当年想都不敢想，这变化太大了，简直就是翻天覆地，60年前的影子荡然无存……说一千，道一万，一句话，是党和国家的政策好，是共产党好啊！说着说着，她的眼里泛起了泪光，我知道，那是幸福的泪水。

作者简介：

祝莉，副研究馆员、研究生学历。

菊 花 忆

◎ 祝天文

老天真怪，昨晚还是繁星满天，临近天明时居然下起小雨来了。清晨我打开窗户，一阵药香扑面而来，不禁朝窗外望去，一夜之间窗台上的那盆菊花竟开了好几朵，洁白洁白的，小雨打湿了它的叶子和花蕊，湿漉漉的，更显出它的生命力。看到菊花，我不禁想起了她——一个天真烂漫的小女孩，这盛开的菊花，正像她稚气的笑脸。

她是 5 年前我在兴镇教书时的学生——琼琼。她是一个烈士的女儿，爸爸在自卫反击战中牺牲了，那时她还小，不懂得什么是痛苦，而她的妈妈却哭得死去活来。看着年幼的女儿，她还是活下来了。从此母女俩相依为命，艰难地度日。当时琼琼只有 6 岁多，她妈妈把她送进了学校，就在我的班里。因为是烈士的女儿，所以我对她特别关心，每逢刮风下雨、下雪，我就不让她回去了，在我家里吃饭，晚上让她和我爱人一起睡觉。我对她就像对自己的亲女儿一样。我还经常到她家为她补课。在她生病时，经常去看她。她那咯咯的笑声，她那孩子气的嗔怒和撒娇声，依然在我的耳管中回响。

"祝老师，你怎么不给我们讲故事呀？"她看着我，眼睛一眨也不眨，并用小手扯住我的衣襟，不停地摇晃着，等待着我的回答。

"讲、讲，马上就讲，今天讲《东郭先生和狼》的故事。"我注视着她，用手抚摸住她柔嫩的脸，爱怜地说。

"祝老师，听我妈妈说，你马上就要调走，这是真的吗？"我一下子移开目光，看着远方的天空，没有回答她，我不知道怎样给她说。

"祝老师，你说话呀，你说话呀？"她那扯住我衣襟的小手摇得更狠啦。

听到她的问话，我默默地看着她，仍然一声不吭。我不知道该如何回答她，我知道我不应当和一个孩子撒谎。的确，再过两天我就要离开这里了，离开那些天真的孩子们。两年来我们之间曾结下多么深厚的友情。和她们在一起，我好像又回到了那美好的童年时代。和他们在一起做游戏、放风筝，我给她们讲"天狗吃月"的故事，讲"愚公移山"的故事。她们有时会听得入迷，有时会提出一些令人费解的问题，叫你一时答不出来，弄得面红耳赤，下不了台。

记得有一次，琼琼问我："祝老师，一棵树上有 10 只小鸟，一枪打下一只，树上还有几只？"语气里充满着天真。当时我未加思考地回答："还有 9 只。"

"你说错了，你说错了，一枪打下一只，剩下的全飞啦，没有一只啦。"她认真极了，仿佛霎时间变成了一个大人。

我的脸发烫，肯定红得很，但是自尊心驱使我，不能在一群孩子面前认错。"祝老师错了，祝老师错了！"琼琼像在战场上获胜一样，大声地喊起来。随着她的喊声，班里其他学生也跟着喊起来。

我厉声说："喊什么，喊什么，出去，出去，给我出去！"我指着琼琼。

班里一下子安静了许多，琼琼出去了，但是没有哭。也许从小就缺乏父爱的缘故，塑就了她倔强的性格，其他同学也都趴在桌子上一声不吭。我忘记那堂课是如何上完的了。只觉得当时一阵歉疚，我不应该这样对待她。

记得后来她到我的办公室认错了。"祝老师，那天我错了，我不该在课堂上捣乱，你别生气啦，你打我吧，你原谅我吧！"她说着说着已经泣不成声，豆大的泪珠从她眼角滴落下来。她哭得很伤心。我望着她不能说一句话，上前一步把她抱起来，然后紧紧地搂在怀中，让她去承受并非父亲的慈爱。"孩子，别哭啦，老师也有错。"她笑了，她比我更豁达，更坚强。

我搬家时，也下着这样的细雨，略带凉意。手扶拖拉机开过来，一些老师和孩子们冒雨前来送行。我努力在人群中间去寻找琼琼那可爱的身影，怎么也找不到，我有点遗憾。拖拉机开动了，我依依不舍向孩子、老师们挥手告别。

"祝老师，祝老师，等一下。"我看到琼琼可爱的身影从人群中挤出来，手里端着一盆菊花，向前跑着、喊着，脚下一滑一滑的，十分吃力，我分明能听到她"呼哧、呼哧"的喘气声。多么熟悉的声音，多么可爱的孩子！

"祝老师，这盆菊花是我和爸爸最喜欢的，你收下吧，看到它，你就会想起我的。"她大口大口地喘着粗气，一边跑一边说，白皙的脸有点绯红，雨水淋湿了她乌黑的头发，一缕一缕的。我赶忙下去，三步并作两步，用伞遮住她的身子，心里一阵难过……

我能说什么呢，安慰，她太小，似乎还不能听懂那样的话；爱护，但我即刻就要离开这里了，我能做什么呢？我接过她手里那盆菊花，看着那盛开的洁白的花朵，内心充满着无限的感激之情，我思量着我给她留下了什么呢，什么也没有，而她给我留下的却是一颗纯洁的童心。

5年来，我一直记得那一幕。每当我看到这盆菊花，我就想起了琼琼，想起了那段美好的岁月。

窗外雨渐渐大了。尽情地下吧，去洗涤那菊花上的灰尘，使它一尘不染，更加洁白美丽吧！尽情地下吧，去洗涤人世间的尘埃，让人间生长更多的真诚美好吧！

作者简介：

祝天文，《中国书画市场报》主编、主任记者，作品散见于《中国文艺家》《神州》《名家名作》等刊物。

原色殿湾

◎ 郭　燕

殿湾的植物
今天
只说殿湾植物的人间三月

这一世的春风又绿江南岸
一片片草叶仿佛新生
紫云英在田野里眨着眼睛
玉兰花朵像和平鸽在歌咏比赛
蚕豆翩若紫色的蝴蝶
油菜开出了大地的温度
纯朴的山茶大方自然
桃红的蓓蕾羞涩如处子
柳树临水来梳妆
樱花在春风中轻轻飘落
梨花如雪春欲晚

亲爱的　我转述殿湾的这些植物
没有哪一棵哪一朵哪一片叶子
不是悲喜交加情愫丛生

作者简介：

郭燕，在《安徽文学》《青年文学家》等发表诗歌、散文若干篇。

一键拨号

◎ 陈　冉

不识字的母亲
总记不住我的手机号
我在母亲的直板手机上
设置了一键拨号
母亲有事没事总有电话
打来，越来越频繁
有一次忙碌的我
又接到母亲的来电
母亲吞吞吐吐
半天才说，也没什么事
是手机自己拨的
远方的母亲
像一个犯了错的孩子

作者简介：

　　陈冉，长丰县人。作品散见于《诗选刊》《诗潮》《作家天地》《诗词》《中国汉诗》《安徽日报》等。

开屏
KAI PING

踌躇之志筑梦辉煌

◎ 代训平

总是惋惜，时光行走得太快，
来不及诉说心底那一抹情怀
总是羡慕，徐徐而逝的岁月，
经不起如梭光阴那一丝感慨

我的祖国，她以无尽的情怀，
演绎山川绮丽，百姓期望
那笔力铿锵，用摧枯拉朽的壮怀，
雕刻出繁荣复兴的伟岸倜傥！

我们的党，她以无尽的憧憬，
诉说群星闪烁，中华力量
那凤凰涅槃，用历久弥新的斗志，
塑造出 960 万平方千米的意气风光！

回望十九大的方针，
当我们为建设美好的安徽家乡，
沾染了仆仆风尘，
汗水里倒映着欢笑
我看到在发展梦的求索中，
是忙碌的安徽人民，
用书生意气谱写了一曲青春的礼赞。

喜迎二十大的召开，
当我们在自己的岗位上拼搏奋斗，
承受了霏霏雨雪，
泪水中承载着感动
我看到在阶前时光的追求里，
是新时代的安徽人，
用豪气干云演奏了一席奋斗的交响！

在又一个春天来临之际，
回望，这一段峥嵘岁月的奋斗征程
时间吞没芳华，
梧桐细雨漫步间，
淹没了多少安徽先辈的流年！

在喜迎二十大召开之前，
倾听，这一曲栉风沐雨的前进赞歌
沧桑倾注容颜，
春华秋实回眸里，
承载了多少当代安徽青年的眷恋。

喜迎二十大，
是孜孜不倦的共产主义接班人，
将时光凝练成一股力量！

作者简介：

　　代训平，笔名一叶青天，职业网络作家，纵横文学签约大神作家，代表作有《撼天》《盖世帝尊》《帝道独尊》《盖世人王》，有些作品被改编成漫画、动漫、有声读物，有些作品被译成外文出版。

走在春天的路上

◎ 樊建华

走在春天的路上
我的家乡，山道弯弯，流水潺潺
一路吟唱古老的歌谣
竹枝、树丫，还有高高的山峦
踮起脚，伸出手
摘一片春的遐想

走在春天的路上
我的家乡，炊烟披着晨曦
飘逸成云带
白云生处，梯田层层叠叠
茶棵间，菜花里
美丽的乡村，舞动出诗意一行行

我的家乡，走在春天的路上
放飞新时代的梦想
请把我驮上春风的背吧
哪怕是，回眸一望

作者简介：

樊建华，安徽黄山人，作品散见于《诗选刊》《诗歌月刊》《诗林》《青春》《青海湖》《三角洲》《辽河》《奔流》《鸭绿江》《江河文学》等刊物和诗歌选本。《新诗高地》副社长。

走出夜的释然

◎ 管泽富

停留心海的扁舟
扬着清辉的帆羽　飘向远方
老街依旧　走出黑夜
悲伤的情绪　在黑夜滴水成冰
冻结了叶子上的露滴
期盼温暖　从天而至
流星雨　将世间浮生点燃
释放的火热将属于自己
树影婆娑　思想在冷月下游移
当孤单成为习惯
毫无睡意的大脑驱散梦境
用漫长的回忆
等待一个黎明

作者简介：

　　管泽富，安徽广德人，从 20 世纪 80 年代开始诗歌创作，先后在各类报刊发表诗歌 300 多首。

在金寨县革命博物馆

◎ 黄忠斌

面对博物馆内一件件遗物，犹如火焰
在我们心底燃烧——

十万将士，九死一生，
信仰之船借助风
一次次升起冲锋的帆。

跨越生死门槛，鲜血孵化的土地上
终于走出一条坚定的路
指引后来者一路向前。

我们在馆内驻足、沉思
犹如春风再一次裹紧自己
信念的披肩。

作者简介：

黄忠斌，笔名如山夫，作品散见于《诗歌月刊》《扬子江诗刊》《飞天》《天津文学》等。

航班抵达新桥

◎金　洋

有时，我爱这未知的引力
近万米的高空
所有的虚幻皆真实存在
云，散发透明的白
似乎还有一丝丝湿润
你轻轻地将手绕过我
指向无边际的蓝，说
像在梦中见到过的漫长的海岸线

身侧的舷窗
试图过滤掉引擎的杂音
进入皖界，我看向窗外
高速公路，高架铁路
如阡陌，在江淮大地上延展
黄山、巢湖
以及无数不知名的峰峦与水域
绿水青山保持不变的色值
长江、淮河
繁忙的船只在漂浮穿梭
如银河中交叉移动的星辰
……

航班抵达新桥

我再次感受到，有许多幸福落在了人间

例如，风压在身上，脚踏在地上

所有热气腾腾的悲喜

终将在生活中沉降

有时，我爱这已知的重力

作者简介：

  金洋，安徽全椒人，文字散见于《诗歌月刊》《飞天》《诗选刊》《青年文学》《山东文学》等刊物。

用敬畏之心喊出你的名字

◎李　旸

晨曦迸发，天空拉远
风声、鸟鸣、芽苞初绽的清音
诱我掏空所有的词句
献给旷野上每一个仰脸的生灵

我确信
山寒水瘦的日子里
你依然伴着晨钟暮鼓的梵音
修篱、种花、聆听远山
你钟爱的枫林云彩
连同最初的梦想
都会在执着中战胜畏惧
由一片红叶准时送还

人间
谁能越过忧伤
就像提笔写下的句句诗行
我们面朝大海，人间春暖花开
在一朵雨做的云里
你把黑暗、荒芜、疾病缝合

作者简介：

李旸，笔名彩虹，《安徽诗歌》《诗风》杂志编委。曾获 2020 年安徽"古井贡杯"战疫散文诗歌大赛三等奖。作品散见于《诗潮》《诗歌月刊》《鸭绿江》《作家天地》《亳州晚报》《长江诗歌》等。

周　庄

◎ 吕德春

乌篷船老了
桨声依然翠绿
那一年的烟雨里
走失的歌声隐隐约约
我在比昆曲更曲折的巷子里
还未找到

桥的影子千年不腐
流水的抚摸
并不能让它振作
白鸟飞走
它的影子
飞不出周庄的眼睛

作者简介：

　　吕德春，全国优秀校报编辑，安徽省十佳校报编辑，凤台县教研室兼职教研员，中学语文高级教师。

春天的体内没有疼痛

◎ 马吉明

你的脚步抵达之前，大地
是空白的。一切从陌生开始
侧身挤出冬季的门缝　一路顺行
沿途，所有的词语尚未成型
草芽刚醒，花朵还没睁眼
给种子挑一个含蓄的动词
给心愿的果树选一个饱满的形容词

幼鸟学会歌唱，声声啁啾
溶化了雪花眼睫上的泪珠
流水汇成宽阔的湖面
我在夜里听见潮的欢呼

时间也是新生的事物
在去年的断枝处
春天的体内没有疼痛
失去的都将重新开始
枝条上那朵半开不开的——叶蕾
她向人间悄悄献出青涩的心灵

作者简介：

马吉明，笔名第四桥边，安徽阜阳临泉人，作品散见于《诗刊》《诗歌月刊》《绿风诗刊》《星星诗刊》等刊物。

登大历山怀古

◎ 欧玲燕

在尧亭小憩的时候，我离开你们
独自拾级而上，蓬累开放在青石的罅隙里
想起"飞蓬飘转飞行，转停皆不由己"

历山清幽。紫藤沿着山坡盛放
呼吸吐纳之间，馥郁芳香
舜耕地绿草茵茵，但狭小局促
一块石碑独立其间，传说象耕鸟耘，
多么美好的图景

山道两旁，瘦竹千杆，向内弯曲形成一道天然拱门
湘妃竹，基因突变后千年不变

法藏寺建于山顶。
廊下，一僧一尼对坐，挑拣青菜
他们用方言小声地交谈，仿佛担心惊扰殿内安坐的菩萨
春风拂过银杏叶，也拂过灰白色的宽大衣袍

我站在树下，遥望江水，等你到来

作者简介：

欧玲燕，安徽望江人，有诗歌在《安徽文学》《诗潮》等刊物
发表。

散兵湖沿上的石凳

◎ 秦学祥

当然，石头是散兵山上下来的，堆叠在岸边。
秋阳镀在它青色的纹理上，
择一块小坐。风折叠着细浪从湖上吹来，
有鸥鹭起飞。

埋伏着杂沓的马蹄、喊杀、号角声
和楚歌岭上呜咽。只是听不见
像陌上浮雕。此刻我注目的是足下这一片
微缩的沙滩。指甲盖般的白色贝壳，
指甲盖般五色鹅卵石及一捧捧黄色的沙子

现在从南岸回望，唯见无边的云烟一抹。
背后古镇新街隐约传来喧闹声

身旁有摄影达人正放飞灵巧的机器人
从 300 米高空俯瞰，我将变得越来越小
像毫不起眼的逗号（连同我短暂端坐的石凳）
而我的心境是平和的。湖面空阔
未见一条渔舟

作者简介:

秦学祥，安徽巢湖人，20 世纪 80 年代末开始习诗，作品散见于
《诗刊》《诗潮》《绿风》《诗歌月刊》等刊物，已出版诗集《微醺》
《像下午想起上午》。

故乡的古塘

◎ 王安民

2020夏，古塘老天再次搏杀较量
他顶住暴雨利箭，降服红眼巨澜
收纳河渠倒灌，压住狂风捣乱
数日苦战，五十里塘畔无一处破绽

杨柳摇曳喜悦，堤坝穿梭欢畅
涵闸唱起颂歌，碧波弹奏交响
小镇烟火红亮，村庄和谐安详
白鹤狂吸稻香，喜鹊漫游绿浪
孙公祠呆了，孙宰相笑了
谁能想，大灾后咋还这么好景象？
红旗还在漫卷，红风仍然浩荡

作者简介：

王安民，多篇诗歌收录于《月光地》，在《齐鲁文学》《九州作家》等网络平台发表诗歌数篇。

星　愿

◎ 王　辉

星光划过
亿万年的孤独
落进谁的眼里

谁都是星光下的孩子
谁都会在夜里发光
都会，在夜里
悄悄流泪

珍惜每一粒发光的事物
时光无垠
流星雨或流萤
可能是我，可能
是你

作者简介：

王辉，笔名容炎，职业网络作家，著有长篇网络小说，《重生之纨绔邪少》《都市古武高手》《超神全能兵王》《都市之绝代战神》《超神特种兵王》《美女总裁的上门女婿》等。

公山，一种不落风尘的美

◎ 王芹洁

公界尖很高，蓝天很矮
山风轻轻一吹
茶园漫坡的绿浪
惊心动魄地滚下去

云总是悠闲的
采茶人的山歌是绿色的
炊烟打了个结
想把它们绾在村口的老树上

站在城墙上
大声地喊
流水回头了
白云回头了
炊烟弥漫开来
鸟驮回了一个个黄昏

作者简介：

王芹洁，网名磨房人（磨房里的人），在全国报刊、微刊发表诗歌和散文诗 300 多首，各地征文比赛中获奖十多次。出版诗集《磨房里的歌》和《那些》（与人合集）。

独轮车：把家里仅剩的粮食送给部队

◎ 王庆绪

独轮小木车，被从屋角推出来
掸落风尘的那一刻，像只将要啼晓的公鸡

已经吃了多日野菜的孩子
倚着门框：爹，我饿
媳妇含泪，望着这个瘦小男人
把粮食搬到车上
调弄平衡，再用麻绳牢牢地绑紧

他古铜色的面孔全是凝重：听说部队缺粮已经三天了
媳妇犹豫了一下，拿开抓住车把上的手

他把车把间的稳定绳套上肩脖
啐一口唾沫，然后用麻秸一样的胳膊
枯枝一样的双手，抓住车把

媳妇欲言又止，再一次抓住车把
他利斧一样的目光砍过去
猛然发现，她不是往回拽
而是要帮着他，把小车推出门槛

作者简介：

　　王庆绪，安徽淮南人，已发表作品百余万字，作品多次被报刊转载或图书收录，近年在全国各地征文大赛中多次获奖。

宋体《巢湖记》

◎ 王中朋

你在水的一岸踱步送友，
耳边浪花于隔岸举歌欢奏。
台下的人只愿背向，暮冬，
枝条留一地的斑白，
那些年，来的人，把湖垒筑成巢，
放弃抵抗，从山中运来贡品。
南边，有鸟叼起，一枝橄榄枝，
喜鹊成群，良缘只在天上。
这些年，她变更了姓氏，
与针线夜语，与嬉儿同眠，
比起白昼的兴叹，枫叶剪影，
汽车的闪过，总是让我觉得恍如隔世。

作者简介：

　　王中朋，安徽阜阳人，《青年诗人》副主编，曾获安徽年度十大青年诗人奖、安徽评论家奖。

铁轨 T 台

◎ 魏忠锐

谨以此诗献给美好安徽的建设者，向伟大的劳动者致敬，并纪念安徽高铁运营里程居全国第一。

一件白色背心，棉布质地
是整个夏天
他铁轨 T 台的时装

蓝色塑料瓶，两斤装的圆柱体
在天命之年后
成为他重新找回力量的乳房

肌肉线条起伏于臂膀，配上满头白发
可超越时尚。在两条铁轨之间
一步步砸出他自己的 T 台

修了一辈子铁路
每次抡锤，喊出的号子声
比火车的鸣笛更具铁的质感

作者简介：
　　魏忠锐，有诗歌入选《天津诗人》《中国汉诗》《中国青年诗人精选集》等，与人合著诗集《逍遥五虎》；获《青年诗人》2019—2020 年度新锐诗人奖。

开屏
KAI PING

在采石矶眺望长江

◎ 吴 俊

江水经天门而下，到采石矶
蜿蜒的江面开阔舒缓
太白楼前，水天之间的万物用诗词的韵脚
渲染青山绿水
为"长三角"的春天撰写序言

一朵李白笔下的白月光
点缀山水之间的长江生态环境
徐徐而来的春风，在微醉的江边
说出来自唐朝的前世渊源
我用一轮明月，滋养十年禁捕的鱼群

两岸，深水港上一群高大的红色塔吊
扭摆广场舞的身姿
树尖上站立的那只白鹭，学着
塔吊的样子，在水面上抓取、转身、放下
溅起的风水或在改写江河史篇

春天，采石矶的石头和马钢的铁件
生长出许多鲜艳明亮的诗句
诗城的内涵和外延
在长江的上游和下游，此岸与彼岸

被夕阳诵读成一片火红的光景

采石矶上，我摘取一片云朵弹奏流水
那些风情万种的垂柳
时不时触碰江水滚滚东去的脉象
筑巢引凤的鸟雀，叼着
我弹奏的弦外之音向江河问好请安

作者简介：

　　吴俊，安徽省马鞍山市和县人。多篇作品发表于《诗歌月刊》《星火》《作家天地》《太白诗刊》等。

红　船

◎ 吴鹏飞

那条南湖里的小船
烟雨，波光，
水收听了所有的谈话
一圈圈播向遥远的山河
可是说艰辛吗？
那条南湖里的行舟
烟雨，跋涉
水鸟收听了所有的誓言
一粒粒衔到茫茫的人间
可以说是激荡吗？
那条南湖里的画舫
烟雨，水浪
春风收听了所有的党章
一寸寸绿遍中国的土地
一九二一，从七月一日开始
乘风破浪，风雨无阻
它是滔滔洪波里的诺亚方舟
它是风雨如晦里的明亮灯塔
它是暗哑死寂里的嘹亮哨声
它是灰黄惨淡里的绚丽春色
它引领，它呼唤
它牺牲，它顽强

多少艰难险阻

多少九死一生

多少曲折回旋

多少徘徊坚定

这条船终于划入一九四九年的海港

这条船没有消失

这条船在党史里停泊

这条船永远在中华儿女的心上

乘风而发，扬帆远航

作者简介：

　　吴鹏飞，大三在读，"00 后"青年作家，18 岁签约掌阅文学，创作出多部超人气玄幻作品，单本书最高人气阅读近 2500 万，日均最高 15 万人追读，畅销一时。

逐水而居（组诗）

◎ 许　俊

村志

乡愁在锡箔中灌浆，水生的胶囊熟了
听"北刀"清脆，块茎的薄片各有锦衣之名
重阳饮，明月与补丁互为药片
芜杂而隐蔽的根系如老马坚守
田埂上野花稀疏，像蹄音渐碎
杨柳是管不住离别的
乡村啊，略比井口大些
炼丹的柿树赦免每一处结绳和木桶吧
小池蛮荒的心跳，还剩多少聆听
空白如夜，缄默如药
方言入耳，谁推开捣衣的枯河之声

以河许之

出岫之水如驽马，废墟在内心搓成缰绳
自由需要重建，水质的静
像许小河上空各种角度的空谈，岸边
租售的多边形灯光里有藏不住的刺
在尾椎安家吧，因为迷雾和遗憾一样僵硬
想象穿透不了清晰与返祖
影子只是工具，是说不出来的肋骨

淝河之阳

公园善意喘息，以思考冷却枇杷的无言
我与他们的距离已接不住落日
对七十公里南淝河，行太牢之礼
我曾常驻河畔，深知河流的肌肉记忆
恰是隐匿自身其他欲望的塌陷
仰望白马，枯荣始终是两岸
平静的表达

仰止亭

再次提到黑池坝，蝉鸣如雪
对于艾草与桃符的拜谒
仰止亭像褐色的鸵鸟，不愿被人所借
握着斧凿的木匠一定是在捕捉什么
铁门之限薄于目光，隐者小于落叶
湖风吹起几片蜷缩的水系
我轻轻拾此马骨，只为蔡州不空
听，若旗亭的歌声还在
明月可自顾饮溪，饱腹而已
苦楝树听惯了月旦评
语言的折射里只论流水
我，顺手扶住擦肩而过的秋凉

作者简介：

　　许俊，教师，有诗歌发表于《诗歌月刊》《星星诗刊》《安徽文学》《绿风》《散文诗》等刊物。

春　暖

◎ 许永春

春日和暖　我望见薄雪飞舞奔赴消融
有一种疼掠过田埂　冒出枝丫
在不知不觉中
你我皆生疼惜和爱怜

雨雪　比万物旺盛
轻击霜寒
植入大地的根部
若是夜深了　又会从草叶尖滑落

那时我在荒坡上　不悲不喜
当龙鳞凤羽布满天宇时
我松开手中的长线

会看到河湾有如风筝
有如一次逗留
有如我望烟云聚散　船底浮出春暖

作者简介：

许永春，女，安徽亳州人，主要从事诗歌、小说创作。

壬寅年歌颂伟大祖国

◎ 薛雅东

初春的风轻抚而过，我张开怀抱自由地呼吸着。

闭目沐浴暖阳，耳边传入耕牛的闷哼声。

是农民在田野犁地，筹备着春种。

眺望远方，学生与家人挥手告别，踏上求识的道路。

务工的奋斗者们，再次背上行囊。

列车、飞机、船舶，忙碌地在目的地间穿梭往复。

那是祖国的子女，在奔向各自金色的人生。

万物复苏，欣欣向荣。

我们安稳的、充满希望的，在这片和平的土地成长。

何其幸哉！又为何能如此有幸？

是勇敢淳朴无私的共产党员，用鲜血和生命，重铸曾满目疮痍的山河。

用先进务实的思想信仰，引领人民成长，拥有守护的力量。

我们化身千万，散落于各方。

无论是哨所旁一棵小白杨，还是一块火炉旁的煤炭。

在祖国母亲构筑的家园，我们能快乐欢畅，奉献力量。

生在今天美好的盛世，我真诚地感恩与祝福。

感恩先辈的付出，感恩党坚持为人民服务。

祝福，祝福我们伟大的祖国，继续以坚实的步伐阔步前行！

作者简介：

薛雅东，"90后"青年作家，安徽作家协会会员，咕文学签约作家。

七月的郎溪

◎ 叶文俊

郎川河的水质太清。清到一滴水的眼里
容不得一粒沙子
清到不敢往下造句
清到一条河像块镇纸
压住明城墙的倒影
压住千亩樱花的芬芳
压住万亩再生稻的米香
压住《郎溪县志》的书页
可以从容地朗读
建平续写的新篇章

现在的郎川河两岸成了公园，成了鸟的天堂
坐在仿古的靠背椅子上
市民听锡剧，花鼓戏
党的好声音
七月，带来两袖清风
带来书生的雅兴。乘一叶扁舟，将郎溪
从头到脚，再抚摸一遍

作者简介：

叶文俊，网名归于平淡，安徽郎溪人，宣城市散文协会副秘书长。偶有文字散见于《作家天地》《散文诗世界》等报纸杂志及微刊平台。

我想带你去我的家乡（外一首）

◎ 余家平

假如你厌倦了城市的钢筋水泥
我想带你去我的家乡
即刻出发。不用带上旧物
诗歌就长在田园里
那是我父亲用汗水浇灌的种子
此刻盛开出金黄的诗句
母亲种的月季，也在绿叶间
探出粉色骨朵。等你来分行
失眠的夜晚，我们顺着井沿
垂下一段绳子，提上半桶水
用指尖拨动一枚弯月亮
如果你想听故事
我会在晴朗的日子带你去长塘埂
曾经有一个小姑娘
每年春天坐在那里
对着婆婆纳紫云英
讲述贫穷、辍学、放牧、务农
幻想春风一吹
身上长出诗人的气质

行走乡村

倘若你来乡下
很难做到一个专一的人
比如你面对一片油菜花
正要掏出赞美词
身后突然涌来麦苗拔节的声音
那声音带着奔跑的绿
风一吹，瀑布一样起伏
波浪漫过田埂
白面的香味随风潜入鼻息
是你跳过四月的想象，跟五月预支的
这个时候只要留意一下
就能看见不远处扛铁锹的老农
三三两两行走田间地头
你可知，盛开的绚丽
是他们协助春风
对三月的献礼

作者简介：

余家平，笔名余小鱼，安徽寿县人，有诗歌、散文、小说散见于各报刊。

礼　物

◎ 张爱芳

阳光　　鸟鸣
是清晨送我的第一份礼物

微风摇曳
随便挑出几样东西
就能得到一份沉迷的美
斑马线旁的绿化带里嫁接的紫薇
开着紫色和白色花朵

乡下老人的时令蔬菜
摆在农贸市场的一角
上面躺着露珠

我内心也有流淌的
珠圆玉润
将落
未落

作者简介：

　　张爱芳，笔名陌兮，安徽广德人，曾在《作家天地》《青年文学家》《诗潮》等省内外报刊发表作品百余篇（首）。

搜集月光

◎ 张培亮

月亮每一次准时到来
都意味着大地上有一次阳光普照

残缺的月亮发出的光芒
总比不上月圆时，月亮的光芒

蟋蟀躲在灰色的瓦片下面
青蛙借助荷叶的掩护露出头颅

它们一定是偷食了月光
深夜里的声音，是它们在高声欢庆

我想搜集月光
填补在每一个黑暗的夜晚

乡间，白杨树遮蔽的小路上
有太多在高楼间迷失方向的灵魂

作者简介：

张培亮，安徽省作家协会、中国诗歌学会会员，中国通俗文艺研究会诗歌委员会委员，安徽省网络作家协会理事，作品见于《诗歌月刊》《散文诗》等。出版诗集《青春的圆点》《逍遥五虎》等。曾获第四届骆宾王青年文艺奖等。现主编《青年诗人》诗刊。

秋

◎ 张太兵

我来啦！
用丰润的唇，
窃窃的私语，
妖艳的手，
轻轻地抚弄着……
你英俊的面庞，
黝黑的皮肤，
壮硕的身体，
我来了，
一年的中年，
在向你靠拢，
而你却被我的丰满与奉献的热情迷惑，
收获的金黄的颜色，
晶莹的剔透的果实，
换来你，
嘉许的愉快的笑容。

作者简介：

张太兵，安徽滁州人，在《齐鲁学刊》《学术界》《江汉论坛》等核心学术期刊发表论文 20 余篇。

瑶岗村叙事

◎ 赵俊稳

瑶岗村，上空光影交织
阳光，月色，星子与五星红旗闪烁其间

这里草木朴素，只穿绿色衣裳
仅用分水岭上少量的雨水
更多甘露给予岭下的云朵与花香

庄稼在这有着红色精神
努力举着红火的日子
稻谷、麦子、高粱、玉米拥有饱满的希望
大豆、芝麻和棉花咧开嘴
她们的爱，在这里噼里啪啦作响

在长满红色基因的村庄
时光更多时候与渡江战役叙旧
她们的对话，犹如
填满枝头的果实，谦卑的头颅
闪耀智慧的光芒

作者简介：

赵俊稳，安徽合肥人，作品发表于《诗刊》《星星》《诗歌月刊》《中国校园文学》《鸭绿江》《清明》等刊物，有诗入选多种选本。

赵旗屯的故事（组诗选三）

◎ 赵四海

1

天冷了夹紧双腿
异乡的路边灯火摇曳
他们说今晚大寒
所有的火光
被一场雪花打湿
今年又回不去了

父亲在深夜拉起二胡
他说平安就好

2

十二月的清晨
开始下雨，雪一直躲避着
汤加的一场灾难
至今下落不明

诗诗说　今年过年要去
她男友家
虎年的第三周，手机
行程码标注
星号没了

3

其实在这之前的十月
我回过一趟故乡
踩着渡口的石阶
踏上涡水之上的
河流

流水淙淙　桨声里
伴着民谣　声渐遥远
船上谈论的和麦子无关
他们说老槐树一抽芽
这里将举行一场盛典

备注：赵屯村与 2021 年被省四部委评为"安徽省第八批千年古村落"。

作者简介：

赵四海，安徽涡阳人，资深经理人，热爱朗诵，作品散见于各报刊网络。

游霍山红源广场断想

◎ 郑汉臣

坐在山巅
我在等待一场盛大的花开
夜深处　春风和四月
正虎视眈眈

而我在想一些往事
想那些石碑那些越冰冷
越火焰一样的名字
他们一个一个
穿透烽烟浩荡而来
带着悲悯　沉郁又高扬

今夜我坐在山巅
目睹一场浩大的盛开
这花事重重地
击穿我荒凉的余生

作者简介：

　　郑汉臣，现供职于安徽省霍山县融媒体中心，有新闻作品、现代诗、散文随笔百余万字。数十篇诗作在全国各类诗歌大赛中获奖，被《中国当代作家大辞典》《新世纪诗人诗选》《安徽文学》等多种著作和文学刊物收录。出版诗歌散文集《还愿幸福》。

面向蓝海·铜草花开

◎ 周　红

如歌的年华
记得起天空的颜色
流浪的云朵
嗔羞的小花
嗡嘤里有蜜蜂来
载不动许多春华
藤蔓般的心丝
曲折的层叠铺洒

时光的涤荡里
从不恣意的漫想
偶尔也徘徊
固执地笃定
我们的未来
除了属于自己，属于家园
属于天空，属于海洋
更属于浩瀚的一马平川
有一些路
康庄的一眼可见
有一些人
美得像个童话

你我却从来不是主角
在清贫中瞭望
在寂寞里勃发
有一片蓝海盈盈眼前

春夏我走来
蓊郁了整个的季节
秋冬我离去
漫野柔姿铁骨，覆满芬芳
而我，你知道的
我有一个梦想
它是……
面向蓝海，铜草花开

作者简介：

周红，铜陵市作协理事，铜陵市义安区作协副主席，安徽省散文随笔学会会员。有小说《一个人的江湖》《那年爱他正十八》被杂志收录，2008～2021 年期间，创作百余篇散文、诗歌、小说等。

野山杜鹃

◎ 周　艳

如果一定要选择一种方式绽放
我愿做野山杜鹃
开在沟壑、石缝、崖端和峭壁
每一寸肥沃或贫瘠的土地

即使失去最后的土壤
我的根也能百转千回
百转千回，扎入大地的心脏
花染热血　骄然怒放

扎根、生长、兀自开花
是我对生活的态度
忽略欣赏或批判
纷纷开，或，落
一路走过
且笑且歌

我可以选择开在阳台、窗前
谁家庭院
享受爱抚、关怀
可我知道
烈日灼烧，才会开出火焰的颜色

冰雪锻打，才会铸成金铁的躯干
我不能用自由、顺从来交换
卑微地活

我就是我
以一种野山杜鹃的方式
在静静的角落
痛快地活

作者简介：

周艳，律师，曾出版《不识旌德梦成堆》，并与他人合著《徽州五千村》。

铜陵组诗

◎ 朱利竹

1. 铜陵——青铜器

青铜器的颜色，青冷
五千多年的
冷兵
似长矛，划开年轮

英雄的血
滴上刀锋
战马立起前蹄
聆听喑哑的涛声

冷冷的青铜在烈火中升温
敲开石器时代的大门
青铜的背后，蓦然
呈现着一个个部落的昌盛

每年一回。祭祀天神
古意的青铜面具
在黄河流域，在仰韶文明

留下神秘莫测的火种

瞬间与炎黄子孙，飞天神游

石破天惊

溶化。生成。沸腾

2. 和悦——古渡口

远处，山峦映在渡口

驻足。渡口有冷落的

石板和沉默的烟斗

晚夕照在船上

江鱼翔集

品味长龙山的钟声

描画澜溪的杨柳

古渡口，灯火迷离

爱过恨过，风雨尽头

你倾斜着一把红伞

在雨中远走

我乘一叶扁舟

不必目送，曲终

人不见

江上

水悠悠

作者简介：

朱利竹，笔名云竹。安徽省作家协会会员，中国诗歌学会会员，中华诗词学会会员，中国楹联学会会员。在《采风中国》《安徽作家》等杂志上发表诗歌100多首。出版个人诗集《与美同栖》。偶有作品获奖。

开屏
KAI PING